한국 근대문학,
횡단의 상상

지은이 김미지(金眉志, Kim mi-ji)

단국대 국어국문학과 조교수. 서울대 서양사학과를 졸업하고 동 대학원 국어국문학과에서 「박태원 소설의 담론 구성방식과 수사학 연구」로 박사학위를 받았다. 한국연구재단의 지원으로 중국 북경대에서 박사후해외연수를 수행하고 북경대 한국어문화과에서 연구와 강의를 병행했다. 중앙대, 서울대, 인천대 등에서 강의했으며, 서울대 규장각한국학연구원 HK연구교수로 재직했다. 지은 책으로 『누가 하이카라 여성을 데리고 사누』(2005), 『박태원 문학연구의 재인식』(공저, 2010), 『언어의 놀이, 서사의 실험』(2014), 『도시로 읽는 조선』(공저, 2019), 『우리 안의 유럽, 기원과 시작』(2019)이 있다.

한국 근대문학, 횡단의 상상

초판 1쇄 발행 2021년 5월 25일
초판 2쇄 발행 2022년 9월 30일
지은이 김미지 **펴낸이** 박성모 **펴낸곳** 소명출판 **출판등록** 제1998-000017호
주소 서울시 서초구 사임당로14길 15 서광빌딩 2층
전화 02-585-7840 **팩스** 02-585-7848 **전자우편** somyungbooks@daum.net **홈페이지** www.somyong.co.kr

값 24,000원   ⓒ 김미지, 2021
ISBN 979-11-5905-570-6 93810

규장각학술총서
14

한국 근대문학, 횡단의 상상

Transcultural imagination of modern Korean literature

김미지

불과 일 년 전까지만 해도 이 세상 지구인들이 누릴 수 있는 가장 큰 호사 가운데 하나는 물 넘고 바다 건너 또는 대륙을 가로질러 낯선 땅을 자유로이 밟는 일이었다. 19세기 제국주의적 횡단의 시대를 거쳐 20세기 내내 가속화한 글로벌화의 결과로 이 '지구촌' 안에서 이웃 대륙으로 날아가거나 국경선을 훌쩍 넘나드는 일은 일상적인 현실이 되었기 때문이다. 소설가 박태원이 1934년 「소설가 구보씨의 일일」에서 경성역(서울역)을 칭할 때 썼던 '도회의 항구'라는 말은 이제 기차역 따위가 아닌 공항에 훨씬 어울린다고 해도 이상하지 않을 만치 매일매일 뜨고 나는 비행기의 편수와 이동 인구는 우리의 상상을 초월해 가고 있던 참이었다. 그랬기에 2020년 현재 인류가 맞닥뜨린 세계적인 봉쇄와 차단, 경계 사태는 시계를 100년도 더 전으로 거꾸로 돌린 것만 같은 낯선 경험으로 다가온다.

바이러스로 인한 세계적인 재난을 겪고 난 이후에 다시 예전으로 돌아갈 수는 없을 거라고, 이것이 새로운 정상성(뉴노멀)이 될 거라고들 말한다. 하지만 우리가 낯선 땅을 밟고 낯선 이들을 만날 수 있는 자유 또는 그럴 수 있는 기회는 반드시 회복되어야 할 것들 가운데 하나일 것이다. 아무리 문을 꼭꼭 걸어 잠궈도 소용없을 만치 세계 각국이 경제적 문화적으로 이미 깊게 얽혀 있기 때문이기도 하지만, 무엇보다 그 '횡단'의 가능성만으로도 누릴 수 있는 꿈과 희망은 적지 않을 것이기 때문이다. SNS와 실시간 화상통신으로 세계인이 시차 없이 동시에 소통하고 비대면 만남을 할 수 있게 된 21세기적 진보와는 다른 문제이다. 이동과 횡단

의 가능성이 열려 있을 때, 우리는 언제나 그 너머와 그 이상을 상상할
수 있다. 몇 해 전, 머지않아 북한 땅 이곳저곳을 밟을 수 있을지도 모른
다는 가능성이 번져 갔던 적이 있다. 그곳에서 가능할지도 모를 생활과
일상, 미래에 대한 상상과 비전이 전에 없이 분출했던 기억이 또렷하다.
금지되고 가로막혀 있다는 사실이 제약하는 것은 단지 이동의 자유만이
아니라 우리의 정신과 미래 전부라 해도 과언이 아니다.

　　최근 한국 근대문학 연구들은 국가와 민족의 경계를 넘고 언어의 차이
를 넘는 여러 형태의 만남과 교차를 이해하고 재구성하는 데 전에 없는
진전을 보여주고 있다. 예컨대 동아시아나 세계의 작가들 간의 실제적
또는 상상적 만남, 이(異)언어 텍스트들 간의 교차(상호텍스트)와 상호작용
및 뒤섞임, 특히 다른 언어와 문화 사이의 번역과 그 영향 등에 대해서.
이 책이 빚지고 있는 이러한 연구들은 국민국가의 언어인 국어와 일국의
문학이 실상은 매우 '글로벌한' 또는 '트랜스내셔널한' 조건 속에서 이루
어지고 모색되고 변화해 왔음을 증거하고 있다. 물론 이 책에서 다루고
있는 20세기 전반 일제 강점기의 문학이 놓인 그 세계사적 조건이란 19~
20세기 초 동아시아의 식민지적 상황에서 빚어진 것이다. 그러나 저자가
또 다른 책『우리 안의 유럽, 기원과 시작』에서도 썼듯이 제국주의 시대(대
륙 간 이동과 이주, 망명이 널리 확산된)의 부산물로서 생겨난 탈국가적 또는
국가횡단적 조건은 식민지에서조차 '망명지로의 상상'이 유례없이 널리
그리고 멀리 펼쳐질 수 있도록 만든 토대이기도 하다. 실제적인 이동으로
서의 정치적 망명뿐만 아니라 문화와 지성의 제약 없는 전개를 꿈꾸는
상상적 활동으로서의 정신적 망명까지. 공고한 국민국가 시스템, 엄격한
국경선, 국가 간 인적 물적 이동에 적용되는 법규, 국어의 제도적 확립과

같은 지금은 당연해진 일들이 아직은 충분치 않았거나 형성 중에 있었기 때문에 가능했던 일들이다. 즉 일제 강점기를 그 시대를 살아냈던 주체들의 시각에서 읽어야 한다는 입장에서 본다면, 식민지라는 조건이 물리적 이동의 욕망이나 정신적 망명의 자유로움을 완전히 억압할 수는 없었다는 것이다. 이 책에서 일제 강점기 시대의 문학이 가진 '횡단'의 가능성, 식민지적 한계를 넘는 새로운 만남과 접점의 가능성을 살펴보려 한 것도 그 때문이다.

'횡단橫斷'이란 말 그대로 가로지름, 넘나듦을 뜻하며 trans 또는 cross의 의미를 담고 있는 용어이기도 하다. 물리적인 이동, 즉 한 지역이나 영토, 국가에서 다른 지역, 영토, 국가로 이동하거나 경계를 넘는 일을 일차적으로 의미하는 이 말이 문학과 문화 영역에서 적극적으로 쓰이기 시작한 것은 21세기 들어서 비교적 최근의 일이다. 그렇다면 문학과 언어, 문화의 텍스트들과 현상, 실천을 '횡단'이라는 관점에서 본다는 것은 무얼 의미할까. 한 나라의 문학이 하나의 수화물로서 또는 이동의 주체로서 대륙횡단열차 등에 몸을 싣고 떠나는 일을 의미하는 것은 아닐 터이다. 문학의 횡단, 문화의 횡단이라는 말은 횡단이라는 말 자체가 물리적이고 공간적인 의미를 넘어 더 넓게 확장될 수 있음을 보여주기도 하지만, 그보다 문학과 문화를 보는 패러다임의 전환을 암시한다. 즉 문학(문화)에서 무엇이 어디를 어떻게 가로지르는가를 묻는 것은 곧 문학이 특정한 경계(국가, 국어, 민족 등) 너머를 늘 염두에 두고 상상하는 존재임을 전제하며, 때로는 그 경계를 흐릿하게 만드는 방식으로 새로운 접점들을 만들어 낼 수 있다는 점을 환기하기 때문이다. 문학이 이렇게 상상될 때 이 횡단이라는 말로부터 우리는 이질적인 것들 사이의 만남, 스침, 교차, 부딪침, 스밈,

섞임, 얽힘과 같은 방법적 시각들을 줄줄이 파생시킬 수 있게 된다.

　임화는 우리 신문학의 전개 과정을 회고하는 자리에서 이 땅에서 문학 비평의 의의란 식민지 시기 정치적 가능성이 폐색된 상태를 돌파하고자 하는 일종의 우회로였다는 점을 지적(고백)하였다. 그 시대의 많은 이들은 국경 따위는 아랑곳하지 않은 채 목숨을 건 모험과 방랑의 여정을 떠나기도 했고 대륙을 가로질러 종횡무진 낯선 만남들을 시도했다. 그리고 또 어떤 이들은 제국주의 근대가 만들어 놓은 언어와 문화의 동아시아적 또는 세계적 유통망 위에서 언어와 문화의 새로운 가능성을 탐색했다. 다양한 틈새들과 우회로들을 공략하여 식민지적 제약과 조건들을 돌파하려는 움직임들이 분출했던 시기로 이 시대를 이해할 수 있다면, 문학 역시 나름의 실험들과 상상들을 통해 근대와 식민지라는 문제에 대응해 나아갔다고 분명 말할 수 있다. 일제 강점기의 작가, 작품, 현상들을 다루고 있는 이 책의 글들은 곧 임화가 말한바 방수로放水路 또는 우회로를 찾아 틈새를 만들어 가는 작업들이 이 시대 문학을 통해 꾸준히 실험되고 있었음을 보이고자 한 시도들이다.

　한 세기도 더 전에 '신문학'이라는 이름으로 출발한 한국 근대문학의 새로움의 기원으로 서양 근대문학이라는 '선행先行하는' 존재가 처음 소환되었을 때 흔히 쓰였던 방법적 시각은 '이식移植', '이입移入', '수용', '영향'과 같은 말들로 대개 정리될 수 있다. 이 말들은 단지 선후관계뿐만 아니라 원전성originality과 파생물, 발신자와 수신자라는 일종의 위계관계를 포함한 일방향성을 전제하고 있어서, 문화 또는 문학 텍스트가 번역되고 또 새로운 텍스트가 생산되는 역동적이고 복합적인 맥락을 충분히 들여다보기 어려운 문제가 있다. 더구나 19세기 말~20세기 초 동아시아의 제국주의 시대에 근대적인 것 그리고 제국적인 것 가운데 일부로서 물밀 듯이 쏟아져 들어온 외래의 문학과 문화는 타문화와 자문화의 일대일의 관계 또는 단지 선후의 관계로 설명할 수 없는 여러 맥락들이 존재한다. 애초에 원전과 맺는 위계적인 관계에 더해 동아시아 그리고 한중일이 각기 맞닥뜨린 조건들이 만들어낸 문화적 언어적 권력 관계들이 서로 얽혀 있기 때문이다. 따라서 한국문학 또는 번역이 외래적인 것의 일방적인 이식일 수 없듯이 일본문학에 의해 단지 굴절이나 왜곡된 것일 수도 없으며 언제나 뒤늦은 후발주자였던 것만도 아니다.

진리에 대한 독단을 피하기 위해 "수직적 위계나 지배적 위치를 전제하지 않는 지형도를 그리고 가능성의 조건들을 탐색하는 것"(랑시에르)은 저자가 언제나 견지하고자 하는 태도이다. 따라서 그 시대의 문학과 작가들이 놓인 조건과 경험들을 단순화하거나 유형화하기보다 최대한 복잡한 그물망 속에서 이해하고자 하는데, 이를 위해 도입한 방법 가운데 하나가 한중일 텍스트를 한 자리에 함께 놓아보는 일이다. 예컨대 헤밍웨이나 맨스필드의 작품이 하나의 언어에서 다른 언어로 어떻게 옮겨졌는가, 괴테의 작품들은 한국 근대 작가에게 어떠한 영향을 주었나를 묻는 대신, 한중일에 비슷한 시기 앞서거니 뒤서거니 소개되고 알려진 이들 작가나 작품들을 당시 동시대인들은 어떻게 이해했고 또 그로부터 무엇을 발견하고 창조해고자 했는가, 이들은 서로서로를 어떻게 얼마나 의식하고 참조했으며 또 상호작용했는가를 들여다보고자 했다. 물론 자료나 언어의 한계로 그 작업이 충분했다고 말할 수는 없을지라도 그러한 접근으로 새롭게 열어 나갈 수 있었던 동아시아 근대문학의 현장들이 있다고 믿는다.

이 책에 실린 열 편의 글들은 대부분 중국 북경에 체류하던 시절과 이후 서울대 규장각한국학연구원에 재직하던 시절에 쓰인 것이다. 1부의 글들이 주로 박태원 문학을 연구대상으로 한 박사논문의 연장선상에서 쓰인 것들이라면 2부와 3부의 글들은 중국에서의 경험이 밑바탕이 된 것들이다. 4년여 간 북경대에서 한국어와 한국문학을 가르치고 연구하면서 어쭙잖게나마 중국문학과 한국문학의 관련성이라는 시야를 확보하게 되었고, 이후의 연구들에서 용감하게 중국어 텍스트들을 활용할 수 있게 되었기 때문이다. 한국문학과 일본문학의 관련성에 대한 연구들이 숱하게 많이 이루어져 온 데 비해 근대문학에서 한중의 관련성 또는 비교라는 관점은 상대적으로 불충분하다는 점이 새로운 광맥과 같이 다가온 면이 있어, 감히 한중일을 한데 모아놓고 이리저리 견주어 보겠다는 욕심을 부리게 되었던 것 같다.

　1부의 글들은 한국 근대작가와 외국문학 체험 그리고 번역 작업의 문제를 작가 개인의 글쓰기 실천이라는 차원에서 실증적으로 접근한 것이다. 이를 통해 한국문학 텍스트가 외래의 텍스트들과 만나고 엮이면서 벌어지는 언어의 현장을 세밀하게 들여다보고자 했다. 박태원의 작품들이 이 글들의 핵심 텍스트가 된 것은 박태원이라는 작가가 한국 작가와 외국문학의 관계를 논하는 데 더없이 적절하고 유용한 글들을 많이 남겨 놓았기 때문이다. 텍스트들과 언어들의 교차가 만들어내는 다채로운 풍경을 재구성해봄으로써 근대 작가의 정신적 편력과 문화 횡단의 역정을 살피고자 했다. 2부와 3부는 주로 한중일 특히 중국문학 텍스트를 참조 또는 비교의 대상으로 삼은 글들로 이루어져 있는데, 근대의 문학언어, 번역어, 번역 텍스트, 텍스트의 전유와 재창조 등의 문제를 주로 다루고 있다. 또한 제국주의 시대 동아시아의 이동망과 유통망이 낳은 동시대적 경험이라는 문제를 독서 체험, 공간 체험과 관련시켜 살피기도 했다.

논문을 발표할 때는 오직 논문 자체로써밖에 말할 수 없지만 이렇게 책으로 묶여 나올 때는 그 논문을 둘러싼 이런 저런 뒷얘기와 소회 또는 변명을 늘어놓을 수 있다는 이점이 있다. 작가의 외국문학 독서 체험을 재구성하기 위해 일제 강점기 총독부 도서관에 소장됐던 책들을 들춰보던 일과 보물찾기하듯이 자료들 사이를 헤매던 일은 아직도 희열의 기억으로 남아 있다. 헤밍웨이의 한국어 및 일본어 번역본을 대조해 보고, 괴테와 크로포트킨에 관한 한중일 각 언어의 자료들을 비교해보는 등의 작업은 품은 많이 들지만 어떤 발견이나 성과를 얻을 수 있을지 대개 막막한 종류의 일에 속한다. 그러나 각각의 언어들이 만들어낸 텍스트의 숲을 헤쳐 나가며 때로는 익숙하고 때로는 낯선 풍경들을 번갈아 만나는 과정은 그 자체가 언어적 지적 훈련의 과정이기도 했기에 충분히 지속할 만한 것이었다. 무스잉, 궈모뤄 등 20세기 전반기 동시대의 중국 작가들과 그들의 작품을 만나게 되면서 한국문학을 다른 시각에서 바라보게 된 것도 큰 소득이었다. 동아시아의 출판시장과 문학 및 서적의 유통, 동아시아 근대도시들을 거점으로 이루어진 동시대인들의 직간접적 만남과 접점이라는 문제는 앞으로 더욱 진지하게 파고들고 싶은 주제가 되었다.

여기에 모아 놓은 개별적인 글들은 애초에 거시적인 목표나 통일된 목적의식에 입각해서 쓰인 것들이 아님에도 세월과 함께 하나씩 쌓여 가며 어떤 일관성 있는 방법과 태도를 드러내게 된 것이 아닌가 생각하게 된다. 하나하나의 연구들은 어쩌면 더 큰 작업들을 낳게 할 밑그림, 토대 또는 하나의 시도로서 그만큼 어떤 점에서는 기초적인 작업이거나 주변이나 언저리를 맴돌며 변죽만 울린 것들일 수 있다. 한중일을 비롯한 (동)아시아 근대문학의 동시대적 경험, 실천, 실험이라는 주제는 저자를 비롯해 이후 연구자들에게 남겨진 과제가 더 큰 영역이 아닐까 생각한다. 작가와 독자 그리고 텍스트가 놓이게 된 조건으로서 문학의 장과 그들이 스스로의 정신 작용과 상상적 활동에 의해 만들어 간 문학의 장 그리고 그 사이의 무수한 섞임과 뒤틀림을 최대한 세심하게 들여다보고 살려내는 작업을 계속해 나가고자 한다.

북경대에서 수년 동안 연구와 강의 기회를 제공해 주신 여러 선생님들에게 한 번도 인쇄된 지면을 통해 감사 인사를 전한 적이 없었는데, 이번에야말로 바로 그 때를 얻은 것 같아 매우 다행스럽다. 북경대 조선문화연구소의 리선한 선생님과 한국어문화과의 학과장 왕단 선생님을 비롯하여 남연, 금지아, 문려화 선생님께 뒤늦은 감사의 인사를 전한다. 덕분에 쉽지 않은 북경생활에 큰 의지처가 되었고 중국이라는 큰 자산을 얻을 수 있었다. 박사학위는 받았으되 연구 방향도 미래도 불투명할 뿐이었던 시절, 어렴풋하게나마 중국을 경험했던 일은 하나의 돌파구이자 새로운 디딤돌이 되었다. 그런 점에서 중국이라는 새 인연을 맺게끔 도와준 남편 곽상욱, 북경생활의 첫 길잡이가 되어 주신 단국대 철학과의 황종원 선생님도 빼놓을 수 없을 것 같다. 중국 체류시절 중앙민족대학 김명숙 선생님은 늘 연구자로서의 지혜와 덕을 보여주셨고 구보 박태원의 차남 박재영 선생님은 멀리서도 늘 한결같이 격려와 응원을 보내주셨다. 늘 품었던 감사의 마음을 비로소 글로 밝힌다.

규장각한국학연구원에서 연구자로 생활하는 동안 이현희 원장님을 비롯한 여러 선생님들 덕분에 여러 기회와 큰 자극을 얻을 수 있었음에 감사한다. 연구에 대한 한결같은 열정으로 귀감이 되어 주시는 서지학자 조계영 선생님, 규장각에 있는 동안 지원과 격려를 아끼지 않으시고 학술총서로 책을 묶을 수 있도록 도와주신 정호훈, 황재문 선생님께는 특별히 존경의 인사를 건네고 싶다. 개인적으로는 『언어의 놀이, 서사의 실험』을 출간한 이후 소명출판과 다시 작업을 하게 되어 더욱 뜻 깊고 새롭다. 오랜 시간 한 길을 지켜 오신 박성모 사장님께 존경의 말씀을 전하며, 연도와 쪽수 하나까지 꼼꼼히 챙겨 편집해 주신 여러 편집자께도 감사드린다.

　인문학 연구자로 사는 길은 고독하고 외롭지만 때론 이기적이어야 할 때가 많다. 이기적으로 보일만큼의 집중과 몰두 없이는 논문이라는 결과가 나오기 어렵기 때문이다. 그래서 생활에서 다른 분들의 도움을 빚지지 않고 글과 책이 나온다는 것은 불가능에 가까운 일이다. 이 책에 실린 글들이 하나씩 세상에 나오는 동안 내 삶과 주변을 챙기는 데 큰 힘이 되어주신 도움의 손길들에 마음 깊이 감사할 따름이다. 특히 친정 엄마이신 박찬순 작가님께 말로 채 하지 못한 마음을 담아 이 책을 드리고 싶다. 생활에 빈틈이 생길지라도 연구를 소홀히 하지 말라고 늘 독려하고 일깨워주신 덕에 손을 놓아버리고 싶은 무력감과 게으름을 어느 정도 극복하고 연구자의 길을 지속하고 있는 것이리라. 연구자로서 또 교육자로서 해야 할 일이 남아 있는 한 조금만 더 이기적이 되어 살아봐야겠다.

2021년 4월
김미지

제1부
근대 작가의 외국문학 체험과 문학의 교차점

제1장

소설가 박태원의 외국문학 독서 체험과 작가의 탄생

1. 외국문학이라는 조건

하나의 작가가 탄생하고 만들어지는 데 관여하는 조건과 힘들은 매우 다양하다. 한 개인이 그가 속한 사회·문화·정치적 관계들과 무관하게 존재할 수 없다는 포괄적인 전제를 받아들이는 한 이는 작가에게도 동일 하게 적용된다. 작가나 작품이 사회(문화)적인 '산물産物'이라는 주장과는 별개로, 작가의 주변을 파고들어 그에 대한 또 그의 작품세계에 대한 일말 의 진실을 얻어내는 이러한 접근 방법은 보편화되어 있다고 해도 무리가 아니다. 그래서 한 인간이자 개인인 작가를 연구할 때 그의 가계, 학창시 절, 교우관계, 단체활동은 물론이고 더 나아가 당대의 사회·정치적 현실, 문단 상황, 매체 환경, 독서문화 등 그를 둘러싸고 있었던 환경과 조건과 관계들을 실증적으로 추적하고 재구성해보기도 한다. 이러한 관계 설정 에서 중요한 것은 다양한 조건과 힘들이 작가 개인을 구성하고 있다는 사실을 확인하는 것뿐만 아니라, 역으로 개인(들)을 통해 그러한 조건과 힘들을 새로이 조명하고 재구성할 수 있다는 점이다.

　한국에서 근대문학이 태동한 일제 강점기의 경우, 근대적 의미에서의 작가, 근대적인 작품이 탄생한 배경에 대한 연구는 상당히 탄탄하게 축적되어 있는 편이다. 이에 따르면 작가와 작품을 이해하는 데 있어, 출신 계층, 출신 지역과 같은 타고난 조건들뿐만 아니라 학력, 인맥과 같이 후천적으로 습득된 요인들 그리고 식민지(도시 또는 농촌)의 현실, 식민지 문단의 판도, 일본 제국(정치·문화)의 영향력, 신흥 매체들(신문, 잡지, 영화)과 같은 다양하고 복잡한 의미망은 간과할 수 없는 문제가 된다. 일례로 염상섭이라는 작가와 그의 문학을 이야기할 때, 중인계층, 서울, 신문(기자), 대중매체와 같은 '조건'들을 결부시키는 식이다. 임화나 한설야, 김남천을 카프라는 조직 및 당대의 정치 상황과 떼어낼 수 없는 것 이상으로, 박태원이나 이상을 연구할 때 구인회 및 문단의 지형도, 카페문화와 경성의 도시 공간, 서구의 모더니즘과 같은 요소들은 매우 중요하다.

　특히 한국의 근대문학은 서양문학 그리고 일본문학의 영향력하에서 형성되어 왔음을 부인하기 어렵고, 그런 점에서 외국문학의 존재는 한국 근대문학의 환경과 조건을 논하는 데 빠질 수 없는 문제이다.[1] 외국문학이 "한국 근대문학이 지닌 구조적 문제점"을 복잡하고 모순적으로 보여주는 한편 "이 나라 문학청년들의 무의식을 장악한 팜므파탈"[2]이라

1　한국문학에서 외국문학이 가진 조건 혹은 환경으로서의 영향력에 대한 논의로 계간 『외국문학』 창간호 특집으로 이루어진 정명환·김윤식·김우창의 대담 「외국문학의 수용과 한국문학의 방향」(1984)을 참고할 수 있다. 이들은 "신문학의 대두는 외국문학의 직접적인 충격, 자극, 영향으로부터 비롯된 것"임을 전제로 하되 외국문학(또는 서구문학)의 영향력의 정도나 밀도에 관해서는 식민지 시기와 해방 이후 또는 60년대 이후를 나누어 보고 있다.

2　염무웅, 「생의 균열로서의 서구문학 체험」, 『문학수첩』, 2005 여름. 염무웅은 근대

고까지 일컬어지는 것은 그 영향력의 단적인 표현이라 할 수 있다. 근대
문학 장르의 형성뿐만 아니라 개별 작가와 작품의 탄생에 있어서도 외
국문학은 아주 오랫동안 깊숙이 작동해 왔다. '이식문학론移植文學論'에 대
한 논의를 필두로 하여 모방론模倣論 또는 수용론受容論 그리고 영향관계론
影響關係論 등 여러 다양한 논점이 한국 근대문학사에서 꾸준히 제기되어
온 것이 그 증거이다. 외국문학과 한국문학의 관계라는 주제는 외국 작
가의 작품들이나 문예 사조의 영향관계를 살펴보는[3] 것에서 나아가 외
국문학 수용 과정에 개입되는 여러 문제들 예컨대 번역(사전, 번역어), 출
판(제도와 시장), 독서문화(독자), 검열 문제와 같은 보다 다양한 주제들과
연관될 수 있다는 점에서 텍스트 간의 일대일 관계를 넘어선다.[4] 이제
외국문학 수용에 대한 연구는 좀 더 미시적이고 세밀한 접근을 통해 일

문학사상 최초의 시집이 번역시집이었다는 사실은 한국문학의 근대가 지닌 구조적
문제점을 상징적으로 보여준다고 말한다.

3 한국 근대 초기시의 상징주의 경향(수용)에 대한 논의가 한국문단에서 외국문학 수
용사 연구의 맨 앞머리를 장식하고 있거니와, 주로 외국문학 전공자들에 의해 한국
에서 외국문학 수용 자체에 대한 논의가 있어 왔고, 이를 바탕으로 한국문학과 외국
문학의 영향관계를 논하는 연구들이 활발하게 진행되었다고 할 수 있다. 전자의 것
으로 대표적인 것이 김병철의『韓國 近代西洋文學 移入史 硏究』, 을유문화사, 1980
이며, 후자의 경우 개별 작가에 대한 연구들이 중심을 이루는데 언어별 작가별로 비
교문학 차원에서 꽤 많은 연구들이 축적되어 있다. 이 밖에 특정 시기 또는 한국문학
전반에 걸친 외국문학 영향을 논의한 것으로 문석우 외,『서구문학의 수용과 한국적
변용』, 한국학술정보, 2004; 서은주,「1930년대 외국문학 수용의 좌표-세계/민족,
문학」,『민족문학사연구』28, 민족문학사연구소, 2005 등이 있다.

4 이 가운데 번역과 문학 생산의 조건을 연결시키는 연구들은 상당 부분 축적되어 있
다. 예컨대, 조진기,「현진건의 번역소설 연구-초기 습작 과정과 관련하여」,『人文
論叢』12, 경남대 인문과학연구소, 1999; 조진기,「번역과 국어국문학 연구」,『배달
말』33, 배달말학회, 2003; 정선태,「번역과 근대소설 문체의 발견-잡지『소년』을
중심으로」,『대동문화연구』48, 성균관대 대동문화연구원, 2004; 김경수,「염상섭
소설과 번역」,『어문연구』134, 한국어문교육연구회, 2007; 박현수,「두 개의 번역
과 소설이라는 글쓰기」,『상허학보』20, 상허학회, 2007; 박진영,「한국의 번역 및
번안소설과 근대소설어의 성립-근대소설의 양식과 매체 그리고 언어」,『대동문화
연구』59, 성균관대 대동문화연구원, 2007 등 참조.

방적인 영향관계를 넘어 새로운 언어와 문화의 창조라는 문제로까지 확장될 필요가 있다.

이 글은 이러한 문제의식에 따라 작가의 외국문학 체험을 실증적으로 재구성해 보고, 그 체험이 작가의 형성과 작품세계의 탄생에 어떻게 작동했는지 추적해 보는 것을 목표로 한다. 이를 위해 주목한 작가는 식민지 모더니스트로 불리는 박태원이다. 외국문학 체험을 통해 작가의 탄생 과정을 고찰하는 데 박태원이 적합한 작가인 데는 몇 가지 이유가 있다. 우선 저자 자신이 작성한 독서 체험의 기록들이 매우 풍부하다는 점을 들 수 있다. 문학청년으로 어린 시절부터 상당한 독서량을 자랑했던 박태원은 독서 체험과 관련해 그 누구보다도 많은 기록을 남겨 놓고 있다. 그 기록이란 수필, 감상문, 일기, 평문 등 여러 글쓰기 장르에 고루 나타나 있다. 또한 다양한 외국문학에 심취했던 박태원은 직접 번역을 시도하여 여러 편의 번역 작품을 발표한 경험도 갖고 있다. 이 경험들은 그의 작가 수련기와 창작 과정에 자양분이 되었음은 물론이고, 한국어의 어감과 스타일에 대한 그의 남다른 예민함의 토대가 되었음을 짐작할 수 있다.

물론 박태원이라는 작가가 형성되는데는 외국문학 체험 이외에도 다양한 요소들이 중요하고 결정적인 의미를 가진다. 즉 남과 북을 통틀어 오랜 세월 다채로운 글쓰기를 보여준 박태원의 문학 여정의 출발점에는 구소설 독서(어린 시절), 춘원 등 스승들의 영향(학창시절), 서양과 일본 근대문학 독서(습작기) 등이 중요한 자리를 차지하고 있는 것이다. 이 장에서는 그가 문학청년 시절에 특히 매료되었던 외국문학 편력 과정을 추적해 보고 그의 문학언어가 탄생하는 데 외국(어)문학의 체험이 어떤 의미를 가질 수 있는지 살펴보려 한다. 박태원의 외국문학 독서 체험을 재구성해

봄으로써 외국문학 체험과 작품(언어) 세계의 내밀한 상관관계를 탐색하는 하나의 계기가 되기를 기대한다.

2. 외국문학 독서 체험의 실증적 재구성

앞에서도 말했듯 식민지 시기 외국문학 독서의 양상을 살펴보는 데 작가 박태원은 매우 좋은 모델이자 자료가 된다. 경성제일고보 출신에 잠시나마 일본 유학을 다녀왔다는 점을 고려하면 박태원은 매우 고급의 엘리트 독자라 할 수 있고 따라서 그를 통해 적어도 이 당시 지식층의 외국문학 독서 경향의 일면을 충분히 엿볼 수 있을 것이다. 박태원은 어린 시절 고소설 즉 '이야기책'에 심취하여 밤낮을 가리지 않고 책을 읽은 탓에 시력이 매우 나빠졌을 뿐만 아니라 몸이 쇠약해지기까지 했다고 여러 차례 고백 또는 푸념하였다.[5] 그런데 그의 독서 편력의 여정에서 이야기책을 대신하여 등장한 것이 바로 열일곱 살 무렵 접하게 된 서양의 신문학이었다. 이 시기 박태원의 독서열이 어느 정도였는지는 여러 편의 수필에 자세히 기록되어 있다.

㉠ (열일곱 살 적) 구소설을 졸업하고 신소설로 입학하야 수년 내 『반역자의 모(母)』(고리키), 『모오팟상선집』, 『엽인일기(獵人日記)』(투르게네프)……이러한 것들을 알든 모르든 주워 읽고, (…중략…) 드디어 이 해 가을에 이르러

---

5   박태원, 「춘향전 탐독은 이미 취학 이전」, 류보선 편, 『구보가 아즉 박태원일 때』, 깊은샘, 2005, 231면 참조. 온갖 병에 물든 쇠약한 신체가 어린 시절 지나친 고소설 탐독 때문이었다는 내용은 소설 「소설가 구보씨의 일일」에도 언급되어 있다.

집안 어른의 뜻을 어기고 학교를 쉬어 버렸다. (…중략…) 닷새에 한 번 열흘에 한 번 소년 구보는 아버지에게 돈을 타 가지고 **본정 서사(書肆)로 가서 문예서적을 구하여** 가지고 와서는 기나긴 가을밤을 새워 가며 읽었다. 그리고 새벽녘에나 잠이 들면 새로 한시 두시에나 일어나고 하였다. 일어나도 밖에는 별로 안 나갔다. 대개는 책상 앞에 앉아 붓을 잡고 가령 ──「흰 백합의 탄식」이라든 그러한 제목으로 순정소설을 쓰려고 끙끙 매었다.[6]

㉯ 정말 문학서류와 친하기는 '부속보통학교' 3, 4학년 때이었던가 싶다. 내가 산 **최초의 문학 서적이 신조사판(新朝社版)『叛逆者の母』, 둘째 것 역시 같은 사판의『モ-パッサン選集』**이었다고 기억한다. 알거나 모르거나 톨스토이, 투르게네프, 셰익스피어, 바이런, 괴테, 하이네, 위고…… 하고, 소설이고, 시고, 함부루 구하여 함부루 읽었다.[7]

㉰ 번역 말이 나왔으니 말이지, **나는 당시 영문학을 공부하고 싶다 생각하고 있던 때였다.** 그래 「사흘 굶은 봄달」, 「옆집 색시」, 「5월의 훈풍」, 「피로」 등 일군의 작품을 제작하는 한편으로, 몇 편의 소설을 번역하여 보았었다. 맨스필드의 「차 한잔」, 헤밍웨이의 「도살자」, 오오푸라아티의 「봄의 파종」, 「조세핀」 이상 네 편으로, 나는 이것들을 몽보(夢甫)라는 이름으로 동아일보에 발표하였다[8]

윗글 ㉮에 따르면 그는 열일곱 살 적(1925~1926년경) 문예 독서에 심취

---

6   박태원, 「순정을 짓밟은 춘자」(『중앙』, 1936.4), 위의 책, 228면.
7   박태원, 「춘향전 탐독은 이미 취학 이전」, 위의 책, 231면.
8   위의 책, 232~233면.

한 나머지 학교까지 아예 그만두고 독서에만 매달렸는데, 이 때 읽은 작품들이 서양의 신문학 작품들과 일본과 조선의 문예잡지들이었다. 이 무렵부터 스무 살에 영문학 공부의 뜻을 품고 일본으로 건너가기 전까지 즉 1927~1929년에는 대부분의 하루 일과를 독서로 보냈으며, 틈틈이 습작을 병행하였다. 그가 본격적으로 시와 소설을 발표하고 작가활동을 시작한 것은 1930년인데,[9] 그가 습작기 읽었던 영문학 작품을 잡지와 신문 지면에 직접 번역하여 발표한 것도 이 무렵이었다. 위 인용문에서 그가 읽었다고 밝힌 고리키와 모파상의 '작품집'은 일본어 번역본이었다. 중역이든 직역이든 한국어 번역이 작품별로 꾸준히 이루어졌다 하더라도[10] 이러한 '일본어 독서'는 당시로서는 자연스러운 일이었다.

1920년 이후 일본에서는 다이쇼大正 데모크라시(3기) 시기 문화 대중화 운동의 맥락 속에서 외국문예물들의 번역과 소개가 폭발적으로 이루어졌고, 이에 따라 세계 근대 문예물들의 선집과 전집들이 대거 출간되었다. 정확히 다이쇼 9년(1920)부터 신조사(新潮社), 좌등출판부(佐藤出版部), 낙양당(洛陽堂), 박문관(博文館) 등의 출판사에서 세계 작가들의 번역 선집과 일본 근대문학 선집들을 연이어 내놓기 시작한다. 그리고 박태원이 해외문학의 '세례'를 받았던 1920년대 중반~1930년대 초 이 제국의 출판물들은 식민지의 도서관과 서점에 거의 시차時差 없이 흘러들어왔다.[11] 실제

---

9 이전에도 간간이 시와 수필 그리고 콩트를 발표했지만, 본격적으로 시를 신문에 싣기 시작한 것은 1930년 『동아일보』 지면을 통해서이고, 본격적인 소설 역시 「적멸」, 「수염」으로부터 시작된 것으로 본다면 1930년을 데뷔 시점으로 볼 수 있다.

10 19세기 말 선교사 등 외국인들로부터 시작된 외국 작품의 한국어 번역은 신문잡지 매체의 증가와 함께 꾸준히 소개가 된 문예물의 하나로 자리 잡는다. 구체적인 번역 작품들은 김병철, 『世界文學飜譯書誌目錄總覽-1895~1987』, 國學資料院, 2002 참조.

11 박태원이 작가로 등장하기 시작한 1920년대 후반에서 1930년대 초반은 일본어 서적이 득세한 시기로, 이는 '국어' 해독력의 급격한 확산과 관련이 있다. 이러한 '국어' 수준의 향상은 조선어 번역서의 출간을 가로막는 조건이 되기도 했다. 천정환, 『근대의 책읽기』,

로 당시 일본에서 출간된 서적의 판권지板權紙와 총독부 도서관의 등록인登錄印을 비교해 보면 길어야 몇 달 정도의 시차가 있을 뿐이며, 서적상을 통해 입수된 경우 서적의 유통은 거의 실시간으로 이루어졌으리라고 추측된다.

그렇다면 박태원은 구체적으로 어떤 형태로 된 어떤 판본의 책을 읽었을까. 〈표 1〉은 박태원이 기록해 놓은 독서 목록과 동시대 일본에서 번역 출판된 세계문학 작품들 가운데 당시 국내 도서관(총독부도서관, 경성부도서관 등)에 소장되어 있던 것들(즉 현재 국내 도서관에 소장되어 있는 식민지 시대 서적들)을 대조한 것이다. 박태원이 1929년~1930년 도일하여 법정대학 예과를 다니다가 1931년 귀국했다는 점을 고려하면, 이 때 조선에서보다 더 다양한 일본어 서적과 원서를 접했을 가능성도 있다. 그러나 독서가 집중적으로 이루어지던 시기는 일본으로 유학을 가기 이전이며 그가 읽은 책들 가운데는 귀국 이후에 발간된 것들도 많으므로 일제 강점기에 흘러들어와 있던 도서 목록을 박태원 독서 목록과 곧바로 대응시켜보는 것도 큰 무리는 아닐 것이다.

푸른역사, 2003, 32~33면 참조. 한편 일본 출판물들이 식민지로 흘러들어간 양상들에 대해서는 Edward Mack, 「The Extranational Flow of Japanese-Language Texts, 1905~1945」, 『사이』 6, 국제한국문학문화학회, 2009 참조. 이 논문은 한국의 일본어 출판물 러시와 시장 규모에 대해서도 언급하고 있는데, 이 글에 인용된 일본인 서적상 Senba Yaematsu의 1928년 증언에 따르면 그 어떤 식민지보다 가난했던 한국이 그 어느 곳보다 크고 광범위한 서적시장(서점 수, 독서 인구)을 가지고 있었다고 기록하고 있다. 1931년경 서울에만 30개 이상의 서점이 있었으며 이는 서울에 국한된 현상이 아니었다고 한다.

12 아무 기호표기가 없는 것은 현재 통용되는 일반적인 제목 또는 원제명이고 "따옴표" 안에 들어 있는 것은 박태원이 기록해 놓은 제목이다. 이 목록에는 박태원의 소설 작품에 인용하거나 언급한 외국문학 작품들은 빠져 있다.

〈표 1〉 박태원의 독서목록과 식민지 시기 도서관 소장 자료 서지 사항 대조

작가	작품명[12] (원 발표년도)	일본어 작품명 (수록서명)	출간년도 (출판사)	비고	작품 출처[13]
三石勝五郎		『火山灰』	1924 (新潮社)	『散華樂』 1923(新潮社)	① ⑧
장 콕토		『佛蘭西現代詩の讀み方』	1932 (第一書房)	佛和 대역본	
石川啄木				작품집(선집) 다수	②
新潮社 編		『世界文學講座』	1931 (新潮社)	1~13권(?)	③
고리키	밤 주막 (1902)	『夜の宿』	1925 (金星堂)	희곡 (世界近代劇叢書 第2輯)	③
세르반테스	돈키호테 (1605)	『ドン キホーテ』	1927 (新潮社)	片上伸 譯	③
몰리에르	"염인병환자" (인간혐오자)	「厭人病患者」 『古典劇大系: 佛蘭西』	1924 (近代社)	희곡	③
체홉	허가, 붉은 양말	『(노국문호)체홉短篇集』	1924 (조선도서)	權輔相 譯 한국어판(?)	③
골즈워디	"투쟁" 〈Defeat〉	『現代小英文學選』	1926 (寶文館)	田中豊 編 영문판	③
싱(J. M. Synge)	Riders to the Sea, The Playboy of the Western world	『愛蘭劇集』 第9集	1928 (世界戲曲全集 刊行會)	희곡 일어판	③
고리키	"叛逆者の母"	『叛逆者の母』	1920 (文泉堂)[14]	渡平民 譯	④ ⑤
모파상	"모오팟상선집"	『モオパツサン選集』	1920 (新潮社)	平野威馬雄 譯 1923년 10판 발행	④ ⑤
투르게네프	"엽인일기"	『獵人日記』	1913 (近江屋書店)		④
맨스필드	"차 한잔" A Cup of Tea (1922)			미확인[15]	⑤ ⑥
헤밍웨이	"屠殺者" The killers (1927)	「暗殺者」 『現代アメリカ短篇集』	1931 (春陽堂)	杉木喬 譯 英米近代文學叢書第 1輯 第19卷 英和대역본	⑤

오플래허티	"봄의 파종" Spring Sowing	「春の種播き」 『厚化粧の女其他』	1931 (春陽堂)	舟橋雄 譯 英米近代文學叢書 第1輯 第24卷 英和대역본	⑤
	"쪼세핀"			미확인	⑤
쥘 르나르	박물지	「博物誌抄」 『近代短篇小說集』	1929 (新潮社)	岸田國士 譯 世界文學全集 第1期第36卷	⑥
알퐁스도테	사포			미확인	⑥
오-헨리		『戀愛奉公其他』	1931 (春陽堂)	英米近代文學叢書 第1輯 第13卷	⑥
발자크				다수	
조이스	율리시즈 (1922)	『ユリシイズ』	1931 (第一書房)	伊藤 整(外) 譯	⑥
		『ユリシイズ』	1932(?) (岩波文庫)	森田草平(外) 譯	
夏目漱石	"소세키 전집"	『漱石全集』	1928~29	漱石全集刊行會 編輯	⑦
		『(新選)夏目漱石集』	1929 (改造社)		
菊池寬	忠直卿行狀記(1918)			미확인	⑧
크로포트킨	"청년에게 호소하노라"(1880)			일역 팸플릿	⑧
파제예프	"괴멸"	"세계프로레타리아 혁명소설집"1편		藏原惟人 譯	⑨
리베딘스키	"일주일"(1922)	『一週間』	1926 (改造社)	池谷信三郎 譯	⑩
글라드코프	"세멘트"	『セメント』 (世界社會主義文學叢書 第5 卷)	1928 (南宋書院)	辻恒彦 譯	⑪
芥川龍之介		『芥川龍之介集』	1928 (改造社)	現代日本文學全集 第30篇	
톨스토이	"일리아스, 세 가지 문제, 바보 이반"			영문 중역(1930)	

---

13 ① 「병상잡설」(1927), ② 「바닷가의 노래」(1937), ③ 「구보가 아즉 박태원일때-문
학소년의 일기」(1936), ④ 「순정을 짓밟은 춘자」(1937), ⑤ 「춘향전 탐독은 이미 취
학 이전」(1940), ⑥ 「표현 묘사 기교-창작여록」(1934), ⑦ 「옹노만어-나의일기」
(1938), ⑧ 「시문잡감」(1927), ⑨ 「현대 소비에트 프로레 문학의 최고봉」(1931),

〈표 1〉에서 알 수 있듯이 박태원은 다양한 언어와 장르의 세계문학을 섭렵했다. 그의 외국문학 탐독은 시와 소설, 희곡 등 장르를 가리지 않았고, 미국, 영국, 아일랜드, 프랑스, 러시아, 일본 등 국적을 초월해 있었다. 특히 그의 관심은 동시대 작가들의 최신작에 향해 있었다. 그가 처음에는 시인 지망생이었고 시를 발표함으로써 문단에 등장했다는 사실과 관련해서 눈에 띄는 책들은 미쓰이시 가쓰고로三石勝五郎나 이시카와 다쿠보쿠石川啄木와 같은 일본 시인들의 시집이다. 박태원은 이들의 시를 수필과 작품에 여러 차례 인용하기도 했고, 자신이 가장 흠모하는 시인들이라고 밝히기도 했다. 또한 고리키, 몰리에르, 싱 등의 근대극에 대한 관심과 독서도 꾸준히 이루어졌음을 알 수 있다.

당대의 외국문학 출판물들에서 눈에 띄는 점은 대개의 외국문학 작품이 일본어 편자 또는 역자에 의한 편집판(선집, 총서)의 형태로 소개되었다는 것이다. 이 시기는 일본 근대문학 (걸작)선집들이 발간되기 시작한 때이기도 한데, 이때 쏟아져 나온 국가별, 작가별, 시대별 번역 선집들 예컨대 『現代小英文學選』(1926), 『愛蘭劇集』(1928), 『モーパッサン選集』(1920), 『現代アメリカ短篇集』(1931), 『近代短篇小說集』(1929) 같은 것들을 박태원과 동시대 식민지인들이 접했으리라는 추정 역시 가능하다. 즉 박태원의 문학소년

---

⑩ 「프롤레타리아 문학의 최초의 연」(1931), ⑪ 「글라드꼬프 작 소설 「세멘트」」(1931).

14 박태원은 이 작품이 신조사에서 출판된 것으로 기억하고 있는데, 이는 착오가 아닌가 한다.

15 맨스필드 선집은 일본에서 1933년(영화대역)과 35년(영문)에 출간된 적이 있는데, 「A Cup of Tea」가 실려 있는 일본 출판서는 35년도 초판본(Short stories(短篇小說集), 岡田美津 註, 硏究社)이 있다. 그러나 박태원은 이 작품을 31년에 번역한 바 있으므로 이전에 영국에서 출간된 원서를 직접 보았거나 다른 경로를 통해 원문을 접했을 것으로 추측된다. 「A Cup of Tea」는 맨스필드 사후 1923년 출간된 *The Doves' Nest*(Constable)에 수록되어 있다.

기 그리고 습작기는 일본어 ⒀⒆ 문학선집 출간 붐과 그 시기가 일치한다. 물론 한국에서도 1920년대에 특히 '해외문학파'들을 중심으로 세계문학 번역이 여러 지면을 통해 꾸준히 이루어지고 있었고, 한국어 번역 선집인 『세계문학 걸작집』(오천원吳天圖 역, 1925) 등이 출간된 바 있지만, 박태원은 실제로 보았든 안 보았든 한국어 번역 작품을 보았다거나 참고했다는 기록을 남긴 바 없다.

박태원의 독서목록과 대응시켜 본 당시 서적(판본)들의 존재 양상과 관련하여 또 하나 주목할 점은 이 당시 일본에서 일본어로 해설과 주석만 덧붙인 원문 편집판 선집 또는 영어-일어英和 대역 선집이 출간되어 조선에서도 유통, 소비되었다는 사실이다. 대역본이란 것이 본래 외국어 학습을 위해 탄생한 것이라는 점을 고려해 본다면, 이 시기 대역본의 기능역시 마찬가지였을 것이고, '원문'과 번역문을 함께 독자에게 공개한다는 것은 번역에 대한 자신감에 근거하지 않고서는 어려우리라는 점도 추측할 수 있다. 지금의 형태와 똑같이 면대면page by page으로 영어 원문과 일어 번역문이 병치되어 있고 하단에 주요 어휘와 구문에 대한 간략한 주석이 달려 있는 대역본은 이시기 상당히 광범위하게 출판되었다.[16]

박태원 역시 이 당시 출간된 대역본을 읽었을(최소한 접했을) 것으로 추측되는 것은, 우연의 일치인지는 몰라도 그가 영어 원문으로 읽고 번역

---

16 표제지에 '영화대역'이라고 표기되어 있는 것은 많지 않지만 총서나 문고 가운데 많은 판본이 영화대역(英和對譯)(또는 일미대역(日米對譯))으로 출간되었다. 일례로 춘양당(春陽堂)의 '영미근대문학총서(英米近代文學叢書)'는 아예 영화대역 문고로 기획된 듯 시리즈에 속하는 대부분의 책들이 영문과 번역문을 병치해 놓고 있다. 30년대 전후로는 중국 고전을 일본인 번역자들이 일본어와 영어로 동시 번역해 놓은 판본들 즉 영화쌍역(英和雙譯)본도 많이 나왔음을 확인할 수 있다. 예컨대『英和雙譯支那古典全集』, 레그 英譯; 淸水起正, 廣瀨又一 譯, 二三子堂書店, 1932;「(英和雙譯)四書」, 廣瀨又一・淸水起正 共編, 日本英語社, 1936. 그 시대 일본의 '영어교육열'을 짐작할 수 있는 대목이다.

했다고 주장하는 작품들이 대체로 대역본의 형태로 출간되어 있다는 점이다. 물론 이는 당시 영어교육을 담당했던 여러 기관들(사립학교, 중등학교, 전문학교, YMCA 등)에서 읽혔거나 흘러나왔을 문학 작품들, 일제 강점기 도서관에 소장되지 않았더라도 선교사와 같은 외국인이나 서적상들에 의해 유통됐을 여타 원서들의 존재를 확인하지 않고는 단정할 수 없는 문제이지만, 일제 강점기 도서관 자료로서 현재 확인되는 바로는 박태원이 번역한 헤밍웨이의 「The killers」, O'Flaherty("오오푸라아티")의 「Spring Sowing」 등은 대역본의 형태만이 남아 있다.[17]

박태원은 영어로 일기를 쓸 수 있었던 만큼이나 영어를 잘 읽을 수 있었으며,[18] "영문학을 공부하고 싶었다"고 술회할 만큼 유독 영문학에 매료되어 있었다. 거의 모든 '세계'의 문학을 어떤 선택권도 가지지 못한 채 일본인에 의해 재편집된 일본어 번역본만으로 접해야 했던 그로서는 외국 작가의 모국어로 된 '원문原文'에 직접 다가가고자 했던 의지가 강했던 것으로 보인다. 영문을 읽고 우리말로 번역을 해보겠다는 시도와 결과물이 그를 증명한다. 그렇다면 그에게 영어란, 영문학이란 무엇이었고 그것을 번역한다는 것은 어떤 의미였을까.[19] 단지 "자타가 공

---

17 총독부 도서관 또는 경성제대 도서관에 소장되어 있던 당대의 책 가운데 헤밍웨이의 「The Killers」가 수록된 것은 『現代アメリカ短篇集』(1931)과 『近代短篇小說集』(1935)으로 모두 대역본이다. 「Spring Sowing」 역시 『厚化粧の女其他』('英米近代文學叢書' 第1輯第24卷)(1931)에 실려 있다.

18 "중학 2년이 되여서부터가 문제다. (…중략…) 가뜩이나 '센척'하려드는 구보 소년을 보고, 사람이 좋은 영어교사가 "태원이 어학에 매우 재주가 있어." 어떻게 그러한 무책임한 말을 불쑥 한 것이 이를테면 탈이다. 그 말에 (…중략…) **자타가 공인하는 영어 실력을 발휘하기 위하여 위선 그날까지 순한문으로 하여오든 일기를 단연 영어로 기술하기로 결심하여 버렸다.**" 박태원, 「옹노만어-나의일기」, 『조선일보』, 1938.1.20.

19 일제 강점기 영문학의 발생과 존립 근거에 대한 연구가 최근 활발히 진행되고 있다. 사노 마사토는 「경성제대 영문과 네트워크에 대하여」, 『한국현대문학연구』 26, 한국현대문학회, 2008에서 경성제대 영문학 교수였던 사토 키요시의 언급을 빌려 "민족적 정체성을 모색하기 위한 학문적 지적 참조항으로서 역할을 영문학이 담당했

인하는 영어실력"을 확인해보고자 또는 인정받고자 번역을 '발표'까지 했던 것은 아닐 것이다. 그렇다면 외국문학 작품의 번역과 작가의 탄생은 어떤 관계를 지닐 수 있는 것일까. 이제 한 사람의 작가가 만들어지는 과정에 개입한 번역 작업을 통해 외국문학에 대한 총체적인 체험의 양상을 들여다보고자 한다.

3. 식민지 영어학습과 박태원 번역의 탄생과정

박태원은 일제 말기 본격적으로 중국 고전 번역에 매달리기 훨씬 이전인 습작기부터 간간이 한시를 번역해서 소개하기도 했고,[20] 일본어 시를 번역하기도 했다.[21] 이는 독서가 곧 번역의 과정일 수밖에 없었던 당시의 사정과도 관련되지만, 작가 자신 번역에 대한 관심과 시험의 일환이기도 했으며, 자신이 좋아하는 작품을 독자들과 공감하고자 하는 의도에서 비롯된 것이기도 하다.

　　필자 왈, 이 역(譯)은 그리 좋다고는 생각하지 않는다. 말씀이 매우 괴로운

다"(331면)고 본다. 영문학의 탈식민주의적 성격과 관계가 깊은 아일랜드문학에 대한 조선인들의 특별한 관심이 그 근거라는 것인데, 식민지 '정체성'의 문제와 영문학의 상관관계에 대해서는 좀 더 면밀한 검증이 필요하다.

20　박태원, 「백일만필─시 소품 묵상」, 『조선일보』, 1926.11.24~27(류보선 편, 앞의 책, 296~298면). 여기서 박태원은 곽진의 「자야춘가(子夜春歌)」, 이익의 「변하곡(汴河曲)」, 정지상의 「실제(失題)」 세 편을 번역 소개하고 있다.

21　박태원, 「병상잡설」, 『조선문단』, 1927.4(류보선 편, 앞의 책, 106~107면). 여기서 소개하는 일어 번역시는 三石勝五郎의 시집 『火山灰』(신조사, 1924)에 실려 있는 두 편으로 제목「黒い手」를 '꺼먼 손'으로, 「幾らかの金がある時」를 '몇 푼의 돈이 있을 때'로 번역해 놓고 있다.

역이나 내버리기 아까워 이에 거두어 놓은 것이다. **뒷날에 여유가 있으며는 수정하여 놓을 것**을 말하여 둔다.[22]

이를 우리말로 옮기려 함에 심히 곤란을 느낀다. (…중략…) 구차히도 표현하였음은 천식천재(淺識淺才)인 필자의 고통의 흔적이다. 다행이 **독자의 가르치심이 있으면** (…중략…) 한다.[23]

三石(三石勝五郎)씨는 **나의 가장 경모하는 시인의 한 사람**으로 (…중략…) 필자는 이에 2편을 택하야 **독자의 감상에 공(供)할까** 한다. (…중략…) 어떻든 좋은 노래다. 이 시를 읽고 독자는 이 시인을 사랑하는 필자의 심정을 알었을 줄 믿는다.[24]

한시와 일본 시의 번역문들에 대해서는 따로 비교 고찰이 필요한 일이지만, 위 인용문들에서도 엿볼 수 있는 것은 박태원이 '의역意譯'에 대비되는 의미로서의 '직역直譯'주의자는 아니었다는 사실이다.[25] 그러면 그가 심혈을 기울였던 영문학 번역의 경우는 어땠을까. 그가 번역한 영문 작품은 미국 작가 헤밍웨이의 「The Killers」,[26] 아일랜드 작가 '리엄 오우푸래히티(오플래허티)'의 「Spring Sowing」[27]과 「Josephine」,[28] 영

---

22 박태원, 「백일만필 – 시 소품 묵상」, 류보선 편, 앞의 책, 296면.
23 위의 책, 297면.
24 위의 책, 106~107면.
25 의역과 직역 문제는 김억의 번역 시집 『오뇌의 무도』(1921)로부터 제기되는 문제로 1920년대 후반부터 해외문학파가 본격적으로 번역론을 전개하면서 심화한 논쟁이 전개된다.
26 夢甫 譯, 「屠殺者」, 『동아일보』, 1931.7.19~31.
27 夢甫 譯, 「봄의 파종」, 『동아일보』, 1931.8.1~6.
28 夢甫 譯, 「쪼세핀」, 『동아일보』, 1931.8.7~15.

국 작가 맨스필드의 「A Cup of Tea」[29]가 있고, 톨스토이의 「이리야스」, 「세 가지 문제」, 「바보이반」[30]을 영문판으로 중역했다. 박태원은 이들 번역을 '몽보夢甫'라는 필명으로 발표했는데, 일단 번역자인 박태원의 주장에 따르면 이들은 모두 일본어의 중역이 아니라 영어를 바탕으로 한 '직역'이다. 그는 영어를 잘 한다는 사실 그리고 직접 영어 원문으로 번역을 했다는 사실에 매우 큰 자부심을 갖고 있었다. 몽보 번역의 "역문의 유려함"을 찬탄하던 편석촌(김기림)에게 "입이 험하기로 유명한" 시인 정지용이 "뭐, 중역이겠지" 하고 "한마디로 물리친" 데 대해 작가는 "오직 속으로 은근히 분개하였"다고 쓰고 있는 데서 그 자부심을 단적으로 확인할 수 있다.[31] 그러면 박태원이 저 작품들을 번역 아니 직역(중역이 아닌)해서 발표하게 된 경로는 어떠하며 어떤 방법론으로 번역에 임했던 것일까. 먼저 그가 영어 공부를 어떻게 했으며 영어 공부와 번역에 어떤 사전을 참조했을지 추적해보기로 한다.

1) 영어 학습 과정과 영화英和사전

박태원은 식민지 시기 가운데 학교 영어교육이 가장 활발했던 시절에 공립학교를 다녔다. 구한말 영어교육 기관이나 사립학교에서 소위 '원어민'들에 의해 영미에서 공수된 교과서로 교육이 이루어졌던 데 반해, 한일병합 이후에는 공교육에서 원어민 교사가 사라지고(일본어 능통자로 교사 자격 제한) 교과서와 사전도 일본인이 저술한 것만 이용하도록 했으며, 수업 시수도 대폭 줄어든다.[32] 그러나 1922년 박태원이 경성제일고보에 입

29　夢甫 譯, 「차 한 잔」, 『동아일보』, 1931.12.5~10.
30　『신생』 3-9, 1930.9; 『신생』 3-11, 1930.11; 『동아일보』, 1930.12.6~24.
31　「춘향전 탐독은 이미 취학 이전」, 『문장』, 1940.2.
32　교과 과정과 교과서 등 식민지 시기 영어교육에 관한 자세한 내용과 이 시기 영어의

학했던 바로 그해에 제2차 조선교육령이 시행되면서 영어교육이 크게 강화되었던 것이다.[33] 1919년 3·1운동 이후 고등보통학교에서 외국어가 수의과목에서 정과로 승격되고, 1922년부터는 주당 수업 시수가 일본어 수업 시수와 맞먹게 되는데, 이는 일본 본국에서 외국어교육에 배당한 시수와 정확하게 일치한다. 이는 실업과목을 감축하고 고등보통학교의 인문 중고등학교로서의 성격을 강화한 결과라고 한다. 이후 1928년 말부터는 영어교육이 다시 이전으로 후퇴하고 나아가 1941년경에는 금지되었던 것에 비추어볼 때 박태원은 식민지 시기 가장 영어교육을 충실히 받았던 세대에 속하는 셈이다. 박태원의 앞 세대들의 경우 학교의 영어교육에 부족을 느끼고 조선중앙기독교청년회(YMCA)의 학관[34] 등에서 영어를 추가로 배우고 공부했다는 증언들이 꽤 많은 데 비해,[35] 박태원의 경우는 YMCA 같은 기관에서 영어를 배웠다는 기록이 전혀 없다. 1920년대

위상에 대해서는 강내희, 「식민지시대 영어교육과 영어의 사회적 위상」, 『안과밖』 18, 영미문학연구회, 2005 참조. 구한말부터 식민지 시기를 거쳐 한국에서 시작된 영어교육의 간략한 역사에 대해서는 이복희·여도순, 「한국의 영어교육에 관한 역사적 고찰과 전개 방향에 관한 연구」, 『공주영상정보대학 논문집』 8, 공주영상정보대, 2001 참조.

33 강내희, 앞의 글, 274면 참조.

34 이 YMCA 학관이란 1909년 대한제국정부의 사립학교령에 의거하여 정식 인가를 받았던 중등학교로 주간부와 야간부가 있었고 영어과, 일어과, 공업부 등의 학과가 개설되어 실용적인 교육을 주로 담당했다. 전택부, 『한국기독교청년회운동사』, 범우사, 1994, 198면 참조(임경석, 『이정 박헌영 일대기』, 역사비평사, 2004, 53~54면에서 재인용).

35 일례로 박헌영의 경성고보(박태원이 다닌 경성제일고보의 전신) 친구들의 증언에 따르면 박헌영은 고보 재학 당시인 1910년대 중반 학교 친구들과 함께 YMCA에서 3년여 간 매우 열심히 영어를 공부했다. 그 덕에 2학년 때 13개 과목 가운데 영어에서 가장 우수한 성적을 냈으며 4학년 때도 영어만이 유일한 만점(10점)을 받았고 나머지는 8점과 7점을 받은 기록이 남아 있다. 박헌영은 영어를 열심히 공부한 것이 이후 사회주의자로서 활동하는 데 매우 큰 도움이 되었다는 증언도 남긴 바 있다. 그는 모스크바의 국제레닌학교 입학 후 영어반에 속해 영어 강의를 듣기도 했다. 임경석, 위의 책, 54~59·154면 참조.

중등학교의 영어교육이 비교적 강화되면서 박태원은 학교에서 배우고 독학을 했을 가능성이 크다.

당시 교육령의 내용에 비추어 보면 중학시절 "태원인 어학에 매우 재주가 있어"라고 칭찬을 했다던 영어교사는 원어민이 아닌 일본인 교사였으며, 영화英和(또는 화영)사전으로 영어공부를 했으리라 추측해볼 수 있다. 당시 공식 학교에서 사용된 영어 교과서에 관해서는 연구가 미비한 편이다.[36] 그런데 '어학에 재주가 있다'는 영어교사의 칭찬은 무엇을 뜻하는 걸까. 어휘력이 풍부하다, 영어 단어를 많이 알고 있다는 상식적인 뜻을 넘어 언어 교환 능력, 즉 일본어와 영어 사이에서 어휘를 대응시키고 확장시키는 능력이 있다는 뜻이 포함되어 있을 것이다. 즉 그는 두 언어 사이에서 능통하게 풍부한 어휘를 구사하며 적재적소에 배치할 수 있는 능력인 번역 능력을 갖추었던 것이다.

박태원의 영어 학습의 기회는 일본 유학시절에도 주어진다. 1930년 4월 법정(호세이)대학 예과에 입학해 잠시 적을 두었는데, 이때의 성적표에 따르면 예과 1학년 박태원이 수강한 교과목은 수신修身, 영어 1·2·3·4·5, 제2외국어(프랑스어) 1·2, 국어, 작문, 한문, 역사, 법통法通, 자연과학, 수학, 체조 총 16개 과목이었다. 영어 과목만 다섯 개에 국어, 작문, 한문, 게다가 프랑스어 두 과목까지 합하면 언어 공부에 쏟은 노력은 대단했던 것으로 보이며 성적 역시 이 부분에서 두드러지는 면모를 보인다. 가장 좋은 점수(갑甲)를 받은 것은 영어 다섯 과목과 국어, 한문뿐이고, 나머지는 중간 정도(병丙)의 성적에 머물렀으니,[37] 가히 영어

---

36 당시 가장 많이 사용되었던 '독본'류 특히 당시 일본 중학교 교재였던 『ナショナル・リーダー』(The New National Reader) 또는 '크라운' 시리즈로 추정한다. 강내희, 앞의 글, 280~281면 참조.

37 갑(甲)의 아래 등급인 을(乙)을 받은 과목은 작문 한 과목뿐이고, 법통은 이 가운데

공부를 위해 유학을 갔다고 해도 과언이 아닐 정도이다. 이 당시 이렇게 세분화되어 있던 영어 강좌를 통해 어떤 교육을 받았는지는 확인되지 않았지만, 단지 수준 높은 영어 수업을 경험하고 고급의 영어를 구사할 수 있었을 것으로 짐작할 뿐이다.

한편 박태원은 중학(경성제일고보) 2학년(1923) 때 영어로 일기를 쓰던 시절을 회상하면서 "화영사전和英辭典이라든 그러한 것을 뒤적어리지 않으면 안되었고……"[38]라고 썼다. 위에서 언급했듯이 일본인이 만든 영어사전만을 사용하게 했다는 점에 비추어 볼 때 이는 그럴법한 또는 불가피한 일이다. 쉽게 말하면 한국인이 영어로 작문을 하여 일기를 쓰는데 영한사전이 아닌 '일영日英'사전을 참조했다는 말이다. 조선어로 구상하고 일본어로 바꾼 뒤 다시 사전을 참조하여 영어로 재교환하는 실로 복잡한 과정을 거쳤을 가능성도 있지만, 아예 일본어로 구상하고 영어로 번역했을 가능성이 더 높아 보인다. 구상은 일본어로 하고 표현은 영어로 하는 것이야말로 김동인이 말한 바 있는 구상은 일본어로 하고 표현은 조선어로 했다는 것의 보다 고차원적 버전이 아닐 수 없을 것이다. 이 제국어들 사이에 조선어가 끼어들 여지는 매우 희박해진다. 하지만 외국어를 조선어로 표현해내야 하는 번역의 경우는 사정이 좀 다를 수밖에 없다. 영화사전이든 화영사전이든 어떤 사전을 참조했든 간에 어쨌든 종착지는 조선어가 되어야만 하기 때문이다.

박태원이 영어 공부 또는 번역에 참조했을 사전은 아마 그가 경성제일고보 재학 당시인 20년대 초(1922년경)에서 본격적으로 작품 발표에 뛰어

가장 낮은 점수인 정(丁)을 받았으며 나머지는 모두 병(丙)을 기록하여 평균 을의 성적을 나타냈다. 박태원의 차남 박재영 선생이 제공한 법정대학 예과 성적증명서 참조.

38   박태원, 「옹노만어-나의 일기」, 『조선일보』, 1938.1.20.

들 즈음인 20년대 후반(1928년경)에 나온 사전들일 가능성이 있다. 이즈음을 전후로 나온 영한사전이라면 『영한자뎐An English-Korean dictionary; 英韓字典』(George Heber Jones, 1914), 그리고 Baird의 『영한한영英韓韓英사전』(1928년으로 추정)이 있고,[39] 영일사전으로는 『대영화사전大英和辭典』(藤岡勝二 著, 大倉書店, 大正10년, 개정판 昭和 7년)이 가장 가깝다. 일기를 쓸 때조차 화영사전을 참조했다고 한 것을 고려하면 영어 공부와 번역 작업에서도 영화사전을 참조했을 가능성이 매우 높다. 그리고 기실 Jones의 『영한자뎐』(1914)은 지나치게 초보적인 어휘 사전에 불과해 문학 작품을 번역하는 데 이용하기에는 무리가 있어 보인다. 그러나 어떤 사전을 사용했는가 하는 점보다 더 중요한 사실은, 그 어떤 번역도 사전에만 의존해서 이루어지는 것이 아니라는 것, 사전(표준, 공식화한, 한정된 언어)을 경유하되 사전 너머를 향해 이루어진다는 것이다.

앞 장에서도 언급했다시피, 박태원이 번역한 작품들은 대체로 영화 대역본으로 존재하기 때문에 영어 원문, 일어 번역문, 그리고 박태원의 한국어 번역문을 삼자 대조해보는 것이 가능하다. 이 글에서는 그 시론격으로 헤밍웨이의 「The Killers」 번역에 나타난 특징적인 양상을 제시하고자 한다.[40]

2) 英·韓·日 텍스트 비교—헤밍웨이의 「The Killers」

헤밍웨이의 「The Killers」는 미국에서 1927년 발표된 작품으로, 박태

---

39 구한말부터 식민지 시기 외국어(이중어) 사전의 목록은 황호덕, 「번역가의 왼손, 이중어사전의 통국가적 생산과 유통」, 『상허학보』 28, 상허학회, 2010 참조. 이 논문의 조사 목록에 따르면 외국인의 필요에 의해 만들어졌을 '한영' 사전은 다양한 저자에 의해 꾸준히 나왔으나 '영한' 사전은 찾기가 힘들다.
40 박태원이 행한 영문학 작품 번역 전체에 대한 상세한 고찰은 이 책 1부 2장 참조.

원의 동시대에 나온 최신의 해외문학이라고 할 수 있다. 이 작품의 번역은 일본과 한국에서 1931년 같은 해에 발표되었다.[41] 앞에서 언급했다시피 일본의 것은 '영화대역'의 단행본『現代アメリカ短篇集』에 수록되었고, 박태원이 번역한 한국의 것은『동아일보』신문지상에 7회에 걸쳐 연재되었다(1931.7.19~31). 〈표 2〉는 이 작품의 영어 원문과 박태원의 번역 그리고 스즈키 다카시杉木喬의 일본어 번역 가운데 특징적인 사항들을 먼저 단어와 어구 중심으로 대조해 놓은 것이다.

우선 가장 눈에 띄는 점은 제목으로, 일어 역자는 암살자暗殺者로, 박태원

〈표 2〉「The Killers」 원문과 한국어 · 일본어 번역본 비교

	영어	박태원	일어	비고
제목	The Killers	**屠殺者**	**暗殺者**	日: 殺人組, 殺し屋, 殺人者(だち) 韓: 살인자(들), 살인청부업자
단어	Henry's lunchroom	『헨리 · 란츠루』 (헨리簡易食堂)	ヘンリー一品料理屋	일어 대역본 주석에 '간이식당 정도의 것'으로 해설
어구	two men	두 사나이	二人連れの男	
단어	Dinner	씨너(**저녁定食**)	ヂイナー	
단어	mashed potatoes	매수트 · 퍼테이토우	マツシ · ポテト-	
단어	croquette	크로켓	コロッケ	
단어	derby hat	중산모자	**ダアビイ**山高帽	
단어	silk muffler	비단 목도리	絹の襟卷	
어구	a black overcoat buttoned across the chest	가슴에 **가로** 단추를단 검은 『**오우쌔 · 코우트**』	胸にボタンのある黒の**オーヴァ**	

---

41 현재 확인되는 일본어판은 1933년에 조선총독부에 소장된 것으로 판권지에 따르면 1933년에 21회 배본한 것으로 되어 있다. 이 작품이 수록된『現代アメリカ短篇集』은 춘양당에서 발간한 '영미근대문학총서' 시리즈의 19권인데, 24권인『厚化粧の女其他』가 1931년 11월 발간(7회 배본)된 것으로 보아, 초판은 1931년 중반쯤일 것으로 추정된다.

은 도살자屠殺者로 번역하고 있다는 점이다. 두 제목 모두 작품의 내용이나 현재의 상식으로 본다면 매우 이채로운 단어 선택이라 하지 않을 수 없는데, 이 차이는 어디에서 기인한 것일까. 우선 당시 『대영화사전』의 해당 단어 항목을 몇 가지 살펴보면 다음과 같다.

> killer(kilə)(名) 1. 殺ス人:特ニ,屠殺人. 2. 中和サセルモノ (…후략…)
> lunchroom (名) 小食堂
> dinner(dinə) (名) 1. 正餐, 午餐, 晝飯 2. 馳走, 饗應, モテナシ, 宴會, 酒宴.

이상의 것들만 보더라도 1931년, 거의 같은 시기에 번역된 두 번역본은 저 사전만 놓고 보자면 사전(1932년판도 거의 동일)을 참조하지 않았거나 아예 무시한 셈이 된다. 「The Killers」가 '암살자' 혹은 '도살자'가 된 것은 작품의 내용을 고려한 번역임이 분명해지는데, 이후에는 이러한 최초의 번역들을 무시한 지극히 '사전적인' 번역들이 주종을 이루어왔다는 것이 오히려 놀라운 일이라고 해야 할 것이다.[42] 물론 '암살자'도 '도살자'도 지나친 의역의 혐의가 있고 과연 이 작품에 적절한 제목인가 하는 문제는 있지만, 둘 다 시사하는 바가 있다. '암살자'는 당시 사전에도 지금처럼 'Assassin'의 역어로 올라 있었고, '몰래 죽임'이라는 뜻의 '암살'은 작품 내용에 비추어도 썩 어울리지는 않는다. 그런데도 일본어 번역자는 '암살자'라는 단어를 선택했다. 그 의도를 정확히 파악할 수는 없지만 이 역자의 선택이 사전을 비껴나 있었던 것만은 분명한 사실이다.[43]

---

42 한국에서는 헤밍웨이의 「The Killers」가 오랫동안 '살인자'로 번역되어 왔는데 '살인 청부업자'라고 하는 것이 정확하다는 주장이 최근 설득력을 얻고 있다. 이재호, 『문화의 오역』, 동인, 2005 참조.

43 몇 년 뒤 다른 역자에 의한 번역본이 『近代短篇小説集』(梅本誠一 著, 四條書房,

무엇보다 killer가 박태원에게 와서 '도살자'가 된 배경이 궁금하지 않을 수 없는데, 일단 당시 사전에는 특수한 의미로 '도살인屠殺人'이라고 하는 뜻풀이가 들어 있음이 확인된다. 하지만 '도살'이란 말이 사람에게 쓰이는 경우가 거의 없다는 점, 쓰이는 경우라도 '도륙' 또는 '살육massacre'에 가까운 의미이거나 비유적인 의미('짐승을 죽임'에서 파생)로 쓰인다는 점에서 이러한 역어 선택 역시 의외라 할 수 있다. 작품에서 특정인을 청부 살인하려는 두 인물의 대화와 행동만 제시될 뿐 실제로 살인이 일어나는 것은 아니기 때문에 더욱 그러하다. 사람을 죽이러 와놓고 뻔뻔스럽게 시시덕거리며 살인 예고를 하는 파렴치한 인물들이기 때문일까. 추측할 수 있는 것은 박태원의 제목은 '도살인'이라는 사전의 풀이와 기왕의 일어 번역 '암살자' 사이의 고민 혹은 타협의 산물이 아닐까 하는 것이다.[44] 즉 사전의 1항에 나온 '죽이는 사람'이라는 데면데면한 말도 아니고 기왕의 일본어 역 '암살자'도 아닌 제3의 번역어를 찾아내려는 고민의 결과로 보인다.

단어 차원에서 무엇보다 흥미로운 것은 외래어를 어떻게 처리하고 있는가 하는 문제이다. "란츠루(간이식당)"나 "찌너(저녁정식)"의 경우 번역어만 써도 되었을 텐데 굳이 원어를 한글로 표기해 놓고 번역어를 병기한 이유는 무엇일까. "매수트·퍼테이토우", "로우스트 폴 텐더로인"이라고

1935)에 실리는데 여기에는 '살인조(殺人組)'라고 하는 더 적절하고 재미있는 제목이 붙어 있다. 이 책 역시 영화대역본인데, 앞선 杉木喬 역의『암살자』에서 많이 달라진 번역문을 보여준다. 단적으로 일품요리옥(一品料理屋)을 간이식당(簡易食堂)으로 한다든지 '오바'(코트)를 '외투'로 바꾸는 식으로 '외래어'를 현실화 또는 순화하는 양상을 띤다. 이 밖에 구문의 형태에도 많은 변화가 있다.

44 박태원은 영문 원본 이외에 다른 역본은 참고하지 않았다고 밝혔지만(「춘향전 탐독은 이미 취학 이전」), 이는 일본어 중역이 결코 아님을 강조하기 위한 것일 뿐 실은 대역본의 존재를 알고 있었고 비교 대상으로 삼았을 것으로 본다.

한 것은 음식명을 고유명사로 간주했기 때문이다. 그러면 또 '오우쌔·코우트overcoat'와 '비단 목도리silk muffler의 차이는 뭘까. 번역 가능한 것과 그렇지 않은 것을 나누는 기준이 무엇이었는지는 확실치 않지만 분명한 것은 '오버overcoat', '고로케croquette와 같이 우리말을 '오염시킨' 것으로 지목되는 일본식 외래어 표기(또는 발음)는 박태원의 번역문에는 거의 나타나 있지 않다는 점이다. 물론 일본식 외래어 표기법이 당시에 얼마만큼 영향력이 있었는지는 확인해 보아야 할 문제이며, 아직 표준적 표기법이 고안되고 합의되기 이전의 일이었다는 사정도 있지만, '영어를 꽤나 잘했던' 박태원은 외래어를 많이 살려 표기하는 쪽을 택하고 있다. 이는 번역하기 곤란하다 하더라도 적어도 기왕의 (일본식) 번역어 또는 일본식 표기법을 차용하지는 않겠다는 의지의 표현일 수도 있다.

그런데 여기에도 혼란과 착종은 엿보인다. 박태원의 외래어 표기의 정체와 관련해서 또 하나 눈에 띄는 것은 원 발음에 가까운 표기와 일본식 외래어 표기가 뒤섞여 있다는 점이다. '아뿌루アップル', '오바オーヴァ', '고로케コロッケ'가 아닌 '애플', '오버', '크로켓'이라고 정확히 쓴 사람이 '란츠루'나 '찌너'라고 적고 있는 것은 무엇을 말하는가.[45] 일본인 영어 교사는 일본식 발음을 쓰고 가르쳤으되 사전에는 원어 발음에 가깝게 표기가 되어 있다는 점이 그 원인일 것이다. 일본어는 사전을 통해 식민지 언어를 장악했지만 그 사전이 일본어로부터의 균열을 만드는 실마리가 된 것은 아니었을까 조심스럽게 추측해 볼 수 있지 않을까.

문장 차원에서 보자면 박태원 번역의 개성과 특징이 훨씬 두드러진다.

---

45 이는 한국어가 놓여 있는 특수한 지형들 즉 다양한 외국어들과 일본어 그리고 그 속에서 번역 작업이 갖고 있는 혼종성, 문화횡단, 통국가성을 보여주는 작은 실례일 수도 있다.

몇 가지 예를 들어 보면 다음과 같다.

"What's yours?"

"무엇을 잡수시렵니까."

「何に致しませうか。」

"I don't know," one of the men said. "What do you want to eat, Al?"

"글세―" 그중의 하나이 말하엿다. "자네는 무얼 먹을려나 애(앨)."

「俺や分らねえ。」一人が言つた。「何が食ひてえつてんだ、アル?」

"I don't know," said Al. "I don't know what I want to eat."

"글세 무얼 먹을고."

「俺にや分んねえ。」アルが言つた。「何が食ひてえんか俺にや分らねえんだ。」

Outside it was getting dark.

바갓은 차차로이 어두어갓다.

戸外は暗くなりかつてみた。

"that's the way you work it."

"당신네 장사하는 법이 이럿소."

「うまく逃げを張つてるなあ。」

위에 인용한 부분은 이 작품의 첫머리에 나타난 몇 대목으로, 살인청부
를 하러 나타난 두 사나이가 식당에서 음식을 주문하는 장면이다. 이 대목

만 보더라도 원문과 번역문의 차이가 확연히 보이며 한국어와 일본어 번역의 차이 또한 크게 눈에 띈다. 우선 일본어 번역에 비해 박태원의 번역은 의역의 정도가 훨씬 심한 것을 볼 수 있다. "I don't know what I want to eat"을 일본어 역자는 「何が食ひてえんか俺にや分らねえんだ。」(무엇을 먹고 싶은지 나도 모르겠다)로 비교적 충실하게 문장 구조를 살려 번역한 반면 박태원은 "글세 무얼 먹을고"로 간단하게 처리하고 있으며, 심지어 ""I don't know," said Al"과 같은 문장은 아예 번역문에서 생략해버렸다. 또한 "I don't know,"를 "글세 — "라고 번역한 것은 박태원만의 센스라고 볼 수 것이다. "it was getting dark"를 "차차로이 어두어갓다"로 번역한 것 역시 박태원의 한국어 감각을 엿볼 수 있는 대목이다.

　박태원 번역 문장의 특장점에 대한 본격적인 논의는 텍스트 간의 면밀한 비교와 문법론, 통사론적 시각에서 좀 더 상세하게 검토될 필요가 있다. 헤밍웨이 문장의 지극히 '하드보일드'한 건조체를 "자네는 무얼 먹으려나" "글세 무얼 먹을고"와 같이 번역해내는 것은 박태원이기에 가능한 것은 아니었을까. 그러면 이러한 번역 체험과 박태원이라는 작가의 작가 세계의 형성은 어떻게 연관될 수 있을까.

4. 언어들의 경쟁과 조선어 공간의 창조

　번역자 '몽보'가 누구인지 모른 채 정지용이 그 번역문의 유려함에 대해 '뭐 중역이겠지'라고 치부해버린 것은, 당시 서양문학 번역＝중역이라는 도식 특히 잘 된 번역은 일본어 중역임에 틀림없다는 편견을 그대로 드러내 준 것이다. 물론 직역이었다고는 해도 이것이 '순수한' 의미의 직역인가 하는 점에 대해서는 회의적일 수밖에 없다. 이 시기 대부분의 역자들이 비슷한 사정에 놓여 있었겠지만, 박태원이 일본어 사전을 참조했고, 일본인이 편집 번역해 놓은 『영화대역본』을 읽었다고 본다면 더욱 그러하다. 그러나 애초에 직역이란 어떤 경우에도 가능하지 않은 일이었다는, 즉 식민지 근대가 애초에 '이중 번역된 근대'이며 '근대 한국어 자체가 중역 과정에서 산출되었다'[46]는 것을 고려하더라도, 박태원의 이러한 시도가 무의미해지는 것은 아니다.

　일본(어)이라는 결정적인 조건 속에서도 동시대 세계와 직접 접촉을 꿈꾸고 그것의 직역(중역이 아닌)-의역(직역이 아닌)을 통해 조선어의 세계를 창조했다는 것은 폄하될 수 없는 의미를 가진다. 실질적으로는 중역의 운명에서 벗어나지 못했다고 하더라도, 그것이 하나의 주체를 형성하는 데 있어서는 창조성의 원천이 될 수 있다는 점은 중요하다. 그리고 이는 한 개인의 자부심의 차원에 그치지 않는다. 식민지인들 자신에 대한 지식조차 심지어 언어조차 식민주의 본국에 의해 생산되고 수입되는 조건 속에서,[47] 그렇게 생산·소비되는 '자기에 대한 앎'을 어떻게 해체-탈구축할 것인가의 문제가 여기에 놓여 있다. 식민지 시기 번역 작업이란 영어(영문학), 일본어, (이중어)사전과 조선어의 현

46　황호덕, 앞의 글 참조. 이 글에서는 한국어의 탄생 자체가 중역을 통해 이루어졌다는 점을 근대 사전 편찬 과정을 통해 논하고 나아가 한국학 연구가 제국어들의 교통로 안에서 처음부터 통국가적(transnational) 방식으로 성립되었다는 점을 주장한다.

47　Andre Schmid는 구한말부터 조선을 사로잡은 일본어 출판물 붐에 대해 언급하면서, 그것이 한국의 지식사회와 지식담론에 미친 영향력이 단순히 외래의 것을 어떻게 받아들이느냐의 문제에 국한되지 않고 '자신에 대한 앎'을 구성하는 데에도 영향력을 미쳤다는 점에 주목한다. Andre Schmid, *Korea Between Empires, 1895~1919*, Newyork : Columbia Univ. Press, 2002, p.101 참조. Schmid는 그 점에서 민족적 지식이 식민주의적 기획에 통합적이기도 했으며 결국 식민주의와 동일한 근대적 담론 안에 뿌리내리고 있었다고 주장하는데, 그 말이 일면 타당하다고 하더라도 이는 미시적인 차원에서 이루어진 다양한 차이들과 균열을 보여주지 못 한다.

실이 뒤섞이고 착종되어 탄생한 것이기 때문이다.

이와 관련하여 문학사적 맥락에서 고려해야 할 것이 몇 가지 있다. 즉 '일본어로 구상하고 조선어로 썼다던' 20년대 김동인의 고백이 당시 작가들의 공통된 운명이었다면, 30년대 박태원은 그로부터 어느 정도의 거리가 있는 것일까. 외래어들 속에서의 혼란과 착종의 흔적이 그 자체로 한국어라고 한다면, 중요한 것은 그 운명을 헤쳐 나가는 개별자들의 방식과 그것이 놓여 있는 문학사적 맥락을 찾는 작업일 것이다. 김동인은 「약한 자의 슬픔」(1919)에서 서양어 'waiting room'의 일본어 역어 '대합실待合室'을 '기다리는방'이라고 뜻을 풀어쓰고 있다. 이는 'waiting room'을 조선어로 번역하는 문제, 즉 새로운 언어를 창조하는 문제가 아니라 단지 지시하는 의미가 무엇인지 그 기의를 '바르게' 해석해 주는 데 지나지 않는다. 하지만 박태원의 경우는 좀 다르다. 김동인도 박태원도 일본어나 일본식 외래어를 흔히 쓰면서 외래어의 처리에 고민했다는 점은 같지만, 박태원은 기의의 올바른 번역이라는 차원보다는 다양한 기표들을 만들어내는 일이 더 중요했다. 그 새로이 창출된 한국어 기표 안에는 '도살자'와 '란츠루'가 함께 공존한다. 사전에 등재될 수 없는 즉 공식화 표준화될 수 없는 '사전 너머의 말들'을 찾아내고 구사하는 데 골몰했던 박태원에게는 원어의 '기의'를 충실히 옮기는 일이란 실상 전혀 중요하지 않았던 것이다.

또 하나의 문학사적 맥락은 해외문학파의 존재와 관련된다. 근대 외국문학 번역 문제에 있어서만큼은 해외 유학을 통해 외국어 실력을 갖춘 해외문학파의 작업과 그들의 활동을 고려하지 않을 수 없는데, 이들은 이 땅에서 외국 문학작품 번역이 시작된 이래[48] 중역–직역 논란을 비껴나 있는 거의 최초의 외국문학 연구자들이자 번역가들이기 때문이다. 그들의 번역 작업이 조선어의 공간 확대에 어떤 기여를 했는지는 역시 논의할 부분이 많이 남아 있는 문제인데, "外國냄새나는 奇怪한 文章"일 뿐, "母國語, 朝鮮文學에 對하야는 한개 非文學에 지내지안는것"[49]이라는 임화의 지적에서 보듯 그들 자신만의 언어세계나 문학세계를 창조했다는 평가를 받고 있지는 못하다. 물론 임화의 비판이 해외문학파에 대한 정치적 폄하나 조선어에 대한 편견을 깔고 있는 것이라 하더라도 해외문학파의 실질적 성과에 대해서는 회의적인 시각도 많다. 특히 해외문학파들 내부에서 조선어 창작을 연구할 것을 독려하고 창작 능력이 있는 자는 창작으로 나아갈 것을 권장하고 있음에도 실질적으로 그러한 시도들은 그리 충분히 발휘되지 못했다. 이 점에서 작가 박태원의 존재는 이들과는 다른 중요성을 지닌다.

사실 박태원 작품세계의 정수로 여겨지는 작품들이 쓰여진 30년대 초중반, 박태원은 더 이상 번역을 하지 않는다. 이제 번역 그 자체는 그에게 전혀 중요한 문제가 아니었던 것이다. 번역은 그의 해외문학 독서 과정의 부산물이며, 문학(또한 문장)이란 무엇인가를 고민하는 하나의 과정일 뿐이었다. 그에게 중요한 것은 어떤 방법으로 무엇을 번역할 것인가의 문제가 아니라 당연하게도 조선어를 가지고 어떤 작품을 써낼 것인가 하는 점이었다.

박태원의 번역 작업이 조선어문학의 창조라는 문제와 관련하여 그

---

48 김병철, 『世界文學飜譯書誌目錄總覽-1895~1987』, 國學資料院, 2002. 이 목록에 따르면 우리나라 번역문학사에서 1895년 존 번연의 『천로역정』이 제일 앞에 놓인다. 그 번역자인 '긔일부쳐'는 『한영대자전(韓英大字典)-Korean-English Dictionary』(1896)을 만든 제임스 S. 게일이다.

49 임화, 「해외문학파의 의의」, 『비판』 4-4, 1936.6, 117면; 해외문학파의 문학사적 의의에 대한 최근의 연구로 김동식, 「해외문학파의 문학론과 조선문학의 위상학」, 『구보학보』 25, 구보학회, 2020 이 있다.

나름의 독특한 위상을 가지고 있다고 볼 수 있는 것은 바로 그가 조선 '최고의 스타일리스트'로 불리던 작가였다는 사실과 관련된다. 그는 당대에도 수준 높은 기교와 낯선 문체로 주목과 혹평을 동시에 받았으며 현재까지도 식민지 시기 새로운 문체와 스타일의 기수로 손꼽히고 있다. 박태원의 번역과 창작은 양자 모두 '조선어' 공간의 창조라는 점에서 결코 떼려야 뗄 수 없는 관계에 있다. 앞의 사례들에서도 보았듯이 박태원의 '의역' 행위는 단지 뜻을 살려 번역한다는 데 그치지 않고 다채로운 조선어를 구사하기 위한 고민의 기록이라고 볼 수 있기 때문이다. 다시 말하면 박태원이 식민지 시기 행한 번역 작업에 있어서 중요한 문제는 영어와 일본어 사이에 놓인 한국어의 자리에 관한 것이며, 그 공간을 확보하는 의식적 무의식적 실천과 관련된 것이다. 이 글에서 외국어 번역의 문제가 한 작가의 출발점 또는 탄생 과정을 확인하는 데 중요한 단초가 될 수 있다고 본 것은, 번역이 단순히 한 언어에서 한 언어로의 중개仲介, 전사轉寫 또는 이식移植이 아니라 '정체성의 구성' 또한 '주체성의 싸움'의 문제이며[50] 결코 동등한 교환관계일 수 없는 언어(문화)들의 역학 속에서 새로운 언어세계를 창조해내는 문제라는 점 때문이다. 일제 강점기 언어들의 착종 공간 속에서 이를 가장 철저하게 고민하고 가장 잘 체현한 작가가 박태원이었고 또 식민지의 모더니스트들이었다.

　흔히 식민지의 모더니즘을 전통 없는 문학, 현실을 초월해 선취된 문학이라고 말하기도 한다. 물론 이는 모더니즘을 '뿌리 없는 부박함'으로 인식하게 만들 오해의 소지가 있는 명제들이지만, 이들이 동시대

50　윤지관, 「번역의 정치학—외국문학 번역과 근대성」, 『안과밖』 10, 영미문학연구회, 2001.

세계의 문학, 외국어(외래어)와 같은 것들을 손쉽게 선택, 수용하고 그렇게 해서 만들어진 인공의 세계를 일견 '천연덕스럽게' 펼쳐 보였다는 것은 분명 그런 혐의를 가능하게 한다. 그래서 그들은 식민지 조선에서 문학을 하는 자신들의 최후의 보루로 '조선어'의 문제를 끝까지 손에서 놓지 않았다. 그들이 문학을 하는 궁극적인 목적이자 과제가 바로 '조선어의 조탁'이었던 것이다.[51] 현실도피의 문학, 예술지상의 문학이라는 공격 속에서도 그들이 스스로의 존립 근거를 내세울 수 있었던 것이 바로 그 지점이었고, 정지용, 이태준 같은 모더니스트들이 '복고주의'라는 비난을 들으면서까지 조선어의 전통과 고전의 세계로 빠져들어 갔던 것도 그런 맥락에서 이해할 수 있다. 가장 전위적인 언어의 창조자이기도 했던 그들은 어떤 의미에서는 가장 "조선적 언어의 애호자"[52]이자 가장 보수적인 모국어의 보존자이기도 했다. 이는 임화를 비롯한 카프 진영의 비판처럼 그들이 '부르주아 민족주의문학의 계승자'들이었기 때문은 아니다. 오히려 과거 민족주의문학인들이 민족어를 손쉽게 버렸을 때에도 그들은 조선어 글쓰기를 버리지 않았다. 문제는 그 '조선어의 조탁'이 의미하는 바, 지향하는 바에 있으며, 이는 모더니스트들 사이에서도 각각 차이와 결절을 보이는 지점이기도 하다. 분명한 것은 모더니스트들에게서 기교를 문제 삼는다면 그것은 인공어라고 부르든 민족어라고 부르든 '조선어'의 문제라는 점이다.

이런 점에서 박태원의 낯설고 새로운 문장들은 단지 서양문학의 영향이라거나 번역투의 차용이라고 설명할 수만은 없다. 그가 펼쳐 보인

---

51 김기림, 「시인으로서 현실에 적극 관심」, 『조선일보』, 1936.1.5. 여기서 김기림은 조선말을 갈고 닦는 것은 시인의 윤리이며 조선말의 운명은 조선문학 나아가 조선문화 전체의 운명과 일치함을 역설하고 있다.

52 임화, 「담천하의 시단일년－조선의 시문학은 어디로?」, 『신동아』, 1935.12.

조선어의 세계는 작가의 기질과 재능 그리고 환경과 경험 등 여러 가지 요소들이 합쳐지고 충돌하여 탄생한 결과물이다. 이 글에서 초점을 맞춘 외국문학의 흡수 그리고 번역 작업은 그 요소들 가운데 하나로서 중요한 의미를 갖는다. 무엇보다 식민지에서 조선어로 창작을 한다는 것 그리고 조선어만이 가질 수 있는 기교를 창안한다는 것은 그 모든 관계들의 섞임과 흔들림이 낳은 현상으로 보아야 한다. 따라서 박태원이라는 한 작가의 탄생을 그의 형성기의 체험들, 여기서는 일본어 전집을 통한 세계문학과의 만남, 식민지의 영어교육, 일본판 이중어 사전, 영문 번역 체험과 같은 작가 형성기의 착종과 모순의 조건들과 관련시키는 것은 단순한 영향-추수 관계 이상의 함의를 지닐 수 있다.

박태원은 일본인 선생에게 영어를 배웠으되 직접 원어의 세계에 가닿고자 했고, 일본어 사전을 참조했으되 그 사전 너머의 언어를 지향했으며, 세계문학의 압도적 동시대성 앞에 내던져져 있었으면서도 결코 위축되지 않는 자부심을 갖고 있었다. 이 모든 것의 중심에 바로 '조선어 창작'이 놓여 있다. 그가 일본어의 세계에도 영어의 세계에도 함몰되지 않고 계속 그 둘 사이를 미끄러지면서 경계를 지워갔던 것은, 바로 자신의 창작의 원천이자 유일한 수단인 그 조선어의 공간을 확장하고자 하는 의지의 작동으로 읽을 수 있다. 척박하지만 한국어가 숨 쉴 공간을 만들기 위한 분투의 흔적은 그의 외국문학 체험과 번역 과정에 고스란히 남아 있으며, 이는 언어와 문장의 차원에 그치지 않고 그의 문학세계 전반의 새로움을 추동하는 동력이 된다. 제국어들의 틈바구니에 놓인 조선어를 구출해내고 조선어의 공간을 넓혀갔다는 점에서 박태원의 글쓰기는 가장 식민지적인 것인 동시에 그 어떤 실천보다도 탈식민주의적인 것이었다고 할 수 있을 것이다.

5. 제국어諸國語/帝國語들을 넘어서

근대문학에서 외국문학 체험과 번역 작업 그리고 창작으로의 전환의 문제는 박태원 한 작가에게 국한될 수 없는 매우 큰 주제라고 할 수 있다. 그리고 중역이 됐든 직역이 됐든 외국문학과의 접촉이 한국어문학 창작에서 갖는 중요성은 아직도 실증적인 차원에서 고찰할 내용이 많이 남아 있는 문제이다. 이 글에서는 일제 강점기 작가들의 외국문학 체험을 고찰하는 데 좋은 재료가 되는 박태원의 기록들과 그의 번역 작업을 검토하여 하나의 작가의 탄생하는 과정에 그 체험이 어떻게 작용했을지 실증적으로 재구성해보고자 하였다.

박태원은 문학청년 시절 방대한 양의 외국문학 독서를 통해 서양과 일본의 문학과 언어를 습득했고, 직접 동시대의 최신 세계문학 작품들을 번역·소개하기도 했다. 그의 외국문학 독서는 거의 대부분이 일본어 번역본에 의존한 것이었고 이는 1920년대 일본의 세계문학 선집 및 전집 출간 붐의 자장 속에서 이루어진 것이었다. 그러나 그는 일본어로 중개되는 것이 아닌 동시대 세계와의 직접 접촉을 시도하여 영문학의 세계로 들어갔고 이를 일본어 중역이 아닌 영문 직역을 통해 구현했다.

박태원의 번역은 영문을 바탕으로 한 이른바 직역이었지만 원문에 충실한 직역과는 거리가 멀었다. 그는 어휘(단어 및 어구 선택), 어투, 문장 구성 등 모든 면에서 파격적인 번역을 선보였고, 거의 동시대에 나온 일본어 번역본과도 판이하게 다른 개성을 보여주고 있다. 이는 조선어에 대한 박태원의 자의식(동시대 모더니스트들이 공유했던 조선어에 대한 감각과 책임감)의 작동이라고 볼 수 있고, 창작자로서 조선어의 확장을 시도했던 작가정신의 소산이기도 하다. 그는 제국어들의 틈바구니에서 그 제국어들의 범주를 너머 사유하고 존재하고자 했다. 일본어(이중어) 사전을 비껴가는 번역, 원문을 초월하는 번역문의 창조가 그 증거가 된다.

앞으로 외국문학 체험과 언어(외국어)의 습득이라는 문제는 박태원 한 작가를 넘어 확대될 여지가 충분하다. 그동안 외국문학 수용과 영향관계가 지속적으로 논의되어 왔지만 일제 강점기 외국문학 서적의 존재 양태나 독서 경험, 외국어 학습 과정, 외국문학 학제(교육) 등에 대한 검토는 좀 더 필요하다고 볼 수 있다. 박태원이 외국문학 전공자나 전문 연구자가 아니라 제도권 밖에 존재했던 작가라는 점과 관련하여 영문학을 전공한 작가들 예컨대 이효석이나 정지용, 조용만 등의 글쓰기 및 번역 작업과의 비교도 가능할 것이다. 한편 영어뿐만 아니라 이 시기 식민지 작가와 작품, 문학세계 형성에 일본어나 중국어(텍스트) 등이 가진 함의에 대한 고찰 또한 요구된다.

제2장   1930년대 해외문학 번역의 혼종성과 딜레마

박태원의 영문학 번역을 중심으로

1. 번역가 박태원과 소설가의 번역

소설가 박태원은 1930년대 경성에서 데뷔하여 1986년 평양에서 생을 마감하기까지 오랜 창작의 여정만큼이나 다채로운 작품세계를 보여준 작가이다. 「소설가 구보씨의 일일」처럼 1930년대를 대표하는 모더니즘소설뿐만 아니라 세태 묘사로 정평이 난 『천변풍경』, 북한에서 쓴 대작 『갑오농민전쟁』 등 폭넓은 작품세계를 보여주는 한편, 시 창작, 해외문학 및 중국문학 번역, 역사소설, 탐정소설, 아동문학 등 다양한 장르와 스펙트럼의 글쓰기 활동을 해왔다. 따라서 박태원 소설의 기법적 정신사적 특징을 논하는 연구들과 더불어 박태원 작품세계의 다양한 색깔을 장르적 접근으로 논하는 연구들도 활발하게 등장하고 있다.[1]

---

1   그간 그다지 주목받지 못했던 '주변적' 글쓰기에 대한 논의들, 즉 습작기 시 작품, 아동물, 탐정물 등의 영역을 따로 논하는 연구들이 등장하였다. 예컨대 곽효환, 「구보 박태원의 시(詩)연구」, 『한국문예비평연구』 33, 한국현대문예비평학회, 2010; 오현숙, 「박태원의 아동문학 연구」, 『아동청소년문학연구』 8, 한국아동청소년문학학회,

이 글은 박태원의 글쓰기 활동 가운데 그간 거의 논의된 적이 없는 서양 문학 번역 작업에 대해 본격적으로 검토하기 위해 쓰여졌다. 박태원이 창작 활동뿐만 아니라 번역 역시 활발하게 했다는 사실은 잘 알려져 있다. 그 대부분의 관심은 중국소설이나 고전 번역에 한정되어 있는 편인데, 실제로 박태원은『지나소설집』을 비롯하여『삼국지』,『수호전』등의 고전 대작을 번역했다.[2] 이런 고전들의 번역은 박태원의 한문 식견과 한문학에 대한 관심에서 비롯된 것이기도 하지만[3] 식민지 말기 그가 통속적인 장편들과 역사소설 집필에 주력했던 것과 마찬가지로 일종의 '매문賣文'의 수단이었을 것으로 짐작된다. 그런데 1930년대 초 박태원이 본격적인 작품활동을 시작함과 동시에 헤밍웨이, 맨스필드, 오플래허티 등 당대 최신 서양 신문예 작품을 번역했다는 사실은 주목을 받지 못한 편이다.[4] 그 이유는 1931년 '몽보夢甫'라는 필명으로 연이어 소개된 그의 해외문예 번역들이 습작기 글쓰기의 일환으로서 경시되었거나, 근대문학 작가들의 번역 성과물에 대한 비평이나 연구가 아직 충분히 이루어지지 않았기

2011; 송수연, 「식민지 시기 소년탐정소설과 '모험'의 상관관계—방정환, 김내성, 박태원의 소년탐정소설을 중심으로」,『아동청소년문학연구』8, 한국아동청소년문학학회, 2011; 유승환, 「해방기 박태원과 「소년삼국지」」,『구보학보』21, 구보학회, 2019 등이 있다.

2 박태원의 한문 번역에 관한 연구로는 윤진현, 「박태원『삼국지』판본 연구」,『한국학연구』14, 인하대 한국학연구소, 2005; 송강호, 「박태원『삼국지』의 판본과 번역 연구」,『구보학보』5, 구보학회, 2010 등 참조.

3 박태원은 취학 전 할아버지로부터 천자문과 통감 등 한학을 배웠다고 밝혔고 이때의 수학 경험을 바탕으로 고전 번역이 가능했던 것으로 보인다.

4 거의 유일하게 박태원의 서양문학 번역을 다룬 논의로 김정우, 「1920~30년대 번역소설의 어휘 양상」,『번역학연구』7-1, 한국번역학회, 2006이 있는데, 이 논문에서는 1920~1930년대 서양문학 번역 작품 13편을 대상으로 이에 나타난 어휘의 양상을 광범위하게 고찰하면서 박태원의 「The Killers」(헤밍웨이) 번역을 언급한 바 있다. 최근의 연구성과로 안미영, 「박태원의 헤밍웨이 단편 The killer의 번역과 입말체의 구현」,『구보학보』21, 구보학회, 2019가 있다.

때문이다.[5] 즉 박태원의 작품세계나 글쓰기의 세계를 해명하고 당대의 문학적 맥락을 고구하는 데 이 번역문들이 의미 있는 텍스트로서 취급받지 못한 것이다. 이 글에서는 본격적으로 박태원이 행했던 일련의 서양문예 번역을 살펴봄으로써 그 특징과 의의를 찾아보고, 당대의 시대적 맥락에서 이러한 작업들이 갖는 위치를 가늠해보는 데 필요한 기본적인 분석작업을 수행하고자 한다.

연구의 대상은 박태원이 1931년 번역하여『동아일보』에 잇달아 연재했던「도살자」(헤밍웨이의「The Killers」),[6]「봄의 파종」(리엄 오플래허티의「Spring Sowing」),[7]「쏘세앤」(리엄 오플래허티의「Josephine」),[8]「茶한잔」(맨스필드의「A Cup of Tea」)[9] 네 작품이다. 헤밍웨이의「The Killers」는 미국에서 1927년 발표되었고, 앞 장에서도 언급했듯이 이 작품의 번역은 일본과 한국에서 1931년 같은 해에 발표되었다.[10] 일본의 것은 杉木喬의 번역으로『現代アメリカ短篇集』(英和對譯)에「암살자暗殺者」라는 제목으로 수록되었고, 박태원이 번역한 것은「도살자屠殺者」라는 제목으로『동아일보』신문지상에 7회에 걸쳐 연재되었다.「도살자」의 번역 연재가 끝나자마자 연이어『동아일보』같은 지면에 연재된「봄의 파종」(1923)과「쏘세앤」(1923?)은 아일랜드의 극작가이자 소설가인 리엄 오

---

5 한국 근대소설(언어)과 번안(번역)의 관계를 지속적으로 탐색한 것으로 박진영의 연구가 대표적인데, 이상수, 홍난파, 김동성 등 근대 번역가들을 발굴하는 작업들을 꾸준히 보여주고 있다. 박진영,『번역과 번안의 시대』, 소명출판, 2011; 박진영,『번역가의 탄생과 동아시아 세계문학』, 소명출판, 2019; 박진영,「근대 번역문학사 연구와 번역 주체」,『한국문학의 연구』50, 한국문학연구학회, 2013 등 참조.
6 헤밍웨이, 夢甫 譯,「屠殺者」,『동아일보』, 1931.7.19~31.
7 리암 오쑤라허티, 夢甫 譯,「봄의 파종」,『동아일보』, 1931.8.1~6.
8 리암 오쑤라허티, 夢甫 譯,「쏘세앤」,『동아일보』, 1931.8.7~15.
9 英 캐더린 맨스웰드 여사, 夢甫 譯,「茶한잔」,『동아일보』, 1931.12.5~10.
10 자세한 서지사항은 앞 장의 각주 41 참조.

플래허티의 단편들을 번역한 것이다. 「봄의 파종」 역시 공교롭게도 박태원이 번역 연재한 1931년 비슷한 시기에 일본에서도 영화英和대역본으로 출간되어 있는 것이 확인된다.[11] 위의 연재가 끝나고 넉 달여 후에 「茶한잔」으로 번역한 캐서린 맨스필드의 「A cup of tea」는 작가 맨스필드 사후 출간된 *The Doves' Nest*(Constable, 1923)에 수록되어 있다.[12]

사실 박태원은 영어로 쓰인 이 네 작품 이외에도 톨스토이의 단편들을 여럿 번역하였다.[13] 그런데 이들은 영역본을 중역한 것으로 알려져 있으며 이상의 네 작품 번역과는 약간의 시차가 있어, 이 글에서는 우선 네 편의 영문학 작품 번역만을 고려 대상으로 한다. 네 작품이 함께 고려될 수 있는 근거는 우선 『동아일보』 지면에 '해외 신문예 소개'라는 공통의 표제하에 발표되었다는 점, 거의 연속적(동시적)이고 순차적으로 이루어진 작업이라는 점, 모두 영문 직역을 표방하고 있다는 점을 들 수 있다. 박태원이 선택한 이 작품들은 동시대에 나온 최신의 서양 문예작품들이라는 공통점 이외에, 신문 지면에 연재하기에 무리가 없을 정도로 단편 치고도 짧은 분량, 간결하면서 함축적인 문장과 단편소설 특유의 구성의 묘를 특징으로 하는 것들로 당대 최신의 문예 트렌드를 접하기에 손색이 없는 작품들이다.

이 글에서 이상의 번역 작품들을 검토하는 방법은 일차적으로 이들을

---

11   이 역시 「The killers」가 수록된 『現代アメリカ短篇集』 시리즈의 일부로 발간되었다(第1輯 第24卷). 단행본 제목은 『厚化粧の女其他』이며 「Spring sowing」의 일본어 제목은 「春の種播き」으로 되어 있다. 「Josephine」은 일본어 번역 여부 및 원문 출처가 확인되지 않았다.

12   맨스필드 선집은 확인한 바로는 일본에서 1933년(영화대역)과 35년(영문)에 출간된 적이 있는데, 「A Cup of Tea」가 실려 있는 일본 출판서는 35년도 초판본(*Short stories*(短篇小說集), 岡田美津 註, 研究社)이 있다.

13   「이리야스」(『신생』 3-9, 1930.9), 「세 가지 문제」(『신생』 3-11, 1930.11), 「바보이반」(『동아일보』, 1930.12.6~24).

원전과 대조하여 단어(조어) 선택 및 문장 차원에서의 특징들을 살펴보는 것이다. 특히 「The Killers」 번역의 경우 동시대의 일본어 번역본을 비교 대상으로 삼아 참조하고자 한다.[14] 일본어 번역본의 출간 사실이 고려의 대상이 되는 이유는 박태원 번역과 일본 번역본과의 관련성에 대한 의문 때문이다. 더구나 한일 양측에서 번역 발표 시점이 상당히 겹친다는 점은 일본어와 영어 모두에 능했던 박태원이 참조했을 원문의 판본이 무엇이었을지 의문을 낳게 한다. 물론 번역자 박태원은 자신의 번역이 모두 일본어의 중역이 아니라 영어 원문을 바탕으로 한 것임을 밝히고 있다. 몽보가 번역한 작품들의 "역문의 유려함"을 찬탄하던 편석촌에게 "입이 험하기로 유명한" 지용이 "뭐, 중역이겠지" 하고 "한마디로 물리친" 데 대해 작가는 "오직 속으로 은근히 분개하였"다고 쓰고 있기 때문이다.[15] 그렇다면 박태원이 당대에 출간된 일본어 대역본을 참조했을 가능성은 열어두되, 영어 원문을 바탕으로 '직역'(중역이 아닌) 했다는 전제하에 번역문을 검토할 필요가 있다.[16]

이 글은 박태원의 번역문이 가진 통사론적, 어휘론적 특징을 면밀히 살펴봄으로써, 궁극적으로는 1930년대 나타났던 번역의 방법론 또는 번역의 윤리를 추출하는 데 목적이 있다. 번역이란 출발어(원문)를 도

---

14 헤밍웨이의 이 소설은 한국에서 박태원에 의해 「도살자」 라는 제목으로 번역된 반면 일본에서는 「암살자」 라는 상이한 제목으로 발표되었다. 두 작품의 판본 문제와 이러한 제목 선택과 관련한 당시의 사전(영한, 영일 사전) 검토 내용은 이 책의 1부 1장 참조.

15 박태원, 「춘향전 탐독은 이미 취학 이전」, 『문장』, 1940.2.

16 일본어 번역본의 번역문을 본격적으로 검토하는 것은 이 글의 목적이 아니며 또한 필자의 능력을 넘어서는 일이므로 여기에서는 확연이 그 차이가 드러나는 부분에 국한하여 살펴볼 것이다. 일본어 번역본까지 고려한다는 것은 번역의 번역(영문→일문→국문) 즉 중역을 피할 수 없기에 일본어 번역문을 해석하려고 애쓰기보다는 참조항으로서 대조하는 데 그치려고 한다.

착어(번역문)로 등가 교환하는 단순한 치환의 작업이 결코 아니며, 특수한 문화적 상황에서 이루어지는 권력의 역학관계를 포함하는 '문화 번역'일 수밖에 없다.[17] 따라서 식민지 시기, 1930년대 번역 작업을 단지 원문에의 충실성이나 정확도 등의 관점에서 접근하거나 일관된 번역 원칙이 있다는 전제하에 살펴보기보다는, 번역의 문체에 나타나는 뒤틀림과 혼란의 징후들에 주목할 필요가 있다.[18] 1930년대 번역의 한 양상으로서 박태원의 번역문들을 고찰하고자 하는 것은 바로 이러한 목적을 수행하는 데 그 번역문들이 매우 적절한 텍스트를 제공한다고 보기 때문이다. 이 연구를 통해 박태원 글쓰기의 한 영역에 대한 새로운 탐색과 함께, 1930년대 번역의 방법론과 시대적 맥락을 밝힐 수 있는 기회가 되기를 바란다.

2. 문체의 해체를 통한 번역 문장의 실험

1930년대는 개화기부터 꾸준히 이어져 오던 번역문학이 중역의 감소(원전 직접 번역의 증가)와 함께 본격적으로 성숙기를 맞이하면서 뿌리를 내린 시기로 평가된다.[19] 언어적(어휘적) 차원에서 이 시기 번역의 주된 양상을 고찰한 김정우에 따르면 1930년대 번역에서 두드러진 공통적 특징은 번역 인프라(영어사전 및 국어사전의 미비)의 취약성으로 인한 한자어의 남용, 문화적 충격 완화를 위한 자국화 경향(귀화 전략), 의고적

---

17   로렌스 베누티, 임호경 역, 『번역의 윤리』, 열린책들, 2006 참조.
18   앙트완 베르만, 윤성우 역, 『낯선 것으로부터 오는 시련』, 2009 참조.
19   김병철, 『한국근대번역문학사연구』, 을유문화사, 1975; 김정우, 앞의 글 참조.

어휘와 서구 외래어의 혼재 등으로 정리될 수 있다.[20] 1931년에 연달아
발표되어 나온 박태원의 번역 작품들은 본격적인 30년대의 성과물들로
보기에는 시기적으로 이른 감이 있지만, 30년대 번역 어휘에 나타나는
이상의 특징들은 박태원의 번역문에서도 대체로 확인되는 사항들이다.
어쩌면 박태원의 번역은 서구원전 번역에 대한 고민이 싹트기 시작한
1920년대와 서구문학 번역이 양적 질적으로 증가한 30년대의 경계에
있다고도 볼 수 있는데, 이 글에서 주목한 것은 귀화전략domestication(길
들이기)과 이화전략foreignization(밀어넣기), 자국어(도착어)와 외국어(출발어),
자문화와 타문화의 경계에서의 실험과 혼란의 흔적들이다. 즉 하나의 텍
스트를 특정한 원칙과 전략의 일관된 산출물로 보기 어려우며, 글쓰기
가 행해지는 공통의 시대적 자장을 고려하되 작가 개인의 분투의 흔적
들을 함께 살필 필요가 있다. 또한 한 작가가 비슷한 시기에 수행한 번
역의 결과물들 사이에서도 공통된 특질뿐만 아니라 그것을 비껴가는
변화와 편차 역시 존재할 수 있다.[21]

우선 네 작품을 일별했을 때 공통적으로 느낄 수 있는 것은 앞에서 언급
했듯이 이 작품의 독자였던 김기림이 지적한바 "역문의 유려함"이다. '유
려함'이란 해석하자면 읽기에 막힘이 없이 자연스럽다는 것과 함께 문장
이 아름답다는 뜻을 내포한다. 번역문에 대해 '유창하고 아름답다'는 평
가는 약이자 독을 함께 포함하는데, 이는 보통 도착어로의 완전한 귀화
또는 의역을 전제할 때 가능한 것이다. 다음은 번역문 가운데 이러한 양상
을 가장 잘 보여주는 예들로, 원문 및 동 시기 일역문과 대조할 때 그 특징

---

20 김정우는 30년대 번역 어휘 양상을 근대국어와 현대국어의 과도기적 모습이라고
   정리하고 있다. 앞의 글, 63면 참조.
21 따라서 이 글에서 박태원의 번역 텍스트 네 편은 '30년대 번역' 또는 '박태원의 번역'이라
   는 하나의 범주로 묶일 수 있는 동시에, 서로서로 참조와 비교의 대상이 될 것이다.

이 두드러진다.

㉮ "What's yours?" George asked them.

"무엇을 잡수시렵니까" 하고 "쪼즈"가 그들에게 물엇다.

「何に致しませうか。」

"I don't know," one of the men said. "What do you want to eat, Al?"

"글세 ―" 그중의 하나이 말하엿다. "자네는 무얼 먹을려나 애."

「俺や分らねえ。」一人が言つた。「何が食ひてえつてんだ、アル?」

"I don't know," said Al. "I don't know what I want to eat."

"글세 무얼 먹을고"

「俺にや分んねえ。」アルが言った.「何が食ひてえんか俺にや分らねえんだ。」

㉯ "Everything we want's the dinner, eh? That's the way you work it."

"우리가 주문하는것 무엇이든지 찌녀야 응? 당신네 장사하는법이 이럿소"

「俺等の欲しいもんは皆デイーなんかい, え? うまく逃げを張ってるなあ。」

(…중략…)

"This is a hot town," said the other. "What do they call it?"

"애, 잇다위놈의 동리봐라" 하고 쏘한사나이가 말하엿다. "이동리 이름이 뭐요"

「こいつあ、大變な町だぜ。」

㉰ Rosemary Fell was not exactly beautiful. No, you couldn't have called her beautiful.

'로우즈머리 · 뻴'은 천하일색이랄만큼 그러케 어여쓰지는못하엿습니다

아니 비록당신이그리 말하고십다드라도 그것은어려울것입니다.

Well, if you took her to pieces…… But why be so cruel as to take anyone to pieces?

네 그야 눈이니, 코니, 입이니하고 조각조각이 낸다면야…… 그러나 아모러기로서니 사람을 조각조각이 내도록이나 잔인(殘忍)하여서야 쓰겠습니까?

인용문 ㉮와 ㉯는 간결하고 건조한 '하드보일드'[22] 문체로 정평이 난 헤밍웨이의 「The Killers」의 앞부분이며 ㉰는 맨스필드의 「A cup of tea」의 첫 대목이다. ㉮와 ㉯의 원문에서는 '하드보일드'의 특징인 무미건조한 문체가 반복되는 반면 ㉰에서는 감탄사, 반어법, 수식어 등에 의한 설명적이고 서술적인 문체가 특징적이다. ㉮와 ㉯를 일역본과 대조했을 때 또한 두드러지는 특징은 일역본이 비교적 원문의 문장 구조에 충실한 번역을 보여주는 반면 박태원의 번역문은 과감한 압축, 생략 등에 의한 의역이 나타난다는 점이다. 한편 위의 세 인용문을 비교해 볼 때 박태원은 두 작품의 번역문에서 완전히 상이한 문체를 도입하고 있음을 알 수 있다. 「도살자」의 경우 원문의 간결함을 살리되 한국어 특유의 대우법을 활용하여 하오, 하게, 해라, 해요, 해체의 상대 높임 종결어미를 다양하게 구사함으로써 인물간의 대화를 유려하게 흘러가도록 하는 데 힘썼으며, 「차한잔」에서는 이채롭게 '하십시오'체를 사용함과 동시에 원문에 없는 부사

---

[22] 'hard-boiled'란 "쓸데없는 수식을 하지 않고 사실을 스피드하게 서술함으로써 비정서적이거나 스토익한 자세를 갖는 묘사방법"으로 정의되는데(이응백·김원경·김선풍, 『국어국문학자료사전』, 한국사전연구사, 1998 참조), 특히 제1차 세계대전 후에 일어난 사실주의적인 비정한 문체를 일컫는다. 하드보일드 문체의 대표 격인 헤밍웨이는 형용사를 가능한 한 쓰지 않고 짧은 문장으로 된 문체를 구사하는 것으로 유명하다.

어 및 부사절, "천하일색이랄만큼 그러케", "비록당신이그리 말하고십다드라도", "그야 눈이니, 코니, 입이니하고", "아모러기로서니" 등을 임의로 첨가하는 파격적인 의역을 선보이고 있다.

이상의 인용문이 보여주는 특질들은 박태원의 기본적인 번역 태도를 충분히 엿보게 한다. 즉 원문 각 문장의 특징을 최대한 살리는 번역 전략을 선택하되, 번역문이 도착어로 쓰이는 새로운 창작물이 될 수 있음을 암시하고 있다. 앞에서 언급한대로 1930년대 번역의 두드러진 특징인 귀화 전략이 박태원의 번역에서도 견지되는 기본 원칙이라고 볼 수 있는데, 이에 따른 구체적인 번역의 양상은 크게 몇 가지 유형으로 나누어 살펴볼 수 있다. 특기할 만한 것은 검토 대상인 각각의 텍스트들에서 그 유형들의 비중이 각기 다른 양상으로 드러난다는 점이다.

1) 원문에 없는 첨가

ㄱ-① Outside it was getting dark.

　　바갓은 차차로이 어두어갓다(「도살자」)

ㄱ-② a white streak was rising from the ground

　　한줄기 흰빗이 대지에서 차차로 일어나고 잇섯다(「봄의 파종」)

ㄱ-③ it seemed the dark came too,

　　어둠이 차차로이 나리고잇엇습니다(「차한잔」)

ㄴ　　His long, flabby, well-fed body

　　큰키에 섁둥섁둥하고 듸롱듸롱하게 살찐그의몸은(「쪼세앤」)

ㄱ-①·②·③에서는 각기 다른 세 작품에서 공교롭게도 '차차로(이)'

라는 동일한 부사어의 첨가가 나타난 사례이다. 작가가 이 부사어를 진행형의 문장이나 대기현상의 변화를 설명하는 데 즐겨 썼음을 짐작할 수 있다. 이렇게 박태원의 번역문에서 두드러지는 한 가지 특징은 원문에서 드러나지 않는 또는 원문으로부터 파생된 첨가어들이 많이 발견된다는 것이다. ⓛ에서는 의태어를 다채롭게 동원하여 간결한 원문에 비해 훨씬 풍부한 번역문이 탄생하였다. 특히 '쭈-ㄱ', '아조', '참'(이상 「도살자」), '지끈둥', '어디선지'(이상 「봄의 파종」), '쏘한바탕', '홀러덩', '빙그레'(이상 「쏘세얜」) 등의 부사어의 첨가가 각 텍스트 모두에서 눈에 띈다.

이러한 첨가의 양상이 가장 두드러진 텍스트는 네 작품 가운데 가장 마지막에 연재된 맨스필드의 「차한잔」이다.

ⓒ Rosemary felt a strange pang.

　　로우즈머리는 *까닭업는*(-의역)고통을 마음속에(-첨가) 느끼여습니다

위 인용문 ⓒ에서는 앞의 ⓖ의 예들과 마찬가지로 부사어 '마음속에'의 임의적 첨가가 확인되며, 이러한 부사어의 첨가는 이외에도 '속기피(-속깊이)', '호호하고', '아모러기로서니', '아조', '하여튼', '장차', '엇써튼', '까닭모르게'와 같이 다수 발견된다. 이는 앞선 번역 작품들에 비해 훨씬 빈도가 증가한 양상으로 나타나는데, 내용의 효과적 전달을 위해 첨가한 경우와 문장의 논리적 연결을 위해 첨가한 경우로 크게 나눌 수 있다. 한편 단순히 단어 차원을 넘어서는 첨가의 양상 역시 이 작품의 번역문에서 나타나는 특질로 보인다.

  ⓐ “A cup of tea?”

 “차 한잔?” 하고 로우즈머리는 놀라 말하얏습니다.

  ⓜ “There!” said Rosemary.

 “이것봐!” 하고 로우쯔머리는 **혼자ㅅ말**을 하엿습니다.

  ⓑ Isn’t that a reason? And besides, one’s always reading about these
  things.

 그게 **훌륭한** 리유가되지안허요? 그리고 그쌘아니라 누구나 다들그런이야
 기를 **소설가튼 것으로** 읽고잇지안허요?(이상 강조는 인용자)

 ⓐ에서는 원문에 없는 설명적 문장이 새로 추가된 경우이고, ⓜ의 경
우는 ‘said’에 대한 자의적 해석으로 ‘혼잣말을 하다’는 문장이 나타나
있다. ⓑ에서는 형용사 ‘훌륭한’의 자의적 첨가와 함께 ‘reading’에 해
당하는 번역문으로 ‘소설가튼 것으로 읽고’와 같이 창작에 가까운 문장
을 보여준다. 이는 박태원의 유려한 의역이 가지는 작품으로서의 효과
와는 별도로, 최초의 번역인 「도살자」에 비해 원전에 대한 충실성이 크
게 약화했음을 보여준다. 즉 “번역과 독창적 글쓰기의 차이점은 다른
텍스트에 대한 모방적 관계에서 충실도의 차이”[23]라는 점을 고려한다
면 박태원의 시도는 번역과 독창적 글쓰기의 경계에 있는 것으로도 볼
수 있다. 이를 박태원이 서구 문예작품 번역을 거듭하면서 번역 태도에
변화를 가져온 것으로 해석할 수도 있고, 각각의 텍스트에 대한 번역자

---

23 로렌스 베누티, 임호경 역, 앞의 책, 82면.

의 관계(거리) 설정의 문제로 이해할 수도 있을 것이다.

2) 풀어쓰기

㉠ Nick Adams watched them

　니, 애덤쓰가 두사람의 하는일을 보고잇섯다

㉡ "Which is yours?" he asked Al.

　"어느것을 주문하섯든가요?" 하고 그는 앨에게물어보앗다.

㉢ "Where do you think you are?"

　"여기가 어던줄알고 당신들이 이러는거에요?"(이상 「도살자」)

㉣ Martin's grandfather, almost bent double over his thick stick,

　몸이 둘로 썩긴듯십게 허리가 굽은 마틴의 할아버지는 굵은 지팽이를 집고

　㉤ wheezily 허-허- 숨쉬며(이상 「봄의 파종」)

　㉤-① gasped out 숨을 허—허—쉬며 말하엿습니다.(「차한잔」)

㉥ perspiring and cursing.

　쌈들을 썰썰흘리고 더위에대한 화징들을내면서 왕래하엿다.

㉦ passe and foolish,

　한창새는 지낫스며 사람알어볼줄을 몰랏다.

ⓞ Her lips had felt so dry and sticky.

여자의입술은 그러케도 물人긔가업고 *씨적씨적하게감촉되엇든 것이다.*(이
상「쪼세핀」)

㉠ Flattery, of course.

그야 그속에는 '아첨'하는말도 물론잇지요

㉢ fairy godmothers were real, that —rich people had hearts,

녯날이야기속에잇는'쏟마대(命名母)'라는 것이 실인생(實人生)에도 존재
한다는것이며, ― 그리고 부자들에게도 역시 피도눈물도 다잇는 것으로(이
상「차한잔」)

위의 인용문들은 원문의 내용을 이해하기 쉽게 풀어서 해석한 사례들
이다. 이는 담화의 맥락에 맞추어 자연스럽게 의역을 하거나(ⓛ, ⓒ, ㉣,
㉢) 단어가 가진 의미를 보다 풍부하게 또는 실감 나게 설명하기 위한 설
명적 번역(㉠, ⓓ, ⓗ, ⓢ, ⓞ, ㉡)으로 크게 나눌 수 있으며 네 종류의 번역
작품에서 2~3건 정도로 고루 나타나 있다.

3) 통사구조의 변형 또는 압축

영어와 한국어의 문형, 어순, 표현 방식의 차이로 인해 발생하는 불가
피한 의역은 어느 번역문에서나 대체로 나타나는 사항이라고 할 수 있는
데, 박태원의 번역 문장에서 나타나는 양상은 크게 세 가지로 유형으로
일별해 볼 수 있다.

㉕ 수식어+피수식어의 명사구 또는 명사를 서술형으로 바꾼 것(또는 그 역)

　㉠ he had tight lips.

　입은 꽉 담을엇다.

　㉡ "eat the big dinner."

　"아조 엄청나게들 먹는다네"

　㉢ "He's dumb,"

　"저친구는 웨말이업나"

　ありやあ黙りやだ

　㉣ "Double-crossed somebody."

　"무슨 반역적행위(叛逆的行爲)가 잇섯든게지"

　誰かを裏切ったんだらうぜ。(이상「도살자」)

　㉤ And her husband absolutely adored her.

　그리고그의남편되시는 량반이 자긔안해의 아조 '철저한 숭배가'입니다

　㉥ "You absurd creature!"

　"당신도 짝하시유!"(이상「차한잔」)

㉖ 주어+술어 관계 등 문형을 변형시킨 것,

　㉠ "I like him."

　"나는 이아이가 귀엽네"

　㉡ "Aren't you running a lunch-counter?"

　"흥 대체당신은 요리점카운터에가 무엇하려 잇는 것요?"(이상「도살자」)

　㉢ through the little hamlet, There was not a soul about.

　이조고만한 촌락은 아조 고요하고 사람이라고는 눈에 띄지 안헛다.

　㉣ Lights was glimmering in the windows of a few cabins.

창에 등불조차 보이는 집이 두어군데나 있었다.(이상 「봄의 파종」)

ⓒ "They tell stories about you in Dublin."

"따부린에서는 당신소문이 꿩장합니다."(「쪼세옌」)

ⓗ The discreet door shut with a click.

『쏘어』가 조심성스러히 다처지엇습니다(「차한잔」)

ⓑ 자연스러운 한국어식 표현이 되도록 문형을 압축한 것

ⓐ "What do you think it's all about?"

"왜 이러듯시프냐?"

お前はどういふ譯だと思ふんか。

"I don't know."

"알수잇나요"

分りません。

ⓛ "That's one of those things you never know at the time."

"그째가 돼봐야 알일이지"

ⓒ "We know damn well where we are."

"그야 네가 더잘알지"

ⓔ "You'd make some girl a nice wife, bright boy."

"너 계집애하나 골라서 장가들어라 귀동아"

ⓜ "He's in his room and he won't go out."

"방속에 들어안젓섯는데 꼼작도 안하려들데"

ⓗ "Mixing up in this ain't going to get you anywhere," the cook said.

"괘니스리 한테 봉변을할여고" 하고 쿡이 말하엿다

ⓧ "There isn't anything I can do about it," Ole Anderson said.

"하지만 어쩌케할 도리가잇서야지" 하고 오울・앤더슨은 말하엿다.

こいつあ、僕にもどうともなられえ。

ⓞ "That's a good thing to do."

"그게 상책일세."(이상 「도살자」)

ⓩ She liked it very much. She loved it; it was a great duck.

그는 그것이 귀여워어썰줄을몰랏습니다.(이상 「차한잔」)

　　통사구조의 변형이라는 측면에서 네 작품의 전체 문장을 놓고 살펴
보았을 때 눈에 띄는 점은 헤밍웨이의 「도살자」 번역에서 문형의 변경
이 가장 자주 나타난다는 사실이다. 이는 일본어 번역본과의 비교에서
도 쉽게 확인된다. 일본어 번역본의 경우 문장 성분의 생략이나 첨가,
변형이 매우 드문 직역 위주의 번역이 주를 이루고 있다. ㉮, ㉯, ㉰ 세
가지 유형의 번역 양태 모두 「도살자」에서 가장 두드러지는 반면, 앞에
서 원문에 없는 첨가의 사례가 가장 많았던 「차한잔」의 경우는 이러한
사례가 아주 드물게 나타난다.

4) 반복의 회피

　　동일한 원문의 표현을 문맥이나 상황에 따라 달리 표현한 경우들로
주로 「도살자」에서 두드러지는 특징이다. 앞에서도 언급했듯이 이 작
품의 하드보일드한 문체가 주는 무미건조하고 간결한 반복에 대해 박
태원은 갖가지 변주를 시도하고 있음이 확인된다. 예컨대 이 작품에는
살인자들이 식당 점원인 "George"를 지칭하는 데 쓰인 "bright boy"
라는 표현이 모두 30회 등장하는데, 이 동일한 표현을 놓고 박태원은

똑똑한 친구(8회), 똑똑한 아이(3회), 똑똑한 녀석(1회), 귀동이(12회), 말잘듣는 아이(1회) 등으로 표현하는 한편, 대명사화(이친구, 이애, 이량반, 3회), 서술형으로 풀어쓰기(똑똑하군, 똑똑해서, 2회) 등 다양한 시도를 보여준다. 특히 '귀동이'라는 표현은 상대방에 대한 호칭으로 주로 나타나거나(귀동아), '검둥이'와 대응시켜 말할 때("검둥이와 귀동이") 나타난다. 문장에서도 이러한 변주의 특징이 쉽게 발견된다.

㉮ "You talk too goddamn much."
　"자네는 말하지 안해도 좋은 것까지 말을해"
　「お前は口が多すぎるぜ。」

㉯ "You talk too damn much," Al said.
　"자네는 넘우 늘어놓아"
　「おい、いい加減にしろよ。」

㉰ "It's sloppy. You talk too much."
　"일이 아조 멋적게 되엇네 자네가 너무써들어 놋서"

㉱ "You talk too much, all the same," Al said.
　"어써튼 자네입이 너무가벼워" 앨이 말하엿다

　이상의 인용에서 보듯 "You talk too (goddamn) much"라는 문장은 단 한 번도 같은 문장으로 번역되지 않고 '늘어놓다', '떠들다', '입이 가볍다' 등 다양한 표현이 동원되어 모두 다른 문장으로 재탄생하였다. 그밖에

"I don't know"는 "글세", "알수잇나요"로, "I don't like it"은 "나는 재미적은걸", "넨장할" 등으로 번역되고 있다. 이러한 다양한 변주 때문에 번역자의 문체나 색깔이 많이 가미된 그리고 자연스러운 한국어의 말맛을 살린 번역이 된 것은 사실이지만, 원문이 가진 특유의 지루하고 무미건조한 문체는 상쇄되었다. 한편 번역이 곤란하거나 혹은 한국어적 사고방식에 없는(그래서 그 뜻을 이해하기 어려운) 표현을 문맥에 따라 창작에 가깝게 의역한 경우도 있다. 「쏘세앤」에서는 "take advantage of"라는 표현이 두 번 등장하는데, "남의 말ㅅ틀 잡어가지고 이야기하다" 그리고 "잡어낙굴어들다"와 같이 완전히 상이하게 번역해 놓고 있다.

5) 한국어식 문체의 창조

어쩌면 식민지 시기 번역을 살펴보는 데 있어 앞의 네 가지 유형보다도 문제가 되며 또한 논의의 여지가 있는 부분이 바로 다른 언어, 다른 문화의 번역을 통해 한국어에 없던 새로운 문체를 창조하거나 그 문화적 차이를 소통 가능한 것으로 만드는 일일 것이다. 이는 앞에서 본바 번역문의 유려함을 위해 어휘를 부분적으로 첨가하거나 통사구조를 우리 문법에 어울리게 변형하는 일과는 다른 종류의 작업이며, 여기서 번역가의 선택과 실험이 낳는 결과 역시 더욱 문제적일 수 있다. 그렇다면 문화적 차이를 번역하는 일에 있어 번역가이자 작가로서 박태원의 선택은 어떤 것이었을까.

ⓧ "It's twenty minutes fast."
　"저시게는 二十분이더갑니다."

ⓛ He was like a photographer arranging for a group picture.

그는 집합사진(集合寫眞)을 박는 사진사(寫眞師)가탓다

團體の寫眞, 寫眞屋のやうだつた。

ⓒ But would she make a scene if.

이녀자는 쏘한바탕 연극이나 붓이지 안흘까?

ⓔ Now in the name of God,

자 이제 한바탕

ⓜ "I don't want any more of that," said Sam, the cook. "I don't want anymore of that."

"원 참 별놈의일이다잇지" 하고 쿡 쎔이 말하엿다 "원 참 별놈의일이 다잇서"

ⓗ "I was bowled over."

"아조 앗득! 햇엇는걸"

위의 인용문들은 한국어에 없는 사고방식, 문화 그리고 표현(조어) 방식에 대한 모색의 결과물들로서, 새롭고 이질적인 문명을 번역하는 데에 따르는 낯선 문장들을 보여준다. ㉠의 '시계가 20분이 더 간다', ⓛ의 '집합사진을 박다', ⓒ의 '연극을 붓이다'와 같은 번역문들은 외국 문장의 수용을 통해 새로운 문체가 나타난 예라고 볼 수 있을 것이다. 한편 ⓔ의 'in the name of God'의 경우는 번역하기 까다로운 문화적 차이를 무화시켜버린 임의적 번역이라고 볼 수 있고 ⓜ과 ⓗ은 영어식 표현 자체를 완전히 무시한 의역이라고 할 수 있다. 이러한 의역 사례는 이외에도 "keep amused"를 "농처서 말하다"로, "It would be differ-ent"를 "귀신이 곡할일이지요"로, "How extraordinary!"를 "원 저런!"으로, "quite an effort"를 "제법 구치장스러운노릇"으로, "how thoughtless I am!"을 "원참 내가 소견도업지!"로 번역하는 등 한국어 표현으로 완전히 동화시킨 경우들이 있다.

한편 기존의 한국어 어휘와 표현을 활용하되 그것이 사용된 문체 자체가 이질적이어서 자연스러움과 거리가 먼 경우들도 있다.

ⓐ "This is a hot town,"

　"애, 잇다위놈의 동리봐라."

　(일문 번역에서는 「こいつあ、大變な町だぜ。」)

ⓒ "Do we look silly?"

　"그래 우리가 여듧달반 가티 뵈니?"

　(일문 번역에서는 「間抜け-바보, 얼간이」)

ⓔ "And he's only going to see us once," Al said from the kitchen.

　"그래 이번에 우리들을 맞나기만 한다면 외나무다리다" 하고 앨이부엌에서 말하엿다

　「だから、これから會ったが最後さ。」

인용문 ⓐ과 ⓒ, ⓔ의 경우 형용사 또는 부사 처리에 있어서 번역어의 독특한 선택이 눈에 띈다. "hot town"을 "잇다위놈의 동리"로, "look silly"를 "여듧달반 가티 뵈니"로 "see us once"를 "맛나기만 한다면 외나무다리다"라고 표현한 것은 자국화와 이질화의 경계에 선 문장들을 보여준다.

이상의 1~5항에서 분석해 본 다양한 양태의 박태원의 번역문들은 "번역을 통해 원작에서 파생되어 나온, 그러나 원작의 몫을 빼고 난 나머지 부분인 잔여적 파생 몫"[24]들의 존재를 보여주는 한편, 문학 번역에서의 오랜 논쟁, 즉 직역과 의역, 자국화와 이국화 사이의 줄다리기 또는 딜레마를 환기한다. 낯설고 특정한 문화적 상황과 맥락을 완전히 원래 상태 그대로 순수하게 전달할 수 없듯이, 번역은 "도착 언어의 특성들이 첨가된 편파적이고 변질된" 텍스트를 전달해 준다.[25] 그러나 또 다른 한편으로 과도한 자국화의 시도는 "이문화를 번역하여 자문화 가운데 틈입시킴으로써 새로운 문화적 가능성을 모색"하는 번역의 의미와 목적을 훼손하는 일이 된다. 포스트식민주의 번역가들이 "낯섦을 동화하는 것이 아니라 낯섦의 시련을 견디며 이화하는" '혼종의 문체'를 실험하라고 요구하는 것은 그런 이유에서이다.[26] 완전한 자국문화로의 동화 또는 이식이 환상이듯 시종일관 하나의 원칙에 입각해 번역하는 것이 가능하다는 것 역시 환상이다. 박태원의 번역 문장들은 소통 가능성과 문장의 유려함을 목표로 한 자국화의 시도를 보여주지만 또한 뒤틀림과 혼란의 징후들을 끊임없이 노출하고 있는 텍스트들이

---

24 로렌스 베누티, 임호경 역, 앞의 책, 14면. 베누티는 번역이 상이한 문화들 사이의 공간에서 이루어지는 것으로서 '또 다른 종류의 원저자 개념'을 요구한다고 보고, 원작과는 구별되는, 번역에 미치는 다른 동인들 특히 자국 독자들을 향해 열려 있다는 점에서 집단적인 성격을 지닌다고 본다.

25 위의 책, 17면.

26 앙트완 베르만, 윤성우 역, 앞의 책 참조. 포스트식민주의 번역 이론은 번역의 혼종성에서 문화적인 역행의 가능성이 예견되고 지배문화의 전복을 이룰 수 있다고 본다.

라고 할 수 있다. 그리고 이런 혼란과 혼종성(또는 혼질성, heterogeneity)은 낯선 문화에 존재하는 사물들의 이름들과 개념들을 번역하는 차원에서 한층 배가된다.

3. 어휘 번역을 통해 본 문화 번역의 가능성과 불가능성

박태원이 번역 연재한 네 작품들은 모두 당대 최신의 서양 문예작품들이며 조선에서 최초로 번역된 것들이다. 최초의 번역자로서 박태원은 번역의 전략 및 방법에 있어 매순간 선택에 직면할 수밖에 없었을 터인데, 문장 번역의 경우 한국어로 가능한 문장이 되도록 하는 방법은 앞에서 살펴본 바대로 다양한 가능성이 열려 있다. 문장성분의 첨가에서부터 문형의 변형 또는 재창조에 이르기까지 직역에서부터 의역, 번안에 가까운 문장의 선택이 가능하다. 그런데 어휘 번역 특히 사물을 지칭하는 명사(물질명사), 개념어(추상명사) 등의 경우는 그 선택의 폭이 좁고 제한될 수밖에 없다. 이 선택의 문제에 있어 박태원의 번역문들에서 두드러지는 특징은 외래어 음차 표기의 남발이다. 이는 당대의 여타 해외문학 번역과 비교했을 때에도 매우 현저한 특징으로 보이는데,[27] 의미를 해석하는 것이 불가능하거나 불필요한 고유명(인명, 지명 등)뿐만 아니라 일반 명사의 경우에도 음차 표기를 통해 외국어를 노출하는 사례가 빈번하게 나타난다.

'쬬-즈', '니크', '로우즈머리', '쏘세앤' 등 인명 표기를 제외하고 음

---

27 1920~1930년대 수십 종의 번역문에 나타난 어휘 양상을 분석한 김정우, 앞의 글에서는 이 시기 번역 어휘의 가장 두드러진 특징으로 한자어의 남용, 귀화전략을 들고 있다. 이 연구에서도 박태원의 「도살자」 번역문 등을 예로 들면서 서구 외래어가 눈에 띄기 시작한다는 점을 언급하고 있다.

〈표 1〉 작품별 외래어 표기 유형과 빈도

	전체 건수	(1) 음차만 한 것	(2) 음차표기(번역어 병기)
도살자	36	26 (13)[28]	10
봄의 파종	5	2 (0)	3
쪼세앤	22	13 (1)	9
차한잔	30	18 (5)	12

차 표기의 빈도로 보았을 때 「도살자」에서 36건, 「봄의 파종」에서 5건, 「쪼세앤」에서 22건, 「차한잔」에서 30건이 나타나 있다. 외래어 음차 표기라 하더라도 그 구체적인 양상은 다르게 나타나는데, 이를 유형화 하면 ① "메뉴"와 같이 음차만 하여 표기한 것과 ② "타우얼(手巾)"과 같이 음차표기하고 괄호 안에 뜻을 해석하여 병기한 것으로 크게 나눌 수 있다. 〈표 1〉은 네 작품에서 각각의 유형별 빈도를 정리한 것이다.

「봄의 파종」을 제외하면 각 작품에서 등장하는 외래어의 수효가 상당히 많은 것을 알 수 있는데, 외래어에 생소할 독자들을 고려한 것인 듯 괄호 안에 의미를 병기한 경우가 음차표기만 한 경우와 비등할 정도로 많이 나타나는 특징을 보인다.

그러면 박태원의 번역문에서는 음차 표기의 방법은 어떠한지, 어떤 경우에 외래어를 본문에 노출시킨 음차 표기를 하고 있는지, 또한 어떠한 원칙에 따라 위와 같은 외래어 표기 방식을 나누어 번역하였는지 분석해볼 필요가 있다. 특히 음차표기와 번역어를 병기한 경우가 문제적인데, 한자어나 고유어로 번역이 가능하다면 굳이 생소한 외래어를 음차 표기하여 노출할 필요 없이 번역어만 제시하는 것이 경제성, 가독성의 측면에서 더 유용할 것이기 때문이다. 우선 인명 지명 등 고유명을 제외하고 네

---

28 괄호 안의 숫자는 '라이럭', '튜립' 등 꽃이름, '던케인'과 같은 선박의 이름, '보더빌단'과 같은 단체 이름 또는 '파리', '리전드스트리트'와 같은 지명 등 고유명사를 음차 표기한 건수이다(인명은 제외).

음차 외래어 (괄호 안은 현재 사전 표기)²⁹	원어	출처³⁰	비고
카운타-(카운터)	counter	①, ④	(일역본) カウンター
메뉴(메뉴)	menu	①	(일역본) メニユウ
애플·쏘쓰(소스)를 부처서	with apple sauce	①	(일역본) アップル·ソースおかけて
로우스트(로스트)·포ㅋ템더로인(텐더로인)	roast pork tenderloin	①	
매수트·퍼테이토우	mashed potatoes	①	
쌘드위츠(샌드위치)	sandwich	①, ④	
햄·언드·엑³¹	ham and egg	①	
치킨·크로켓(크로켓)	chicken croquette	①	(일역본) コロッケ
싸이드·씨슈	side dish	①	(일역본) 副へ皿
오우쌔·코우트(오버코트)	over coat	①, ③	(일역본) オーヴァ, 外套 혼용 ③에서는 오-애코-트 표기, coat는 '외투'로 번역
에이푸런(에이프런)	apron	①, ②	(일역본) エプロン ②에서는 에이푸런(압초마)
란츠·카운터	lunch counter	①	(일역본) 一品料理店
스위-드	Swede	①	(일역본) スウェーデン人
아크라릿(아크라이트)	arc-light	①	(일역본) アーク燈
쌘우더 쎌(보드빌) 단	Vaudeville team	①	
스윙깅, 쏘어	swinging door	①	(일역본) 振り戸
코-너(코너)	corner	①	(일역본) 街角 뒤에서는 '한구석'으로
쌜(벨)	bell	①, ④	(일역본) ベル
쏘어	door	①, ④	(일역본) 扉, 戸口, ドア 혼용 '문', '쏘어' 혼용
녹크(노크)	knock	①	(일역본) ノック
셔트(셔츠)	shirts	②	'적삼', '셔트(적삼)' 혼용
쇼-ㄹ(숄)	shawl	②, ③	

음차 외래어 (괄호 안은 현재 사전 표기)	원어	출처	비고
우래늘(플란넬)	flannel	②	
린네르(리넨) 스커-트(스커트)	linen skirt	③	
모스린(모슬린)	muslin	③	"축-늘어진 모스린을 통하야보이는 쌔쌔말은 억개"
센티멘틀	sentimental	③	
긋빠이	goodbye	③	
배랜더(베란다)		③	
키쓰(키스)	kiss	③	
콩크리-트(콘크리트)	concrete	③	
모-슌(모션)	motion	③	"바른손으로 '모-슌'을 지어보얏다."
호르(홀)	hall	③, ④	
카-드(카드)	card	③	
'YES'		③	
모던	modern	④	"젊고 총명하고 아조 더할나위업시 '모던'이고"
쌜뷔트(벨벳)	velvet	④	
차인(사인)	sign	④	

작품에서 외래어의 음차표기만 한 경우를 정리하면 〈표 2〉와 같다.

〈표 2〉에서 보듯이 박태원이 번역한 네 작품의 외래어 양상을 살펴보면 메뉴, 카운터, 소스, 샌드위치, 오버코트, 크로켓, 아크라이트와 같이 현재에도 외래어로 사전에 등재되어 있는 단어들이 상당 수 등장하는 한편, '사이드 디쉬', '스윙깅 도어'와 같이 외래어라고 보기에는 지나친 경우도 눈에 띤다. 「도살자」의 경우 참조 가능한 일본어 번역본과 비교해볼 때, 박태원의 번역문에서 음차 표기 외래어가 더 많이 나타난다는 점

또한 확인할 수 있다.

외래어 표기의 문제는 번역 가능성의 여부와 밀접한 관련이 있는데, ⓐ 당시로서는 마땅한 번역어를 찾을 수 없는, 자국문화에 낯선 사물이나 개념일 경우, ⓑ 개념적으로 유사한 단어를 자국어에서 찾을 수는 있으나 문화 차이로 인해 일대일로 등치된다고 보기 어려운 경우로 크게 나뉠 수 있다. 위에서 고유명사를 제외한 ⓐ의 대표적인 예는 '카운터', '메뉴', '바bar', '아크라이트'와 같은 것이 있는데, 이들은 현재로서는 '계산대', '차림표' 등으로 순화한 말들이 일부 고안되어 있으나 박태원이 번역했던 당대로서는 매우 낯선(그 존재나 개념에 대한 이해가 분명치 않은) 대상이었으리라 짐작할 수 있다. 즉 이러한 단어들을 음차하여 소개하는 것은 서양에서 유래한 새로운 문명어의 도입이나 다름없었던 것이다. '사이드 디쉬', '스윙깅 도어'와 같은 경우는 번역자조차 그것이 지칭하는 사물에 대한 정확한 의미 이해가 불가능했을 수 있다. "Swede"를 "스위드"로 고유명사처럼 표기한 것은 일본어 번역에 옳게 나와 있듯이 '스웨덴 사람'이라는 뜻을 가진다는 것을 박태원이 알지 못했기 때문에 발생한 오역일 것이다.

반면 ⓑ의 경우는 좀 더 양상이 복잡하다. 예컨대 '오우쌔 · 코우트', '에이푸런', '또어' 등의 외래어를 번역 없이 사용한 것은 이미 있는 '외투', '앞치마', '문'이라는 말들과 정확히 대응되지 않는 맥락과 차이가 존재한다는 것을 전제한다. 박태원의 번역문에서 'coat'만이 '외투'로 번역되고 'over coat'의 경우에만 '오우쌔 · 코우트'로 표기하고 있다는 점,

---

29 현재 국어사전에 외래어로 등재되어 있는 것을 말한다. 이를 기재하는 이유는 외래어의 존재 이유, 즉 번역 가능성의 문제를 가늠하는 데 도움이 된다는 판단에서이다.

30 ① : 「도살자」, ② : 「봄의 파종」, ③ : 「쏘세엔」, ④ : 「차한잔」.

31 이 밖에 쩨이컨언드엑, 리쌔 · 언드 · 쩨이컨, 스테이(steak), 끄리피(green peas) 등 음식명과 썰쌔 · 쎄어, 찐저에일 등 음료명도 모두 외래어로 처리하고 있다.

'apron'의 경우 「도살자」는 '에이프런'으로 음차만 되었던 것이 「봄의 파종」에서는 '압초마'라는 뜻이 병기되어 있다는 점, 「도살자」에서 'door'가 대체로 '문'으로 번역되나 특정한 상황(앤더슨이 거처하는 여관의 현관문과 방문)에서는 '또어'로 표기된다는 점 등, 한국어에 이미 유사한 대응어가 있을 경우 이를 외래어로 처리하는 것은 번역자의 세심한 선택의 문제가 된다.[32] 그리고 이러한 문제 상황은 괄호 안에 뜻을 병기한 외래어들에서 더 뚜렷이 드러난다.

외래어와 번역어를 병기한 경우들 역시 앞에서 본 것처럼 유형화가 가능한데, 첫째, 주석처리를 해야 할 정도로 의미 번역이 쉽지 않거나 외래어로서 귀화시키기에는 지나치게 특수한 경우가 있다. '스릿(일종의 창)', '케첩(일종의 쏘스)', '쌔(여기서는 카운타와 갓다)', '미튼(손구락업는 장갑)', '쏘리시타(하급재판소下級裁判所에만출정出廷할수잇는 변호사辯護士)', '맨틀피스(난로우의탁자卓子)'를 들 수 있다. 둘째, 앞에서 살펴본 것처럼 출발어와 도착어 간에 의미의 등가관계가 성립되지 않아서 그 기의의 차이를 밝혀 주는 것이 타당한 경우도 있다. 예컨대 양복의 '러펠'은 우리의 '동정'으로 이해될 수는 있으나 등가 교환될 수 없고, 서양문화에서 나온 '티-테이블', '커튼', '쿠숀' 역시 우리의 '차탁茶卓', '휘장', '방석'으로 바로 치환될 수 없는 것이다. 또한 박태원은 supper는 '저녁'으로, dinner는 '씨너'로 구별하고 있는데, 둘을 뚜렷이 구별해야 할 필요성은 현재로서는 중요한 문제가 아니나 당시 번역자이자 작가였던 박태원으로서는 두 단어를 동일한 기표로 치환한다는 사실을 인정하기 어려웠을 수 있다.

---

32 「봄의 파종」에서 'shirts'를 '셔트', '셔트(적삼)', '적삼'으로 혼용하고 있는 것은 일관성을 지키지 못한 실수일 수도 있고, 번역가가 의도한 것일 수도 있다. 어떤 것이든 간에 하나의 텍스트 안에서도 또한 텍스트들 간에서도 혼란과 실험의 흔적들이 발견된다.

〈표 3〉 괄호 안에 번역어를 병기한 외래어 목록

음차(번역)어 (〈 〉안은 현재 사전 표기)	원어	출처	비고
란츠루(簡易食堂)	lunchroom	①	(일역본) 一品料理屋
씨너(저녁定食)	dinner	①	(일역본) ディナー '저녁'으로 쓰기도. 'supper'는 모두 '저녁'으로 번역
위킷(小窓)	wicket	①	(일역본) 小窓
스릴(一種의 창)〈슬릿〉	slit	①	(일역본) 狹い窓(주석에서는 小窓) '스릿'으로 표기하기도.
쿡(料理人)	cook	①	(일역본) 料理人
써루(應接室)〈살롱〉	saloon	①	(일역본) 酒場
케첩(一種의 쏘-쓰)〈케첩〉	ketchup	①	(일역본) 주석에 '도마토를 갈아 만든 조미료'
빠-(여긔서는 카운터와갓다)〈바〉	bar	①	(일역본) 臺のところ
타우얼(手巾)〈타월〉	tower	①	(일역본) タオル
쌔드(寢臺)	bed	①	'쌧'과 혼용 / (일역본) 寢臺, ベッド 혼용
미튼(손구락업는 장갑)	mittens	②	
에이푸런(압초마)〈에이프런〉	apron	②	
크리스찬·네임(세례명)	christian name	③	
애리스터크래틱(貴族的)	aristocratic	③	그의얼굴은 엄숙하여지고 '애리스터크랙틱(貴族的)'하여젓스며
양복러펠(동정)〈라펠〉	lapel	③	
푸롯트(密計)〈플롯〉	plot	③	
쏜르트(鐵栓)〈볼트〉	bolt	③	
단케인(船名)	Dancane	③	
씨팅룸(거처하는방)	sitting room	③	
위크엔드·트립(週末旅行)	weekend trip	③	

음차(번역)어 (《 》안은 현재 사전 표기)	원어	출처	비고
쏘리시타(下級裁判所에만出廷 할수잇는 辯護士)	solicitor	③	
쏀리쓰(胴衣)	bodice	④	
스트램(손걸이)	strap	④	
쏟마떠(命名母)	Godmother	④	
너-스리(育兒室)	nursery	④	
쎄드루(寢房)	bedroom	④	
커-튼(휘장) 〈커튼〉	curtain	④	
쿠쉰(倚子·방석) 〈쿠션〉	cushion	④	
맨틀피쓰(난로우의卓子)	mantlepiece	④	
쌕랜디(火酒) 〈브랜디〉	brandy	④	
티-테이불(茶卓)	tea table	④	
쏘어·핸들(손잡이) 〈핸들〉	door handle	④	
『차-밍』(○○잇는)한 미소	charming smile	④	

또한 사실상 음차표기 없이 번역어만을 제시해도 무방할 '쿡(요리인料理 人)', '타우얼(수건手巾)', '위크엔드·트립(주말여행週末旅行)', '쏟마떠(명명모 命名母)', '너-스리(육아실育兒室)', '쎄드루(침방寢房)' 등은 원어를 노출시킨 번역자의 의도를 정확히 가늠하기 어려운 부분인데, 추측하건데 그 어 휘의 연원(서양의 문화)을 밝혀주기 위해 수고롭게 원어 음차를 감행한 것 으로 이해될 수 있을 것이다.

무엇보다 외래어 표기 원칙과 관련하여 박태원의 텍스트에서 가장 이 채롭고 흥미로운 지점은 다음과 같이 형용사 또는 명사(어구)를 음차로 노출한 부분이다.

㉠ "그의얼굴은 엄숙하여지고 '**애리스터크랙틱**(貴族的)' 하여젓스며……"

㉡ "이것은 참 무어 연극이나하는 것가티 안허요 쪼세핀씨 **센티멘틀**하고 실상말이지"

㉢ "'**카－드**' 우에다 '**YES**'라고 쓰면서 그는 하인을 불럿다.

㉣ "**솟쌔이** 조세핀" 하고 그는 말하엿다. "**솟쌔이** 쪼－즈"(이상 「쪼세핀」)

㉤ "바른손으로 '**모－슌**'을 지어보앗다."

㉥ "졂고 총명하고 아조 더할나위업시 '**모던**'이고……"

㉦ "그것은 '**쓰리랭**'한 일일 것이다"(이상 「차한잔」) (강조는 인용자)

위 인용문 ㉠의 '애리스터크랙틱', ㉡의 '센티멘틀', ㉥의 '모던'은 우리말로 번역이 가능함에도 외국어 형용사를 의도적으로 노출한 것으로 판단된다. 원문과 다른 외국어인 조선어의 문장 안에 그것들이 낯설게 위치할 때, 조선어로는 전달할 수 없는 특이한 아우라를 발하는 술어들이기 때문인 듯하다. '모던'만 하더라도 이미 1930년대쯤에는 신문잡지에서 흔히 접할 수 있는 용어로 등장하고 그 의미나 해석 가능성은 얼마든지 열려 있었다. 따라서 굳이 'modern'만을 외래어로 노출한 것은 당대에 그 말이 가지는 아우라를 놓치기 싫은 번역가의 태도가 짐작되는 부분이다.[33] 영어 원문 안에서 'aristocratic', 'sentimental', 'modern'은 결코 특별한 의미를 가지거나 낯선 술어들이 아닐 터이지만, 한국어 번역자에 의해 선택되어 노출됨으로써 매우 낯설고 특별한 기표들이 된

---

[33] 당시 신문잡지에 간간이 소개된 '외래어 사전', '모던어 사전' 등의 란을 통해 이미 당대의 언중들에게 익숙해진 외래어 어휘들이 상당히 많으리라 짐작된다. '모던'은 '현대'로 번역되기도 하지만, '모던' 그 자체로 쓰이는 경우도 많았다. 이는 '모던'이라는 기표가 유행하고 환대받았기 때문이기도 하지만 그 둘 사이에 번역될 수 없는 아우라가 있기 때문이기도 하다. 현재 기왕의 '치유'라는 말보다 '힐링'이라는 말이 더 환영받는 것도 단순한 외국어 추종이라기보다는 비슷한 이유일 것이다.

다. 즉 박태원은 단순히 '귀족적', '감상적', '현대적'이라는 말로 치환하였을 때는 전달할 수 없는 특정한 의미를 그 단어들의 번역 작업에서 부여한 것이다.

ⓒ의 'YES'는 청혼에 대한 승낙의 메시지를 한마디로 표현한 것이며 ⓔ의 '굿빠이'는 두 등장인물의 작별 인사이다. 이 역시 앞의 경우와 유사하지만, 이들이 번역되지 않아도 비교적 상식화되어 이해에 문제가 없는 외국어라는 점에서 차이가 있다. 즉, 이런 간결한 한마디 외국어가 자국어로 번역되었을 때보다 더 선명하게 작품의 문맥이나 분위기를 전달한다는 것 역시 충분히 짐작 가능하다. 한편 ⓜ의 '모-슌motion'과 ⓞ의 '쓰리링thrilling'은 추측건대 마땅한 번역어를 찾지 못하여 할 수 없이 원어를 노출한 것이 아닌가 생각된다. 마땅한 번역어가 없다는 것은 번역자가 의미를 이해하기 어려운 단어이거나 혹은 사전이 제시해주는 번역어가 없거나 적절하지 않기 때문일 수 있다.

이상과 같은 돌출적 번역 현상이 가능했던 것은 앞에서도 언급했듯이 일차적으로는 한영사전 및 영한사전의 부재와 같은 번역 인프라의 미비 때문이라고 볼 수 있다. 그러나 그러한 인프라의 부재는 오히려 언어를 둘러싼 자유롭고 다양한 시도와 실험이 가능했던 조건이기도 하다. 박태원의 저 낯선 번역문과 번역어들은 당대의 국어 어휘 양상 및 번역 관습의 자장 안에서 번역가가 세심하게 고민하고 선택한 시도의 결과인 것이다. 현재의 번역 관습에서 볼 때는 거의 가능하지 않은 이러한 번역 환경 및 번역 태도 덕분에 박태원의 번역 텍스트는 1930년대 언어 실험의 장으로서 가능성을 보여준 셈이다. 물론 이 가능성은 위에서 살펴보았듯이 불규칙성과 비일관성이 그대로 노출되는 착종과 혼란의 징후들로 점철되어 있으며 '낯섦'에 뒤따르는 위태로움을 내포한다. 따라서 박태원의 번역문뿐만 아니라 당대의 번역 텍스트들은 자국어와 외국어의 관계 속에서 문체와 어휘를 선택하는 문제, 낯선 외국문화를 번역할 때 고려해야 하는 번역의 윤리, 당대 언어문화의 자장 안에서 가능한 또는 불가능한 언어 실험의 범위, 외국어 표기 및 외래어 선택을 둘러싼 합의의 문제 등 다양한 논점들을 제기하는 문제적 텍스트들이라고 할 수 있다.

4. 이문화의 실험과 창조적 고투

이 글은 그간 주목의 대상이 되지 못했던 박태원의 서구문예 번역 작품들을 검토하여 1930년대 번역의 한 양상을 살펴보고 그를 통해 1930년대 문학과 언어의 장 안에서 이루어진 번역 행위의 특질을 고찰하는 것을 목적으로 한다. 박태원의 번역문들은 박태원이라는 소설가 개인의 작업이기도 하지만 당대의 번역 관습, 태도, 윤리 등을 엿볼 수 있는 통로로서의 의미도 가지고 있다. 박태원은 당대의 여타 번역들과 마찬가지로 이문화의 충격을 완화하기 위한 자국화 전략을 사용하여 많은 부분 번역문의 가감과 문체의 변용을 가하고 있다. 먼저 이들 번역문들에서 두드러지는 문체상의 특징들을 이 글에서는 크게 ① 원문에 없는 첨가, ② 풀어쓰기, ③ 통사구조의 변형 또는 압축, ④ 반복의 회피, ⑤ 한국어식 문체의 창조로 나누어 살펴보았다. 그리고 ③의 경우는 다시 ㉮ 수식어＋피수식어의 명사구 또는 명사를 서술형으로 바꾼 것(또는 그 역), ㉯ 주어＋술어 관계 등 문형을 변형시킨 것, ㉰ 자연스러운 한국어식 표현이 되도록 문형을 간략히 압축한 것으로 분류하였다. 그러나 이러한 분류는 유형화를 위한 것일 뿐, 박태원의 번역문들은 일관되고 계획적으로 이루어졌다기보다는 창작자로서의 고투와 혼란의 흔적을 고스란히 드러내 보이고 있다는 점에서 문제적이다. 예컨대 헤밍웨이의 「The Killers」를 번역할 때는 '하드보일드'의 특징인 무미건조한 문체를 살리려고 노력한 반면, 맨스필드의 「A cup of tea」를 번역할 때는 감탄사, 반어법, 수식어 등에 의한 설명적이고 서술적인 문체를 사용하였다. 「도살자」의 경우 원문의 간결함을 살리되 한국어 특유의 대우법을 활용하여 상대 높임 종결어미를 다양하게 구사하였으며 「차한잔」에서는 이채롭게 '하십시오체'를 사용함과 동시에 원문에 없는 부사어 및 부사절을 임의로 첨가하는 파격적인 의역을 선보이기도 하였다. 또 네 작품 가운데 문형의 변형을 가장 많이 보여주는 것은 「도살자」였으며, 「차한잔」의 경우는 문형의 변형은 매우 드물게 나타나나 원문에 없는 첨가의 양상이 가장 두드러졌다.

박태원의 번역 텍스트들은 당대의 조선문학 안에서 자연스러운 한국어로 전달되기 위한 소통을 고려하는 한편, 날것 그대로의 외국문화를 소개하는 데에도 매우 심혈을 기울이고 있음이 확인된다. 어휘 번역에서 외래어 처리에 고심한 무수한 흔적들과 착종의 기록들이 이를 방증한다. 박태원의 번역어들에서 두드러지는 특징은 외래어 음차 표기의 남발이라고 할 수 있는데, 이는 당대의 여타 해외문학 번역과 비교했을 때에도 매우 현저한 특징이라고 할 만하다. 이는 크게 음차표기만을 드러낸 경우와 음차표기와 번역어를 병기한 경우로 나뉜다. 그리고 음차 표기 번역의 주된 동기는 첫째, 당시로서는 마땅한 번역어를 찾을 수 없는, 자국문화에 낯선 사물이나 개념일 경우, 둘째, 개념적으로 유사한 단어를 자국어에서 찾을 수는 있으나 문화 차이로 인해 일대일로 등치된다고 보기 어려운 경우로 생각해 볼 수 있다. 이상을 통해 볼 때 박태원의 번역문과 번역

어휘들은 이언어 및 이문화의 자국화를 향한 도전적인 시도를 보여줌과 동시에, 낯섦을 드러내면서 자국화의 유혹을 벗어난 다양한 실험의 흔적들을 노출하고 있음을 알 수 있다.

이 장에서는 박태원의 번역 텍스트들이 1930년대 언어 실험의 장으로서 하나의 가능성과 혼종성을 보여준다는 점을 분석하고 밝히는 데 집중하였다. 따라서 당대의 언어문화와 언어를 둘러싼 논점들 및 담론 안에서 이 작업들의 맥락을 살피는 데까지는 나아가지 못한 한계를 지닌다. 특히 문체의 실험 및 창조와 관련한 논의는 번역문 몇 편에 대한 분석으로는 충분하지 않다는 점도 분명하다. 이러한 좀 더 큰 밑그림은 이후의 과제로 남긴다.

제3장

한중일 작가들의 '괴테' 읽기와
『젊은 베르테르의 슬픔』 수용

1. 근대 동아시아의 번역과 수용

한국과 중국, 일본의 근대 번역은 일국의 번역 역사, 일국 언어의 번역 실천으로만 접근하기에는 복잡하게 얽힌 맥락이 존재한다. 즉 한자 문화를 공유하면서 앞서거니 뒤서거니 서양 문물과 문화를 받아들인 동아시아 세 나라는 근대화 과정에서 사상적 문화적 궤적 역시 공유하는 부분이 많으며, 근대화 및 서양의 번역에 가장 앞서 출발한 일본의 문화적 사상적 상황이 한국과 중국에 적지 않은 영향을 미쳤던 것 역시 사실이기 때문이다. 특히 한중일 사이에 중역重譯과 초역抄譯이 횡행하면서 번역의 저본이 되는 '원전'의 개념은 의미를 잃을 뿐만 아니라 중요하지 않은 문제가 되기도 한다. 메이지시대 19세기 후반부터 일찌감치 서양의 문헌과 문학 작품들의 번역에 매진했던 일본의 번역본들이 동아시아 서적시장에 유통되고 또 지식인들에게 광범위하게 공유되면서, 중국과 특히 일제의 강점하에 처한 한국의 경우에는 번역 자체에 대한 동력을 얻기가 점점 더 어려워졌다는 문제가 있다. 예컨대 1919년에 이미 12권 분량의 빅토르 위고 번역 전집을 가졌던 일본과 비교해서 한국에서는 1910~1920년대 부분 번역, 중역, 초역으로 『레미제라블』이 소개되었던 것만 보더라도, 원전 언어의 자국어로의 일대일 전환이라는 번역의 일반적인 공식으로는 조선 번역의 수준과 특징을 가늠하기가 난감해진다. 더구나 1930년대에 이르면 조선어 번역 자체의 무용론이 제기되고, 일본어 교육의 정착을 기반으로 일본 서적시장이 조선을 장악하면서 조선어 번역의 입지는 더욱 좁아지게 된다.

그럼에도 불구하고 한국의 초창기 번역이 전적으로 일본어 번역의 중역이라거나, 일본 번역 서적의 영향력 속에서 조선어 번역이 왜곡과 굴절을 겪었다거나 하는 진술은 합당하지 않을뿐더러 생산적인 관점이라고 보기도 어렵다. '중역'에 관한 한 기왕의 통념과는 다른 실재들 역시 다양하게 발견되고,[1] 혹여 중역이나 발췌역이라고 하더라도 중요한 것은 그것이 한국 내의 문학장과 담론장에서 유통되고 소비되면서 빚어내는 맥락과 의의를 찾는 일이 될 것이다. 그렇지 않다면 한국의 20세기 초반 번역을 논하는 일은 '일본'과 '중역'이라는 굴레를 벗어나기 힘들며, 당시의 제약 내에서 이루어진 어떤 종류의 시도와 고투 역시 정당한 위상을 갖지 못하게 된다. 그렇다고 일본이나 중국이라는 동아시아문화 및 근대의 맥락을 논의에서 배제하는 것 역시 곤란하다. 텍스트의 상호작용이라는 맥락을 지운 채 조선의 번역을 논하는 것은 중역이라는 말로 일체를 뭉뚱그려 버리는 것만큼이나 일면적일 수 있다. 당시 지식인들이 쓴 많은 문예비

---

1   당대의 번역적 실천과 관련해서는 그 실천 주체들에 따라 매우 다양한 경로와 저본이 존재함을 확인하게 된다. 번역이 민족어를 확립하고 만들어가는 과정에서 중요한 일익을 담당하는 것은 사실이지만, 트랜스내셔널한 조건에서 그 양상은 매우 다채롭게 이루어졌다.

평, 작품 소개 등의 글 가운데는 원 출처나 저자를 밝히지 않은 번역 역시 상당한 분량으로 존재하기 때문에, 저자가 있는 모든 글을 그 자체로 저자의 입장이나 논구의 결과로 등치시키기 어려운 것과 같은 맥락이다.

따라서 20세기 전반기 동아시아에서 이루어진 번역의 행위와 결과들을 논하기 위해서는, 각국에서 이루어진 개별적인 번역 및 수용사 연구를 넘어서서 낯선 외래문화의 수용과 번역 섭취의 과정에서 공유한 것과 공유하지 않은 것을 살피는 한편, 그 가운데 서로 참조하고 배제하며 전유해 온 각각의 양상과 방식들을 비교사적 관점에서 접근할 필요가 있다. 이 글에서 그러한 접근을 위해 선택한 대상은 18~19세기 독일 작가 괴테이다. 즉 20세기 초반 한중일에서 괴테와 그의 작품 특히 「젊은 베르테르의 슬픔(번뇌)」이 받아들여지고 전유된 양상을 폭넓게 점검해보고자 하는데, 이는 괴테라는 작가와 '베르테르'라는 작품 또는 기표가 서양 어느 작가와 작품 못지않은 환영을 받았고, 당대 지식인들의 담론 형성에 큰 역할을 했기 때문이다.[2] 물론 빅토르 위고, 톨스토이, 셰익스피어, 도스토예프스키 등 소위 서양의 '문호文豪'들은 모두 동아시아에서 환영받은 작가들이었으므로 이들 역시 모두 고찰의 대상이 될 수 있다. 이 글에서 괴테를 그 대상으로 삼은 것은 우선 일제 강점기 일본을 통해 들어온 '독일문화'의 한 대표자로 괴테가 갖는 남다른 시대적 위상이 존재하리라는 기대와 함께, 1920년대에서 1930년대 말까지 한중일에서 낭만주의로부터 마르크시즘에 이르는 사상문화의 수용 과정에서 괴테가 연루되는 독특한 수

---

2 괴테가 중국에서, 일본에서 그리고 한국에서 수용되고 번역된 양상에 대해서는 기왕에 각국의 독문학 영역 내에서 연구가 축적되어 있다. 한국의 경우 Tak, Sun-Mi, "Herzenssprache und Seelenliebe?—eine imtertextuelle Untersuchung der Werther-Rezeption in Korea", *In : Übersetzungsforschung* 8, Seoul, 1999(한독문학번역연구소 국제 심포지엄 발표문); 조우호, 「근대화 이후 한국의 괴테 수용 연구—20세기 학문적 수용을 중심으로」, 『코기토』 68, 부산대 인문학연구소, 2010 참조.

용의 장면들이 펼쳐진다는 발견 때문이다. 1920~1930년대 괴테를 수용한 다양한 맥락과 전유 양상들을 살피면서 동아시아의 여러 수용 주체들이 괴테를 통해 얻고자 한 것 그리고 욕망한 것이 무엇인지에 대해 논의해보고자 한다.

2. 1920년대의 『젊은 베르테르의 슬픔』 번역 – 정전과 변주

1) 『若きヱルテルの悲み』와 『少年维特之烦恼』

일찍이 일본에서는 메이지유신 이후 서양 학술 문화 예술의 광범위한 수용 열기 속에서 1880~1990년대에 서양의 소위 '문호'들이 대거 소개되기 시작했다. 대표적으로 『十二文豪, the twelve men of letters』 시리즈(1893~1900)를 꼽을 수 있는데, 괴테 편은 그중 다섯 번째 권(高木伊作, 民友社, 1893)으로 출간되었다. 이 선구적인 저작은 괴테의 이미지가 형성, 정착되는 데 기여했다고 평가된다.[3] 이 열두 명의 문호에는 토마스 칼라일을 시작으로 매콜리, 워즈워드, 괴테, 에머슨, 위고, 톨스토이 등이 들어 있는데 흥미롭게도 에도시대의 작가, 유학자들도 다수 포함되어 있다.[4] 18~19세기를 풍미한 구미의 작가들을 세계의 문호로 꼽고 여기에 에도시대(17세기)의 일본문학자와 사상가들을 동일한 반열에 올려놓은 형국인 것이다. 괴테 편은 그의 생애 전반을 시기별로 나누어 소

---

3 「ゲーテが「神聖化」されるまで」, 東京ゲーテ記念館, 'https://goethe.jp/articles/mystifingGoethe.html'.

4 19세기 전반 영국의 문인 정치가인 매콜리(Thomas Babington Macaulay), 일본 에도 중기의 유학자 오규 소라이(荻生徂徠), 윌리엄 워즈워드, 괴테, 미국의 시인 사상가 랄프 왈도 에머슨, 치카마츠 몬자에몽(近松門左衛門), 아라이 하쿠세키(新井白石), 빅토르 위고, 톨스토이, 라이 산요(賴山陽) 편이 몇 년간 속속 발간된다.

개하고 있으며 괴테와 관련한 잡다한 일화들(예컨대 소설 『베르테르』[5]의 창작 배경이나 나폴레옹이 이 작품을 특히 애독했다는 등의)이 충실히 담겨 있다. 그리고 뒤이어 1904년, 1914년, 1917년에 각기 다른 번역자들에 의해 『젊은 베르테르의 슬픔』이 속속 번역 소개된다.[6] 특히 베르테르의 이름을 붙인 '베르테르 총서'라는 기획 시리즈에서는 그 첫 번째 권을 괴테의 『若きエルテルの悲み(젊은 베르테르의 슬픔)』으로 하고 '태서 연애문학의 정수'라는 설명을 붙여 여러 서양 문학작품들을 번역 출간했다. 신조사新潮社에서 나온 이 총서의 『若きエルテルの悲み』 판권장을 확인해 보면 1917년 처음 출간된 이래 8년 만인 1925년에 106판을 찍은 것으로 되어 있다. 이는 다이쇼大正 시기에 『베르테르』라는 작품뿐만 아니라 신조사판 세계문학전집의 위세를 보여주는 한편, '번뇌'보다는 '슬픔'이라는 제목이 독자들에게 선택되었고 또 이후 번역 정본으로 각인되기 시작했음을 알리는 것이기도 하다.[7]

중국에서는 궈모뤄郭沫若의 번역이 가장 앞선 것으로 되어 있는데, 역자 자신이 1921년 일본 유학 중에 틈틈이 번역한 뒤 상해 태동서국泰東書局에서 1922년 『少年維特之烦恼』라는 제목으로 처음 출간하고, 일본에서 문우들과 결성한 창조사創造社 출판부에서 역본과 장정을 수정하여

5 　이하 『젊은 베르테르의 슬픔』의 작품명을 필요에 따라 『베르테르』로 약칭한다.
6 　ゲーテ, 久保天随(得二) 譯, 『うえるてる』, 金港堂, 1904; 「若きウエルテルの悩み」, 『世界名著物語』 3, 実業之日本社, 1914; 秦豊吉 譯, 『若きエルテルの悲み』, 東京：新潮社, 1917.
7 　원제 Die Leiden des Jungen Werther의 Leiden은 '고뇌', '번뇌'로 번역하는 것이 적절하지만 영어판 제목인 The Sorrows of Young Werther의 영향으로 이는 일본과 한국에서 '슬픔'으로 오래 번역되었다. 근래에 들어서 나온 한국어판 번역들에서는 Leiden의 의미를 살려 '고뇌'로 번역하는 경향이 늘고 있다. 한편 중국에서는 1921년 최초 번역자인 궈모뤄 이래로 지금까지 줄곧 '번뇌(烦恼)'를 이 작품의 번역어로 일관되게 고수해 왔다.

몇 년 뒤 다시 발표한다. 이 작품을 번역하게 된 사정과 번역 과정, 그리고 판본과 관련한 문제 등은 궈모뤄 자신이 쓴 초판 서문,[8] 재판의 서문들,[9] 그리고 문우 예링펑叶灵凤의 수필[10] 등으로 자세히 밝혀져 있다. 특히 궈모뤄는 첫 번째 서문에서 자신이 이 작품에 심취하고 번역까지 하게 된 이유를 크게 다섯 가지로 조목조목 밝히고 있는데, 주정주의, 범신사상, 자연 찬미, 원시적 삶에 대한 경배, 아동 존중 사상이 그것이다. 그런데 궈모뤄가 이 작품을 번역한 동기 또는 원인을 하나의 키워드로 말한다면 바로 '공명共鳴'이라고 볼 수 있다. 그는 괴테의 삶과 작품, 그리고 그를 통해 발현된 사상에 깊이 공명했다고 밝히면서 "문예는 기성도덕과 기성사회에 대한 일종 혁명적 선언이다"[11]라는 말로 괴테의 작품을 평하는 한편 동시에 중국문학이 나아갈 길을 제시한다. 그가 첫 서문에서 이 작품에 대해 '산문시'라는 점을 거듭 강조하며 '시'에 대한 전통적인 고정관념을 버릴 것을 주문[12]한 것 역시 신

---

8 郭沫若, 「『少年维特之烦恼』序引」, 严家炎 编, 『二十世纪中国小说理论资料』(第1版) 卷二 1917~1927, 北京大学出版社, 1997.2.

9 郭沫若, 「『少年维特之烦恼』增订本后序」, 『郭沫若集外序跋集』(第1版), 四川人民出版社, 1983.2; 郭沫若, 「『少年维特之烦恼』小引」, 『少年维特之烦恼』, 北京人民文学出版社, 1955.10月版

10 叶灵凤, 「歌德和『少年维特之烦恼』」, 『霜红室随笔』, 海豚出版社出, 2012.

11 郭沫若, 「『少年维特之烦恼』序引」, 『创造』 1-1, 1922.3.15(1922年1月22—3日 탈고).

12 "此书几乎全是一些抒情的书简所集成, 叙事的成分极少, 所以我们与其说是小说, 宁肯说是诗, 宁肯说是二部散文诗集. 拘于因袭之见的人, 每每以为"无韵者为文, 有韵者为诗", 而所谓韵又几乎限于脚韵. 这种皮相之见, 不识何以竟能深入人心而牢不可拔, 最近国人论诗, 犹有兢兢于有韵无韵之争而诋散文诗之名为悖理者, 真可算是出人意外. (…中略…) 有人始终不明散文诗的定义的, 我就请他读这部『少年维特之烦恼』)吧!"
"이 책은 거의 전부가 서정적인 서간을 모아놓은 것이고, 서사적 성분이 극소하여 소설이라기보다 시, 이부의 산문시집으로 부르는 것이 낫겠다. 인습에 사로잡힌 사람들은 언제나 "운(韻)이 없는 것은 산문, 운이 있는 것은 시"라고 고집하고 운이란 대개 각운에 국한시킨다. 이러한 피상적인 견해는 얼마나 사람의 마음에 깊이 들어있고 뽑아낼 수 없을 정도로 견고한지 알 수 없는데, 최근 사람들이 시를 논하매, 운이 있고 없고의 싸움 그리고 산문시의 이름을 이치에 어긋나는 것으로 폄하하는 것은 참으로 뜻밖이

시운동의 한 주역으로서 자신의 입장을 강하게 투영한 결과라고 할 수 있을 것이다. 즉 일본 의학교 유학시절 배운 독일어와 독일문학 덕에 괴테에 심취하게 되면서 의사가 아닌 시인·작가가 된 궈모뤄는 중국 신문학의 길을 개성과 주관성, 범신론을 아우르는 낭만정신의 구현으로 삼았음을 알 수 있다.

궈모뤄는 이렇게 베르테르에 심취했던 1920년대 전반, 이 소설을 모방하여 서간체를 실험한 소설 「카르멜라 아가씨」(1924)를 창작한다.[13] "피가 끓어오르고 심장이 고동치는" 사랑의 정열을 다룬 이 소설은 그의 1920년대 감상과 격동의 낭만주의 시기의 한 페이지를 장식하고 있다. 그러나 오래지 않아 궈모뤄는 중국문예의 길이 급격히 계급문예운동과 마르크스주의로 기우는 경향을 좇아 1930년대부터는 마르크스주의자로 전신하게 되고, 한동안은 괴테 및 베르테르의 사상과는 멀어진 것처럼 보인다.[14] 그러나 그렇다고 해서 괴테와 결별한 것은 아니었다. 『베르테르』와 『파우스트』의 번역자로서 그는 20세기 내내 중국의 괴테 번역을 대표하는 작가로 남게 되었기 때문이다. 그는 중화인민공화국이 수립된 뒤 1955년 다시 출간한 『베르테르』의 서문에서 1920년대의 '공명'과는 상당히 결이 다른 해석을 내놓는다.

괴테의 이 소설에서 분명한 것은 그가 자신의 생활 경험과 친구 예루잘렘의 이야기를 결합시켰다는 점이다. 의심의 여지 없이 이는 하나의 현실주의 소설

<hr>

다. (…중략…) 끝내 산문시의 정의를 알지 못하는 자에게 나는 이 『소년 베르터의 번뇌』를 읽을 것을 권한다"(이하 인용되는 번역문들은 특별한 표기가 없는 한 저자의 것이다). 궈모뤄, 위의 글 참조.

13 郭沫若, 「喀尔美萝姑娘」(1924.8), 『郭沫若全集文学编』 9, 人民文学出版社, 1985.

14 궈모뤄가 괴테에서 마르크스주의로 옮아가게 된 사정과 중국문학 내의 방향성에 관련해서는 다음 절에서 다룰 것이다.

이며 내용은 봉건제도에 반대하는 것이다. 청년 괴테의 시대는 실로 독일이 중세기 봉건제도로부터 탈피하여 자본주의제도로 나아간 시대이다. 이때 청년 들은 모두 구제도와 구도덕에 반대하였는바, 우리의 '5·4' 시대와 흡사하며 독일 역사상 '광표시대(狂飆時代, Sturm und Drang)'로 불리는 시대이다. 괴 테는 베르테르로 하여금 예루잘렘의 자살의 결과를 취하도록 함으로써 당시 구도덕에 반대하는 의사를 구현한 것이다. 기독교는 자살을 죄악시 하는바 자 살이라는 결말을 취한 것 역시 기독교에 대한 반대의 의미를 지님은 말할 것도 없다. 이 책이 출판된 이후 열렬한 환영을 받았으나 역시 불가피하게 부작용 역시 발생했는데, 이는 곧 도취된 청년 남녀들이 혼인의 자유가 없다는 이유로 자살로써 항의를 표시했다는 점이다.[15]

낭만적 정열과 개성의 유로, 범신론적 우주관과 자연관 대신, 중국 의 대표적인 공산당 지도자가 된 궈모뤄는『베르테르』의 의미를 리얼 리즘, 반봉건, 반기독교에서 찾고 있으며, 괴테 시대의 독일과 '5·4' 시대의 중국을 등치시키고 있다. 그러나 그럼에도 불구하고 궈모뤄의 진술에서 지난 청년기 때와 마찬가지로 괴테와의 공명, 동일시라는 틀 은 크게 벗어나지 않고 있다. 이 점은 한국 또는 일본의 경우와는 사뭇 다른 점으로, 특히 당대의 한국에서 이러한 동일시를 찾기란 쉽지 않

---

15 "歌德的这部小说，很明显地是把自己的生活经验和以鲁塞冷的故事结合了，这毫无疑问 是一部现实主义的小说，而内容是反对封建制度的。青年歌德所处的时代正是德意志从 中世纪封建制度行将蜕变到资本主义制度的时代。那时的青年人一般反对旧制度与旧道 德，和我们"五四"时代相仿佛，在德国历史上是称为"狂飙时代(Sturm und Drang)"。歌德 让维特采取了以鲁塞冷的自杀的结果，这在当时是具有反对旧道德的意义的。基督教认自杀 为罪恶，采取自杀的结束不用说是具有反对基督教的意义。这书出版后受到热烈的欢迎，但 也发生了一种值得欢迎的副作用——那就是受了陶醉的青年男女每因婚姻不自由即以自 杀表示抗议。"「『少年维特之烦恼』小引」,『少年维特之烦恼』, 北京人民文学出版社, 1955.

은 일이기 때문이다.

2) '베르테르'의 悲嘆, 悲惱, 슬픔, 설움

한국에서 베르테르가 처음 소개된 것은 1890~1900년대로 기록되어 있지만[16] 중국과 마찬가지로 실질적으로는 1920년대에 들어서 작품 번역과 소개가 이루어지기 시작했다. 궈모뤄의 번역이 5·4정신의 산물 가운데 하나인 창조사 출판부에서 발표되었다면, 한국의 경우는 이보다 조금 늦은 1923년부터 여러 형태와 스타일의 『베르테르』 버전을 갖게 된다. 〈표 1〉은 그 목록을 정리한 것이다.

한국에서 『베르테르』의 다섯 가지 버전은 비슷한 시기 이루어진 빅토르 위고의 『레미제라블』 번역이 그랬던 것처럼[17] 제목도 발표 지면도 번역 형태도 제각각이며 번안과 번역 사이를 교묘하게 오가고 있다. 먼저 첫 번째 「웰텔의 비탄悲歎」은 일본 유학생 출신으로 신극운동에 참여했던 김영보의 번역이다. 날짜별로 서간문이 나열된 원저의 형태를 그대로 살리되 몇몇 날짜의 편지는 통째로 삭제하는 식으로 발췌 번역하였다. 이 작품을 발표할 무렵에 일본 와세다대학에서 영문학 공부를 하고 귀국 (1922~1927)한 사실로 미루어 일역본, 영역본을 저본으로 했으리라 짐작

---

16 1898년 『한성월보』 6호에 '소학 만국지리', '소학 만국역사' 등의 교과서 일부가 실려 있는데, '소학 만국역사'를 통해 시인 괴테의 이름이 처음 한국에 알려진 것으로 기록된다. 1907년에 번역본 중등만국사, 동서양역사 등에서도 그의 이름이 단편적으로 언급되었다. 20세기 이후 한국의 괴테 이입의 역사에 대한 선구적인 연구로 이유영·김학동·이재선의 『한독문학비교연구 I—1920년대까지 독일문학의 영향을 중심으로』(삼영사, 1976)가 있다.

17 1910~1920년대 이루어진 『레미제라블』 번역의 다섯 가지 버전에 대한 상세한 분석과 이 시기 번안-번역의 역사성에 대해서는 박진영, 「소설 번안의 다중성과 역사성—『레미제라블』을 위한 다섯 개의 열쇠」, 『민족문학사연구』 33, 민족문학사연구소, 2007 참조.

<표 1> 한국의 『젊은 베르테르의 슬픔』 번역 서지

역자	제목	발표 지면	발표 시기	번역 형태 및 특징
金永俌	웰텔의 悲歡	『시사평론』 2권 1~5호	1923. 1·3·5·7·9	작가의 말 제외한 본문 발췌역
白華	少年벨테르의 悲惱	『매일신보』	1923. 8. 16~9·27(40회)	작가의 말과 1부만 완역
吳天園	절믄베르테르의슬픔	『세계문학걸작집』	1925	단행본 앤솔로지, 초역(抄譯), 번역은 1921
赤羅山人	젊은이의 슬픔	『신민』 41,42호	1928. 9~10	
박용철	베르테르의 서름	『문예월간』 2권 2호	1932. 3	스토리 축약역

할 수 있다. 두 번째 『매일신보』에 연재된 백화 양건식의 번역은 총 2부로 되어 있는 원저의 1부 즉 베르테르가 부임지로 떠나기 전까지의 전원생활에서 그치고 있다. 앞의 김영보 번역이 잡지 연재를 끝낼 무렵에 양건식 번역의 신문 연재가 시작되어 시기적으로 약간 겹치는데, 이 두 번역은 문체와 단어 선택 등에서 판이하게 다른 문장을 보여준다. 중국문학 번역자로 이름을 날린 양건식이 궈모뤄의 작품도 번역한 적이 있다는 점에 착안하여 궈모뤄의 번역문과 이를 대조해 본 결과, 양건식의 번역은 궈모뤄의 중문판을 저본으로 삼았으리라 짐작된다.

한편 일본 그리고 미국에서 수학한 천원 오천석의 번역 「절믄 베르테르의 슬픔」은 『세계문학걸작집』이라는 단행본 앤솔로지의 형식으로 「일리아드」, 「데카메론」, 「몸둘 곳 업는 사람(레미제라블)」과 함께 전문을 대폭 축약한 발췌 번역으로 수록되었다. 궈모뤄가 일본 유학시절 갈고 닦은 독일어 실력을 바탕으로(물론 일본어 번역판 역시 참고했을 가능성이 있지만) 괴테 번역에 도전했다고 한다면,[18] 오천석은 다른 한국어판 번역자들과 마찬가지로 독일어본을 참고하지 않았던 듯하다. 오천석은 서문에서 "본서는 할수잇는대로 그 세계적 걸작의 아름다온맛을 그릇되히 하지 아니하기를 도모하야, 대개는 일본역 삼사가지와 밋 영역 한가지 로써, 서로 빗최고 살폇다"고 밝힘으로써 일문역 서너 종과 영문역본 한 종을 참고했음을 시인했던 것이다. 이후 각각 잡지를 통해 발표된 적라 산인赤羅山人(김영진)의 「젊은이의 슬픔」, 박용철의 「베르테르의 서름」이 등장했다. 특히 박용철의 번역은 1932년 3월 『문예월간』 괴테 (사후) 백 년기념 특집호에 실린 것으로, 1부와 2부 전체 내용을 열 페이지에 걸쳐 압축하고 있어 발췌역도 아닌 줄거리 요약에 가깝다. 따라서 서간체의 특징도 완전히 사라져 있으며 1인칭 소설 형식으로 되어 있다.

이상에서 볼 수 있듯이 한국에서는 해방 이전에 『젊은 베르테르의 슬픔』의 독일어 직접 번역은 물론 완역 역시 이루어지지 않았다. 대신 원전의 기점(원천) 언어와 번역본의 목표(도착) 언어 사이의 대응 관계를 벗어나 있는 또는 그로부터 자유로운 한국어 번역들의 양상은 『레미제라블』의 여러 번역 버전이 그러한 것처럼 외국문학 작자, 번역자, 독자, 매체, 번역어 등과 관련한 흥미로운 쟁점들을 포함하고 있다. 당시 한국어로 소개된 『베르테르』는 김영보의 「웰텔의 悲歎」처럼 때로는 원작자의 이름을 의도적이든 아니든 완전히 가리거나, 「젊은이의 슬픔」처럼 제목에서 번역임을 알 수 있는 표지(외래어 '베르테르')를 지우거나, 독일어 Leiden, 영어 Sorrow, 일본어 悲み, 중국어 煩惱를 대체하는 비탄悲嘆, 비뇌悲惱, 슬픔, 서름(설움) 등을 창조하는 등 서로서로를 참조하고 배제하면서 경쟁하고 있다. 이러한 양상들은 한국 번역문학의 일그러진 모습들이라기보

---

18 郭沫若, 『創造十年』, 現代书局, 1932. 그는 고등학교 3학년 독일어 시간에 괴테의 자서전 『시와 진실』을 읽었다고 밝히면서 이때 문학에 다시 심취하게 되고 특히 괴테나 하이네의 시에 빠져들게 되었다고 고백한다.

다 그 자체로 당대의 문학 지식계, 독서계, 신문잡지계의 공기와 구조 속
에서 만들어진 한국 근대 번역의 특징이라고 해야 할 것이다.

　물론 이러한 시도들이 당대의 문학계 또는 독서의 장에서 어떤 의의
를 가지며 또 어떤 효과와 결과들을 낳았는가 하는 점은 또 다른 문제이
다. 이에 대해서 확인할 수 있는 자료는 많지 않다. 하지만 어느 정도 지
식문화계의 분위기를 가늠해볼 수 있는 흥미로운 기록이 존재한다. 곧
작가와 평론가들이 자신에게 괴테란 어떤 존재인가를 묻는 설문에 답
한 글들이 잡지『문예월간』1932년 3월호에 실렸던 것이다. 1932년 3
월은 바로 괴테 서거 100주년이 되는 때로, 이를 기념하여 괴테 특집호
를 마련하였고 이 글들은 이 기획의 일부였다. 괴테 백년제와 관련해서
는 다음 절에서 다룰 것인데, 우선 여기에서 개별 독서 체험의 고백이라
할 수 있는 이 글들에 대해 들여다 볼 필요가 있다.

　'괴테와 나'라는 특집에 응한 작가는 현민 유진오(1906~1987), 독문학
자 김진섭(1908~?), 영문학자 정인섭(1905~1983), 독문학자 서항석
(1900~1985), 작가 이광수 다섯 사람이었다. 이들은 학창시절 괴테의 작품
을 읽은 기억을 떠올리면서 자신과 괴테 문학과의 인연을 돌아보는데,
그들이 읽은『젊은 베르테르의 슬픔』은 모두 예외 없이 일역본이었다.
이는 이들 대부분이 일본 유학 경험이 있는 이들로 청년기에 일본에서
이 작품을 읽었기 때문일 것이다.

　　내가 괴-테의『절믄 베르테르의 고뇌』[19]를 일역을 통해 일근 것은 하-듸
　　의 Wessex tales, Life's little ironies의 염세적 허무적 절망에 전염되어 몹

19　「若きウェルテルの悩み」,『世界名著物語』3, 1914.

시 우울해 지나든때이엇다. 베르테르의 우울은 하-듸의 우울보다 한층 더 나의 가슴에 울녓다. 그러나 그곳에는 하-듸의 경우와 달녀 '절믐'이 잇섯다. 비록 '베르테르'는 주겄으되 그의 타오르는 정열은 점점 더 뜨거웟섯다. 나는 무슨 녯 연인이나 만난것처럼 그때 겨오 일독대역쯤으로 읽게된 어학의 힘을 가지고 함부로 괴-테의 작품을 읽으러 덤볏다.[20]

내가 맨처음으로 읽은 괴-테의 작품은 일역 『エルテルの悲み베루데루의 슬픔』[21]이라는 소책이엿다. 그 편지토막으로 된 글이 퍽도 읽기 쉽고 권태로 울만하게 긴 절도 업서서 아마 하로저녁에 계속해서 독파한 것가치 생각된다.

일역이 그와가치 애독되엿든 후 나는 불만을 늣겨 학교도서관에 가서 영역을 차자 읽기 시작했는데 (…중략…) 그리하야 기후 독일원서를 구해 그속에 잇는 '롯테'의 그림을 떼여서 책상우 벽에 부처두엇든 것이다.[22]

내가 괴-테의 이름을 처음 드른 것은 중학교에서 서양역사시간에 그를 세계 사대천재의 하나로 배운 때이엇다. (…중략…) 내가 그의 작품을 처음 대한 것은 『절믄 베르테르의 서름』을 일문역으로 일근때엿다. 절믄 내가슴에는 감격이 넘치어 그야말로 석권할줄을 몰랏섯다. 2년만에 한번쯤씩 세 번이나 일것다. 그리고 우리말로 옴기기 시작하얏다. 이것은 삼분의 이를 가서 갑자기 생각하는바가 잇서서 중단하고 마랏거니와 지금도 그 초고를 보면 그때가 그립다.[23]

---

20 현민, 「괴-테와 나」, 『문예월간』 2-2, 1932.3, 30면.
21 秦豊吉 譯, 『若きエルテルの悲み』, 東京 : 聚英閣, 1925(新潮社판 세계문학전집 9권에도 수록).
22 정인섭, 「괴-테와 나」, 『문예월간』 2-2, 1932.3, 34~35면.

나는 괴-테에 대해서는 전혀 무식합니다. 괴-테의 작품으로 일근 것은 『베르테르의 서름』과 『파우스트』뿐입니다. 『베르테르의 서름』은 학교에서 독일어교과서로 배윗고, 『파우스트』는 森林大郎 박사의 일본역[24]과 新渡戸稲造 박사의 『파우스트이야기』[25]로 보앗습니다. (…중략…) 인격적으로나 예술적으로 그의 감화를 바든 것은 업고 『파우스트』도 도모지 조흔줄을 몰낫슬뿐더러 도로혀 지리(支離)한 감(感)까지도 잇섯습니다. 그가 위대한 인물이오 예술가임에 틀림은 업겟지마는 내게잇서서는 그다지 인연잇는 인물은 아닙니다.[26]

이들 당대 최고의 지식인들은 하나같이 학창시절(주로 일본 유학시절로 추정) 일역본을 읽었다고 밝히고 있는데, 흥미로운 점은 이 일역본을 발판으로 영문판 또는 독문판을 읽으려 애썼다거나(정인섭), 처음 괴테를 접한 것은 중학교 서양역사 시간이었다거나(서항석), 『베르테르의 서름』을 학교에서 독일어 교과서로 배웠다거나(이광수) 하는 사실들이다. 일본식 교육과 일본어 교육의 확대로 식민지 조선에서도 일본어 서적의 문해력을 가진 독자들은 1920년대 이래 날로 증가했으니, 일본 유학 출신인 이들이 일역본을 읽은 것은 자연스러운 일이라 할 수 있다.

한편 중학교 역사시간에 괴테를 '세계 4대 천재'라고 배웠다는 서항석의 말은 주목할 요소가 있다. 즉 당시 조선에서 또 그 이전에 일본에서 괴테는 그의 문학세계보다도 세계적인 천재, 위대한 인간으로서 더 크게 조명되었던 것이 사실이기 때문이다. 괴테 수용사의 초기에 일본과 조선

23   서항석, 「괴-테와 나」, 위의 책, 37면.
24   『ゲーテ』, 森林太郎 譯, 岩波書店, 1928.
25   ゲーテ, 新渡戸稲造 編譯, 『「フアウスト」物語』, 六盟館, 1910・1915.
26   이광수, 「괴-테와 나」, 『문예월간』 2-2, 1932.3, 37면.

에서 두드러지는 현상은 그의 생애와 인간됨, 천재성에 대한 논의였다. 동경제대 독문과를 졸업한 독문학 전문가 조희순[27]의 글 「괴-테의 생애와 그 작품」,[28] 「괴-테의 생애와 예술」,[29] 「괴-테의 예술에 대하야」[30] 등에서 누누이 강조하고 있는 것은 "그 어떤 예술가보다도 괴테의 예술은 그의 삶과 생활을 이해하지 않고는 이해할 수 없다"는 데 모아진다. 이는 앞서 형성된 일본의 괴테 담론 또는 문호 담론의 맥락 안에서 이해할 수 있다. 1880년대부터 일본에 그 이름이 소개된 괴테는 처음에 주로 훌륭한 교육적 표본이며 인간적 지향점으로 받아들여졌다. 괴테의 어머니는 모든 어머니들의 훌륭한 모범이며, 괴테의 인간성은 소년소녀들이 지향해야 하는 목표라는 것이다.[31] 이는 괴테와 같은 천재 역시 환경과 조건에 따라 길러질 수 있고 형성될 수 있다는 전제를 강하게 환기한다. 즉 애초에 어떻게 자녀를 훌륭하게 기르고 교육할 것인가 하는 시사점을 얻는 것이 일본에서 초기 괴테 담론의 중심이었던 것이다.[32] 이러한 시각은 조선에 전이되고 있어서 1920년대의 괴테에 대한 논의는 주로 그의 천재성에 대한 호기심과 교육적 효과와 관련된 것이 많다. 심지어 『동아일보』 1925년 5월 16일자의 「天才와 早熟」이라는 글에서는 "독일 괴테는 열 살이 될가말가 하엿슬때에 칠개국어로 「자미잇는 이야기」를 썼다니 사람의 아들

---

27 그는 괴테의 『파우스트』의 번역을 시도하기도 했으나 미완에 그쳤다.
28 『문예월간』 2-2(괴테 특집호), 1932.3.
29 『조선일보』(괴테 사후 백 주년 기념 특집면), 1932.3.22.
30 『조선일보』, 1932.3.22~25.
31 예를 들면 워싱턴의 아버지와 괴테의 아버지를 비교하며 세계적인 문호와 천재를 낳은 교육의 측면에 초점을 맞추기도 했다. 青柳猛(有美) 著, 有美臭 續編, 『ワシントンの父とゲーテの父』, 文明堂, 1901.
32 이러한 일본 내에서의 담론 형성을 다이쇼 시대 일본의 '교육 휴머니즘'으로 접근한 논의로 Nagakawa Satoshi, 「Bildung und Umbildung mit Goethe : Zur Goethe-Rezeption in Japan」, 『헤세연구』 22, 한국헤세학회, 2009가 있다.

이 아닌듯하다"는 기술까지 보인다.

천원 오천석의 『세계문학걸작집』에 실린 괴테에 대한 짧은 전기 역시 그 서두를 괴테의 비범한 천재성에 대한 언급으로 시작한다.

> 괴테의 절세적 천재는 일즉부터 나타나, 아즉 팔세가 되기전에 벌서 불어(佛語), 이어(伊語), 희랍어(希臘語), 나전어(羅甸語)를 배우고 십이세(十二歲)에 영어(英語), 유태어(猶太語), 일이만어(日耳曼語), 희백래어(希伯來語)를 넑엇다한다. 저의 부(父)는 일즉부터 아자(我子)의 교육을 게을느히하지 아니하야 수학이며 음악을 가라첫다. 그러나 저의 풍부한 창조력을 지어준이는 과연 저의 모(母)이엿다.[33]

언어의 천재와 풍부한 창조력 그리고 그에 있어서 부모의 역할을 강조하는 이러한 진술 태도는 중국에서의 괴테 관련 담론과는 사뭇 다른 지점이다. 중국에서도 괴테를 낭만주의적 의미의 '천재'로 언급하는 경우가 있긴 했지만, 그보다는 현실과 경험, 문학사상 차원에서의 논의가 압도적이었으며 이는 지금도 마찬가지이다. 즉 다른 말로 하자면 궈모뤄가 보고자 했던 괴테, 궈모뤄가 호명한 괴테는 이상적이고 위대한 인간이기보다 기성의 권위와 도덕, 종교와 지식 일체를 거부한 반항자이자 혁명적 투사였던 것이다.[34] 이는 일본에서 '교양적 이상의 체현자'[35]로서 본 것과는 다르게 '현실적인 동일시의 대상'으로서 괴테를 자리매김하는 태도라고 할 수 있다.

---

33 오천원, 「'꾀테'라는 사람」, 『세계문학걸작집』, 한성도서, 1925.
34 "所以他反抗技巧, 反抗既成道德, 反抗阶级制度, 反抗既成宗教, 反抗一切的学识." 郭沫若, 『少年维特之烦恼』, 序引, 1921.
35 Nagakawa Satoshi, *op. cit.*

1920년대까지 동아시아에서 소위 '베르테르열', '괴테열'이라는 현상이 만일 있었다고 한다면, 이는 위에 살펴본 바와 같은 특정한 담론의 형성과 전유의 양상들에서 그 실례를 찾을 수 있다. 1930년대에는 이제 완전히 다른 양상이 전개되는데, 이를 1932년 괴테 서거 백 주년을 전후한 시기와 1930년대 후반 일본 군국주의가 심화되면서 사상적 전환점을 맞는 시기로 나누어 살펴본다.

3. 1930년대 문예계의 향방과 괴테 전유의 몇 가지 양상

1) 낭만의 시대 이후의 궈모뤄와 괴테, 마르크시즘

1932년 3월 22일 괴테 서거 100주년을 기리기 위한 여러 움직임들이 한중일에서 공통적으로 그리고 동시적으로 나타난 것은 동아시아 식의 '베르테르열'의 또 다른 현상이다. 우선 일본에서는 그동안의 수용, 번역, 연구(연구자의 양성)의 축적된 자원을 바탕으로 제도적이면서 전 방위적인 확산이 이루어진다. 독일에서 1885년 만들어진 '괴테협회'를 본떠 1931년 일본괴테협회 설립 추진위가 발족하고, 1932년 '일본괴테협회'가 성립된다.[36] 그리고 이를 주축으로 하여 매년 괴테연감ゲーテ年鑑을 발행하는데 첫 1호에 괴테 연구논문을 수록한 독문학 연구자의 수가 동경제대 교수 아오키 쇼키치青木昌吉를 위시하여 스무 명이 넘는다.[37] 또 '일독문화협

---

36 1931년판 『昭和6年 文藝年鑑』(新潮社)에 따르면 일본 괴테협회는 향후 주요 활동으로 독일 본국과 여러 외국에 있는 괴테협회와의 교류하에 괴테연감의 간행, 괴테 관한 문헌과 자료 수집, 괴테에 관한 강연, 출판, 연극, 영화, 방송 등을 수행하는 것을 내걸었다.

37 日本ゲーテ協会 編, 『ゲーテ年鑑』, 東京 : 南江堂書店, 1932.

회'의 이름으로 백년제 기념 연구서가 출간되고,[38] '괴테전집간행회'의 이름으로 괴테 전집이 1935년까지 12권 분량으로 간행되기도 하였다.

한국에서도 일본대학에서 독문학을 전공한 조희순, 서항석, 김진섭, 박용철(시인)을 주축으로 '괴테협회 경성지부'를 만들어 이 기념사업에 발을 맞춘다.[39] 이들 소수의 독문학 전공자들은 1932년 3월 22~25일에 걸쳐 『동아일보』, 『조선일보』, 『문예월간』 등 신문잡지의 괴테 백년제 기념 지면을 거의 동시에 장악한다. 이 행사를 위해 동원되는 인적 물적 자원의 규모로 볼 때 일본의 경우와 한국, 중국은 사실 비교가 되지 않으며, 특히 한국의 경우는 일본의 축소판 정도였다고 보는 것이 사실에 가깝다. 더구나 중국의 경우 사회주의 프롤레타리아문예가 주류를 형성해 나아가던 시기였기 때문에 상대적으로 비중이 더 적었다고 할 수 있다. 상해에서 소위 비주류 모더니스트들이 간행한 잡지 『현대』에 백 주년 특집이 마련된 것이 대표적이다.[40] 이후 1930년대 전반기 한국에서는 실질적으로 작품 번역이 이전에 비해 더욱 침체된 상황에서, 위의 외국문학 전공자들이 신문사의 주축으로 자리 잡고 신문 지면을 통해 여러 해외의 논의들과 소식들을 활발하게 소개하면서 자신들의 존재감을 키워 나아간다. 즉 이 시기에는 「세계문학의 장래」(이석), 「빌헬름 마이스터적 성격의 탐구」(최재서)와 같은 전문가적 식견을 내세운 논의들 한편으로 「괴테와 쉴러의 우정」,[41] 「괴테는 살인범인가」[42]와 같은 외신을 인용한 가십성 기사들이 다수 등장하기도 했다.

---

38 日独文化協会 編, 『ゲーテ研究 : 百年祭記念』, 岩波書店, 1932.

39 회합 며칠 뒤 사진과 함께 실린 신문기사(3.24)에 따르면 이 기념회합에 30여명이 참석하여 성황리에 마무리되었다고 한다.

40 叶灵凤, 「歌德和『少年维特之烦恼』」, 『叶灵凤卷』, 三联书店(香港有限公司), 1995.

41 조희순, 「文藝로만스(1) 괴테와 쉴러의 友情」, 『동아일보』, 1934.8.1.

42 신남철 역, 「괴-테는 살인범이냐」, 『동아일보』, 1936.7.14·15(백림일보의 6월 7일

어찌 보면 1930년대는 1920년대 초 오천석이 '번역의 변'에서 말한바 "전문가가 아닌 우리 동포가 저 크나큰 문예품을 읽을 수 있을까" 하는 애달픔이나 "동포들이 세계 각국의 이름난 문예를 (우리글로써) 향수하기를 원한다"는 소망은 찾아보기가 어려워진다. 독문학 전공자 서항석이 『베르테르』를 상당 부분 번역하다가 포기했다는 것은 능력 부족과 같은 요인이라기보다는 당시의 번역, 출판, 서적 유통의 환경으로 인한 것일 가능성이 더 높다. "우리말이 아니더라도 일문으로 얼마든지 수준 높은 서적들을 접할 수 있"기에 번역은 시간 낭비이며 자원 낭비일 뿐이라는 김동인의 말이 당시 상황을 짐작하게 하고 남는다.[43] 일반 독자들이 일문 역본의 세계문학과 일본잡지들에 사로잡혀 있을 때 한국의 전문가들은 번역을 괄호 안에 넣어둔 채 전문적인 문예비평에 매달리거나 잡다한 정보와 가십들을 부지런히 실어 나르는 상황이 한동안 지속되었다.

그런데 중국의 경우는 이와는 다른 차원에서 1920년대 베르테르의 시대와 작별을 고하게 된다. 즉 1920년대를 풍미했던 낭만의 시대와의 결별인 것인데, 이를 몰아낸 것은 계급 혁명과 항일 투쟁이라는 시대적 과제였다. 단적으로 1920년대 『소년 베르테르의 번뇌』, 『셸리 시선』, 『전쟁과 평화』를 번역했던 궈모뤄는 1930년 유물론적 입장에서 중국 고대사를 서술한 『중국 고대사회 연구』를 발표하면서 완연히 마르크스주의자의 길로 들어선다.[44] 물론 궈모뤄에게 있어서 마르크스와 괴테는

자 기사의 번역); 서항석, 「꾀-테가 살인자라면-의문에 싸힌 쉴러와의 관계」, 『동아일보』, 1936.7.16.

43 김동인, 「번역문학」, 『매일신보』, 1935.8.31. "적어도 중등교육이상까지바든 사람은, 화문을 모르는사람이 업슬뿐더러, 조선문은 도로혀 화문만치 이해하지를 못하는현상이다. 이덕택(?)에 우리는 외국문학을 우리의 손으로 조선문학으로 이식할 번거러운 의무를 면할수가잇섯다."

44 이 저술은 "중국 역사학계에서 마르크스주의의 승리를 가져온 진군을 개시"한 선구적

단순히 양자택일의 문제는 아니었던 듯하다. 흥미롭게도 그는 1924년 일본 마르크스주의 사상가 가와카미 하지메河上肇의 『사회조직과 사회혁명』을 번역하고 또 불과 몇 달 뒤에 앞에서도 언급한 소설 「카르멜라 아가씨」를 창작한다. 서간체를 차용한 이 작품은 궈모뤄 작품세계에서도 매우 이례적으로 정욕과 열정에 사로잡힌 사랑 이야기를 그리고 있는데[45], 이는 전적으로 괴테의 『베르테르』를 염두에 둔 것이라고 밖에는 달리 설명할 길이 없을 것이다. 그러나 일본의 본토 침략에 맞서 싸우면서 노동자 농민의 해방을 완수하기 위한 '무자비한 혁명의 시대'는 점점 다가오고 있었고, '범신론적 우주에의 동경이나 인생에 대한 감상주의'는 설 자리를 잃게 된다.[46] 곧 베르테르의 시대와 완전한 결별을 이 시대는 요구했고, 이에 1920년대를 빠져나온 과거의 청춘들은 복잡하고 모순적인 감정 속에서 자신의 청춘기와 결별을 결심하게 된다.

마르크스주의가 중국에서 모든 사상과 문예를 뒤덮어 장악해버렸다고 하는 것은 지나치게 이 시대의 사상과 인물들을 단순화한 서술일 수 있으나, 사실 한중일 삼국을 놓고 볼 때 그러한 기조가 지식인들을 강하게 추동하며 주류를 형성하고 기어이 공산 혁명에 성공한 곳은 중국밖에 없다는 점 또한 사실이다. 중국의 지식인들은 비교적 선명하게 마르크스주의의 길로 나아갈 수 있었는데, 이는 1930년대 중반 이후 마르크스주의가 급격히 쇠락한 일본과 한국의 상황과는 매우 대조되는 것이다. 그러면 궈모뤄는 베르테르의 세계와 결별한 채 괴테와도 결별을 고한 것일까? "중국

업적으로 평가된다. 리쩌허우, 김형종 역, 『중국현대사상사론』, 한길사, 2005, 137면.
45   이 작품과 주요섭의 「첫사랑값」을 『젊은 베르테르의 슬픔』의 파생 텍스트로 비교한 연구로 김미지, 「괴테 「젊은 베르테르의 슬픔」의 동아시아적 변주」, 『인문학연구』 33, 인천대 인문학연구소, 2020이 있다.
46   리쩌허우, 앞의 책, 374면.

의 괴테",[47] "사회주의시대 신중국의 괴테"[48]라고도 칭해지는 궈모뤄는 앞서 1955년의 『베르테르』서문에서 보았듯이 주류 마르크스주의자의 입장에서 괴테와 심지어 베르테르를 전유하는 방향으로 나아간다. 그는 마르크스주의 안에 괴테를 포섭하는 방식으로 괴테의 세계를 지키고 이를 마르크스주의와 양립 가능한 것으로 만들었던 것이다.

2) 1937년, 전향 이후 가메이 가쓰이치로龜井勝一郎와 한설야의 길

일본과 한국에서는 주지하다시피 1934~1935년의 대대적인 사회주의 탄압과 1937년 중일전쟁의 발발 등으로 군국주의와 파시즘이 강화하면서 사상운동이 동력과 방향을 모두 상실하는 시대를 맞이했다. 탄압과 투옥 그리고 전향으로 이어지는 일련의 과정은 일본과 한국이 크게 다르지 않았다. 그런데 흔히 조선의 프롤레타리아운동은 일본의 그것에 종속되고 연동되어 움직인 것으로 이해되지만 반드시 그렇지는 않다. 전향을 하더라도 돌아갈 국가, 복종하고 따르고 귀속해야 할 국가가 있는 일본의 사회주의자들과 돌아갈 나라가 없는 조선인들의 길이 갈라질 수밖에 없다는 설명은 이미 새롭지 않으나 여전히 진실을 품고 있다.[49] 이 지점 즉 1930년대 후반 사상과 문예의 갈림길에서 궈모뤄와 비견될 만한 인물로 가메이 가쓰이치로龜井勝一郎와 한설야를 들 수 있다. 이 두 사람 다 프롤레타

---

47 杨武能,「郭沫若―"中国的歌德"」,『郭沫若学刊』, 2004(01).3.25.
48 "社会主义时代的新中国的哥德." 周扬,「悲痛的怀念」,『人民日報』, 1978.6.18.
49 일본 지식인들은 전향을 '애국적 전향', '국체의 귀환'으로 스스로 정당화하였고 천황제 신봉으로 귀의되며 파시즘과 내셔널리즘으로 빨려 들어갔다고 주로 평가된다. 즉 공산주의사상이 놓였던 자리에 천황사상(코쿠타이)을 대치시켰다는 것이다(김윤식,『한국근대문학사상사』, 일지사, 1984, 278면). 1930년대 후반 전향 지식인들을 중심으로 형성된 일본낭만파의 움직임이나 '근대의 초극' 논의 모두 결국은 이 연장선상이라고 본다.

리아예술동맹 활동을 한 마르크스주의자들로서 일제의 사회주의자 탄압 정책(1925년 치안유지법)으로 인해 투옥되었다가 옥살이를 하고 풀려났고, 1930년대 중반 새로운 삶과 사상을 모색해야 하는 자리에서 괴테의 이름을 끄집어내고 있다는 공통점이 있다. 다른 점이라면 가메이는 전향선언서轉向上申書를 제출했지만 한설야는 하지 않았다는 점이다. 물론 여기서 더 주목할 점은 그들이 이 시점에 괴테를 들고 나온 이유, 괴테에 의존하는 방식이 서로 달랐다는 것이다.

일본의 대표적인 프롤레타리아 문예비평가 가메이 가쓰이치로는 1937년 '괴테전기'라 할 『인간교육-괴테에의 한 시도』를 저술·발표한다.[50]

그리고 같은 해인 1937년에 한국의 대표적인 프롤레타리아 문예 작가로 해방 후 북한의 문학과 문화를 이끌게 되는 한설야는 두 번째 장편소설 『청춘기』를 『동아일보』에 연재, 완성한다. 1937년은 동아시아 역사에서 매우 중요한 해로 중일전쟁이 발발하고 일본의 군국주의가 박차를 가하기 시작했으며 중국 내 항일운동이 극렬하게 고조되어 가던 때이다. 일본의 사회주의자들은 고바야시 다키지小林多喜二처럼 감옥에서 죽거나 아니면 전향하고 국가의 품으로 돌아가야 했는데, 여기서 가메이는 정치에서 문학으로의 귀환을 내세우며 괴테의 삶을 통해 영혼의 재생을 추구하고자 했고 그 증거가 바로 '괴테 전기'인 것이다.[51] 다른 말로 하면 가메이가 사상의 공백, 마르크스주의 패퇴의 시기에 괴테를 통해 구하고 또 배우고자 했던 것은 문학 자체보다도 괴테라는 인간의 삶의 여정이 보여주는 영혼의 모험,

---

50 亀井勝一郎, 『人間教育-ゲェテへの一つの試み』, 野田書房, 1937.
51 Nagakawa Satoshi, *op. cit.*, pp.119~120. 이 글의 필자는 괴테라는 한 인간의 삶을 인성의 성취라는 관점에서 접근했던 20년대 다이쇼 시기 괴테 수용의 양식이 가메이의 책 『인간교육-괴테에의 한 시도』에서 합류하고 있다고 본다. 결국 가메이가 전향 이후 괴테의 삶을 기술함으로써 자신의 심적 변화와 새로운 삶의 상태를 정당화하고자 했다는 것이다(ibid., p.127).

미의 발견과 같은 것들이었으며 이는 지성과 교양으로의 회귀, 도피, 위안으로서 괴테를 전유한 것으로 볼 수 있다. 이후 그가 고전의 세계, 고대 불교의 미를 찬미하는 쪽으로 깊이 침전해 들어간 것은 우연이 아니다.

이러한 가메이의 괴테 전유는 궈모뤄의 그것과 뚜렷이 대비된다. 어쩌면 루카치가 쓴 것처럼 『베르테르』에서 억압적 신분차별과 부자유에 대한 시민계급의 항거라는 차원과 전면적인 인간해방에 대한 지향이라는 차원 가운데,[52] 궈모뤄는 후자로부터 전자를 더 첨예화하면서 계급주의적 전망을 결합시켰다고 볼 수 있다. 가메이의 경우 괴테로부터 이념의 구속까지도 초월한 해방에 대한 열망과 지향을 엿보았으나 그것은 어디까지나 지성과 교양이라는 틀을 벗어나지 못했던 것으로 보인다.

그러면 마지막으로 한설야의 1937년으로 들어가 보자. 한설야는 소위 '전주사건' 즉 KAPF 제2차 검거사건으로 투옥된 뒤 1년여의 형기를 마치고 1935년 출옥한다. 그는 이후에도 꾸준히 자신의 소시민적 생활과 삶을 탐구하고 성찰하는 작품들과 시대에 타협하지 않으려는 자신의 고민을 담은 작품들을 여럿 발표한다. 여기서 주목하고자 하는 작품은 바로 1937년에 쓴 『청춘기』[53]이다. 그의 첫 번째 장편인 『황혼』(1936)이 뚜렷한 계급 대립과 노동자의 각성을 다루고 있어서 흔히 그의 대표작으로 꼽히지만, 이미 계급주의 투쟁과 프로문학이 현실의 타락과 외부적 제약과 함께 몰락한 마당에 나온 이런 계급주의적 선명성은 "현실 왜곡", "현실의 객관적 인식을 가로막은 낙관주의"[54] 또는

---

52 임홍배, 『괴테가 탐사한 근대』, 창비, 2014, 48면 참조.
53 『동아일보』, 1937.7.20~11.29(전 129회).
54 김윤식·정호웅, 『한국소설사』, 예하, 1993, 150~151면. 임화 역시 「한설야론」(『동아일보』, 1938.2)에서 『황혼』이 보여준 세계는 인물과 환경의 부조화를 노정하고 있다고 비판적으로 진술하는 한편, "오히려 『청춘기』에서 인물과 환경의 모순이 조화될 새로운 맹아를 발견하였다"고 의미를 부여한다.

"현실에 대한 거부"[55]라는 평가가 붙기도 한다. 그러면 이제 어떠한 소설을 쓸 것인가. 현실의 부정 즉 과거나 이상으로 도피하거나 현실의 긍정 즉 전망을 포기하고 현실에 순응하는 두 가지 길을 넘어설 수는 없는 것일까. 한설야가 이러한 점을 인식하고 고민했다는 점을 보여주는 단서가 바로 소품 「신판 베르테르」에서 발견된다.

사실 1937년이라는 시점에 다시 베르테르가 소환된다는 것은 매우 낯설고 이질적인 장면이다. 한설야는 왜 굳이 청춘과 정열 그리고 실연의 아이콘, 초월에의 욕망과 신과 세계와의 합일을 꿈꾼 베르테르를 새로이 들고 나온 것일까. 그리고 이는 같은 시기 집필 중이던 『청춘기』와는 어떻게 연관되는 것일까. 이에 대한 답을 구하기 위해 「신판 베르테르」를 들여다본다.

『동아일보』에 2회에 걸쳐 게재된 「신판 베르테르」는 "조선의 베르테르" 그것도 청춘의 시기를 다 지낸 "늙은 베르테르"의 이야기를 담고 있는 특이한 작품이다. 콩트 정도의 분량이기 때문에 소설로 칭하기에는 무리가 있지만, 단지 수필이나 산문으로 취급하는 것도 적절하지 않다. 그 중간쯤의 글이라고 보아도 무방할 터인데, 첫 부분은 '나'가 고향의 시골 풍경을 바라보며 "농촌의 자연은 어릴 적 나의 가장 가까운 벗이엇다"라고 진술하는 것으로 시작된다. '나'의 나이는 "열다섯살 봄에 서울로 공부를 간 뒤 어언 이십년이 넘었다"는 것으로 보아 30대 후반의 장년이다. 1900년에 태어난 한설야의 당시 나이와 꼭 들어맞는다. 만세교, 성천강, 대평야 등이 등장하는 것으로 보아 작자의 고향인 함흥과도 일치한다. 그는 출옥 후 고향 함흥에 돌아가서 창작활동

---

55 전승주, 「개작을 통한 정치성의 발현 – 한설야의 『청춘기』」, 『세계문학비교연구』 40, 세계문학비교학회, 2012.

을 이어가고 있었던 것이다. 그런데 '나'는 갑자기 '웰텔'이 되어 이야기를 끌어간다.

> 옛마을 가까이 갓을 때 우연히 옛날의 그 '롯테'를 맞낫다.
> "……오래간만에……."
> 농촌도 인제 개화를 해서 그런지 그러지 안흐면 나잇덕인지 옛날은 변변이 인사할줄도 모르든 촌에서 나서 촌에서 자란 불행한 롯테는 인제 늙은 '웰텔'을 보고 이만큼이라도 인사를 하게쯤 된 것이다.
> "참 오래간만입니다."
> 웰텔은 무심코 웃어버렷다. 주검이라는 것과는 인연이 먼─차라리 그것을 비웃으며 심술굳게 살아온 늙은 조선의 웰텔은 여기서 조고만 생의 행복을 느낀 것이다.
> 남편 잇는 독신자로서 일생을 지낸다든 이 롯테도 발서 한아이의 손을 끌고 한아이를 업은 어머니가 아닌가. 우습고 반가운 감을 어찌할 수 없는 것이다.[56]

위 인용 부분은 "늙은 조선의 베르테르"와 "남편 있는 독신자로 살겠다던, 그러나 아이 어머니가 된 롯테"가 재회하는 장면이다. 분명히 전자는 작가 자신이 투영된 것일 터이며 후자는 이루어지지 못한 첫사랑 또는 잃어버린 옛사랑을 염두에 둔 인물일 터이다. 그러나 이미 늙어버린 베르테르와 롯테는 예전의 열정은 냉락冷落하고 무감각해졌을 뿐, 그저 죽음을 선택하지 않고 살아있음에 행복을 느끼는 소시민이 되어 있다. 늙은 조선의 베르테르는 롯테와의 짧은 재회 뒤에 쉴 새 없

---

56 韓雪野, 「新版 「붸르테르」(上)」, 『동아일보』, 1937.9.25.

이 스스로에게 묻는다. "어떠케 소설이 될 수 없을가?" 그는 잃어버린 사랑, 실연의 기억과 재회와 같은 소재를 어떻게 소설로 승화시킬 수 있을지 묻는 것이다. 흡사 『젊은 베르테르의 슬픔』과 같은 소설을 염두에 두었기에 이 글의 주인공을 베르테르와 롯테라고 부르고 있는 것일지도 모른다. 그리고 이러한 질문은 이후에도 여러 차례 반복된다.

> 그동안 늙은 웰텔은 롯테에게 대해서 거의 무감각하게 된 냉락(冷落)한 웰텔은 여인보다 여인을 감상하는 손님들을 외람히 '감상'하고 잇엇다.
> 그러나 대체 이 사람들에게서 무슨 '인간'을 찾을 것이랴. 그들에게서 '얼간성(性)'을 빼여버리면 한덩어리의 육괴(肉塊)밖에 남지안는 것이다. 똑똑한 바보들이 아닌가. 눈에는 철끼가 없고 머리에는 케케묵은 몬지가 끼여잇을 뿐이다.
> "그러나 여기 소설이 잇지 안흘까?"
> 나는 문득 다음에 쓸 장편에 필요한 조혼 소재의 한가지를 여기서 발견하엿다. 형형색색의 인간군 ― 얼간이들을 바라보는 것은 ― 만일 얼간인줄을 알고 그 얼간성(性)을 폭로시켜줄만한 눈으로써 그들을 본다면 그들의 집중지인 이런 환락향은 실로 조혼 인간수업장이오 인간전망대일 수 잇을 것이다.[57]

다방에 들어가 사람들을 관찰하던 베르테르는 세상의 얼간이들이야말로 좋은 장편소설의 소재가 되리라 생각한다. 1934년 「소설가 구보씨의 일일」의 거리를 배회하던 구보가 '도회의 항구' 서울역과 다방, 카페에서 소설의 소재를 찾으려던 것과 동일한 심사이다. 그런데 여기서 그가 말하

---

57   韓雪野, 「新版「베르테르」(下)」, 『동아일보』, 1937.9.26.

는 얼간이들이란 어떤 인간들을 지칭하는가. 이 글의 후반부에서 베르테르에서 다시 '나'로 돌아온 서술자는 바로 이에 대한 자신의 소회를 밝히고 있는데, 여기에 사실상 작가가 1937년 소설가로서 도달한 하나의 해답이 들어 있는 것으로 보인다. 그가 보기에 현대는 "얼간이들이 대량으로 증식하는 시대"이며 그런 의미에서 가장 불행한 시대이다. 따라서 그는 이 "얼간의 황금시대"에 절망을 느끼지 않을 수 없는 것이다. 그러나그가 도달한 결론은 그럼에도 불구하고 '광명'은 있다는 것, "만萬이 일-을 이긴다고 보는 것이 반드시 올흔 것이 아닌것과 같이 일-이 만萬을 이기지 못한다고 보는 것이 또 올흔 것이 아닌 것이다." 그리고 그는 바로 이'만대일' 즉 만 명과 맞설 수 있는 한 명의 '인간'에 대한 희망을 놓지 않으려 한다. "역시 소설은 어디든지 잇을 수 잇는 것이다." 즉 그는 속악하고타락했으며 폭력적인 현대에 대한 절망을 '만대일'의 지향으로 극복하고자 하는 한편, 그 절망적이고 불행한 얼간이들의 현실을 "마치 앙드레 지드가 그랬던 것처럼" 가혹하리만치 여실히 드러내는 데에서 새로운 소설을 찾고자 하였다. 다시 말하면 한설야는 이즈음 리얼리즘 정신의 회복, 전망을 포기하지 않으려는 의지를 다시 다잡고 있었고, 『황혼』의 시기를넘어 다시 '청춘의 시기'를 꿈꾸고 있었던 것이다.

『청춘기』는 외형적으로 보면 주인공 '태호'와 '은희'의 연애 및 그 위기의 서사가 중심축을 형성하고 있어서 '사회주의적 연애의 구현'이라는차원에서 논의되기도 하는데,[58] 청춘기 체험을 바탕에 둔 사랑과 방황, 실연의 위기와 절망적 상태 등은 '베르테르'와 닮은 점이 많다. 한편 "이념적 지향을 드러내는 것이 불가능해진 시기에 도출된, 과거의 자기 세계를

---

[58] 이경재, 「한설야 소설의 서사시학 연구」, 서울대 박사논문, 2008.

그린 자전적 형식의 세계"[59]로 규정되기도 하였으나, "타협하지 않는, 1930년대 후반의 양심적인 지식인의 운명"을 그린 소설[60] 또는 '이상적 현실, 이상적 인간상'을 추구한 소설로도 평가된다.[61] 모두 타당한 진단일 수 있으나, 이 작품을 단지 당면한 현실을 등지고 과거사 즉 '화려했지만 지나가버린 청춘'을 소환한 것으로만 보는 것은 온당하지 않다. 이는 '폭력적인 파시즘적 현실을 부정'하고 과거로 도피하고 있다는 말과 다르지 않기 때문이다. 「신판 베르테르」를 경유하여 또는 이와 겹쳐서 본 『청춘기』는 '과거', '이상'에 그치지 않는 1937년이라는 바로 지금의 이야기이며, 이 불행하고 타락한 얼간이들의 현실 속에서 청춘들이 선택할 미래에 관한 이야기이다.

대부분의 연구는 이 작품에서 작가 자신의 분신이라고도 할 남성 인물 태호의 심리와 행동, 선택에 큰 의의를 부여한다. 즉 동경 유학파 출신에 사상운동에 대한 동경을 가지고 있는, 신문기자를 하다가 해고되어 낙향했다가 사상범으로 일본 경찰에 검거되어 옥살이를 하는 남자 주인공 태호를 중심으로 보는 것인데, 보다 주목해야 할 것은 은희의 서사이다. 의학교를 나와 대학병원에 취직한 은희는 태호를 깊이 사랑하다가 주변의 집요한 방해와 농간으로 그를 떠난 뒤 오해였음을 깨닫고 그에 대한 자신의 감정을 다시 확인한다. 그러던 어느 날 신문에서 사상범으로 경찰에 검거된 그의 사진을 보게 되고, 몇 년이 됐든 영원히 그를 사랑하리라 결심한 그녀는 서울의 대학병원을 나와 태호의 고향 원산에 있는 요양원으로 들어간 뒤 돌아올 기약 없는 그를 기다린다. 태호가 베르테르에 비견된다

59 　김윤식 · 정호웅, 앞의 책, 155~156면.
60 　조현일, 「1930년대 후반 한설야 소설 연구-『홍수』 삼부작, 『임금』 연작, 『청춘기』를 중심으로」, 『한성어문학』 15, 한성어문학회, 1996.
61 　전승주, 앞의 글.

면 은희는 롯데라고 할 수 있을 것인데, 여기서 이 조선의 롯데가 내린 선택이 이 작품에서 상당히 의미심장하다. 그는 원산의 바닷가에서 극광極光, 오로라를 본다. 아니, "극광이 아득한 하늘 저편에서 비쳐오는 것 같음"을 느낀다. 실제로 원산에서 극지의 빛 오로라를 볼 수 있을 리 만무하나, 그녀는 그 빛이 자신에게 비쳐오는 듯한 일종의 환각을 느낀 것이다. 베르테르 역시 죽음의 직전 로테에게 쓴 편지에서 그 별빛을 이야기한다.

그리운 사람이여, 나는 창가에 다가서서 비바람에 날리는 별을 바라봅니다. 저 구름 너머 영원한 하늘에 박힌 별! 별이여, 그대들은 절대로 떨어지지 않는다! 영원한 자가 그 가슴으로 그대들을 안아주신다. 그리고 나까지도.

나는 대웅좌의 수레채 별을 쳐다봅니다. 숱한 별들 가운데서도 내가 가장 좋아하는 별입니다. 밤에 당신과 헤어져서 댁의 대문을 나설 때 어쩌나 이 별은 내 정면에서 빛나고 있었습니다. 취한 듯 황홀하게 이 별을 바라보며 두 손을 치켜들고 이거야말로 지금의 내 행복에 대한 표지, 성스러운 표석이라고 생각한 적이 몇 번이었을까![62]

베르테르는 로테와 만나고 헤어질 때마다 머리 위에서 빛나며 자신의 행복을 품어주던 별을 죽기 직전 다시 바라보고 있다. 그는 큰곰자리별(대웅좌) 특히 그 가운데의 북두칠성(수레채 별)을 자신의 행복의 표지, 성스러운 표석이라고 말한다. 북쪽 하늘을 영원히 맴도는 그 별이 자신과 로테를 영원히 안아주리라 생각했던 순간이다. 은희에게 역시 극광이란 곧 이러한 영원의 안식, 성스러운 사랑의 표석이 아니었을까. 물론 베르테르의

---

62 요한 볼프강 폰 괴테, 송영택 역, 『젊은 베르테르의 슬픔』, 문예출판사, 2004, 194
    ~195면.

끝이 죽음이었던 것과 달리 은희에게는 끝나지 않는 영원한 사랑과 기다림이 남아 있다.

물론 『청춘기』의 은희를 통해 '늙은 베르테르'의 욕망을 읽을 수도 있다. 롯테가 다른 이에게로 떠나거나 결혼하지 않고 언제까지나 묵묵히 자기를 기다려주었으면 하는 욕망. 그러나 은희는 욕망의 대상이면서 또한 욕망의 주체이기도 하다. 그것은 흔히 사회주의자 주인공 소설이나 계급 투쟁을 그린 소설에서 남성 지식인에 의해 사랑 또는 이념에 눈뜨게 되는 '남성에 의한 각성'의 서사와는 다르다. 이념이냐 사랑이냐 같은 양자택일의 문제에서도 벗어나 있다. 오로지 자신의 감정과 이상에 충실한 사랑이라는 은희의 선택과 자신의 모델이었던 철수를 따라 사상 운동에 투신하는 태호의 선택은 늙은 베르테르가 젊은 베르테르들 또는 젊은롯테들에게 보내는 메시지로 읽힌다. 만인이 '얼간성性'으로 돌진하는 맹목적이고 폭력적인 야만의 시대에 다시 베르테르의 정열과 순수, 인간 의지의 고양이라는 과제를 상기시키는 한설야와 그의 『청춘기』는 루카치가 1930년대 말 괴테를 통해 추구하고자 했던 '통합적 전망'[63] 그것에 닿아 있는 것은 아닐까.

4. 야만의 시대, 괴테를 통해 찾은 길

20세기 초 동아시아에서 서양문학 작품들의 유입과 번역은 당대인들의 선택과 시대적 우연이 결합하여 생겨난 결과물들이다. 물론 서양의

---

[63] 임홍배, 「루카치의 괴테 수용에 대하여」, 『괴테가 탐사한 근대』, 창비, 2014 참조.

역사에서 정전으로 또는 걸작으로 회자되어온 작품들이나 당대의 서양 지식문화계에서 각광받는 작품들이 관심과 번역의 대상이 되는 것이 첫 번째 수순일 터이고, 실제로 최초에 이들이 수용되고 호명되는 방식은 그런 공식을 비교적 충실히 반영하고 있는 것으로 보인다. 그런데 구체적인 번역의 실천과 이의 소화 및 섭취의 문제로 들어가면 나름의 동아시아적 맥락 또는 한중일 각자의 맥락이 있음을 알게 된다.

일본에서는 일찍이 1880년대부터 괴테, 위고 등 '세계의 문호'에 대한 꽤 상세한 소개가 이루어져 왔고 번역 역시 한국과 중국보다는 앞서 이루어졌다. 이러한 일본이 선점한 지위는 대부분의 서양문헌 번역에서 통례였던 것도 사실이나, 중국과 한국에서 그러한 노력이 일본의 선구적 작업들에 전적으로 의지했던 것만은 아니다. 중국과 한국 모두 1920년대에 본격적으로『젊은 베르테르의 슬픔』이 번역되었는데, 후발 주자였던 만큼 그 수용과 번역의 경로는 좀 더 복잡하고 다양한 양상을 띤다. 일본 유학시절 독일어와 독문학에 심취한 궈모뤄, 일본 그리고 미국에서 유학했던 천원 오천석, 중국 유학 경험을 가진 중국문학 전문 번역가 양백화 등이 1920년대 베르테르 번역의 주역들인바, 대개 '유학 체험' 중에 베르테르를 접하고 또 번역했다는 공통점이 있다.

일제 강점기의 여러 지식인 문인들이 쓴 독서 체험기를 보면 그들이 주로 체험한 괴테의 문학은 대부분 일역본이었다. 그리고 일본에서 애초에 괴테를 위대한 인간, 세계적인 천재로서 모범으로 삼고 배워야 할 인물로서 적극적으로 전유했듯이 조선에서도 1920년대에는 그러한 '천재 괴테'에 대한 관심이 지배적이었다. 중국의 궈모뤄가 괴테 및 베르테르의 사상에 대한 절대적인 공명과 동일시로 일관했던 것과는 상당히 다른 맥락이다.

1930년대의 괴테 담론은 또 다른 양상을 띠는데, 1932년 3월 괴테 사후 백년제라는 행사가 개최되면서 괴테의 삶과 문학에 대한 조명은 최고조에 이른다. 특히 일본에서 유학한 독일문학 전공자들이 주도하여 일본에서 형성된 독일문학 또는 괴테 관련 담론은 한국에도 적극적으로 흘러들어오고, '세계문학에의 참여'라는 차원에서 대대적인 기념의 장이 만들어진 것이다. 일본과 조선에서 프롤레타리아문예가 퇴조기에 들어선 것과 달리 고조기로 향하고 있던 중국에서는 이에 대한 반향이 덜했던 것으로 보이는데, 그럼에도 공산주의자가 된 궈모뤄는 괴테와 베르테르를 중국의 현실적 필요에 의해 전유하면서 괴테와 마르크시즘 사이의 양자택일의 문제를 넘어선다. 즉 괴테와 베르테르를 반봉건, 반기독교의 기수로 자리매김하면서 자신들의 시대와 동일시한 것이다. 이는 괴테의 전유 문제에 있어서 한국과 일본 그리고 중국이 갈라지는 지점이다.

한편 괴테의 수용 및 전유와 관련해서 1930년대 후반이라는 시대는 새로이 주목할 만하다. 이 시기는 일본과 한국에서 마르크시즘의 패배, 프로문학운동의 몰락과 일본 군국주의 및 파시즘의 고도화로 특징지어진다. 흔히 사상의 전형기 또는 공백기라고 불리는 이 시기에 괴테가 전유되는 양상은 흥미롭다. 대표적으로 프로문학 평론가이자 작가였던 가메이 가쓰이치로, 한설야가 중일전쟁이 발발한 1937년에 보인 행적을 비교해 볼 수 있다. 가메이는 전향한 사회주의 문학자로 괴테 전기인 『인간교육』을 쓰면서 마르크시즘을 대체할 새로운 세계를 그 속에서 발견하려고 했다. 반면 한설야는 다시 '베르테르'의 시절을 상기하며 이를 『청춘기』라는 소설로 육화해낸다. 단지 현실을 부정하고 과거로 돌아가려는 것이 아닌, 야만의 시대인 현재를 살아갈 그리고 그와 싸울 동력으로써 사랑과 정열 그리고 영원의 빛을 불러내고자 했던 것이다.

제2부
한중일 근대문학과 번역의 동시대성

제1장 한국과 중국 모더니즘문학의 통언어적 실천

1. 동아시아 근대문학의 동시대적 경험

흔히 한국의 근대 모더니즘을 전통 없는 문학, 현실을 초월해 선취된 문학이라고 말하기도 하지만, 일제 강점기 언어들의 착종 공간 속에서 이를 가장 철저하게 고민하고 잘 체현한 작가들이 바로 모더니스트들임은 부인하기 어렵다. 이들이 동시대 서양(세계)의 문학과 문화, 외국어(외래어)와 같은 것들을 재빨리 또는 손쉽게 선택·수용하고 그렇게 해서 만들어진 인공의 세계를 펼쳐 보이는 데 주력한 측면도 분명 있지만, 또 한편으로 이들은 전통(의 언어와 형식)과 조선어에 대해 누구보다도 자각적이었고 실천적이었다. 가장 전위적인 언어의 창조자로 불렸던 그들의 문학세계에는 한문이나 고전으로 대변되는 전통의 세계와 서양어(문)와 일본어(문)로 대표되는 근대의 세계가 뒤섞여 있다는 점에 주목해야 한다.

기존의 연구들에서는 모더니즘문학에 나타나는 다양한 언어적인 특질들, 예컨대 이질적인 언어(기호)들의 혼용, 빈번한 외래어 사용과 고전(고문)의 차용과 같은 실험적 자질들을 모더니즘문학 일반의 특징인 인공어와 민족어의 긴장 관계로 해석하거나 기호(놀이)의 차원에서 접근하는 것이 주조를 이루어 왔다. 그런데 이러한 해석들은 모더니즘문학의 새로움과 창조성, 전통 파괴적인 특징을 부각시키는 데는 유용하나, 그러한 실험들이 가진 문학사적 함의를 밝혀내는 데는 상대적으로 소홀했던 면이 있다. 여기서 문학사적 함의란 '모더니즘'이라 불리는 한 시대 문학(작품들)에 대한 문학사적 재해석과 더불어 그것을 '모더니즘'이라 언명할 수 있는 다양한 조건들, 한국과 동아시아에서 '모더니즘' 문학이라고 불릴 수 있는 언어적 문학적 실천들의 특수성과 같은 문제들을 포함한다.

1930년대 문학 작품들이 보여주는 독특하고 이질적인 문학세계를 문학사적인 연속성과 불연속성의 차원에서 새로이 자리매김하기 위해서는, 당대의 모더니즘적인 실천 양상들을 '다중언어적인 상황에서의 통언어적인translingual 실천'으로 보는 새로운 접근 방법이 도입될 필요가 있다. 통언어적 접근이란 일국의 국어가 가진 위상의 독보성(순수성)이나 일방적인 언어 전달(예컨대 제국에서 식민지로)의 영향력을 의심하면서 언어들의 착종과 교섭 그리고 교차와 혼합이 가진 다양한 맥락과 관계를 고려하는 것이다. 리디아 리우에 의해 널리 쓰이게 된 'translingual practice(언어횡단적/통언어적 실천)'라는 말은 "둘 이상의 언어를 가로지르는" 언어 현상과 실천을 가리키는 것으로, 비서구의 근대성에 내재하는 복잡하고 다기한 양상과 맥락을 탐구하는 데 주요한 개념으로 등장했다.[1] 특히 문학적인 통언어성translingualism이란 하나 이상의 언어로 또는 적어도 자신의 모어(또는 주 언어) 이외의 다른 언어로 쓰는 작가들과 관련

---

1   리디아 리우, 민정기 역, 『언어횡단적 실천』, 소명출판, 2005.

된 현상을 폭넓게 지칭하는 개념으로 쓰이곤 한다.[2] 이러한 관점은 '도시와 문명에 대한 문화적/문학적 대응 양식', '외래적인 또는 식민지적 상황에 대한 하나의 경험 양식'으로 규정되는 모더니즘문학의 언어적 실험이 가진 역사적 의미망을 넓히는 데 도움이 된다. 즉 모더니즘문학이 근대어, 근대문화의 성립과 발전 과정에서 어떤 역할을 수행했는지, 한국 그리고 동아시아의 문학사에서 '모더니즘'이란 과연 무엇이었는지에 대한 근본적인 질문이 가능해지는 것이다.

근래에 이러한 관점에서 이루어진 연구 성과들 역시 언어들의 교직과 횡단, 관통이라는 관점에서 근대 언어 성립의 복잡하고 다양한 양상들을 폭넓게 조망하고 있다. 임상석은 식민지 시기 교본, 독본, 작품 등을 분석하여 "근대 문체의 성립과 한문 전통"이라는 주제에 천착해왔고,[3] 문혜윤 역시 조선어문학의 통언어적 형성과 문체 형성을 한문 전통과 한글 글쓰기의 관계로 접근하였다.[4] 하재연은 근대시에서 나타나는 고전과 현대의 접점을 조선어 문체의 성립이라는 관점에서 바라보고 있다.[5] 이러한 일련의 연구 성과와 경향들을 통해 전통적인 한문문화권의 자장이나 일본어

---

2 Steven G. Kellma, *The Translingual Imagination*, Lincoln : University of Neb-raska Press, 2000. p.ix. "통언어적 글쓰기란 물론 이중언어 글쓰기뿐만 아니라 한 언어에서 다른 언어로의 자유로운 code-switching(코드 전환)을 포함한다. 통언어적 텍스트들은 보통 저자의 다른 언어들의 흔적을 노출하지만 대부분은 전적으로 하나의 언어로 쓰이기 때문이다." 같은 책, 15면 참조.

3 임상석, 「1910년 전후의 작문교본에 나타난 한문전통의 의미－『實地應用作文法』, 『實用作文法』, 『文章體法』 등을 중심으로」, 『국제어문』 42, 국제어문학회, 2008; 임상석, 「한문과 고전의 분리, 번역과 국한문체－게일의 『유몽천자(牖蒙千字)』연구」, 『고전과 해석』 16, 고전한문학연구학회, 2014 등 참조.

4 문혜윤, 「문예독본류와 한글 문체의 형성」, 『어문논집』 54, 민족어문학회, 2006; 문혜윤, 「한자/한자어의 조선문학적 존재 방식－이태준을 중심으로」, 『우리어문연구』 40, 우리어문학회, 2011 등 참조.

5 하재연, 「신체제(新體制) 전후 조선 문단의 재편과 조선어, 일본어 창작 담론의 의미」, 『어문논집』 67, 민족어문학회, 2013 등 참조.

의 영향력, 서양어의 수입과 같은 현상들이 좀 더 균형을 갖고 고찰될 수 있고, 동아시아 언어들이 놓인 다중언어적인 상황에 대한 이해가 확장될 것으로 기대된다. 한편 근대어의 성립 과정을 통국가적 시선으로 바라보고 있는 근래의 연구들은[6] 대체로 근대 초기(일본의 메이지 시대, 한국의 개화기와 1910년대, 중국의 신문화운동기 전후) 또는 일제 말기 이중언어 상황에서의 문학과 언어 텍스트에 국한되어 있는 형편이다. 따라서 언어적 규범과 문학적 관습이 안정기 및 정착기에 접어든 1920~1930년대로 연구 영역이 확장될 때 근대 초기 또는 일제 강점기 언어와 문학의 혼종성에 대한 새로운 시야가 열릴 것으로 본다.

이러한 문제의식 하에 이 글에서는 동시대 중국 현대주의(모더니즘) 문학 작품 및 문학언어를 비교항으로 설정하여, 흔들리는 근대어[7]가 놓였던 복잡한 상황과 다양하게 관계 맺는 문학적 언어적 실천들의 양상을 살펴보고자 한다. 이전에 한국과 중국에서 모더니즘문학이 비슷한 시기(1930

---

6 2010년 국제한국문학문화학회(INAKOS)에서 '조선학/한국학의 통국가적 구성'이라는 주제의 특집을 기획하여 주목할 만한 논의들이 진전된 바 있다. 『사이』 8(국제한국문학문화학회, 2010)의 임상석, 이상현 등의 논문 참조. 한편 일제 말기의 이중언어 혹은 다중언어 상황에 대한 논의로 황호덕, 「근대 한어(漢語)와 모던 신어(新語), 개념으로 본 한중일 근대어의 재편」, 『상허학보』 30, 상허학회, 2010; 권보드래, 「1910년대의 이중어 상황과 문학언어」, 『한국어문학연구』 54, 한국어문학회, 2010; 오태영, 「다이글로시아와 언어적 예외 상태―1940년대 전반 잡지 『신시대(新時代)』를 중심으로」, 『한국어문학연구』 54, 한국어문학회, 2010; 이혜령, 「문지방의 언어들―통역체제로서 식민지 언어현상에 대한 소고」, 『한국어문학연구』 54, 한국어문학회, 2010 등이 있다. 지금까지 통언어적 연구들은 주로 식민지 언어 상황에 대한 주요 참조항으로 자연스럽게 또는 필연적으로 '일본(어)'를 상정하고 있다는 특징을 가지고 있다.

7 '조선어'라는 기표를 가진 언어는 '조선'의 위상이 그러한 것처럼 끊임없이 흔들리는 착종 현상에 오래 놓여 있었다는 점에서 그러하다. 근대 언어와 문학언어가 놓인 상황을 동아시아적 맥락에서 또한 탈식민적, 탈민족적 관점에서 바라본 대표적인 연구로 임형택 외, 『흔들리는 언어들―언어의 근대와 국민국가』(성균관대 출판부, 2008)에 실린 연구 성과들을 들 수 있다.

년대) 유사한 양상으로 전개되었다는 점에 근거해 꾸준히 양국 모더니즘 문학 작가와 작품에 대한 비교 연구가 산출된 바 있다. 그리고 기존의 비교 문학적 성과들은[8] 문학과 언어 그리고 문명과 도시에 관한 새로운 탐색의 결과물인 양국 모더니즘의 다양한 문학적 주제의식과 기법적 특징을 구 명해 왔다. 그러나 근본적으로는 어째서(또는 과연) 그 둘이 평행 비교가 가능한가, 어떠한 지점에서 그것이 가능해지는가 하는 점을 다시 물어야 할 것이다. 전통의 해체나 근대문명 수용에 관한 모더니스트들의 문제의 식은 새로운 문학 형식 및 언어의 실험과 기법적 혁신을 바탕으로 전개되 었다는 점을 주목해야만 그 문학적 본령에 접근할 수 있다. 그 실험과 혁신 에는 기존의 규범과 질서, 전통을 둘러싼 긴장이 담겨 있는 바, 이질적인 것들(언어, 문화, 전통 등)의 수용과 재편을 특징으로 한다. 따라서 이러한 동시대적 경험과 상상을 바탕으로 하여 동아시아 모더니즘문학의 특성과 보편성이 재조명될 필요가 있다.

모더니즘문학이 꽃을 피웠던 1930년대는 사실 어느 정도 '국어'(여기서 는 일본어가 아니라 인공어로서 재구축된 민족어)의 개념과 관념이 정립되기 시작 하고 '신문체'의 확립이 가시적으로 나타난 시기라고 할 수 있다. 한국과 중국에서 1930년대 짧은 시기에 등장했던 모더니즘문학은 이러한 문학 적 언어적 규범화의 노력과 시도들을 넘어서거나 파괴하며 언어의 새롭 고 낯선 가능성을 모색했다는 점에서 특히 주목을 요한다. 이 글에서는 한국과 중국 모더니즘문학의 통언어적 실천을 살피는 그 시론 격으로 우

---

8 한국과 중국의 모더니즘문학에 관한 비교 연구로는 이명학, 「1930년대 한·중 모 더니즘소설 비교연구-이상, 박태원과 무스잉(穆時英), 스저춘(施蟄存)을 중심으 로」, 부산대 박사논문, 2005; 엄춘하, 「박태원과 무스잉(穆時英)의 소설기법 비교 연구」, 서울대 석사논문, 2007; 김명학, 「朴泰遠과 穆時英 小說 比較 硏究-1930年 代 모더니즘 小說을 中心으로」, 고려대 석사논문, 2009 등이 있다.

선 외래어의 충격과 수용에 대응하는 자세 그리고 한문맥 등 전통의 자장 안에서 이루어지는 언어적 양태에 초점을 맞추고자 한다. 한문맥이란[9] 사이토 마레시에 의하면, "한문으로부터 생겨난 문화적 실천의 총체"로서 "한문으로부터 파생한 문체를 중심으로 하여, 한문적인 사고와 감각, 세계관까지를 포괄적으로 문제 삼을 때 제기되는 개념"이다. 동아시아 각국이 근대(서양문명)에 맞닥뜨리면서 각자의 방식으로 "한자문화권의 멍에를 풀고자 했"고 "이 전환의 공통점과 차이점을 확인하는 것이 바로 동아시아의 근대란 무엇인가를 생각하는 일이 될 것"[10]이라는 그의 말처럼, 한국과 중국에서 이 한자권의 경험과 한문맥의 문제를 고찰하는 것은 동아시아의 근대를 새롭게 발견하기 위한 하나의 통로가 될 수 있을 것이다. "서구적 근대가 유입되기 이전의 전통은 동아시아의 근대와 완전히 단절된 것이 아니라 어떤 방식으로든 연속되며 근대를 구성하는 본질적 계기의 하나로 작용"[11]하기 때문이다. 중요한 것은 '전통의 공유', '지역적 보편성'이라는 관점을 넘어 '통국가적' 시각에 입각하여 동아시아 문학의 역사와 과제를 세심하게 들여다보는 일이 될 것이다.

한국에서나 중국에서나 1930년대라는 시대는 매우 문제적인 시기라고 할 수 있다. 한국과 중국에서 아니 그보다는 경성과 상하이에서 1930

---

9   사이토 마레시는 『근대어의 탄생과 한문-한문맥과 근대 일본』(황호덕·임상석·류충희 역, 현실문화, 2010)에서 일본에서의 한문맥의 해체와 재전유 과정을 고찰한다. 한편 이러한 개념을 빌려 황호덕은 "근현대 한국인의 문자생활과 언어 질서를 이해하는 단초"로서 한문맥의 중요성을 강조한 바 있다(황호덕, 「한문맥의 근대와 순수언어의 꿈-한국 근대 개념어 연구의 과제」, 『한국근대문학연구』 16, 한국근대문학회, 2007). 이연숙 역시 동아시아에서 언어적 근대의 확립 문제는 각각의 민족어가 고전적 한문의 세계에서 어떻게 벗어날 것인가라는 점이 핵심이라고 보고 일본과 한국에서 각각 다르게 나타나는 한자와 언어적 근대의 문제를 제기하였다(이연숙, 이재봉·사이키 카쓰히로 역, 『말이라는 환영』, 심산, 2011).

10   사이토 마레시, 황호덕·임상석·류충희 역, 위의 책, 7면.

11   전형준, 『동아시아적 시각으로 보는 중국문학』, 서울대 출판부, 2004, 126면.

년대의 도시적 번성과 그 부침은 세계적으로 유례가 없는 일이기 때문이다. 식민지 또는 반식민지 상태에서 그 나름의 근대성의 최고치를 경험한 두 세계는 일제 말기의 군국주의와 파시즘, 세계대전의 여파 등 여러 이유로 급격히 쇠퇴하게 된다. 한국과 중국 모더니즘을 비교함으로써 오랫동안 연구자들의 천착의 대상이었던 1930년대라는 시기를 새롭게 바라볼 수 있는 하나의 열쇠가 마련되기를 바라며, 이 연구가 기존의 작가 또는 작품 비교 연구를 넘어서서 한국과 중국 모더니즘의 역사적인 함의에 새로이 접근하는 데에 하나의 시발점이 될 수 있기를 기대한다.

2. 경성의 '모더니즘'과 상하이의 '현대주의現代主義'

1930년대 한국과 중국 양국의 모더니즘문학이 비교 가능한 가장 큰 이유는 일차적으로는 근대적 경험(부르주아 자본주의로 대표되는)의 산물로서 또는 그 반작용으로서 등장한 미적 모더니즘이 갖는 세계사적 동시대성 때문이다. 즉 서구의 모더니즘을 원류로 하는 모더니즘 예술은 세계적으로 거의 비슷한 시기에 등장했으며, 유사한 예술적 지향과 문제의식 그리고 그에 따른 실험 정신을 보여준다. 후발 모더니즘에 따라붙는 이식론, 모방론을 일단 괄호 친 상태에서 보자면, 아시아의 모더니즘과 서구의 모더니즘, 그리고 각국의 모더니즘을 비교적 대등하게 견줄 수 있는 것은 곧 이러한 동시대성에서 기인하는 것이다. 물론 이는 근대문학 자체가 가진 특질이라고도 할 수 있겠지만 모더니즘에서 이러한 특징은 더욱 강하게 드러난다. 왜냐하면 모더니즘이 가진 전복적 예술관과 실험 정신은 각국이 당대에 직면한 생활 및 정치 현실과는 일정 정도 유리된(것처럼 보이는) '상상적' 체험과 관련된 것이기 때문이다. 즉 근대의 발달 정도나 부르주아 자본주의의 성숙 정도의 차이에도 불구하고 모더니즘에서는 일정 정도 대등한 수준의 문학적 실험이 가능하다는 것이다. 기존에 서구의 모더니즘 이론으로 동아시아의 모더니즘을 분석 비평하고 두 세계를 등가 비교할 수 있었던 것은 그 때문이다.

물론 서구의 모더니즘과 동아시아의 모더니즘을 단순히 등치하거나 서구의 모더니즘 이론을 무비판적으로 적용하는 데 대한 반성적 성찰들 그리고 포스트식민주의의 시각들은 모더니즘 일반이 아닌 '식민지 모더니즘'을 새롭게 사유하도록 꾸준히 촉발했고, 따라서 근래에는 동아시아 모더니즘에 그들만의 이름을 붙이는 시도들도 나타났다. 경성이라는 도시의 물적 토대와 한국에서 모더니즘 작품이 생산되는 조건들을 직접적으로 연관시켜 분석하면서 '경성 모더니즘'이라는 개념을 사용한 권은[12]의 연구나, 중국 현대주의문학의 발생이 서양 조계지들을 중심으로 발달한 상하이의 문화 인프라에 결정적으로 빚지고 있음을 강조하며 '상하이 모더니즘' 특유의 현대성을 밝힌 리어우판李歐梵[13]의 연구가 대표적이라고 할 수 있다. 모더니즘의 토대가 되는 근대 자본주의 문명, 근대 부르주아 계급이 식민지에서도 충분히 성장했는가 하는 점에 대한 회의적인 시각[14]도 이러한 시도에 한몫 했다고 볼 수 있다. 어쩌면 서양에서 (또는 일본을 경유하여) 유입된 'modernism'을 한국에서 '모더니즘'이라는 기표 안에

---

12   권은, 『경성 모더니즘-식민지 도시 경성과 박태원 문학』, 일조각, 2018.
13   리어우판, 장동천 외역, 『상하이모던』, 고려대 출판부, 2007.
14   리어우판은 상하이 모더니즘(대표적으로 작가 스저춘과 잡지 『현대』)과 유럽 모더니즘의 차이를, 중국에서는 서구 모더니즘에서와 같은 부르주아적 근대성에 대한 적대적 부정적인 미학적 입장이 나타나지 않았다는 점으로 설명한다. 그 이유는 상하이와 같은 거대도시에서조차, 충격에 빠드릴 만한 부르주아 계층이 존재하지 않았기 때문이라는 것이다.

담아낸 데 반해 중국에서는 '현대주의'라는 번역어를 고집했던 것도 이 책의 2부 2장에서 밝힌 것처럼 동아시아 모더니즘의 지역성의 한 단면을 보여준다. 이런 점에서 "도시 근대성의 '인위적인 측면'이 문학과 예술의 특별한 감수성을 배양하는 문화적 기반이자 텍스트들의 영감의 원천"[15]이라는 리어우판의 표현은 모더니즘의 보편성을 드러내는 동시에 각각의 도시들과 그들이 배태한 모더니즘의 특수성을 암시하고 있다.

사실 물질적 규모나 도시화의 정도, 인종 구성 등 근대성 및 도시성의 여러 지표들로 보자면 경성과 상하이는 비교를 불허하는 차이가 있다. 1930년 이미 상하이는 서구 열강들의 영향력하에서 세계 5대 도시에 들 정도의 명실상부한 메트로폴리스가 되어 있었고, 경성은 제국 일본의 제3의 도시였다고는 하나 대도시에 진입은 했을지언정 메트로폴리스까지는 아니었기 때문이다. 그러나 제국의 식민지 수도 경성, 열강들의 개항장으로서 반#식민지적 상태에 놓이게 된 상하이 두 도시는 역설적이게도 제국의 첨단문명을 향수할 수 있는 조건을 구비하게 됨과 동시에 그 어느 도시보다 인위적이고 기형적인 발달을 이루게 되었다는 공통점을 지닌다. 마천루와 빈민굴이 지척에 공존하는 상황은 자본주의를 앞세운 현대 도시의 자연화한 풍경이기에 놀라울 것도 없지만, 수탈과 폐허의 한가운데 심어진(이식된) 가장 화려한 꽃인 식민지의 대도시에서 이러한 일상 또는 낯섦이 경험되고 표현되는 양상은 사뭇 달라지게 마련이다. 그런 점에서 서구의 모더니즘과 동아시아의 모더니즘은 갈라질 수밖에 없으며 또한 식민지의 모더니즘은 서로 닮을 수밖에 없다.

'(반)식민지 모더니즘'을 낳고 성장시킨 '식민지 근대도시'라는 물적

---

15 리어우판, 장동천 외역, 앞의 책, 126면.

토대와 관련해서 볼 때, 1930년대 경성과 상하이의 물적 조건 가운데 가장 주목을 요하는 것이 '문화 인프라'임은 분명해 보인다. 리어우판은 상하이의 모더니즘(현대주의)을 대표하는 『현대』라는 잡지가 번영하는 상하이 도시의 물리적인 환경과 인프라가 없었다면 불가능했을 거라고 단언하며, "개항장으로서의 상하이의 환경이 일련의 문학적 이미지와 스타일을 만들게 했고, 모더니즘에 대한 문화적 상상을 구축"했다고 말한다.[16] 그 물리적 문화적 환경이란 경성의 모더니즘을 이야기할 때도 주로 빠지지 않는 카페(커피하우스), 백화점, 서점과 출판문화, 영화 같은 서구적 자본주의 문화의 총화들을 지칭함은 물론이다. 여기에 더해 상하이는 결정적으로 와이탄外灘(또는 황포탄-황포강 강변을 지칭) 일대를 완전히 점령한 엄청난 규모의 서양 제국 첨단의 건축물들과 활성화된 댄스홀과 경마장 등이 경성과는 사뭇 다른 도시의 외양과 성격을 형성했다. 아시아의 '작은' 제국과는 비할 수 없는 식민 통치의 압도적인 힘을 영국, 미국 그리고 프랑스는 이곳에 십리에 걸쳐十里洋場 상징적으로 구축해 놓았고, 이는 빈곤에 허덕이던 대다수의 중국인들과 외지에서 몰려든 예술가들에게 형언할 수 없는 그러나 형언하지 않을 수 없는 대상이 된 것이다.

문화 인프라의 차원에서 볼 때 여러 면에서 규모도 작았고 또 서양의 입김 역시 거의 제한적이었지만 경성 역시 모더니즘을 사유할 때 문제적 도시임은 의심의 여지가 없다. 특히 경성을 단지 동경의 축소판이나 아류 정도가 아니라 그 나름의 모더니즘문학을 가능케 한 도시로 만든 가장 큰 요인을 꼽자면 언론 출판과 상당한 수준의 서적시장의 발달을 들 수 있다. 주지하다시피 1920년대는 도시화와 교육 제도의 정비, 언론 출판

---

16 위의 책, 250면 참조.

의 활성화 등을 바탕으로 한 근대적 문물 제도의 정착기이자 이른바 '문화주의'하에서 문화적 토대가 착실하게 다져진 시기이다. 그리고 그 성과물들은 1920년대 후반부터 서서히 나타나기 시작했고 1930년대에 이르러 만개했다. 예컨대 "경성 중심의 철도 설비, 우편환 및 우체국을 통한 유통 배급망의 구축, 인쇄기술 및 인쇄장비 규모의 대폭 확충"과 같은 각종 도시 인프라는 "조선 출판사의 기업화"를 가능케 한 배경이었고,[17] 1931년 경 경성에 30개 이상의 서점이 있었다는 사실은 동시대 다른 식민지와 비교했을 때 매우 규모가 크고 광범위한 서적시장(서점 수, 독서 인구)이 형성되었음을 의미한다.[18] 1937년에는 경성의 본정에만 40여 개의 서점이 있었다고 하며,[19] 일제 강점기를 통틀어 252개에 달했던 민간출판사(서점 포함) 가운데 221개가 경성에 위치했다는 조사도 있다.[20] 무엇보다 서점의 존재야말로 변방의 문식자들이 세계(문학) 속으로 진입하는 중요한 통로의 하나라는 점을 생각하면, 이처럼 발달한 경성의 서점 인프라는 경성이라는 도시와 그 도시를 바탕으로 한 조선문학이 동시대 세계에 참여할 수 있는 가능성의 조건을 암시한다. 모더니즘을 비롯한 새로운 문화적(문학적) 흐름이 가능했던 것은 분명 이러한 도시적 배경 속에 있는 것이었고, 경성과 동경, 상하이의 모더니즘이 수평 비교될 수 있다면 그것은 이러한 조건을 공유한 경험에 의해 가능해진 것이라고 볼 수 있다.

---

17 김종수, 「일제 식민지 근대 출판시장에서 이광수의 위상」, 『한국문화』 50, 규장각한국학연구원, 2010 참조.

18 Edward Mack, 「The Extranational Flow of Japanese-Language Texts, 1905~1945」, 『사이』 6, 국제한국문학문화학회, 2009 참조.

19 「독서에 반영된 시국인식열 – 북중관계서적열독」, 『동아일보』, 1937.7.31.

20 방효순, 「일제 강점기 민간 서적발행활동의 구조적 특성에 관한 연구」, 이화여대 박사논문, 2001. 이 논문에서 '민간출판사'라고 한 것은 일본에서 출판사를 '서점'이라고 칭하는 것과 관련, 책을 만드는 곳과 파는 곳 즉 서점(책사, 책방)을 아우르는 것으로 추측된다.

경성의 모더니스트들과 상하이의 모더니스트들이 비교적 유사한 조건에서 유사한 행보와 작품 경향을 보였다는 점은 이미 기존의 작가(작품) 비교 연구를 통해 입증되어 있다. 그 유사성의 핵심은 서양의 첨단 모더니즘과 그 문학에 압도당한 소수의 작가들이 서구와 일본의 막강한 출판 인프라를 통해 동시대 세계문학과의 실질적인 혹은 상상적인 교류를 할 수 있게 되었고, 결국 당대의 주류였던 리얼리즘의 흐름과는 완전히 다른 종류의 언어적 서사적 실험을 추구하였다는 점이다. 조선의 이상, 박태원, 정지용, 김기림 그리고 중국의 스저춘施蟄存, 무스잉穆時英, 류나어우劉吶鷗 등 모더니스트들은 모두 1910년 전후 출생한 이들로서 고전(한문) 세계의 영향력 안에서 서양어와 서양문학에 능했고 번역에도 관심이 많았으며, 이를 자산으로 독자적인 문예지를 발간[21]함으로써 주류의 문학판에 도전했다는 공통점이 있다. 그렇다면 이제 이들의 언어적 서사적 실험이 가진 '식민지 모더니즘' 또는 '반半식민지 모더니즘'으로서의 특징을 '통언어적인' 관점에서 분석하는 일이 남았다. 이 글에서는 그 시론 격으로 한국과 중국 모더니즘 작가 가운데 이상, 박태원과 무스잉穆時英의 텍스트를 통해 이들이 맞닥뜨린 식민지(반식민지)의 통언어적인 상황을 자기화하는 방식 또는 기법화하는 방식을 살펴보고, 한문맥의 관점을 도입하여 텍스트를 새로이 읽어보고자 한다.

---

[21] 알려져 있다시피 조선의 모더니스트 집단 '구인회' 작가들은 『시와 소설』이라는 동인지를 펴내고 강연회를 여는 등 야심차게 행보를 시작하였으나 창간호를 끝으로 명맥을 잇지 못하게 된다. 반면 스저춘이 주도한 상하이의 『현대』는 동인지로 출발하였으나 결국 동인지이기를 거부하고 종합 문예지로서의 위상을 확고히 하였다.

3. 외래적인 것의 혼용과 혼종적 문체의 실험

1) 음차(음역)와 번역, 식민지 모더니즘의 문제와 기교

마오둔茅盾의 소설 「자야子夜」(1930)의 첫 대목에는 와이탄外灘 강변에 "거대한 괴수와 같이像巨大的怪兽" 늘어선 양식 건물들과 그 건물의 옥상에 달린 거대한 네온("NEON") 광고판에 대한 묘사가 등장한다.

> 暮霭挟着薄雾笼罩了外白渡桥的高耸的钢架, 电车驶过时, 这钢架下横空架挂的电车线时时爆发出几朵碧绿的火花. 从桥上向东望, 可以看见浦东的洋栈像巨大的怪兽, 蹲在暝色中, 闪着千百只小眼睛似的灯火. 向西望, 叫人猛一惊的, 是高高地装在一所洋房顶上而且异常庞大的NEON电管广告, 射出火一样的赤光和青燐似的绿焰 : LIGHT, HEAT, POWER!

> 저녁놀이 옅은 안개를 끼고 외백도교의 높은 철골을 덮고, 전차가 지나갈 때, 이 철골 아래 가로 걸린 전차선은 시시각각 푸른 불꽃을 내보낸다. 다리 위에서 동쪽을 바라보면, 마치 거대한 괴수처럼 어둠 속에 웅크리고 앉아 수 없이 많은, 작은 눈동자 같은 등불을 반짝이는 푸동의 양식 호텔을 볼 수 있다. 서쪽을 향해 바라보면, 사람을 섬뜩하게 만드는 것은 양식 건물 옥상에 높디높게 달린, 이상하리만치 거대한 NEON 광고판으로, 불과 같은 붉은 빛과 푸른 인같은 녹염을 내뿜는다. : LIGHT, HEAT, POWER![22]

모더니스트로 분류되지는 않지만 동시대 작가 마오둔은 이상하리만

---

22 茅盾, 「子夜」, 『子夜』, 南國出版社, 1973, p.1(번역은 인용자).

치 거대하고 사람을 섬뜩하게 만드는 그 네온 광고판의 불빛과 열기를 "LIGHT, HEAT, POWER!"라는 세 단어의 영어 대문자로 표현함으로써 1930년대 상하이 현대성의 핵심을 꿰뚫고 있다. 이 장면은 상하이 현대성의 출발에 관해 여러 가지를 시사하는 대목이라고 할 수 있는데, 앞 절에서도 언급했듯 상하이의 물질성을 압도적으로 규정하고 있는 와이탄의 건축물들과 문화 인프라들은 상하이의 모더니스트들로 하여금 그것을 어떻게 주체적으로 즉 자신의 언어로 표현해낼 것인가 하는 도전에 직면하게 만들었다. 그런데 마오둔이 "LIGHT, HEAT, POWER!"라고 번역되지 않은 제국의 언어를 그대로 가져다 쓴 것은 의미심장하다. 그는 저 단순하지만 강렬한 단어들을 번역할 적절한 말을 찾지 못한 것일까, 아니면 그럴 필요를 느끼지 못한 것일까. 실상 식민지인들의 눈을 찌르고 질식하게 만드는 그 빛과 열과 힘을 표현하기에 다른 번역어(중국어)는 필요하지도 가능하지도 않았을 것이다. 이러한 지점에서 모더니즘 작가의 언어에 딜레마와 동시에 가능성이 깃들게 된다.

박태원은 맨스필드의 「차 한 잔」을 번역할 때 "그는 젊고 총명하고 아조 더할나위업시 『모던』이고……"[23]라고 쓰고 있는데, 다른 언어로 대체될 수 없는 식민지적 '모던함'이란 분명 이런 식으로밖에 표현될 수 없었는지 모른다.[24] 음차표기가 매우 용이한 한국어(한글)의 경우는 발음되는 대로 옮겨 적는 외래어 표기법에 의해 외국어가 쉽게 텍스트 안에 섞여들 수 있는데, 중국어(한자)의 경우는 이와는 상황이 완전히 다르다. 중국어에는 표의문자의 특징 때문이겠지만 처음부터 "차음어

---

23 英 캐여린 맨스엘드 여사, 夢甫 譯, 「茶한잔」, 『동아일보』, 1931.12.5~10.
24 박태원 소설에서 외래어를 경유하여 나타나는 조선어의 다양한 실험 양상에 대해서는 이 책 3부 3장 참조.

보다는 차의어나 차역어를 만들어내려는 자연적인 경향이 있"었고(이는 지금도 그러하다), 중국 근대어의 기초를 세운 최초의 번역자들과 언어학자들 역시 이에 따라 어휘의 잠재력을 극대화하는 어휘 체계를 개발하게 된다.[25] 그러나 한국에서나 중국에서나 모더니스트들의 언어에서 일관된 원칙이란 발견하기 쉽지 않으며 다양한 선택과 시도가 텍스트에 새겨져 있을 뿐이다. 일례로 박태원이 서양식 'swing'을 전통의 언어인 '그네' 대신에 '유동의자'로 번역하면서(「소설가 구보씨의 일일」) 다른 한편으로 'sitting room'을 '씨팅룸'으로 음차 표기했던(「차 한 잔」) 것에는 번역자의 고뇌의 흔적 또는 착종의 순간이 담겨 있다. 한편 무스잉의 텍스트에는 당대의 외래어 표기 관습에 따른 음차표기가 등장하기도 하고(예컨대 초콜릿을 '朱古力'이라 표현하는 것은 현재의 '巧克力'이라는 표기와 대비되는 당대적 표현이다. 'modern'이라는 말은 '現代的'이라는 말로 완전히 번역되지만 당대 상하이를 중심으로 한때 '摩登[módēng]'이라 표기했던 것도 마찬가지이다) 외국어 자체를 주저 없이 노출시키기도 한다. 예컨대 당대 작가들의 작품에 심심찮게 등장하는 'I'm sorry', 'Good night'와 같은 텅 빈 인사치레들은 영어로 그대로 표현되며 일상화된 외국어의 존재를 암시하기도 하는 것이다(식민지 시기 소설들에서 일본어 문장이 일상적으로 발화되는 상황이 종종 등장하듯이). 그런데 무스잉 소설의 다음과 같은 대목은 작품의 대미를 장식하는 전주곡으로서 다섯 사람의 입에서 차례로 발

---

25 페데리코 마시니, 이정재 역, 『근대 중국의 언어와 역사―중국어 어휘의 형성과 국가어의 발전』, 소명출판, 2005. 19세기 말 광범위하게 이루어진 번역과 언어 개혁에서 주된 원칙은 한자를 사용하되 한자의 뜻을 최대한 이용해야 한다는 것, 즉 차용(loan)의 과정을 따라야 한다는 것이었다. 특히 하나의 주어진 글자를 반복적으로 사용함으로써(예를 들면 '權'을 접두어 또는 접미어로 사용한 용어의 개발) 용어들 사이의 연계성이 강조되었고, 이러한 조어력을 바탕으로 과학기술 어휘들이 대거 번역될 수 있었다.

화되면서 그 공허함이 극대화된다.

猛的, 嘣! 弦线断了一条。约翰生低着脑袋, 垂下了手：“I can't help!”

舞着的人也停了下来, 望着他怔。

郑萍耸了耸肩膀道：“No one can help!”

季洁忽然看看那条断了的弦线道：“C'est totne sa vie。”

一个声音悄悄地在这五个人的耳旁吹嘘着：“No one can help!”

一声儿不言语的, 象五个幽灵似的, 带着疲倦的身子和疲倦的心一步步地走了出去。

갑자기 펑 하고 현 한 줄이 끊어졌다. 조니는 고개를 숙이며 손을 떨어뜨렸다. ：“I can't help!”

춤을 추던 사람들도 멈추고 멍하게 그를 바라본다.

정평은 어깨를 들썩이며 말했다. ：“No one can help!”

지제는 갑자기 끊어진 현을 바라보며 말했다. ：“C'est totne sa vie.”[26]

한 음성이 살며시 다섯 사람 귓가에 공허하게 들려왔다. ：“No one can help!”

아무런 말도 없이, 마치 다섯 명의 유령처럼, 지친 몸과 지친 마음을 끌고 차례로 밖으로 나왔다.[27]

“I can't help!(나는 어찌할 수 없어!)”가 결국 “No one can help!(아무도

---

26 “C'est tout sa vie”의 오식으로 보인다.
27 穆时英, 「夜总会里的五个人」, 严家炎 編, 『新感觉派小说选』, 人民文學出版社, 2011, pp.206~207(번역은 인용자).

어쩌할 수 없어!)"로 변화하는 이들의 절규는 자기의 자리를 찾지 못한 텅 빈 기호처럼 공허할 뿐이다. 왜냐하면 그들이 나이트클럽을 나오자마자 주인공의 한 명인 몰락한 증권왕 후줜이는 권총으로 자신의 태양혈을 쏴 자살하고, 이들은 마치 "No one can help!"라는 무책임한 말에 책임을 지듯 묵묵히 시체를 바라보고만 있을 뿐이다. 무스잉 소설에서 이러한 공허함과 좌절감은 단지 1930년대 상하이가 인간을 "씹다버린 초콜릿 찌꺼기"로 만들어버리는 대도시(메트로폴리스)이기 때문만은 아니다. 사실 「심심풀이가 된 남자」라는 무스잉의 또 다른 작품은 표면적으로는 젊은이들의 연애 놀음과 물화된 연애의 씁쓸함을 그린 소설이지만, 물적 조건으로서의 조계지 풍경과 강하게 연동되어 있다.

> 我听到脑里的微细组织一时崩溃下来的声儿，往后，又来一个迖行的朋友，又说了一次这样的话。他们都是我的好朋友，他们都很知道我的。
>
> "算了吧! After all, it's regret!"
>
> 听了这么地劝着我的话，　我笑了个给排泄出来的朱古力糖滓的笑。老廖弹着 Guitar, 黄浦江的水, 在月下起着金的鱼鳞。我便默着。
>
> "究竟是消遣品吧!"

나는 머릿속에서 미세한 조직이 한순간에 무너져 내리는 소리를 들었다. 잠시 후 배웅하러 온 또 다른 친구가 또 나에게 그러한 말을 하였다. 그들은 나의 가장 친한 친구들이며, 나를 아주 잘 아는 이들이다.

"됐어! After all, it's regret!"

이렇게 나를 위로하는 말을 듣고, 나는 내뱉은 초콜릿 찌꺼기의 웃음을 웃었다. 라오랴오가 Guitar를 치자, 황포강의 물은 달 아래에서 금빛 비늘을 일으킨다. 나는 다시 침묵했다.

　　"결국엔 심심풀이였군!"[28]

　　황포강변, 즉 영국 조계지 문화와 그 건축물들로 뒤덮인 와이탄에서 「심심풀이가 된 남자」의 '나'는 자신이 심심풀이적 존재에 불과했음을 깨닫는다. 황포강에 드리운 '금빛 비늘'은 달빛과 함께 강물에 드리워진 와이탄의 휘황찬란한 건물들과 조명들을 연상시킨다. 연애놀음의 꼭두각시가 된 상하이의 불운한 청년의 이야기는 이렇게 해서 그저 퇴폐적이고 의미 없는 현대적 기호품에 불과한 것이 아니라 '와이탄(식민지)의 상상력'이라고 불릴 법한 시대적 분위기 속에서 호흡하고 있는 것으로 읽을 수 있다. 이 작품들이 실린 1933년도에 발간된 무스잉의 작품집의 제목이 『공동묘지公墓』라는 점 또한 의미심장하다. 이는 단편소설 「공동묘지」를 표제로 한 것인데 내용 자체는 여인과의 안타까운 이별을 기본 모티브로 한 작품으로, 이를 작품집의 제목으로 한 것은 의도적이라고 볼 수 있다. 조계지의 언어는 곧 조계지의 상상력의 결과물인 것이다.[29]

　　한편 이상의 「산촌여정」에 나오는 다음과 같은 표현들, "수수깡 울타리에 오렌지빛 여주", "대담한 호박꽃에 스파르타식 꿀벌", "하도롱 빛 피부에서 푸성귀 냄새"와 같은 고유어와 외래어의 대비가 두드러지는 부분이라든지, 염소의 동공을 "셀룰로이드로 만든 정교한 구슬을 오브라드로 싼 것같이" 맑고 투명하다고 묘사하는 것, 옥수수 밭을 "센슈얼한 계절의 흥분", "코사크 관병식"으로 표현하는 것은 산촌의 정경을 '토속성'과는

28　穆時英,「被当作消遣品的男子」,『公墓』, 現代書局, 1933, p.29(严家炎 · 李今 編,『穆時英全集』1, 北京十月文艺出版社, 2008).

29　물론 이러한 상하이 모더니즘의 언어 양태는 상하이의 다종다양한 인종 구성과도 관계가 있을 것이다.

거리가 먼 순전한 도회의 언어, 외래적 감각으로 채색한 것들이다. 물론 이는 흥분도 정열도 없는 산골의 '권태'를 극복하는 하나의 방법으로서의 언어유희, 자기위안이기도 했으리라. 「산촌여정」이 1935년 『매일신보』에 발표된 데 반해, 같은 평안남도 성천 기행에서의 심경을 그린 「권태」가 생전에 발표되지 않은 채 간직되었던 것을 보면,[30] 「권태」에서 토로된 직접적이고 즉물적인 내면이 외화된 형태가 「산촌여정」이라고 할 수 있을 것이다. 그러나 「산촌여정」은 단지 '권태'의 또 다른 버전은 아니며, 그 자체로 자신의 내부(내면)와 외부(대상)를 다양한 거리 감각으로 조망하는 시도를 보여준다. 이 글 마지막 부분에 이르면 금융조합 선전활동 사진이 영사되는 어느 밤의 정경이 묘사되면서 글이 마무리되고 있는데, 실상이 글 전체를 구성하는 하나하나의 짧은 단락들은 작자의 "피곤한 더블렌즈"로 촬영하고 영사한, "도회에 남아 있는 몇 고독한 팬에게 보내는 단장 斷腸의 스틸"[31]이라고 할 수 있다. 그리고 그 더블렌즈는 한쪽은 19세기에 다른 한쪽은 20세기(도시)에 초점이 맞추어져 있어 그 둘의 영상은 겹치고 나뉘기를 반복한다.

선조가 지정하지 아니한 조젯 치마에 웨스트민스터 권련을 감아놓은 것 같은 도회의 기생의 아름다움을 연상하여 봅니다. 박하보다도 훈훈한 리그레추잉껌 냄새, 두꺼운 장부를 넘기는 듯한 그 입맛 다시는 소리, 그러나 아마 여기 필 기생꽃은 분명히 혜원 그림에서 보는 것 같은 혹은 우리가 소년시대에 보던 떨떨 인력거에 홍일산 받던, 지금은 지난날의 삽화인 기생일 것 같습니다.[32]

---

30 「권태」는 이상의 사후 박태원이 이상의 유고 가운데에서 발견하여 사후인 1937년 5월 『조선일보』에 발표되었다.
31 이상, 「산촌여정」, 박현수 편, 『이상 산문집 – 레몬향기를 맡고 싶소』, 예옥, 2008, 58면.
32 위의 글, 52면.

그의 눈앞에는 "조젯 치마에 웨스트민스터 권련을 감아놓은 것 같은 도회의 기생"과 "떨떨 인력거에 홍일산 받던 기생"과 같이 늘 두 개의 대조되는 영상이 겹쳐진다. 그가 촬영하는 피사체가 그의 불균형한 렌즈 앞에서는 온통 19세기와 20세기의 틈바구니에 벗어나지 못하는 까닭이다. 그리고 거의 모든 외국어의 음가를 담아낼 수 있는 한글의 자유 안에서 자유자재로 음차 외래어를 도입할 수 있었던 것은 그의 이러한 틈바구니 의식을 표현하기에 더없이 적절했다고 할 수 있다.

사실 텍스트 내에 외래적인 것(언어와 문화)을 수용하는 방식과 관련하여 매우 폭넓고 다양한 양상을 보여주는 것은 박태원의 경우이다. 번역가이기도 했던 박태원은 근대문학에서 소설과 번역의 상호 관계를 탐색하는 데 매우 좋은 텍스트를 제공한다.[33] 원문에는 없는 문법 요소나 어휘들을 첨가하여 의역하는 귀화 번역을 기본 기조로 하는 가운데 박태원은 원문 풀어쓰기, 통사구조의 해체 등을 통해 서양어 구문과는 다른 한국어식 문체를 창조하였다. 그리고 새로운 문명어의 대거 수입이라 할만치 많은 음차 외래어 표기들을 텍스트에 그대로 노출시키면서 다양한 어휘 번역의 시도를 보여준다. 1930년대 초, 어문규범이나 번역 인프라가 확립되지 않았던 시기적 특성으로 인해 번역문과 번역어휘에는 비일관성과 뒤틀림이 흔히 노출되지만, 이는 오히려 지금으로서는 가능하지 않은 언어(문체) 창조의 다양한 가능성을 최대한으로 실험한 것으로 볼 수도 있다. 즉 이상과 박태원 등 모더니스트들의 글쓰기에 "낯섦을 동화하는 것이 아니라 낯섦의 시련을 견디며 이화하는 혼종의 문체"[34]가 나타났으며, 외

---

33 박태원의 서양문학 번역 작품들(「屠殺者」, 「봄의 播種」, 「쏘세앤」, 「茶한잔」)에 나타난 외래 어휘의 양상에 대해서는 이 책의 1부 2장에서 자세히 분석했다.

34 앙트완 베르만, 윤성우·이향 역, 『낯선 것으로부터 오는 시련』, 철학과현실사, 2009, 318면.

래적인 언어들의 각축으로서의 통언어적 상황의 한계와 가능성을 통해 조선어의 확장이 시도되었던 것이다. "근대성에 의해 파편화된 사회 속에서의 변화의 경험들"을 표현함으로써 "새로운 의미가 생성되는 새로운 사회적 공간들을 창조"[35]할 수 있다는 데 동의한다면, 이러한 언어의 낯선 혼란과 뒤틀림은 그 자체로 전복적 가치가 있다.

2) 모더니즘의 한문맥漢文脈에 관한 몇 가지 주석

1930년에 이상이 소설 『12월 12일』에서 "이때나 저때나 박행薄幸에 우는 내가"라고 썼듯이, 또 "득의得意의 웃음을 완이莞爾히 웃었다"라고 했듯이, 이상은 한자어나 완연한 한문 투의 표현을 매우 즐겨 노출시킨 작가이다.[36] 자신을 양자로 기른 백부에게서 수년간 엄격한 한문교육을 받은 이상은 한문을 신체화한 언어로 완전히 습득하고 있었던 것으로 보인다. 가장 비격식적일 수 있는 편지글(김기림에게 보낸)에서 그는 "한화휴제閑話休題(쓸데없는 이야기는 그만두고)"라는 성어를 남발하고, "군용금軍用金을 톡톡히 나래挐來하기 바라오"와 같은 당대 조선에서도 거의 쓰이지 않는 즉 일종의 사어가 된 한문 표현을 등장시키는데, 이와 같은 무수한 사례들을 한자어의 계획적이고 의도적인 사용으로만 보기에는 무리가

---

35 로버트 J. C. 영, 김용규 역, 『아래로부터의 포스트식민주의』, 현암사, 2013, 122면. 비서구 식민지 작가들의 글쓰기와 그 과정에 나타난 뒤틀림과 혼란의 징후들에서 일종의 문화적인 역행, 지배문화의 전복 가능성을 타진한 앙트완 베르만의 포스트식민주의 번역 이론도 이러한 시각과 맞닿아 있다(앙트완 베르만, 윤성우·이향 역, 위의 책).

36 이전에 이상 시에서 한자 사용이 갖는 의미에 대해 논한 연구로 하재연, 「이상(李箱)의 시쓰기와 '조선어'라는 사상―이상 시의 한자 사용에 관하여」, 『한국시학연구』 26, 한국시학회, 2009가 있다. 이 글에서 필자는 1930년대 문단의 글쓰기에서 한자가 의식적으로 배제되는 상황에서 이상이 한자, 한문을 의도적으로 사용했다고 보고 이를 '조선어의 고유함'이라는 환상에 대한 도전이며, 조선어라는 불안정한 언어 형식의 어떤 질료(한자어 등)를 통해 언어의 보편적 성질에 대해 사고한 것으로 해석한다.

있다.[37] 그 언어가 신체화한 도구인지 장치로서의 언어인지를[38] 명확히 가르는 것은 쉽지 않은 일이거니와, 이상의 경우 아니 '19세기와 20세기의 틈바구니'[39]에 살았던 이들로서는 그 둘 다이거나 그 둘의 경계에 있었다고 하는 편이 적절할 것이다.

사실 이상뿐만 아니라 박태원, 정지용 등 여러 모더니스트들은 고전에 관한 소양과 한문 지식을 체화한 이들로, 한문 문체나 고전에서 가져온 한자어를 작품 속에 즐겨 사용하였다. 이들이 교양이 아닌 소양으로서 한문을 체화하고 있었다는 것은 그들이 19세기(즉 전통의 세계)의 자장 안에 한 발을 담고 있었다는 점을 분명히 말해준다.[40] 박태원은 소설에서 분위기나 문체에 어울리지 않는 한자어(성어)나 고문을 유머러스하게 차용하면서 한국어 문체 안에서 부조화의 실험을 펼친다든지 전래의 수사학을 비트는 시도를 다양하게 또 자유자재로 보여주었다(「수

---

37 이상의 과도한 한자어 사용에 관해 주로 인위적이고 의도적인 즉 기법으로서의 측면을 강조해 온 것이 그간의 연구들이었고(박현수, 하재연 등) 이러한 시각은 모더니스트로서 그의 문학적 언어적 실천을 이해하는 데 매우 중요하고 타당하다고 본다. 그러나 동시에 그러한 결과물 또는 현상을 전적으로 의도나 제작의 산물로 볼 필요나 근거는 없는 것도 사실이다.

38 이연숙, 이재봉·사이키 카쓰히로 역, 앞의 책에서는 '말의 자연스러움은 환영에 지나지 않는다'는 사피어의 말을 빌려 다양한 언어 이데올로기와 특정한 사회문화의 틀의 작동에 의해 계층화 서열화되는 사회적 언어질서를 살피며 언어적 근대를 고찰하고 있는데, 여기서 신체의 연장인 '도구로서의 말'과 달리 신체화할 수 없는 외부의 힘으로서의 언어를 '장치로서의 말'로 표현하고 있다.

39 이상이 김기림에게 보낸 편지(1936)에서 스스로의 한계와 절망을 토로하면서 사용했던 이 표현은 실상 이상뿐만 아니라 조선의 모더니스트들에게 공통적으로 해당된다고 할 수 있을 것이다.

40 근세 이후 시작된 소양으로서의 한문교육은 양반의 자식이라면 반드시 행해야 하는 것으로서, 천하를 논하고 입신을 행하는 데 있어 필수적인 과정이 된다. 그리고 이 지적 훈련을 통해 자신들의 언어를 습득하게 되며 이를 넘어서 역사 속에 자신을 위치시키도록 강요받는다. 따라서 소양이란 단지 단편적인 지식의 집적인 교양과 달리 집단과 개인이 상호 연관되는 사고나 감각과 관련된 것이다. 사이토 마레시, 황호덕·임상석·류충희 역, 앞의 책, 38~59면 참조.

염」, 「누이」, 「식객 오참봉」 등).**41** 이태준(『문장강화』)의 해석에 따르면 '내간체에의 향수를 이기지 못하여' 고전으로 돌아갔다고 하는 정지용의 경우도 한시를 즐겨 차용한 바 있는데 이는 고전의 재전유(재문맥화)를 통해 창조성을 확보하고자 하는 시도로 평가되기도 한다.**42**

사실 여기에서 언급하고자 하는 언어 현상 역시 한문과 현대문의 대응(번역) 관계에 국한되지 않는, 즉 그저 '구투'의 문체로 치부할 수만은 없는 문제를 안고 있다. 예컨대 앞에서 짧게 인용한 이상의 글쓰기에 나타나는 '박행薄幸', '완이莞爾' 또는 '나래拿來'라는 말만 하더라도 그러하다. '박행'이라는 말은 흔히 '불행'이나 '박복'의 동의어로 해석되어 이상이 문제의 근원을 주로 개인적인 불행 탓으로 돌리고 있다고 읽히는 근거가 되기도 한다. 그런데 이 한자어는 고전이나 한문에서 그 어의가 다양하며 한국에서는 사어처럼 되었지만 중국이나 일본에서는 빈번하지는 않으나 현대에도 쓰이는 말이다. 우선 고전이나 근대 중국어 문헌에서 나타나는 '박행'은 '박정하다, 매정하다'의 뜻으로 쓰이기도 하고**43** 어느 경우에는 애인을 부르는 애칭(애증의 대상, '원수'의 뜻)이기도 했다.**44** 물론 '박명하다, 복이 적다'라는 뜻으로 쓰이기도 했으나**45** 현

---

41 박태원 문학에서 한자어와 고전문 사용 양상에 관해서는 김미지, 『언어의 놀이, 서사의 실험』, 소명출판, 2014에서 다룬 바 있다.

42 박현수, 『모더니즘과 포스트모더니즘의 수사학』, 소명출판, 2003 참조.

43 杜牧의 시 「遣懷」에서 "十年一觉 扬州 梦, 赢得青楼薄幸名", 궈모뤄의 「路畔的薔薇」에서 "这是不怜的少女受了薄幸的男子的欺骗? 还是不幸的青年受了轻狂的妇人的玩弄呢?"의 경우가 그러한데, 특히 후자의 곽말약의 문장들에서 薄幸과 不幸이 구별되어 쓰이고 있음을 볼 수 있다.

44 송대 정치가 周紫芝의 「谒金门」에서 "薄幸更无书一纸, 画楼愁独倚", 원대의 杨暹(양섬)이 쓴 잡극 「西游记」에서 "薄幸不来, 独倚雕花槛"의 경우가 그렇게 해석된다.

45 원대 马致远의 「汉宫秋」에서 "宝殿凉生, 夜迢迢六宫人静, 对银台一点寒灯. 枕席间, 临寝处, 越显的吾身薄幸", 역시 원대의 侯克中의 「醉花阴」 가운데 "第一才郎, 俺行失信行; 第二佳人, 自古多薄幸"의 경우가 그러하다. 이에서 보면 불행, 불운이라는 뜻으로 쓰인 경우가 매우 오랜 과거의 기록에 남아 있으나 후대에까지 두루 쓰이지는 않

대 중국어에서는 '야박하다, 애정을 저버리다'는 위의 첫 번째 뜻으로 주로 사용되어 '불행不幸'과 명백히 구별된다. 이상의 텍스트에서 '박행에 운다'는 문장을 '불행, 박복'으로 이해하는 것이 이상할 것은 없으나, 그것이 한문맥이라는 관점에서 유일한 해석이라고 볼 수는 없는 것이다. '완이'는 논어에서부터 유래한 말로 동사 완莞의 뒤에 '그러할 이爾'를 붙여 의태어로 만든 것인데, 근대 일본어와 조선 문헌들에서도 종종 눈에 뜬다. 논어의 '완이이소莞爾而笑'가 '莞爾(かんじ)とほほえむ' 또는 '완이히 웃다(미소하다)'가 된 것이다.

그런데 1936년 이상이 김기림에게 보낸 편지에서 '나래'가 쓰인 경우는 또 다른 상황을 연출하고 있다. 이 말은 조선에서는 고문헌에서만 볼 수 있고 현대에는 쓰이는 경우가 없다. 사실 '拿來(ná lái)'는 현대 중국어에서 '가져＋오다'라는 뜻의 기본 단어로 매우 흔히 쓰이는 말인데, 조선시대에는 행정 사무를 기록한 『승정원일기』나 의금부 기록에나 나오는 말로 '죄인을 잡아 오다'의 뜻으로 쓰였다. 즉 이상이 "군용금을 나래拿來하시오"라고 했을 때 이를 단지 '가져오다'라는 의미로 해석하려면, 역시 한문맥이나 중국어의 맥락이 들어온 것으로 이해해야 한다. 흥미로운 것은 이상이 그 편지 글을 쓰기 불과 2년여 전인 1934년 루쉰이 「나래주의拿來主義」라는 글을 발표했다는 점이다. 루쉰은 외국 사람들이 '보내온送來' 물건들은 중국인들을 질겁케 할 뿐, 새 사람도 새 문예도 저절로 될 수는 없으며 "자기의 눈과 머리와 손으로 가져와야拿來 한다"는 것을 '나래주의'로 표현한 것이다.[46] 이상이 루쉰을 염두에 두었다거나 그 글을 읽었으리라는 근거는 물론 찾을 수 없으나 이러한 이질적인 언어가 갑자기 등장한

있음을 알 수 있다.
46 홍석표, 『현대중국, 단절과 연속』, 선학사, 2005, 215면 참조.

배경은 다양한 맥락이 있을 수 있다. 이상은 편지에서 "군용금을 나래"하여 "그럴듯하게 하루저녁 놀아"보자고 쓰고 있는데, 이어지는 다음 문장은 사뭇 의미심장하다.

> 그리고 시종이 여일하게 이상 선생께서는 프롤레타리아니까 군용금을 톡톡히 나래하기 바라오. 우리 그럴듯하게 하루저녁 놀아봅시다. 동경 첨단여성들의 물거품 같은 '사상' 위에다 대륙의 유서 깊은 천근 철퇴를 내려뜨려 줍시다.[47]

성적인 뉘앙스를 풍기기도 하는 이 문장은 하루 저녁 놀아보자는 사람의 심경 치고는 매우 비장하다. 동경憧憬을 품고 건너간 동경東京에 대한 환멸로 점철되어 있는 이 편지에서 이상은 동경을 "치사스런 도시", "아니꼬운 표피적인 서구적 악취", "속 빈 강정" 등의 표현으로 원색적으로 폄하하는데, 이 "물거품 같은 '사상' 위에 대륙의 유서 깊은 천근 철퇴"를 내려뜨리자는 기개를 단지 하룻밤의 유희만으로 설명할 수 있을까. 그는 이미 죽음 앞에서 그리고 그와 함께 찾아온 20세기에 대한 환멸 속에서 19세기로 회귀하려고 하는 자기 자신을 깊이 자각하고 있었다. "너무도 많은 19세기의 엄숙한 도덕성의 피"가 흐르는 탓에 "20세기를 근근히 포즈를 써 유지해 보일 수 있을 따름"이라는 고백은 이상의 삶과 문학을 생각하면 매우 낯설면서도 수긍이 가지 않을 수 없다. 즉 이상에게 있어 생경한 한자어들의 노출은 20세기에 대한 환멸과 19세기에 대한 향수 또는 그 역으로 20세기에 대한 동경과 19세기에 대한 환멸을 동시에 담아

47　이상, 「편지(1)」, 박현수 편, 앞의 책, 229면.

내는 기호들이었다고 할 수 있다.

한문맥과 식민지 시기 이상의 글쓰기를 고려하고자 할 때 위에 언급한 몇 가지 사례들은 극히 일부에 지나지 않는다. 이에 대해서는 좀 더 면밀한 고찰이 이어져야 할 것인데, 이 글에서는 이상의 텍스트를 고정되고 갇힌 한자어의 기의로 해석하거나 신기한 조어법이라는 관점에서 이해하기보다 더 복잡한 한문문화의 문맥에서 그 언어 현상을 바라볼 수 있다는 점을 지적하고자 했다. 또한 그의 언어 선택이 개인적 언어 습관이나 모더니스트로서의 고도의 기법 어느 하나로 완전히 설명될 수 없다는 점 또한 강조될 필요가 있다.

한편 중국의 현대주의 작가들에게서 한문맥의 맥락을 읽어내는 것은 매우 지난한 작업이기도 하지만, 실제로 조선의 작가들에 비해서는 한문이나 한자의 맥락이 기법으로서 큰 의미를 지니기 어려운 언어적 조건의 문제가 있다. 스저춘, 무스잉 등의 작품들과 조선 모더니스트들의 작품들에서 혼종의 문체가 실험되는 양상은 매우 달라서, 조선어의 한글위주 텍스트 안에서는 고전이나 한문(또는 중국어)에서 차용한 한자어가 노출되는 것 자체가 이질적인 효과를 거둘 수 있지만 중국어 텍스트에서는 그런 효과를 기대하기가 어렵기 때문이다. 따라서 그들의 중국어 텍스트에는 위에서 살펴본 것처럼 주로 소수의 음차 외래어와 차의어와 함께 외국어가 그 자체로 노출되는 경향이 많다. 조선에서 언어의 문제에 있어 한문맥의 문제, 한자문화권의 맥락이 더 깊이 제기될 수밖에 없는 것은, 한자를 바탕으로 성립되었으나 한자를 배제하는 것으로 확립되어 간 한글(조선어)의 운명과 관련이 깊다고 할 수 있을 것이다.[48] 상하이의 모더니즘문학

---

48 이러한 면에 있어서는 일본어의 경우와도 또 다른 양상을 낳게 된다. 이연숙의 지적대로 조선에서는 한문의 지배력이 강했다는 그 사실 때문에 오히려 조선어가 한문

이 조선의 모더니즘문학에 비해 훨씬 더 서양의 이론(대표적으로 프로이트)을 적극적으로 수용하고 있다는 점, 서양으로부터 유래한 문명의 언어들과 문화적 자산들을 비교적 거리낌 없이 텍스트 내에 편입시키고 있다는 점과 함께,[49] 중국에서의 한문맥의 계승 및 단절의 문제는 앞으로 더 고찰을 요한다.

4. 식민지의 언어로 직조된 도시의 파편들

어떤 텍스트의 정체성을 규명하는 가장 중요한 요소가 '어떤 언어(들)로 쓰였는가' 하는 점이라는 것은 의심의 여지가 없다. 한국과 중국의 모더니스트들이 자신들이 추앙했던 작가들의 언어인 영어나 프랑스어 또는 일본어로 작품을 썼더라도 그것은 분명 '모더니즘 작품'이었겠지만, 그것을 한국의 모더니즘 또는 중국의 현대주의라 부르기는 어려웠을 것이다. 위에서 논한 저 혼란과 낯섦, 실험인지 혼돈인지 명확히 구분해내기 어려운 착종의 상태와 혼종의 문체란 이러한 식민지(반식민지) 모더니즘만의 고유함이라고 보아야 할 것이기 때문이다. 식민지에서

의 지배권에서 쉽게 탈출할 수 있었으며 한자어가 조선어 속에 녹아들어 조선어의 일부가 되면서 문자 표기 수단으로서의 한자와는 절연할 수 있었다. 반면 일본어는 한자의 '기능적 사용'을 극한으로 밀고 나감으로써 서구의 근대적 개념을 번역하는 데에는 유리했으나 다른 한편으로는 '비밀 술어'와 '요마 문장'을 만들어냈다고 본다. 이연숙, 이재봉·사이키 카쓰히로 역, 앞의 책 2장 참조.

49 예컨대 스저춘은 서양문학 번역에 관심이 많았고 번역 작업을 많이 남겼다는 점, 역사물뿐만 아니라 고전을 다시 쓰거나 변용하려는 시도를 보였다는 점(「구마라습」, 「석수」 등), 내면독백 문학에 관심이 많았다는 점 등 여러 면에서 조선의 소설가 박태원의 행보와 유사한 점이 있는데, 차이가 있다면 스저춘은 프로이트와 슈니츨러 등에 훨씬 더 감응하고 착목했다는 점, 성적 모티브의 추구에 매우 적극적이었다는 점이다.

제국의 언어가 아닌 타자의 말(중국어, 조선어)을 가지고 세계에서 가장 앞선 문화의 흐름(도시문명과 모더니즘 예술)에 동참하고자 함으로써 그 시대의 작가들은 오히려 제국의 언어를 타자화했던 것이다.[50]

그런데 양국에서 모두 주류였던(중국에서는 더욱) 리얼리즘 문학 진영에 의해 늘 공격의 대상이었던 식민지의 모더니즘문학이 '현실을 외면한 문학, 기교만이 전부인 문학'이라는 비판에도 오롯이 존재감을 잃지 않았던 것은(결국에는 좌초했을지라도), 그들 소수의 작가들의 유별난 개성과 취향 때문이었을까. 오히려 그 해답은 어떠한 언어적 서사적 실험도 가능한 모더니즘문학 자체의 속성 안에서 찾을 수 있지 않을까. 양국의 모더니즘 문학이 적절한 비교 대상이 되어 왔던 것은 그들이 문학 정신과 세계관, 기법에 대한 태도, 언어에 대한 입장을 유사하게 공유하고 있다는 점 때문이다. 실제로 많은 비교 연구들이 양국 모더니즘 작품의 비슷한 태도, 입장 그리고 기법을 확인하는 데 바쳐진 것도 그 이유에서이다. 도시 풍경의 모자이크와 병치, 선조적 시간 구성을 파괴하는 사건 배치, 몽타주 기법, 심리주의 서술, 다양한 예술 장르(희곡, 영화, 회화)의 기법 도입, 서구적 지식(독서편력)의 광범위한 인용 등은 이들 모더니스트들의 작품에서 흔히 발견되는 공통적인 특징들이다. 그런데 이 글에서 주목하고자 하는 또 다른 측면은 이러한 모더니즘 일반의 기법과는 좀 다른 기호 또는 장면과 관련한 것들이다. 이는 식민지에서 나타나고 자라난 모더니즘문학을 '식민지 모더니즘'으로 만드는 어떤 기술 혹은 무의식의 문제라고 할 수 있을

---

50 이러한 민족어(모어) 글쓰기를 바탕에 둔 공공연한 서구 근대성의 수용을 리어우판은 심지어 '중국적 코스모폴리터니즘'의 표현으로까지 해석하는데(리어우판, 장동천 외역, 앞의 책, 492~493면 참조), 조선의 경우 '코스모폴리터니즘'까지는 아니더라도 적어도 식민본국의 언어나 제국의 언어가 아닌 조선어로 세계에 동참하고자 하는 명확한 의식이 있었던 것은 분명해 보인다.

것이다. 무스잉과 박태원의 다음과 같은 장면을 보자.

① 　街：一

(普盆地产公司每年纯利达资本三分之一

100000两

东三省沦亡了吗

没有 东三省的义军还在雪地和日寇作殊死战

同胞们快来加入月捐会

大陆报销路已达五万份

一九三三年宝塔克

自由吃排)

"大晚夜报！"卖报的孩子张着蓝嘴，嘴里有蓝的牙齿和蓝的舌尖儿，他对面的那

只蓝霓虹灯的高跟儿鞋鞋尖正冲着他的嘴。

거리 : ——

(푸이 부동산 회사의 매년 순이익이 자본의 3분의 1에 달한다.

100000량

동북삼성은 점령당했는가?

아니다, 동북삼성의 의로운 병사들이 눈밭에서 아직 일본군과 사투를 벌이고 있다.

동포들 빨리 와서 월례기부회에 가입하시오.

대륙신문의 판로가 이미 5만부에 이르렀다.

1933년 바오타커

뷔페)

"따완석간신문!" 신문팔이 소년이 파란 입을 벌렸고, 입 안에는 파란 치아와 파란 혀가 있고, 그의 맞은편에 그 무지개빛 네온사인에 그려진 하이힐 뒷굽이 그의 입에 맞닿아 있었다.[51]

② 전차가 지난 뒤면 자동차가 지난 뒤면 의례히 잠깐 동안씩은 소리없는 네거리의 아스팔트 위를 신문 배달부의 지까다비 신은 두 다리가 달려갔다. 그의 옆구리에 찬 방울이 시끄럽다.

석간이 배달된 뒤 두 시간.

호외다.

만주에 또 무슨 일이나 생긴 것일까?

그러나 그러한 것은 아무렇든 좋은 일일지도 모른다.

약국 뒷방에서는 늙은이와 젊은이가 지금 마주앉아 바둑을 두고 있었으니까.[52]

앞의 인용문 ①은 무스잉의 「나이트클럽의 다섯 사람」의 첫 대목에서 토요일 밤거리를 묘사하는 가운데 나온 하나의 삽입구로, 석간신문에 찍힌 스쳐 지나가는 활자들을 배열한 것이다. 각자의 사연과 아픔을 안은

---

51 穆时英, 「夜总会里的五个人」, 严家炎 編, 앞의 책, 191~192면(번역은 인용자).

52 박태원, 「낙조」, 『소설가 구보씨의 일일』, 깊은샘, 1994, 235~236면. 이 소설에서 만주를 직접적으로 다루는 것이 목적이 아니라면, 논리적 오류를 논리인 척 가장(혼동)하여 서술의 새 흐름(장면)을 만드는 것 역시 효과적인 전략이 될 수 있다.

인물들 각각의 이야기를 대등하게 병치한 뒤 토요일 밤 나이트클럽에 이들이 모여드는 것으로 구성되어 있는 이 작품에서, 이 짤막한 기사문과 광고문의 혼합은 도시 풍경 묘사 이상의 기능을 하고 있다. 거리에서 석간신문 종이 위로 그리고 신문 배달부의 벌린 입으로, 그 입을 파랗게 물들이는 네온들로 이동한 시선은 휘황환 네온의 거리를 훑어 내려가다가 이야기의 초점이자 종착점이 되는 나이트클럽의 간판으로 고정된다. 이는 ②에 인용한 박태원의 「낙조」의 첫 대목, 즉 서술자가 신문배달부의 '호외'를 외치는 소리에서 곧이어 '만주'를 연상하고 곧이어 "그러나 아무렇든 상관없다. 약국 뒷방에서 늙은이와 젊은이가 바둑을 두고 있었으니까"라는 논리적 형식을 가장한 비논리로 장면 전환을 이루어내는 것을 연상시킨다.[53] 그러나 「낙조」의 경우, 뒤이어 바둑판을 사이에 두고 주인공 최노인과 젊은이가 주고받는 대화는 일제의 침략과 조선의 상황을 은유적으로 보여주고 있어("아 이건 너무 늙은이를 능멸히 여기는구료. 호구虎口로 들어와?" / "호구虎口라고 못 들어갈 것 있습니까?"), 단지 「나이트클럽의 다섯 사람」의 경우처럼 몽타주 장면들만을 제시하는 방식과는 달리 비유적 언어를 통한 암묵적 메시지가 담긴 것으로 읽힌다.

사실 「나이트클럽의 다섯 사람」의 위 인용문에서 "동포들 빨리 월례기 부회에 가입하시오"라는 문구는 신문에 실린 광고인지 서술자의 메시지인지, 아니면 그 누구의 발화인 것인지 불분명하다. 특히 중국어는 한국어처럼 어미변화나 발화문체(평어체, 경어체 등) 변화와 같은 구별되는 담화표지가 거의 없다는(없이도 가능하다는) 점에서 그것을 밝힐 수 있는 방법은 없으며 단지 추정이나 짐작만이 가능한데, 그것 역시 정답이 없음은 물론

---

53 이에 대한 자세한 분석은 분석은 김미지, 『언어의 놀이, 서사의 실험』, 소명출판, 2014 참조.

이다. 「낙조」의 경우도 그 작품의 '별 의미 없어 보이는' 첫 장면을 만주와 조선의 형세에 대한 모종의 전경화한 정치적 장치라고 읽을 수 있는(혹은 없는) 것은 오직 독자의 몫이다. 모더니즘문학언어와 기호에서 정치적 의미나 모종의 기획을 읽어낼(추정할) 수 있다는 것 자체가 모더니즘문학 텍스트가 가진 특유의 텍스트 효과와 기법의 가능성을 보여준다고 해야 할 것이다.[54] 모더니스트들의 언어 기호는 정치적 해석까지도 가능하도록 열려 있지만 동시에 그것을 결코 확정적으로 논증할 수 없도록 하는 기법들(몽타주, 모자이크, 병치 등)이 사용되기 때문에 확정적인 해석의 가능성 역시 차단된다. 몽타주라는 것이 애초에 "서로 어울리지 않는 파편들을 의도적으로 나란히 병치함으로써 조각의 거친 단면이 그대로 남아" 있게 만드는 수법이며, "정지 상태의 이미지들을 순간적으로 포착함으로써 현재의 역사적 모순들을 연출하는 일련의 편린들"[55]이기에 애초에 논리적 추론의 영역을 넘어서 있는 것이다.

다른 예로 이상의 「산촌여정」에서 다음과 같은 대목, 금융조합 선전 활동 사진 상영 중간에 끼어든 조합 이사의 통역부 연설이 있고 나서 "연설하는 이사 얼굴에 전등의 스포트도 비쳤습니다. 산천초목이 다 경동할 일입니다. 전등, 이곳 촌민들은 ××행 자동차 헤드라이트 외에 전등을 본 일이 없습니다. (…중략…) 우매한 백성들은 이 이사의 웅

---

54 박태원의 소설 텍스트에 일제 식민지 지배에 대한 일종의 입장 표명이나 태도가 들어(숨어)있다고 해석하며 모더니즘문학에서 정치성의 새로운 의미를 찾는 대표적인 논의로, 방민호(2006), 권은(2013)의 연구들이 있다. 한편 아예 정치성이라는 개념으로 『천변풍경』을 새로이 바라본 연구로 임미주, 「『천변풍경』의 정치성 연구」, 서울대 석사논문, 2013이 있다.
55 로버트 J. C. 영, 김용규 역, 앞의 책, 25면. 영은 포스트식민 세계의 목소리와 증언들을 담아내기 위한 방법으로 논제나 논증을 펼치는 대신 이 책 자체를 몽타주 기법으로 쓰고 있다고 밝히고 있다.

변에 한 사람도 박수치 않았습니다. 물론 나도 그 우매한 백성 중의 하나일 수밖에 없었습니다마는"[56]이라는 몇 구절로 표현된 한 컷의 스틸이야말로 '식민지'의 모더니즘으로서 이 작품의 성격을 강하게 환기하고 있다. 리어우판은 중국 현대주의 소설가들이 "실험적 기교를 가지고 그들의 유일한 생존세계이자 창조적 상상력의 핵심 자원인 도시에서의 강박관념을 투사하려고 시도"[57]한 것이라고 해석하지만, 이는 좀 더 초점화한 서술을 필요로 한다. 즉 이를 '식민지(반식민지) 모더니즘'의 통언어적 실천이라는 관점에서 다시 쓴다면, 식민지인의 강박관념 또는 자의식을 투사하기 위해서는 그들의 흔들리는 언어와 그 상태에 자신을 맡기는 것(즉 식민지의 혼종적 언어의 상태를 받아들이는 것)밖에 방법이 없었으며, 서구의 모더니즘에서 빌려온 파편성의 기교들은 그들의 흔들리는 정체성을 기록하는 데 가장 적절했던 것이다. 이상이 "절망이 기교를 낳고, 기교 때문에 또 절망한다"고 했던 것은 이런 의미에서 다시 읽을 수 있을 것이다. 그들의 기교(언어)는 19세기와 20세기의 틈바구니에, 제국의 언어(들)와 식민지의 언어 사이에 늘 끼어 있었기에 절름발이 상태를 벗어날 수 없었던 것이다.[58] 물론 상하이의 현대주의자들은 자신들의 무대를 "지옥 위에 세워진 천당"[59]으로 표현할망정

---

56 이상, 「산촌여정」, 박현수 편, 앞의 책, 59면.
57 리어우판, 장동천 외역, 앞의 책, 315면.
58 리어우판은 중국의 현대주의 작가들이 어떠한 외국어로도 글쓰기를 하지 않고 중국어를 자신의 유일한 언어로 간주했다는 점을 강조하며 '자신의 정체성에 대한 충분한 믿음에 기초하고 있'었다고 해석하지만(위의 책, 488~489면 참조), 조선어로 또는 중국어로 글쓰기를 고집했다는 것에서 그들이 확고한 민족적 정체성을 가지고 있다고 보는 것은 무리가 있다. 그보다는 그들은 끊임없이 자신의 흔들리는 언어와 흔들리는 정체성을 고통스럽게 의식하며 대면했다고 보는 편이 적절할 것이다.
59 "上海, 造在地獄上面的天堂!"이라는 이 유명한 구절은 무스잉의 단편 「상하이 폭스트롯」에 나오는 것으로, 도시와 문명에 대한 그리고 자신들의 삶과 예술의 터전에 대한 이중적이고 복합적인 감정을 대표적으로 나타낸다.

상대적으로 식민지인으로서의 자의식으로부터 어느 정도는 자유로웠던 것으로 보인다. 이러한 차이가 전통이나 제국의 문화를 재전유하는 또는 자신들의 흔들리는 언어와 정체성을 직조하는 양국 모더니스트들의 차이를 가져왔을 터이다. 이 글에서는 제한적으로 한국과 중국의 몇몇 모더니스트의 경우에 초점을 맞추어 그들의 글쓰기와 언어에 나타나는 혼종적 양상을 살폈으나, 동아시아 모더니즘문학의 통언어적 실천 양상을 충분히 고찰하기 위해서는 좀 더 다양한 텍스트의 보충과 정밀한 분석이 요구된다. 한국과 중국에서 각기 달리 전개된 한문맥과 한자문화권의 문제에 대한 고찰과 아울러 이러한 좀 더 큰 밑그림은 이후의 과제로 남긴다.

5. 첨단의 언어로 식민지를 극복하기

동아시아에서 근대의 경험과 식민지 또는 반#식민지의 경험을 공유한 1930년대 경성과 상하이의 모더니즘문학이 보여주는 공통점은 모더니즘이 가진 동시대성이라는 특징을 다시 한번 되새기게 한다. 비슷한 시기, 비슷한 성향과 문화적 경험 그리고 문학적 지향을 가진 일군의 작가들, 그리고 그들의 유사한 행로와 작품활동. 그러나 서구 모더니즘에 경도된 아시아 작가들이 그들이 추종했던 서구의 문화와 문학을 이식하고 모방한 결과라고만 볼 수 없는 특수성이 분명 존재한다. 특히 한국과 중국이 근대화에 접어들면서 공통으로 겪게 된 역사적 문화적 언어적 경험들 또는 문제들은 양국 모더니즘문학의 비교가 단지 작품이나 작가의 유사점을 밝히는 작업으로 끝날 수 없는 내밀하고 복잡한 문제라는 것을 말해준다. 즉 여기에는 식민지 근대화, 전통의 단절과 계승, 도시화와 계급 분화, 서양 중심의 문명 모델, 문화 및 언어의 혁명 등의 문제들이 직간접적으로 내포되어 있다.

제국의 식민지라는 상황은 역설적이게도 제국의 첨단문명을 향수할 수 있는 조건을 구비하게 된다는 것을 의미하고, 서구 열강들의 반식민지 상태에서 세계 5대 도시로 급속 성장한 상하이와 제국 일본의 제3의 도시 경성은 모더니즘이 발흥하기에 적절한 조건들을 갖추어 가고 있었다. 그러나 한편으로 식민지에서 문학이라는 예술의 유일한 도구인 언어(자국어 또는 민족어)는 직간접적으로 위협받을 수밖에 없는 상황에 처하게 되는데, 언어의 실험과 언어의 혁신을 가장 중요한 가치의 하나로 내세우는 모더니즘 작가들에게 이러한 식민지 상황은 그 어떤 문학 사조의 경우보다도 그 자체로 큰 도전이 된다. 그래서 사실상 가장 새로운 문학을 해보겠다는 그들의 열망은 사전事前적인 것이 아닌 사후事後적인 것인지도 모른다. 즉 식민지에서 자국의 언어로 문학을 한다는 것은 가장 전위적인 방식이 아니면 안 되었다는 것. 식민지의 언어 정책, 외국문화 및 언어의 대량 유입 등의 외적인 조건과 한문 전통의 파괴와 새로운 문학 건설의 열망이 뒤엉키는 착종 상황(통언어적 조건)이 당시 식민지문학의 첨예한 문학적 상황이었다면, 모더니즘문학은 이를 가장 예민하게 의식하고 해결해야 하는 과제를 안고 있었던 것이다. 그리고 그 어느 다른 언어도 아닌 자신의 언어(이를 사실 자국어, 민족어, 모어, 그 무엇으로 불러야 할지 또는 부를 수 있을지는 난감한 문제이다)로 이들은 이 문제를 돌파하고자 했다.

당대의 문학장에서 가장 전위적이고 이질적인 존재들이었던 모더니스트들, 한국의 이상, 박태원 그리고 중국의 스저춘, 무스잉 등은 조선어 그리고 중국어로 작품을 썼음에도 자신들이 한국 또는 중국을 넘어서 세계문학에 참여하고 있다고 믿었음이 분명하다. 그들은 서양의 당대 첨단 문학에 근접하고자 했고 또 그들을 모방했지만, 한국 그리고 중국에서 가장 독보적인 문학 작품들을 생산해냈다. 그리고 세계언어의 각축장에서 자신의 언어를 극한까지 밀고 나감으로써 식민지적 언어 상황에 대한 나름의 모색을 보여주었다. 경성 모더니즘문학과 상하이 모더니즘문학의 공통점을 간단하게 이렇게 요약해보면 어떨까. '식민지(반식민지)'에서 그 식민의 상태(근대, 도시, 문명, 자본주의 등)를 극복할 수 있는 문학적 방법으로 동시대 세계의 가장 '첨단의' 문학을 하고자 했고, 이를 흔들리는 '자신의 언어'로 끝까지 밀어붙였던 일군의 작가들과 그 문학적 흐름들. 모더니즘문학이란 '자신의 언어로 무엇을 할 것인가' 하는 물음에 대한 답을 찾는 우여곡절의 기록이자 끝날 수 없는 과정이 아니었을까.

제2장　모더니즘, 신감각파, 현대주의

동아시아 '모더니즘' 문학 개념의 번역과 변용

1. '모더니즘'이라는 용어의 난점

한국문학사에서 1930년대 초에 문학 동인 '구인회'를 중심으로 새롭게 등장한 일군의 작가들과 그들의 작품들을 우리는 '모더니즘' 문학이라고 불러 왔다. 이는 서구에서 근대도시(메트로폴리스)라는 환경과 조건 하에 등장했던 모더니즘문학과 기법적 특질이나 문학관이 닮았다는 점에서 그렇게 불린 것이기도 하고, 1920년대 이래 문단의 소위 주류였던 '리얼리즘' 문학에 대비되는 개념으로 쓰이면서 하나의 독립적인 유파처럼 규정 또는 명명된 것이기도 하다. 전자의 경우, 즉 서구 모더니즘과의 유사성 또는 상관성에 대한 논의는 서구에서 특정한 시기에 특정한 조건하에서 발생한 문학의 역사적 한 조류가 식민지 수도 경성에서도 생겨났다는 것을 입증하려는 시도였다고 할 수 있다. 서구의 모더니즘문학과 1930년대 한국에 나타난 어떤 문학을 등가로 놓고 그것을 모더니즘문학이라 부를 수 있었던 것은 모더니즘문학 이론을 보편화하여 적용시킨 결과일 것이다. 애초에 한국 모더니즘문학 연구에서 '산책자flanuer' 개념이 중요하게 다루어지고 몽타주, 병치, '카메라 아이' 등 기법 논의에 연구가 집중되었던 것은 그 때문이다. 모더니즘문학이 단지 기법과 실험을 중시하는 문학이어서라기보다는 기법을 중심으로 논의되었을 때 그 보편적인 특질이 두드러지게 드러나기 때문이다. 그러나 이러한 논의는 과연 경성이라는 도시가 서구의 메트로폴리스와 근대문명에 견줄 만한 규모로 성장했었는가, 서구에서와 같은 의미의 모더니즘(정신이나 운동)이 발생하기 위한 물적 토대가 충분히 갖추어져 있었는가, '식민지 수도'라는 조건과 모더니즘은 어떻게 관계되는가 하는 근본적인 질문들에 직면하면서 '식민지 모더니즘'에 대한 특수한 고찰을 요구하는 방향으로 전개되었다.[1]

1920년대 조선 문단의 주류였던 계급주의문학은 1930년대 들어 점차 내리막길을 걸었고 특히 1930년대 말 파시즘의 도래라는 국내외 정세 속에서 급속히 후퇴하게 된다. 이러한 국면에서 1930년대 문학장에 등장해 서서히 파문을 일으킨 구인회라는 집단과 동인들이 계급주의문학과 대립 구도 안에 놓이게 된 것은 어쩌면 당연한 수순이었다. 사실주의문학의 재정립과 새로운 건설이라는 시대적 과제를 안은 기존의 카프 평론가들에게 이태준, 이상, 박태원, 김기림, 정지용 등 '신흥'의 문학 경향은 좋은 비판의 소재가 되었고 이론 투쟁 과정에서 대타적對他的으로 유용한 대상이었다. 사실 리얼리즘과 모더니즘이라는 문학사 상의 대립 구

---

1   모더니즘 보편론을 극복하는 다른 대안으로 제시된 모더니즘 특수성론(식민지 모더니즘) 역시 반대 편향에 불과하다는 지적도 있었으나(채호석, 「지금 우리에게 모더니즘이란 무엇인가」, 『20세기 한국문학의 반성과 쟁점』, 소명출판, 1999), 구체적인 식민지의 역사와 조건에 천착하는 것이 이후 소위 '모더니즘' 연구의 주요한 방향이 되었다고 할 수 있다.

도나 모더니즘문학이라는 유파가 이 시기에 명확히 자리 잡았다고 보는
것은 무리가 있다. 1930년대 후반 몇몇 논자들이 '모더니즘'이라는 말을
표면적으로 내세우며 당대의 새로운 문학 경향을 범주화하는 시도를 보
여주었으나,[2] '모더니즘문학'이라는 말 자체가 당대에 명확히 개념적으
로 합의되고 통용된 개념이었다고 보기는 어렵다. 1930년대 내내 '모더
니즘' 개념은 개인의 차원에서 또 집합적인 차원에서 다양한 양상으로
변모하고 굴절되었다고 보는 편이 정확할 것이다.[3] 또한 구인회 작가들
을 하나로 묶거나 규정하려는 시도들이 주로 카프 비평가들을 통해 있어
왔지만 구인회 회원들 자신이 『시와 소설』이라는 동인지를 한 차례 냈을
뿐 명확한 목적의식이나 이념적 지향을 지속적으로 공유했다고 보기는
어려우며, 밀접한 문학적 상관관계를 부인할 수는 없으나 비교적 느슨하
게 인적 네트워크를 유지한 동인들의 집단이었기 때문이다. 물론 "모든
작품을 유일무이한 현상이자 반복할 수 없는 실험으로 파악하고 이해"하
는 전제 위에서 "텍스트의 초개인적, 집단적, 장르적 의미를 질문하는 것
역시 중요하다"[4]는 점에서, 이들을 아예 일반화가 불가능한 오로지 유명

---

2   김두용은 「문단동향의 타진 – 구인회에 대한 비판(1)」(『동아일보』, 1935.7.28)에서
     "모더니즘을 대표하는 시인 김기림씨"라는 말로 조선문학에서 모더니즘 사조의 존재
     를 분명하게 거론했고, 김기림 역시 「모더니즘의 역사적 위치」(『인문평론』, 1939.10)
     에서 정지용, 이상 등의 시인들을 조선의 모더니스트들이라고 지칭한 바 있다. 이 밖에
     도 30년대 초부터 후반까지 '모더니즘' 개념의 다양한 전유 양상을 임화, 권환, 김환태,
     윤곤강, 최재서의 평문들에서 확인할 수 있다.
3   손정수, 「1930년대 한국 문학비평에 나타난 모더니즘 개념의 내포에 관한 고찰」,
     『한국학보』 23-3, 일지사, 1997. 이에 따르면 한국에서 '모더니즘'이라는 문학 용
     어는 30년대 전반의 개념과 중반의 논의 그리고 30년대 후반의 논의에서 모두 다른
     내포와 함의를 보여준다. 김기림의 경우를 보더라도 자신이 언급하는 '모더니즘'이
     라는 말의 내포가 시기에 따라 변모 또는 발전하는 양상을 확인할 수 있다. 이는 작
     품이나 운동이 발생하기 이전에 일본을 통해 모더니즘 개념이 받아들여진 상황, 차
     후에 영미 모더니즘 이론이 도입되어 이를 극복하게 되는 양상, 리얼리즘 논쟁과의
     밀접한 상호 작용 등 여러 가지 복잡한 정황이 맞물려 있다.

론적 존재로만 기술하는 것 또한 문학사적 접근은 되지 못할 것이다.[5]

'구인회' 문학의 문학사적 위치를 실체 혹은 본질론이 아닌 문학장 내부의 역관계 속에서 재검토한 김민정이 지적했듯이[6] 1930년대 구인회 동인들의 문학이 본격적으로 리얼리즘 문학과의 대비하에 사유되기 시작했던 것은 전적으로 사후적인 문학사적 소급 작업의 일환이었다고 할 수 있다. '모더니즘문학' 개념의 서구 중심적인 성격과 식민도시 '경성'을 배경으로 한 텍스트 사이에는 등치될 수 없는 간극이 있다는 문제의식하에 경성의 지정학적 특수성에 천착한 권은 역시 모더니즘의 경우 조선에서 카프와 같은 의식적이고 명시적인 수용 과정이 나타나지 않았음을 지적했다.[7] 사실 대부분의 (세계) 문학사에서 모더니즘의 생성 배경으로 간주되는 리얼리즘의 발달(고전주의와 낭만주의의 해체를 통한)[8] 대신 우리 문학사에서는 러시아혁명 이후의 문학이 독보적인 지위를 차지했던 것 자체가 한국의 '모더니즘'이 놓인 특수한 자리를 예비했다고 할 수 있다. 그런데 명백히 서구에서 연원한 '모더니즘'이라는 개념으로 식민지 조선(경성)의 작가들과 작품들을 범주화하고 해명하는 것의 난점이 지속적으로 지적되었음에도, 결국 그 '모더니즘'이라는 용어

---

4 페터 지마, 김태환 역, 『모던/포스트모던』, 문학과지성사, 2010, 340~341면. 페터 지마는 모더니즘을 동질적인 세계관이나 동질적인 미학으로 서술하려는 시도는 처음부터 좌초될 수밖에 없다는 점을 인정하면서도, 개별 작품은 그것이 소속된 좌표 체계가 없다면 즉 문제 상황이 고려되지 않는다면 이해할 수 없음을 분명히 한다.

5 이들은 문화적 문학적 지향이나 성향을 공유하며 끈끈한 인적 예술적 유대를 형성한 일군의 작가들이었음은 틀림이 없다. 그런 점에서 이들 작가들과 작품들 간의 관계와 맥락을 적극적으로 고려하는 작업은 아직도 유효하고 필요하다. 최근 구인회라는 집단에 대한 종합적 연구로는 현순영, 「구인회 연구」, 고려대 박사논문, 2010 참조.

6 김민정, 『한국 근대문학의 유인과 미적 주체의 좌표』, 소명출판, 2004. 이 연구는 이전에 '구인회'를 이념적 조직적 실체로 규정해온 것은 '카프'의 성격을 투사한 결과 즉 사후에 허구적으로 구성된 것이라고 주장한다.

7 권은, 『경성 모더니즘-식민지 도시 경성과 박태원 문학』, 일조각, 2018.

8 페터 지마, 김태환 역, 앞의 책, 289면.

를 벗어날 수 없다는 점은 근대문학이 지닌 아이러니한 진실을 보여준다. '모더니즘'이라는 단일한 코드로 묶어 리얼리즘과 대비시키거나 서구의 모더니즘 잣대를 대입하기보다는 실제 우리 문학장의 역사성에 대한 이해를 바탕으로 '모더니즘'의 인식 자체를 달리하거나,[9] 아예 경성의 물적 지리적 토대에서만 나타나는 모더니즘문학이라는 의미로 '경성 모더니즘'을 개념화하더라도[10] 마찬가지이다. 30년대 일군의 작가들과 그들의 문학을 '모더니즘'이라는 특정한 이름 안에 가둘 것을 거부하는 방향성도 분명히 존재해 왔지만,[11] 어떤 문학사적 명명이나 개념을 반성적으로 고찰하거나 역사화하는 문제와 별개로 그 '모더니즘'이라는 '용어'는 언제나 문제적이다.

위에서 한국 모더니즘문학 개념의 인식론적 또는 문학사적 문제에 대해 간단히 정리했지만 이 글의 문제의식은 '모더니즘' 문학의 보편성·특수성 논의를 재론하거나, '모더니즘'이라는 복합적이고 논쟁적인

---

9   김민정은 '리얼리즘'과 대비되는 개념으로서의 '모더니즘'이 아니라 "합리적 담론의 의미화 작용과 의미화하려는 힘을 부정성의 형식을 통해 유지하려는 다양한 미학적 실천"이라는 말로 재정의한다(김민정, 앞의 책, 180면). 이 책에서 '구인회'에 대해 해명할 때는 '모더니즘'이라는 말을 매우 제한적으로 조심스럽게 쓰고 있는 반면, 30년대 후반소설들을 지칭할 때는 '1930년대 후반 모더니즘 소설'이라는 표현을 선택하고 있는 것에서도 '모더니즘'이라는 용어가 가진 난점을 읽을 수 있다.

10 방민호, 「경성 모더니즘과 박태원 문학」, 『구보학보』 9, 구보학회, 2013; 권은, 앞의 책 참조. 권은의 연구는 박태원의 작품들을 통해 그릴 수 있는 지리지를 꼼꼼하게 구성하여 식민지 조선의 수도 경성 특유의 '모더니즘'을 구축한 것인데, '박태원 소설=경성 모더니즘'이라는 등식을 넘어서서 1930년대 문학의 한 조류로서의 경성 모더니즘으로 확대하는 것이 요구된다. 이러한 문제제기는 방민호, 『서울 문학 기행』, 아르테, 2017에서도 나타난다.

11 일찍이 구인회 문학의 독특한 존재론을 추구해 온 신범순은 최근 구인회를 모더니즘이라는 틀로 보기보다는 '니체주의'의 식민지적 체화라는 관점에서 다시 바라볼 것을 제시하기도 했다. 신범순, 「1930년대 시에서 니체주의적 사상 탐색의 한 장면(1)─구인회의 '별무리의 사상'을 중심으로」, 『인문논총』 72-1, 서울대 인문학연구원, 2015 참조.

개념을 대체할 다른 용어를 제안하거나 비판하는 데 있는 것은 아니다. 사실 '모더니즘' 개념은 문학사적으로 매우 유용하고 편리한 개념임에 틀림없다. 이는 '구인회' 문학뿐만 아니라 1930년대 후반 최명익, 허준 등의 문학과 1950년대 이후 본격화한 모더니즘문학을 계보학적으로 접근할 수 있도록 해주며, 앞에서도 지적했듯이 한국문학사를 리얼리즘과 모더니즘이라는 두 가지 줄기의 길항의 역사로 정립시키는 패러다임의 한 축을 담당하고 있다. 이 글에서는 그 개념의 문학사적 용어로서의 또는 특정 문학을 지칭하는 용어로서의 적부適否를 따지기보다, 서구에서 연원한 'modernism'의 음차외래어 '모더니즘'이라는 말이 한국문학에서 가진 문학사적 규정력, 즉 이미 번역 불가능한 기표로 확정된 듯이 보이는[12] '모더니즘'이라는 말 자체의 역사성을 조금은 다른 각도에서 검토해 보고자 한다. 그 다른 각도란 중국 및 일본의 경우와 비교사적 관점을 취하는 것을 말한다.

괴테는 동시대의 다양한 문학들 간의 적극적인 의식적인 공존과 강렬한 교류의 요구를 근대성의 본질이라고 보았고 그 '동시대의 경험'이라는 개념을 토대로 '세계문학'의 등장을 선언하였다.[13] 적어도 조선이 세계 시장에 편입되고 세계문학의 초석이라 할 수 있는 번역의 체계에 속하게 된 이후 조선 역시 외견상 근대적인 '세계문학'의 시공간 속에 진입한 것으로 보인다. 그러나 처음부터 그것은 상호적이고 적극적인

---

12 'modern'을 '현대'나 '근대'로 번역하면 그 혁명적 뉘앙스를 놓치게 된다는 지적 (강신주, 『철학적 시 읽기의 즐거움』, 동녘, 2010, 349면)에서 보이듯 이 말의 번역 불가능성에 대한 인식은 이미 1920~1930년대 이 말이 처음 수입되었던 당대에도 존재했다. 시기 구분과 시간적 형식의 의미도 가지고 있는 '모더니즘'이라는 말의 복합성은 'realism'을 '사실주의'로 번역할 때와는 매우 다른 난점을 야기한다.

13 앙트완 베르만, 윤성우·이향 역, 『낯선 것으로부터 오는 시련』, 철학과현실사, 2009, 113면.

공존에서부터 시작되었다고 볼 수는 없다. 그렇다면 세계문학이라는 의미에서 우리 문학의 근대성을 보증할 수 있는 그 동시대적 경험이란 어느 차원에서 마련될 수 있을 것인가. 이러한 관점에서 세계 (근대)문학사 안에서 우리의 근대문학의 자리는 동아시아 특히 식민지(반식민지)에서의 동시대적 경험에 대한 재검토를 통해 '발견'되어야 하는 것이 아닐까. "우리 안에 그 자신의 모습을 가장 순수하게 투영할 수 있고 우리도 다른 동시대인 안에 우리 자신을 가장 잘 투영할 수 있는" 존재로 상정되는 동시대인은 우리에게 괴테식의 "국적을 불문한" 것이 아닌 동아시아 식민지라는 극히 제한적인 틀 안에서 출발했기 때문이다.

이 글의 목적은 영미를 중심으로 서양에서 발생한 모더니즘문학이 일본과 중국 그리고 한국에 다양한 경로로 받아들여지면서 형성된 상이한 '모더니즘적인' 문학의 경향들과 그들을 지칭하는 개념들의 관계와 계보, 역사를 밝히는 것이다. 여기서 먼저 밝힐 것은 이 글에서는 식민지 조선에서 '구인회'와 그들을 중심으로 새로운 문학적 경향과 인식이 나타나기 시작한 1930년대 이후를 논의의 중심 무대로 삼는다는 점이다. 즉 모더니티나 모더니즘에 대한 인식과 해석은 제1차 세계대전 이후 유럽의 다다이즘, 미래파 등의 소개로부터 이미 시작되었지만, 실질적으로 문학사 안에서 그것이 의미를 갖는 것은 1930년대 새로운 문학적 경향이 등장한 이후로 볼 수 있기 때문이다. 한중일은 특히 러시아혁명 이후 사회주의문학이 위세를 떨친 시기를 비슷하게 공유한 바 있고 (일본의 경우 시기적으로 좀 더 앞서긴 하지만) 1930년대에서야 본격적으로 모더니즘문학이 전개되었다는 공통점이 있다. 따라서 모더니즘의 전체적인 역사적 전개와 흐름을 전제로 두되 논의를 한정하기 위해서 주로 1930년대 이후 '모더니즘' 개념과 관련한 핵심적인 언술과 담론으로 초점을 맞추도록 할 것이다.

이 글은 다음과 같은 질문들 즉, 왜 한국에서는 중국이나 일본과 달리 '신감각파'라는 말이 철저히 도외시되었는가,[14] 중국의 '현대주의문학現代主義文學'은 한국의 '모더니즘문학'과 개념적으로 어떻게 다르게 확립되어 왔는가 하는 등의 질문을 통해 동아시아 1930년대 '모더니즘문학' 개념들에 공시적이고 또한 통시적으로 접근해보는 것을 일차적인 목표로 한다. 따라서 동아시아의 소위 '모더니즘문학' 작품들이나 이론에 대한 분석 또는 비교에 초점을 두는 것이 아니라,[15] 동아시아에서 최초로 'modernism'의 '역어' 또는 개념이 등장하던 시기의 사정들로부터 출발하여 한중일에서 어떻게 문학사적 명명, 개념화, 담론화가 달리 이루어졌는지 견주어 보는 것에 초점을 맞출 것이다. '어떤 용어를 번역하지 않는 것도 번역의 뛰어난 방식 중의 하나'[16]라는 명제는 '모더니즘'이라는 기표에도 해당하는가, 번역이라는 활동에 수반되는 반성적 성찰이 여기에는 깃들어 있는가 하는 질문이 이에 포함된다. 한국과 일본 그리고 중국에서 비슷한 시기 서구에서 받아들인 새로운 문학 개념이 어떻게 각각의 문학사 안에 흡수되고 자리 잡게 되었는지 비교해 봄으로써, '모더니즘'이라는 문제적 개념을 동아시아의 시각에서 좀 더 입체적으로 바라보는 기회가 되기를 기대한다.

14　동아시아 특히 중국과 일본에서 '신감각파'가 어떻게 성립, 전파되었는지에 대해서는 김종훈, 「동아시아 '신감각파'의 출현과 전개 양상」, 『한국시학연구』 30, 한국시학회, 2011 참조.

15　모더니즘 이론의 동아시아적 전유 양상에 대한 비교로 다음과 같은 논문이 있다. 김유중, 「한·중·일 삼국의 모더니즘문학에 대한 개념적 비교 연구」, 『한중인문학연구』 56, 한중인문학회, 2017.

16　앙트완 베르만, 윤성우·이향 역, 앞의 책, 383면.

2. '모더니즘'과 '구인회九人會' 문학의 기표들

'모던'이라는 말이 식민지 조선에서 쓰이기 시작한 것은 1920년대 말(1927년경)부터로 확인되는데, 주로 '모던걸', '모던뽀이' 등 단발을 하거나 양복을 입고 뾰족구두를 신는 등 새로운 서양식 외양을 한 이들을 지칭하는 말에 한정되었다. 그러다가 점차 모던부부, 모던생활, 모던화化, 모던식式, 모던풍風, 모던어語, 모던집, 모던청사, 모던서울, 모던건축, 모던부인, 모던스타일, 모던유치장, 모던여객선, 모던사상, 모던미味 심지어 울트라 모던에 이르기까지 낯설고 새로운 거의 모든 분야와 형식에 쓰이는 형용사로 자리 잡게 된다. 그 이전부터 '현대' 및 '현대성', '근대' 및 '근대성'이라는 용어 역시 꾸준히 쓰였으나, '모던'이라는 말의 횡행에서 보듯 '현대'나 '근대'라는 한자 번역어를 의도적으로 배제한 특유의 용법이 있었음을 알 수 있다. 즉 이는 한글 음성표기의 편리성에 입각한 손쉬운 외래어 표현이라는 데 그치는 것만은 아닌 선택의 문제 또는 언어 사용의 분화 현상이라고 봐야 할 것이다. 이런 점에서 "현대란 말은 보통명사다. 그러나 '모던'이란 말은 20세기의 현대—20세기 중에도 1920년—아니 1925년—아니 1930년—을 특별히 갈으키는 말이다. 그럼으로 '모던'은 고유명사다"[17]라는 진단은 그 말의 현재적인 위치와 사정을 매우 정확하게 지적한 것으로 볼 수 있다.

그런데 이 시기부터 나타난 외래어의 증가와 그 쓰임새의 확장은 일본에서만큼 폭발적이지는 않았지만 전반적으로 일본에서의 외래어 표기 증가와 궤를 같이 하고 있었다.[18] 그렇다면 '모더니즘'이라는 말 역시 비슷한

---

17   임인생, 「모던이씀」, 『별건곤』 25, 1930.1.1.
18   일례로 일본의 여성지 『婦女界』의 목차를 일람한 결과 1927년 초부터 이 잡지에

처지였을까. 이 신어新語 역시 일본어의 영향권 안에 있었음은 무시할 수 없는 사실이겠지만 '모던'과는 좀 다른 양상을 띠고 전개되었던 듯하다. 우선 현재 쓰이는 '모더니즘' 외에 '모더니슴', '모던이즘', '모던이씀' 등 다양한 표기법이 존재한다는 사실을 지적할 수 있다. 이는 외래어 표기법의 통일이 이루어지지 않았던 때문이라는 단순한 사실 이외에도 일본 외래어 'モダニズム' 외에 명확히 원어 'modernism'이 인식된 결과이며 이 용어를 받아들인 경로나 결과가 보다 다양할 수 있음을 짐작하게 한다.

우선 일본에서 'モダニズム'라는 외래어는 특정한 문학적 경향을 지칭하기 이전에 훨씬 광범위하게 사용되었다. 건축, 신학에서부터 음악, 영화에 이르기까지 1920년대 말부터 '현대적인' 새로운 움직임이나 경향을 지칭하는 데 이 말이 매우 유용하고 편리하게 또 광의의 수식어로 사용되었음을 알 수 있다.[19] 그리고 그 새로운 경향이란 형식적으로 외래(서구)적인 것, 박래舶來의 것을 수용했다는 의미가 강했다. 반면 'モダニズム'를 문학과 관련하여 사용한 것은 극히 제한적이었는데, 소위 '일본 모더니즘문학'의 본산으로 일컬어지는 잡지 『詩と詩論』의 경우 1928년 창간호 이래 'モダニズム' 또는 'モダニズム文学'이라는 개념 혹은 범주를 사용하기보다는 다다이즘, 쉬르레알리즘 등 다양한 '모더니즘' 경향들을 본격 소개하는 데 많은 지면을 할애했다. 이 잡지의 중심 이론가의 하나인 아베 도모지阿部知二가 주지주의 문학론을 소개할 때

'モダンガール(모단가루=모던걸)'라는 말이 자주 쓰이기 시작했음을 확인할 수 있다. 뒤이어 'モダンボーイ'(모단뽀-이), 'モダン化', 'モダン生活' 등, 'モダン'으로부터 파생된 다양한 용법으로 확산되었다.

19 1920년대 말에서 1930년대 초의 일본잡지 자료들을 검토해 본 결과 建築モダニズム, モダニズム染織品, モダニズムの音樂ジヤズ, 映畫とモダニズム, モダニズムと警察官, 藝妓とモダニズム, モダニズムのカフエー 등 소위 モダニズム이라는 말의 쓰임새는 한계가 없을 정도로 광범위했다.

문학에서의 모더니즘을 거론한 바 있으나[20] 영미 특히 미국의 모더니즘 문학을 소개할 때 이외에 소위 일본의 '모더니스트들' 내부에서 이 용어가 적극적으로 사용되거나 논의되었다고 보기는 힘들다. 이후 유물론자 도사카 준戶坂潤[21]과 프로문학 비평가인 구라하라 고레히토蔵原惟人[22]에 의해 이 용어는 비판적인 함의와 함께 범주적인 개념으로 사용되고, 이후 1920년대부터 1930년대에 걸쳐 등장했던 여러 실험적 문학 경향들(『詩と詩論』 이전에 등장했던 신감각파까지 포함하여)을 통칭하는 문학적 범주로 사후적으로 고정화하는 수순을 밟게 되었다고 할 수 있다.

이상과 같은 일본의 사정은 한국의 경우에도 유사하게 나타나는데, 1920년대 말부터 1930년대 초까지 '모더니즘' 또는 '모더니즘예술'에 대한 소개 또는 비판이 점차 신문·잡지에 등장하기 시작한다. 특히 미디어와 저널리즘을 통해 '모더니즘'은 새롭고 낯선 형식에 붙이는 신조어로서의 의미를 넘어 "저열한", "불건강한", "퇴폐적인", "값싼" 등의 수식어와 함께 등장하거나 '아메리카니즘'과 동의어로 쓰이는 양상을 보인다.[23]

---

20 阿部知二, 『主知的文学論(現代の芸術と批評叢書 第19編)』, 厚生閣書店, 1930. 아베 도모지는 이 주지주의 문학론에서 「驚く 文壇, モダニズムについて」이라는 글을 수록하고 있다. 이후에도 그는 「モダニズムの可能性」이라는 글을 발표하는데,(『行動』 2-10, 紀伊国屋出版部, 1934.10) 대신 'モダニズム文學'이라는 표현은 쓰지 않고 있다. 한편 일본에서 주지주의파는 "아베 도모지의 원맨쇼였다"는 지적도 있을 만큼 실제 작품의 성과는 미미했던 것으로 평가된다. 강인숙, 「일본 모더니즘 소설에 대한 고찰」, 『박태원과 모더니즘』, 깊은샘, 2007 참조.

21 戸坂潤, 「モダニズム文學の批判」, 『行動』 2-10, 紀伊国屋出版部, 1934.10. 이 글은 아베 도모지의 「モダニズムの可能性」과 같은 지면에 발표되었다. 잡지 『行動』에는 이때 도시(도회)문학, 초현실주의, 근대주의문학 등 문학의 '모더니즘'에 대한 관련 논의들을 여러 편 수록하였다.

22 蔵原惟人, 「モダニズムの階級的基礎」, 『芸術運動』, 潮流社, 1947.

23 「저열한 취미를 버리자」, 『동아일보』, 1929.3.8; 안용순, 「문예작품과 계급의식 김안서에게(3)」, 『동아일보』, 1931.2.6; 「時體의 변천」 (사설), 『동아일보』 1931.4.27; 윤고종, 「문예부흥과 조선」, 『동아일보』, 1934.4.24.

특히 계급주의와 프롤레타리아문학 그리고 민족주의에 입각한 언론이 당대 담론 생산의 주류를 형성하고 있던 시기적인 요인으로 인해 '자본주의', '부르주아'적인 타도의 대상을 지칭하는 데에도 사용되었다. 여기서는 아직 특정한 문학적인 경향을 지칭하는 '모더니즘'이 등장하기 이전으로, '미국식의 천박한 부르주아 자본주의 문화 형식'을 지칭하는 데 주로 쓰였음을 알 수 있다. 즉 "조선에서 모던이즘이 발생할 원인이 없다"[24]라는 진단에서 보듯 조선의 '현대성'과는 무관한 자리에서 수입된 외래의 형식이 곧 '모더니즘'이라는 것이다. 이렇게 본다면 일본에서보다 조선(그리고 중국)에서 '모던' 그리고 '모더니즘'은 보다 협소하면서 더욱 부정적인 가치를 함유한 기표로서 초기에 사용되었던 것으로 보인다.[25] 서구에서 '모더니즘'이라는 말 자체가 18세기 초 등장한 이래 극단적인 혐오와 경멸의 기표였다가 서서히 복권의 과정을 거치고 1920년대 이후에야 폭넓게 승인되었다는 점, 즉 "가장 최근의 신참일 뿐만 아니라 확실히 가장 깊이 뿌리박힌 논쟁적 함의를 지닌 개념"이라는 점[26]에 비추어 보면, 조선에서 '모더니즘'이라는 말이 수용되고 번역(해석)되며 활용되는 과정은 시간적으로 압축되어 나타났다.

아베 도모지가 주지주의 문학을 소개하면서 '모더니즘'이라는 영미의 문학 계통을 도입했던 것과 마찬가지로 '구인회' 내부에서 주지주의 문학을 소개하며 '모더니즘' 문학을 입론한 것은 김기림이었다. 그리고 '구인회' 내부에서 자신의 문학과 집단을 '모더니즘'으로 명명하

---

24 「時軆의 변천」(사설), 『동아일보』, 1931.4.27.
25 중국 상해에서는 1934년 장개석 주도의 '신생활운동'이 벌어지면서 '모던파괴철혈단'이 조직되어 남경, 상해, 항주 각지에서 무도장, 카페, 주점 등을 습격하고 테러를 행하는 '모던토벌운동'이 벌어지기도 했다. 「모던토벌운동 他山의 石을 삼자」, 『동아일보』, 1934.4.9.
26 M. 칼리니스쿠, 이영욱 외역, 『모더니티의 다섯 얼굴』, 시각과언어, 1994, 82면.

고 위치시킨 것도 김기림이 유일했다고 할 수 있다. 그러나 1930년대 10여 년의 시간 동안 시작詩作과 시론詩論에 관한 다양한 평문들을 발표하면서 드라마틱한 문학적 변화를 보여준 김기림이 「모더니즘의 역사적 위치」를 발표하면서 자신들 세대와 집단의 문학을 '모더니즘'으로 (또는 '모더니즘의 후퇴'로) 명백히 규정한 것은 1939년의 일이었다.[27] 그는 이 글에서 1930년대 초 '구인회'의 문학이 "센티멘탈로맨티시즘과 사회주의의 편내용주의(내용 편향) 경향을 극복하는 소명의식을 가지고 언어의 자각과 문명에 대한 감수를 기초로 일정한 가치를 의식"했다고 쓰고 있다. 즉 이는 임화와 김광균이 1940년 벽두에 「문단신년의 토픽 전망−시단의 현상과 희망」[28]이라는 좌담에서 '경향파와 모더니즘'이라는 두 개의 대립항으로 문학사적 공과를 논했던 것과 마찬가지의 역사화 작업 안에 놓여 있는, 문학사적인 재조명의 일환인 것이다. 그에 반해 그 이외의 '구인회' 작가들은 자신들을 어떤 문학적 유파나 문학 운동 안에 특히 '모더니즘'과 같은 문학의 범주 안에 위치지우거나 범주화하는 사고를 보인 적이 없다는 것이 특기할 만하다. 뒤에 상술하겠지만 이태준이나 정지용, 박태원 등은 자신들이 어떤 이념적 집단이나 '신감각파', '기교파' 등의 특정한 레테르로 묶이는 것을 분명히 거부했다. 이런 점에서는 현재 '모더니즘'으로 통칭되는 다양한 문학적

---

27 김기림, 「모더니즘의 역사적 위치」, 『인문평론』, 1939.10. 1930년대 초부터 김기림은 '모더니즘'에 대한 일정한 이해와 인식을 줄곧 피력했으나 자신들의 문학적 성격을 '모더니즘'이라고 규정한 것은 1930년대 후반 사후적이고 역사적인 작업의 일환으로 나타났다. 그는 30년대 초 「문예좌담회」(『조선문학』, 1933.11)의 개별 작가에 대한 해석에서 효석의 문학을 "푸로이즘과 모더니즘"으로, 이종명의 문학을 "신감각파"로 이름붙이기도 했다.

28 임화 · 김광균 대담, 「문단신년의 토픽전망−시단의 현상과 희망(상) 경향파와 모더니즘」, 『조선일보』, 1940.1.13.

경향과 입장 그리고 잡지들이 나타나 꽤 두터운 작가층을 형성했던 일본과, 잡지 『무궤열차無軌列車』, 『현대現代』를 중심으로 문학적인 구심점을 마련하고 지속해 갔던 중국(상해)의 경우와 대비된다.

사실 '구인회'의 작가들은 '모더니즘'이라는 명칭을 얻기 전에 다양한 이름으로 묶이고 불려 왔다. 뜻을 같이 하는 문인들끼리 하나의 동인 집단을 형성했다는 점이나 1934년과 1935년 두 차례 '시와 소설의 밤' 등의 문학 강좌를 개최했다는 점, 1회에 그쳤지만 『시와 소설』(1936)이라는 동인지를 발간했다는 점이 사실상 그들이 함께 한 활동의 전부였지만 그들은 명백히 특정한 입장을 공유하는 '집단'으로 인식되었다. 이태준, 정지용, 이종명, 이효석, 유치진, 이무영, 김유영, 조용만, 김기림의 아홉 명이 최초의 멤버로 구성된 '구인회'가 일본에서 나프NAPF 성립에 대항하여 만들어진 '13인 구락부'를 모델로 했다거나 모방했다는 주장들도 있으나 외형은 비슷할지언정 그 내용과 전개 과정은 판이하다. '13인 구락부'는 '반마르크스주의'를 기치로 세를 규합하여 '신흥예술구락부'(1930)로 나아가면서 유파로서 또 문학운동 단체로서의 성격을 강화해 나간 반면,[29] '구인회'의 경우 멤버의 결속력이나 지속력이 현저히 떨어지면서 기실 하나의 문학 단체로서는 점차 유명무실해졌기 때문이다. 사실 그들은 1933년 9월 구인회를 창립하면서 "순연한 연구적 입장에서 상호의 작품을 비판하며 다독다작을 목적으로 한 사교적 '클럽'"[30]이라고 그들 모임의 목적과 활동 내용을 밝혀 놓고 있는데, 그들이 실제로 행하거나 움직였던 문학적 행동의 반경에 비해 그들을 둘러싼 담론은 비대해져 가는 양상을 띤다. '무의지', '무목적'의

---

29 미요시 유키오, 정선태 역, 『일본 문학의 근대와 반근대』, 소명출판, 2002, 64면.
30 「[문단풍문] 구인회 창립」, 『동아일보』, 1933.9.1.

표방은 도리어 "존재 의의를 상실한", "무의지파의 분열행동"으로 매도되거나[31] "새로운 반동시대의 전위파" 또는 "자유주의전파前派"라는 해괴한 이름을 얻게 하기도 했으며,[32] "소위 중간자적 입장을 취할려는 문학자의 일파"[33]라는 평가를 받기도 했다.

이렇게 조선 문단에서 '구인회'에 대해 적극적인 입장을 표명하고 주류 담론에 편입시키려 했던 것은 일본 문단에서 목격한 사태 즉 반마르크시즘과 '반동적' 문학운동의 확산과 관련한 '기시감既視感'이 작동한 결과, 그들을 '무목적이라는 목적을 가진' 어떤 특정한 파벌적 존재로 정립해내고자 하는 의지가 발동한 것이라고 볼 수 있다. 구인회의 작가들은 이러한 논란들과 성격 규정에 대해 줄곧 대응을 하지 않거나 거부감을 표현하는 것으로 그들의 입장을 드러냈다. 이태준은 결국 자신이 학예부장으로 있었던 『조선중앙일보』에 「구인회에 대한 난해難解 기타其他」(1935.8.11)라는 글을 발표하여 구인회가 친목 사교 모임 이상의 것이 아니라는 점을 강조하고 그들에게서 정치적 의미를 찾는다는 것이 무의미한 일이라는 것을 다시 확인시켜야 했다. 이러한 집단적 성격 규정 또는 명칭 부여의 무의미함에 대한 의식은 그보다 앞서 정지용에게서도 발견된다. 구인회가 만들어지기에 앞서 1933년 벽두에 행해진 문인

---

31 백철, 「邪惡한 藝苑의 분위기(하)」, 『동아일보』, 1933.10.1. 백철은 '구인회' 그룹을 '무의지파'라고 부르면서, "이들 사이에 어떤 공통적 경향도 발견할 수 없"으며 "'십삼인구락부'에 비해서도 공허한 내용을 갖고 있"다고 비교적 정확한 인식을 보여주면서도 그렇기 때문에 "무의미하고 방향을 잃은 존재"라는 비판을 가한다.

32 홍효민, 「1934년과 조선문단(2)」, 『동아일보』, 1934.1.4.

33 김두용은 「신시대의 전망 문학 전형기와 명일의 조선문학(其三)」(『동아일보』, 1935.6.5)과 「문단동향의 타진 — 구인회에 대한 비판(1)」(『동아일보』, 1935.7.28)에서 '구인회'가 계급주의 진영에도 민족주의 진영에도 속하지 않는 중간적 위치를 고수해 왔음을 밝히고, 그들에 대해 계급문학 진영에서 무정견한 기계적 배척을 행해왔다고 비판을 가한다. 이와 관련해 카프 비평가 한효와 몇 차례의 지면 논쟁이 이루어지기도 했다.

좌담회[34]에서 정지용은 조선에서 '신감각파 등장'을 운운하는 정인섭을 향해 "신감각파? 글짓는데 신감각 구감각이 어데잇습니까? 감각은 사람이면 누구에나 다 잇슬것이지요"라고 일축하는 한편 "정인섭씨는 33년에 말하자면 신감각파문학이 나오리라하섯지마는 신감각파라는 것은 일본서도 7, 8년 전에 벌서 단락段落하지 안앗습니까"[35]라고 반문하고 있는 것이다. 사실 이는 '신감각파 운운'에 대한 정지용의 단순한 거부감의 표명을 넘어서서 조선문학의 단계와 위상에 대한 중요한 입장을 암시한다는 점에서 주목할 만하다. 즉 이미 일본에서 발생하여 한 시기를 풍미한 '신감각파'는 현재적 관점에서 '이미 쇠락한' 전 시대의 문학에 불과하다는 것, 조선의 새로운 문학이 이미 낡은 문학의 이름으로 불릴 이유가 없다는 분명한 표현인 것이다. 다시 말하면 일본에서 발생한 '새로운' 현상들의 추종과 사후적 답습이라는 식민지 조선 문단의 일본 의존성과 계급주의문학의 단계론적(발전론적) 접근 모두에 대한 거부가 이 안에 포진해 있다는 해석이 가능해진다. 구인회의 작가들은 누가 뭐래도 조선에서 가장 새로운 문학을 하는 그리고 해야 하는 이들이었다. 이미 당대를 풍미했던 최신의 '세계문학'을 접하고 향수했던 문학인들이 그 '세계문학' 안에서 호흡할 수 있는 유일한 방법은 무엇에 반대하거나 대항하는 것 또는 무엇을 뒤따르거나 따라잡는 것이 아닌 동시대의 문학으로서 오로지 그들 자신을 정립하고 갱신하는 일이었다. 그것만이 소위 그들이 식민지 조선에서 '전위'로서[36] 오롯이 설 수 있는

34　「문인좌담회(1) 사조 경향 작가작품 문단진영」, 『동아일보』, 1933.1.1.

35　「문인좌담회(8) 사조 경향 작가작품 문단진영」, 『동아일보』, 1933.1.10.

36　식민지 조선에서 정치적 전위와 예술적 전위는 끊임없이 상호 침투했다는 주장(손유경, 「식민지 조선에서 전위가 된다는 것(1)」, 『한국현대문학연구』 41, 한국현대문학회, 2013)에서도 보이듯이, 1930년대 문학의 근대성은 더 이상 이항대립이나 교조적 접근으로 가능하지 않다.

길이었을 터이다. 조선에서 '신감각파' 개념이 발을 붙일 수 있는 싹이 자라지 못했던 것은 문학인들 스스로의 부정과 거부 외에도, 제국-식민지라는 권력관계를 넘어선 일본 문단과의 배타적이고 경쟁적인 관계, 계급주의문학의 강한 위상 등 여러 요인을 언급할 수 있다.[37] 그렇다면 비슷한 시기 새로운 여러 '모더니즘적인' 문학 조류를 수용하며 중국 '현대주의' 문학을 이끌어간 것으로 평가되는 상해의 문인들이 소위 '신감각파'라는 명칭으로 오래 불렸던 것은 어떤 연유에서일까. 다음 절에서는 중국, 정확히는 상해에서 나타난 1930년대의 특정한 문학 경향을 지칭하는 명칭 가운데 먼저 '신감각파'라는 용어를 중심으로 동아시아에서 특수한 문학적 개념화가 가진 문제들을 탐색해보도록 하겠다.

3. '신감각파新感覺派 문학'이라는 용어의 문제

1930년대 상해의 '전위적'인 문학인들은 오랜 시기 외면을 당해 오다가 1980년대 초부터 중국 현대문학사 안에 호출되며 본격적으로 조명되기 시작했는데, 그때 처음 정식화한 명칭이 일본의 '신감각파新感覺派'와 '동일한' 기표인 '신감각파新感觉派'였다.[38] 중국 역시 한국에서처럼 이 새로운 경향의 작가층이 그리 두텁지는 않아서 스저춘施蟄存, 류나어우劉吶鷗, 무스잉穆時英 등 동인지『무궤열차』,『신문예』, 문예지『현대』(1932~1934)

---

37 조선에서 '신감각파' 문학이 성장하기 어려웠던 것은 계급주의 문학의 위상이 매우 높았기 때문으로 보기도 한다(김종훈, 앞의 글). 그러나 일본과 중국에서 계급주의의 영향력이 훨씬 더 컸다는 점을 상기하면 이것만으로는 충분하지 않아 보인다.

38 일본어 한자는 번체로, 중국어는 간체로 표기하되, 중화인민공화국 수립 전 번체를 사용하던 시기의 자료는 잡지『현대(現代)』의 예처럼 경우에 따라 번체로 표기한다.

를 중심 무대로 하여 주로 소설을 창작했던 이들을 지칭한다. 그렇다면 그들을 '신감각파'라고 부르게 된 것은 어떤 연유에서일까. 사실 당시에 이들이 일본에서 선행하여 나타났던 신감각파를 직수입하였다거나 계승했다고 보기에는 그 활동 범위나 행보가 일본의 '신감각파'와는 매우 다르게 전개되었기 때문에 이러한 명명은 의문스러운 점이 있다.

　'신감각파'라는 명칭이 일본에서 등장한 것은 1924년 10월 『문예시대文芸時代』가 창간된 직후 비평가 치바 가메오千葉龜雄가 『세기世紀』 11월호에 「新感覺派の誕生」이라고 칭한 것에서부터라 한다.[39] '신감각파'로 지칭된 요코미쓰 리이치 자신이 「신감각론」, 「신감각파 문학의 연구」[40] 등을 1920년대 후반에 발표한 것에서 보듯 이 명칭은 소위 당시 '신감각파' 내부에서도 거부감 없이 받아들여졌음을 알 수 있고, 이후 일본 문단에서 문학사적인 유파 개념으로 활발히 쓰이고 있음을 확인할 수 있다. 이후 1928년 창간된 『시와 시론』에 의해 다다이즘, 초현실주의 등 여러 갈래의 서구 모더니즘문학이 쏟아져 들어오고 이에 기반한 여러 산발적인 문학적 움직임들이 결국 '신흥예술구락부'(1930)로 집결하는 양상을 보이면서 일본의 소위 '신흥예술'은 하나의 독립적인 유파로서 모양새를 갖추게 된다. 그러니까 일본에서 '신감각파'란 1920년대 중반의 짧은 시기에 요코미쓰 리이치, 가와바타 야스나리 등에 의해 나타났던 실험적인 문학을 지칭하는 협소한 개념인 것이다. 일본의 이 '신감각파'가 모더니즘의 여러 갈래들 가운데에서 특히 '이미지즘'의 영역을 배당받았다는 해석도 있으나,[41] '이미지즘'의 개념과 범주로는 이들

---

39 김은전, 「구인회와 신감각파」, 『선청어문』 24, 서울대 국어교육과, 1996 참조.
40 橫光利一, 「新感覺派文學の硏究」, 『文芸創作講座』 第9·10号, 文芸春秋社, 1929; 「新感覺論」, 「新感覺派とコンミニズム文學」, 『書方草紙』, 白水社, 1931.
41 김종훈, 앞의 글, 36면.

의 일본적 특수성이랄지 독자성을 포괄하기에는 어려움이 있어 보인다.

중국 상해의 혁신적인 작가군을 '신감각파'라고 오랫동안 불러 온 것은 그런 점에서 보더라도 문제적이다. 1930년대 상해의 새로운 문학적 조류를 '신감각파'라는 명칭으로 정식화한 옌지아옌嚴家炎은 무스잉, 스저춘 등이 일본의 신감각파 문학을 번역 소개하고 매우 높이 평가했으며, "현대 도시생활을 감각적이고 의식의 흐름 수법으로 표현"하였고, 일본 신감각파들이 주도한 잡지『문예시대』에서 소개되었던 서구의 작가들과 문학 사조를 이들 역시 적극 소개했다는 점을 그 근거로 들고 있다.[42] 그러나 "当时所称的新感觉派(당시 신감각파라 불렀던)"[43]라는 그의 언급과는 달리 당시에 그들이 '신감각파'라는 유파로서 명확히 불리고 스스로도 자칭했다고 보기는 어렵다. 루쉰에 의해 당시에 매우 부정적인 뉘앙스의 '양장작가洋場作家'라는 낙인이 찍히고 오래 잊혀졌다가 1980년대 이후에야 그들에 대한 적극적인 독해와 함께 복권이 이루어지면서 사후적으로 '신감각파'라는 명칭이 확립되었다고 보는 것이 타당할 것이다.[44] 그들이 일본 신감각파 문학을 소개하고 고평했던 것은 사실이라고 할 수 있지만 이는 전반적인 서구 모더니즘 사조의 수용과 흡수 과정의 일부였을 뿐, 그들의 문학을 '신감각파'라고 불러야 할 근거가 되는 것은 아니다. 그런데 중국에서 사후적으로 자신들의 과거에 나타났던 문학의 한 경향을 해명하기 위해 일본에서 특수하게 나타났던 '신감각파'라는 명칭을 차용했다는 점은 이 개념이 우리의 '모더니

---

42 严家炎,「前言」(1983.5),『新感觉派小说选』(修订版), 人民文学出版社, 2011, 4면.
43 위의 글, 1면.
44 吳福辉,「前言」,『施蛰存作品新编』, 人民文学出版社, 2009 참조. 저자에 따르면 스저춘은 오랫동안 '양장작가'로만 불렸을 뿐 정확한 실체가 문학사적으로 거론되지 않다가 80년대 이후에야 "신감각파" 작품집에 그의 작품이 수록되면서부터 학술적으로 '정명(正名)'을 얻게 되었다고 기술한다.

즘' 개념과 마찬가지로 보편성과 특수성 사이의 어느 지점에 교묘하게 걸쳐 있음을 보여준다.

이런 점에서 '신감각파'라는 문학 개념에 대한 동아시아 바깥의 시선을 참고해 볼 만한데, 이 용어는 어떻게 '번역'될 수 있는가 하는 것이다. 많은 동아시아의 연구자들은 '신감각파'를 이루는 한자어를 어의 그대로 직역하여 'neo-sensualism group(또는 school)'이라고 번역해 왔지만, 사실 이러한 조어는 서양문학의 개념사적 입장에서 보자면 매우 기이하고 성립하기 어려운 용어이다. 요코미츠 리이치에 대한 연구에서 데니스 킨Dennis Keene은 "新感覺派"에 해당하는 영어식 역어를 찾을 수 없다는 점에서 일본의 '신감각파'를 시종일관 'Shinkankakuha'라고 표기하고 있다. 현재 통용되는 번역인 "Neo-Sensualism group"은 만족스럽지 않다는 것인데 그 이유는 "'Neo'는 그릇된 연상을 불러일으키고 'Sensualist'는 그 그룹을 지칭하는 데에 심각한 착오이기 때문"이다.[45] 이는 결국 '신감각파'의 번역 불가능성을 시인하면서 그것을 일본에서 1920년대 나타난 특수한 문학 유파이자 현상으로 고유명화하고 있다는 뜻이 된다. 이에 따르면 이론적으로 서양어권에서는 '新感覺派'라는 한자어를 일본어의 발음에서 음차해 'Shinkankakuha'로도, 또한 중국식 발음을 살려 'Xinganjuepai'로도 표기할 수 있게 된다. 이는 동아시아의 특정한 모더니티의 조건에서 나타난 유사하지만 분명히 다른 문학적 흐름들에 각각의 고유한 이름을 부여할 수 있다는 장점이 있고, 이를 차용하여 동아시아 한자문화권에서의 표기 방식에도 영향을 미칠 수는 있을 것이다. 그렇지만 이러한 개별적이고 특수화한 고유명들이 동아시아에

---

[45] Dennis Keene, *Yokomitsu Riichi : Modernist*, Columbia Univ. press, 1999, p.1887.

서 그동안 행해 왔고 앞으로도 행할 작업 즉 개별적인 문학적 현상들을 일정한 좌표 위에서 또한 세계문학이라는 아이디어 안에서 사고하는 노력들에 보탬이 될 수 있을지는 의문이 남는다.

앞에서 언급했듯이 정지용은 1933년 조선 문단에서 '신감각파' 운운하는 정인섭에게 "글 짓는데 신감각 구감각이 어디 있느냐"고 면박에 가까운 반문을 던진 바가 있지만, 이는 분명히 요코미스 리이치의 '신감각론'이나 1920년대 일본을 풍미한 '신감각파'를 의식한 발언이라는 점은 충분히 짐작할 수 있다. 1920년대의 대부분의 시절을 일본에서 유학 생활을 하면서 당시 일본 문단의 새로운 흐름에 민감했을 정지용의 저 발언은 '감각'에 대한 원론적인 입장의 진술이라기보다는 일본 문단과의 거리두기로 읽히기도 한다. 박태원이 "참신하고 예민한 감각"이야말로 현대문학의 요체라는 일반론을 피력했을 때, 그 말 자체가 한자어 '新感覺'과 그 어의 면에서만 보자면 하등 다를 바 없는 것이지만, 결코 '신감각'이라는 기표로 환원될 수 없는 것 또한 명백하다. 그런 점에서 중국에서 1930년대에 가장 전위적인 문학을 했던 작가들이 수십 년 뒤에 사후적으로 '신감각파'라는 '낡은' 명칭으로 계속 불려야 했던 것은 부당한 면이 있다. 한국과 중국의 1930년대 작가들이 요코미스 리이치 등 앞서 등장한 새로운 일본문학에 영향을 받았다는 부인할 수 없는 사실과는 별도로, 자신들의 문학을 "어떠한 종류의 문학상의 사조, 주의, 당파를 조성하려는 목적을 갖고 있지 않다"[46]고 표나게 외쳐야 했던 것은 계급주의문학이 맹위를 떨치고 있었다는 당시의 사정도 분명 한몫 했지만 그보다는 식민지(반식민지)의 '후발' 전위문학인

---

46   『現代』의 「창간선언」에는 "本志并不預备造成任何一种文学上的思潮, 主义, 或堂派"라고 선언하고 있다.

들의 피할 수 없는 숙명을 보여준다. 그들이 어떤 사조나 주의를 전면에 내세우는 순간 그들은 후발대나 아류로 떨어질 수밖에 없는 운명이라는 걸 분명 자각하고 있었던 것이다. 이와 관련하여 중국에서는 최근 (反)식민지 모더니티에 대한 천착과 탈식민주의의 시각을 바탕으로 '신감각파'라는 명칭에 대한 반성과 함께 역시 사후적 개념인 '현대주의'라는 개념에 대해서도 재론되고 있는 실정인데, 다음 절에서는 중국문학에서 '현대주의'라는 명칭이 걸어온 길과 다양한 문학사적 명칭들의 경쟁 구도와 맥락을 고찰해보도록 하겠다.

4. '현대주의'라는 역어와 '모덩주의摩登主义'의 창안

1930년대 중국의 반식민지 메트로폴리스 상해에서 혜성처럼 등장했던 일군의 작가들 즉 스저춘, 무스잉, 류나어우, 장아이링 등의 문학은 '현대주의', '현대파現代派', '신감각파', '모덩주의' 등 비교적 다양한 이름으로 불리고 있다. '현대주의'는 'modernism'을 한자어로 훈역한 것이고[47] '모덩주의'란 'modern'의 1930년대식(상해식) 음차역어인 '摩登[módēng]'[48]을 활용한 조어이다. '현대파문학'이라고 하는 것은 그

---

47 황싱타오와 천핑에 의하면 중국에서 'modernism'이 번역되어 사전에 수록된 것은 1920년대 초인데, 그 함의와 이해의 방법은 조금씩 달랐다. 1923년 『신문화사서(新文化辭書)』에서 '현세주의'라 처음 번역되었을 때는 '현세만을 중시하는 사상'이라는 해석이 붙여졌고, 1926년 『철학사전(哲學辭典)』에서 정식으로 처음 '현대주의'라 번역되면서 '현대정신에 적응하는 것'이라 해석했다고 한다. 황싱타오·천핑, 소동옥 역, 「중국에서 '현대화' 개념의 최초 전파와 역사적 계기」, 『개념과 소통』 11, 한림대 한림과학원, 2013, 105면.

48 이 말은 30년대에 'modern'을 특정한 시대를 지칭하는 함의가 강한 '현대(現代)'로 번역함으로써 생긴 일종의 공백을 메우면서, '유행하는, 첨단의(时髦的, fashionable)'

들이 새롭고 '모던'한 문학을 했다는 의미인 동시에 스저춘을 중심으로
한 잡지 『현대』가 1930년대 중국 모더니스트들의 가장 중요한 발표 지
면이자 활동 무대라는 사정이 보태진다. 물론 북경을 중심으로 한 '경
파京派'문학에 대응되는 의미에서 '해파海派'라는 명칭을 사용하는 경우
도 있다. '현대주의문학'이라는 용어는 한국이나 일본에서는 1920~
1930년대 당대에는 물론 현재에도 자국의 모더니즘문학을 지칭할 때
는 거의 쓰이는 경우가 없으며 1930년대 상해에서 활동했던 일군의 작
가들 즉 중국의 '모더니즘문학'을 지칭할 때에만 쓰이고 있다. 앞에서
살펴보았듯이 조선과 일본에서는 외국어 음차표기에 특히 편리한 문자
적 특성에 더해 '현대'로 번역되지 않는 뉘앙스와 맥락을 가진 언어로
서 '모더니즘/モダニズム'이 영향력을 더 키워갔던 반면에 음차 표기
가 용이하지 않은 중국어로서는 그럴 필요나 가능성이 애초에 희박했
던 것이 '현대주의문학'이라는 개념을 만들게 된 하나의 이유였다고 할
수 있다.

그런데 당대에 '현대'라는 이 근대적 역어를 잡지의 제목으로 삼았던
스저춘은 이 잡지에 *Les Contemporains*라는 불어 제목을 번역하여 붙임으
로써[49] 자신들이 개념화한 '현대'의 의미를 명시적으로 차별화하여 나타
내기에 이른다. '현대'의 역逆 번역어로 'modern'이나 'modernism'이
아닌 불어 'Contemporain'을 들고 나온 것이 의미하는 바는 그가 지향

이라는 의미로 많이 쓰였고 현재는 '최신 유행의' 의미로 또는 외국의 고유명(예컨대
독일 팝 그룹 'Modern Talking(摩登语录)' 등) 표기에 종종 쓰이고 있다.
49 李歐梵, 毛尖 譯, 『上海摩登─一种新都市文化在中国』(修订版), 人民文学出版社, 2010,
138면. 그러나 李歐梵(리어우판)은 이러한 명명이 가진 의의에 대해서는 별다른 언급
을 하지 않고 있다. 원래 영어로 쓰인 이 책은 *Shanghai Modern*이라는 원제목이 중국어
로 번역되면서 『上海摩登』이라는 제목을 갖게 되었다. 그러나 본문에서 영어 원저의
'modernism'은 모두 불가피하게 '현대주의(现代主义)'로 번역되었다.

했던 '전위Avant-garde'문학의 강한 프랑스 영향을 암시하는 동시에,[50] '현대'라는 역어의 모호함과 범박함에 대한 자의식과 함께 그에 대한 보완의 의미가 있다고 보아야 할 것이다. 즉 '현대'라는 말 외에 자신들의 주장을 번역할 적절한 말을 그들의 언어에 갖지 못했지만, 또한 사실 그 말만큼 적절한 언어도 없었던 사정이 여기에는 반영되어 있다. 1930년대 상해上海의 도시문화에 대한 실증적 재구를 토대로 '상하이 모더니즘' 문학을 세밀하게 분석한 리어우李歐梵에 따르면 스저춘은 당대에 '현대주의'라는 말을 사용하지 않았음은 물론이고 자신들이 중국 모더니즘문학운동의 '개척자開山者'라는 사후적인 평가를 받게 된 데에 대해서도 복잡한 심경을 보였다고 밝히고 있다.[51]

한편 동시대에 '모던'이라는 용어가 쓰이는 경우도 적지 않았고, 이 말은 '현대'라는 한자어 역어에 대응되는 신어로서 특별한 지위를 부여받기도 하였다. 예컨대 찰리 채플린의 영화 〈모던 타임즈modern times〉(1936)가 중국에 소개되었을 때 그 제목은 "현대"가 아닌 "摩登時代"였던 것이다. 1930년대 조선의 지식인들이 '모던'이라는 음차어에 대해 특히 의식적이었던 것처럼 중국 현대[52] 작가들의 문장에서도 이러한 사정은 유사하게 확인된다.

---

50 스저춘은 사실 자신들이 애초에 지향했던 것은 '선봉(先鋒)' 즉 아방가르드였다고 밝힌 바 있으며, 사회주의리얼리즘이 아니라 아방가르드야말로 진정 혁명적인 문학이라고 생각했다고 한다. 그는 잡지 『현대』를 만들기 전에 문우들과 『무궤열차』, 『신문예』 등 신문학 잡지를 만들기도 했었다. 위의 책, 338면(이 내용은 한국어판(2007) 서문에 실린 것으로, 중국어 수정판(2010)에 부록으로 수록되어 있다).

51 위의 책, 338면.

52 중국에서는 우리의 '근현대문학'에 해당하는 용어로 '현당대문학'을 쓰고 있다. 우리말에서 해당(該當) 시기라는 의미로 '당대'가 주로 쓰이고 contemporary의 의미로 '동시대'라는 용어를 주로 쓰는 데 반해, 중국에서 '당대'라는 말은 contemporary의 뜻을 지니고 있어서 주로 1949년 중화인민공화국 수립 이후의 문학을 '당대문학'이라고 하고 '현대문학'이라고 하면 1919년 5·4운동 전후를 기점으로 삼는다.

① 我在这里也并不想对于"送去"再说什么, 否则太不"**摩登**"了。我只想鼓吹我们再
   吝啬一点, "送去"之外, 还得"拿来", 是为"拿来主义"。(鲁迅, 「拿来主义」,
   1934)

② "王先生, 你这话就不大**摩登**了。这年头儿, 识时务者为俊杰"(茅盾, 『劫后拾
   遗』, 1942)

③ 她的服装与头发脸面的修饰都还是**摩登**的, 没有受娼妓们的影响. (老舍, 『四世
   同堂』, 1945)(강조는 인용자)

1934년 루쉰이 「나래주의拿来主义」라는 글에서 쓴 '否则太不"摩登"了'라
는 문장을 우리말로 옮겨보자면 '그렇지 않다면 너무 "모던"하지 않은 것
이 된다'가 되는데 摩登에 큰따옴표를 써서 강조 표기함으로써 이 말이
의식적으로 선택되었음을 드러내고 있다. 그에 반해 1940년대에 마오둔
과 라오서의 문장에서 쓰인 '모덩'은 '세련된, 신식의' 등으로 읽히면서
이미 이 말이 더 이상 중국어에서 외래어로서 특이한 기표가 아님을 보여
준다.

1930년대 메트로폴리스 상해에서 번화한 도시문화와 서구문명의 영
향아래 발생한 문학 현상과 작품들을 대개는 '현대주의'문학 또는 '신감
각파新感觉派'라고 부르는 것이 지금까지 대세를 이루어 왔지만, 서구에서
연원한 'modernism'과도 다르고 일본에서 발생한 '신감각파新感覺派'와
도 다른 그들만의 독특한 입장과 성격 그리고 복합적인 문학적 실천을
부각시켜야 한다는 의미에서 이들에게 '모덩주의'라는 그들만의 이름을
부여해야 한다는 주장도 제기된 바 있다.[53] 여기에는 서구의 'modern-

ism'을 훈역한 '현대주의'라는 말이 중국(30년대 상해) 특유의 문학적 실천과 특징을 담아내기에는 한계가 있다는 인식이 분명히 드러난다. 또한 일본의 '신감각파'로부터 영향을 받은 것은 사실이지만 상해의 문인들은 동시에 서방의 20세기 모더니즘(폴 모랑, 존 도스 파소스, 지가 베르토프 등)의 광범위한 수용을 통해 중국식의 현대문학을 수립했다는 점에서, 그간 관습적으로 부여된 '신감각파'라는 명칭 또한 그들의 전모를 담기에는 지나치게 제한적이라는 지적이다.[54] 일본과 한국에서는 중국의 상해문학을 '모더니즘', '현대주의' 또는 '신감각파'로 편의상 또는 임의로 하나를 선택하여 부르고 있고 앞으로 이 새로 창안된 문학사적 명칭이 얼마나 많이 쓰이고 확산될지는 알 수 없지만,[55] '모덩주의'라는 새로운 명명에 대한 고민은 시사하는 바가 있다.

'모덩주의'를 내세우면서 이 말이 중국 현대문학의 한 조류를 지칭하는 특수어이자 보편적 정합성을 최소한 획득하도록 하기 위한 방법으로 'modernism' 대신 'modern-ism' 또는 'Modengzhuyi', 'Modengism'을 고유명화한 용법들이 등장하기 시작한 것도 특기할 만하다.[56] 짐작하

---

53 張勇, 「現代主义抑或摩登主义?－论新感觉派作家文学实践的特性」, 『励耘学刊－文学卷』 2, 2007. 이 글에 따르면 서방의 문학 개념으로 중국문학을 무반성적으로 칭해온 것에 대한 반성과 문제 제기가 근래 들어 나오고 있다고 한다.

54 위의 글, 263면.

55 30년대 상해의 신흥문학을 '해파(海派)'라는 매우 포괄적인 범주로 주로 지칭하고 있는 李今은 '모덩주의(摩登主义)'라는 張勇의 주창에 대해 기존의 용어들이 갖는 한계에 대한 기본 문제의식에 동의하면서도 이 역시 '해파' 문학의 다양성과 복합성을 포괄하기에는 모호한 개념이라고 지적하기도 했다. 李今, 「从理论概念到历史概念的转变和考掘－评『摩登主义－1927~1937上海文化与文学研究』」, 『中国现代文学研究丛刊』 3, 2011. 『摩登主义－1927~1937上海文化与文学研究』는 張勇의 2007년 清华大学(칭화대학) 박사학논문을 출간한 저서이다.

56 張勇의 앞의 글에서는 'modern-ism(modeng zhuyi)'로 표기했고, Z Xie의 "On the Transformation of Oscar Wilde's SALOME in Modern Chinese Fiction"(*Asian & African Studies*, 2013)에서도 'Modengzhuy-摩登主义-Modengism'을 특수한 중

건데 앞에서 살펴본 'Shinkankukuha'라는 '신감각파'의 서양식(영어) 표기법의 아이디어와 일정 정도 문제의식을 공유하는 것으로 보이기도 한다. 이는 동아시아에 번역된 근대 개념들에 대한 해체주의적 전환을 환기하면서 또한 그 개념화를 둘러싼 벗어날 수 없는 순환논법적 굴레를 암시하기도 한다. '모덩주의' 또는 'modern-ism'을 정의하면서 'modern'에 대한 정의를 피해갈 수 있을까. 그렇다면 'modern'은 또 어떻게 '달리' 정의해야 하는가 하는 문제들은 그대로 남는다. '모덩'이라는 말이 단지 'modern'의 음역어가 아니라 옛 문헌에서도 찾을 수 있는 고전 중국어라는 설명[57]이 그에 대한 해답이 될 수 있을까. 분명 '모덩주의문학', 'Modengzhuyi'라는 대체 불가능해 보이는 이 신조어는 해당 지역의 물질적 문화적 조건에서 발생한 그 실험적 문학 작품들과 문학적 실천들에 가장 걸맞은 혁신적인 용어임에는 분명해 보인다. 이렇게 되면 기존에 1930년대 상해문학을 지칭하는 데 사용했던 '현대주의'는 'modernism' 일반의 역어 또는 중국 이외의 '모더니즘' 문학, 현상, 실천 등을 지칭하는 보편적인 용어의 지위만을 담당하게 될 것이다. 그러나 무엇보다 '모덩'이 'modern'이라는 서양 중심적 연원을 완전히 지우지 않으면서도 중국의 전통적인 한자 문맥의 세계와 접속시키면서, "보편과 특수의 변증법을 통한 대화"[58]의 시도를 놓지 않고 있는 듯이 보인다는 점은 주목할 필요가 있을 것이다.

'realism문학'을 '리얼리즘', '사실주의' 등으로 칭하는 것이 가진 개

국어식 용어로 소개하고 있다.

57 '모덩'이 단지 서양어의 음역어(音譯词)가 아니라 『능엄경(楞严经)』에서 유래한 불교 교용어에서 차용된 것으로 이미 고전에서 다양한 용례가 있었다고 한다. 梁荣春, 「"摩登"杂说」, 『桂海论丛』6, 1995 참조.
58 페터 지마, 김태환 역, 앞의 책, 426면.

넘적 인식론적 문제들에 비해 'modernism문학'을 둘러싼 동아시아의 인식과 기표들의 대결은 더 치열하게 전개되어 왔다고 할 수 있는데, 이는 근대 동아시아의 짧은 한 시기를 게릴라처럼 파고들었던 그 문학들이 놓인 독특한 자리와 위상을 다시 한번 환기시킨다. 한국문학사에서 '모더니즘'이라는 개념과 기표는 'modernism'과 'モダニズム'의 틈바구니에서 자리를 잡고 그에 머물렀지만, 중국에서는 '신감각파', '현대주의'와 '모덩주의'와 같은 용어들이 아직도 대결과 갈등 속에 있다. "모더니즘은 결국 본질적으로 모더니티에 대한 탐구"이자 "그 자신에 반대하는 전통"[59]이라는 자명해 보이는 선언이 한국과 중국에서 식민지라는 불변의 조건 그리고 보편과 특수, 세계성과 지역성과 같은 사고의 틀 안에서 굴절되고 끊임없이 흔들릴 수밖에 없음을 '모더니즘' 개념의 역사는 보여주고 있다.

5. 흔들리는 언어들 너머

칼리니스쿠에 따르면 '모더니즘modernism'은 가장 새로우면서도 가장 뿌리박힌 논쟁적 함의를 가진 개념이다. 서구에서 연원했으면서 또한 모호하고 복잡한 개념인 '모더니즘'이 동아시아에서도 숱한 논란과 혼란을 낳았음은 말할 것도 없다. '모더니티'에 대한 탐구와 성찰이 '모더니즘' 논의의 그 기본 전제가 되어야 한다는 점에서 동아시아와 식민지의 모더니티는 늘 의문의 대상이자 질문과 해석 그리고 해체 속에 놓여 있었다고

---

59   M. 칼리니스쿠, 이영욱 외역, 앞의 책, 91면.

해도 과언이 아니다. 이 글은 특정한 모더니티의 조건들 속에서 연원한 서구의 모더니즘문학을 수용하여 전개된 동아시아의 문학 경향들을 지칭하는 다양한 명칭들의 맥락을 비교한 것이다.

한국에서 '모더니즘' 문학이라는 기표가 생성되고 '구인회'를 중심으로 한 일군의 문학적 활동과 작품들을 그 이름으로 부르게 된 것은 프로문학과의 대타적 비평 작업 또는 문학사적 소환 작업에 의한 것이었다. 그리고 그 '모더니즘'이라는 용어는 원어인 'modernism'과 일본어 음차어인 'モダニズム'의 사이의 어느 지점에서 문학 용어로 고정되었다. 1920~1930년대 당대의 용례로 보자면 '모던'이라는 말이 일본에서의 'モダン'의 용법을 거의 무차별적으로 답습하고 있는 데 반해 '모더니즘'은 계급주의와 민족주의의 담론 속에서 비판적으로 사유되었다. 따라서 '모더니즘문학'이라는 문학사적 명명도 대체로 사후적으로 정착하게 되었다.

일본과 중국에서 공통적으로 '신감각파'라는 말이 문학적 또는 문학사적 명칭으로 사용된 데 반해 한국에서는 그런 단초가 거의 발견되지 않는다는 점은 동아시아 모더니즘문학의 장에서 특이한 현상이다. 1920년대 중반 일본 문단에 등장했던 요코미쓰 리이치 등의 신감각파는 매우 짧은 시기를 풍미했지만 한국과 중국에 큰 영향을 미쳤다. 중국과 한국이 다른 점은 중국에서는 거의 모든 일본과 서구의 모더니즘 사조와 작품을 적극 소개하고 일본의 신감각파에 대해 매우 우호적이었던 데 반해 한국에서는 표면적으로 그러한 움직임이 거의 나타나지 않았다. 정지용의 경우에서 보듯 '신감각파'라는 명명에 대해서도 회의적이었고 거부감을 나타내기도 하였는데 이는 일본 문단에 대한 의식적인 거리두기로 읽힌다.

스저춘, 류나어우 등 중국의 모더니스트들은 조선의 구인회와 마찬가지로 무당파, 무주의를 표방했지만 그들의 그런 의사와는 무관하게 끊임없이 문학사적으로 '반동적인' 문학적 실천 또는 운동으로 호출되었다. 1930년대 이래 특히 중화인민공화국 수립 이후 프로문학과 리얼리즘 문학의 위세 속에서 철저히 억압되었던 그들에 대한 관심이 1980년대 이후 '신감각파'라는 명칭과 함께 되살아난 것은 그런 점에서 우리의 모더니즘 개념사와 마찬가지로 문제적이며 반성의 여지가 있다. '신감각파'라는 협소하고 불충분한 개념 또는 '현대주의'라는 범박한 개념으로 중국 상해의 30년대 전위문학을 포괄할 수 없다는 문제의식 하에 최근에는 '모덩주의문학', 'Modengzhuyi'라는 새로운 문학사적 명명을 도입하는 시도가 나타난 것은 그 반성의 일환이라는 점에서 시사적이다. 한국과 중국에서 '모더니즘'이라는 수입된 문학 용어를 둘러싼 모색의 시도들은 공통적으로 식민지(반식민지)의 근대문학이 놓인 흔들리는 위상을 끊임없이 환기시키며 그 역사성을 되묻고 있다.

제3장　　**크로포트킨**P. A. Kropotkin **번역의 경로와 실천들**

1. 아나키즘의 대명사 크로포트킨

러시아의 아나키스트 P. A. 크로포트킨은 한국의 아나키즘(무정부주의),[1] 사회주의사상사와 운동사 그리고 문학사에서도 그 어떤 사상가보다(어쩌면 마르크스보다도) 더 큰 영향력을 미친 인물이다. 그렇게 말할 수 있는 이유는 20세기 초 한국과 동아시아의 지식계에서 그의 사상과 저작들은 무정부주의뿐만 아니라 지리학, 생물학(진화론), 러시아문학사, 프랑스혁명사 연구 등 여러 방면에서 큰 충격과 호응을 불러왔기 때문이다. "한국에서 아나키즘은 곧 크로포트킨주의라는 공식이 성립한다"는 지적[2]도 있듯이, 20세기 초 조선(이는 일본과 중국의 경우도 비슷한데)에서 일종

1　무정부주의라는 최초의 역어는 '아나키즘'의 사상과 실천을 담아내기에 한계가 많고 부적절하다는 인식에 따라 근래에는 '무정부주의'라는 술어를 사용하지 않는 경향이 강하다. 이는 중국에서도 마찬가지여서 학술적 술어로 '安那其主義(안나치주의)'가 더 많이 쓰이고 있다.

2　조남현, 「한국 근대문학의 아나키즘 체험」, 『한국문화』 12, 규장각한국학연구원, 1991.

의 '선전문'인 「청년에게 호소함」(1880)[3]과 저서 『상호부조론』(1902) 등
이 미친 영향은 아나키즘사상이나 운동의 차원을 넘어선다. 뒤에 상술하
겠지만 1920년대 내내 「청년에게 호소함('청년에게 소呼함' 또는 '청년에게 고
呼함')」은 일문과 조선어문 등 여러 텍스트들이 게릴라처럼 등장하여 청
년들 속을 파고들었고, 여러 작가들의 글 속에서도 크로포트킨에게 깊은
감화를 받았다는 증언들을 어렵지 않게 접할 수 있다.

　근대 초기 조선의 아나키즘에 관한 연구는 신채호, 이회영 등 특정 인물
들에 대한 연구와 독립운동사, 공산주의운동사의 맥락에서 진행되어 오
다가 2000년대를 전후하여 기존에 '비주류'였던 그들의 사상, 조직운동
의 파악하려는 연구들이 축적되어 왔다.[4] 특히 근래 들어 국제적으로 종
횡무진하며 탈국가적 연대를 모색했던 재일·재중 아나키스트들의 활동
이 본격적으로 조명되기 시작한 것도 주목할 만한 일이다. 이러한 연구들
은 당대의 지식계와 사상운동계에서 크로포트킨이 특별히 환영을 받았던
이유에 대해서 크로포트킨의 사상이 가진 대안적 성격과 시대적 배경을
꼽는다. 즉 다윈의 진화론을 인류 사회에 적용시킨 사회진화론이 제국주
의를 합리화하는 수단이 되기 쉽다는 점을 간파한 청년 지식인들의 반발
그리고 1920년대 일본에서 본격화한 '개조'론의 유입을 배경으로 하여,[5]

3　크로포트킨이 불어로 쓴 "Aux Jeunes Gens"는 당대에 '청년에게 소함(호소함)',
　'청년에게 고함', '청년에게 호소하노라' 등등으로 불렸고, 2014년 홍세화에 의해
　'청년에게 고함'이라는 제목으로 번역 출간되었다. 이 장에서는 특정한 글 제목의
　경우 그 원제를 살리고 일반 명칭으로는 「청년에게 호소함」을 사용한다.
4　오장환, 『한국아나키즘 운동사 연구』, 국학자료원, 1998; 이호룡, 『한국의 아나키
　즘』, 지식산업사, 2001; 구승회 외, 『한국 아나키즘 100년』, 이학사, 2004; 박환, 『식
　민지시대 한인아나키즘 운동사』, 선인, 2005.
5　일본에서 무정부주의사상의 궤적과 흐름 그리고 크로포트킨의 수용을 둘러싼 여러
　내막들을 자세히 고찰한 것으로 박양신, 「근대 일본의 아나키즘 수용과 식민지 조선으
　로의 접속-크로포트킨 사상을 중심으로」, 『일본역사연구』 35, 일본사학회, 2012가
　있다. 한편 상호부조론과 동아시아의 크로포트킨 수용을 비교한 것으로 조세현, 「동아

크로포트킨의 상호부조 진화론 그리고 공동체적 연대의 가치가 매력적인 사상적 대안으로 떠올랐다는 것이다.

한편 문학 연구 방면에서도 무정부주의 문예론자로 꼽히는 김화산이나 권구현 또는 시인 황석우와 이육사 등이 크로포트킨 사상의 수용과 실천이라는 관점에서 주로 논의가 되어 왔는데,[6] 사실상 "근대 초기 신문학의 전위들은 대체로 아나키즘을 포회하고 있었다"[7]는 주장처럼 아나키즘을 매우 광범위하게 스며든 당대의 사상적 기저로서 상정하고 있는 시각들도 있다. "종래의 모든 것을 부정하는 전위적 예술은 자연스럽게 아나키즘적이 된다"[8]는 것도 하나의 진실일 터이지만, 문학과 사상의 구체적이고 직접적인 관련성을 실증하기란 어려운 일인 만큼 당대 문인들의 아나키즘에 대한 이해를 단지 '소박한 유토피아주의' 또는 '막연한 사상'으로 치부하게 될 소지도 있다. 그리고 다른 한편으로 우리 문학사에서 전위적인 문학의 여러 실험들에 나타난 아나키즘적인 성격은 충분히 논의될 만한 것임에는 틀림없지만 아나키즘에 대한 범박한 적용이나 과도한 해석의 가능성 또한 존재한다. 근래에 제기된 허균의 『홍길동전』에 대한 아나키즘적 분석과 그에 대한 논란은 아나키즘을 문학적 분석의 방법으로 사용하는 것이 가진 난점을 보여준다.[9]

시아 3국(한, 중, 일)에서 크로포트킨 사상의 수용—『상호부조론(相互扶助論)』을 중심으로」, 『중국사연구』 39, 중국사학회, 2005를 참조할 수 있다.

6   개별적인 연구들 외에 아나키즘 문학 연구와 관련한 주목할 만한 성과로는 김택호, 『한국 근대 아나키즘문학, 낯선 저항』, 월인, 2009를 꼽을 수 있다. 이는 신채호, 권구현과 같이 기존의 익히 알려진 아나키스트 문인 외에 이향, 허문일 그리고 아나키스트 문예지 『문예광』에 대한 고찰을 담고 있다. 그밖에 최서해, 박화성, 신동엽, 김용택 등을 아나키즘과 공동체라는 시각으로 분석한 논문들이 있다.

7   조영복, 「1920년대 초기 사회주의 사상가들의 시와 그 성격」, 『우리말연구』 21, 우리말글학회, 2001.

8   김윤식, 「1920년대 한국아나키즘문학론비판—김화산의 경우」, 『한국학보』 8-3, 일지사, 1982, 33면.

그런 점에서 최근 한국문학과 크로포트킨주의 또는 아나키즘의 관계를 고찰한 다양한 연구들이 나오고 있는 것은 시사적이다. 방민호[10]와 서동수[11]의 연구는 소위 모더니스트들의 모임으로 칭해지는 '구인회'에 가담하여 매우 낯선 문학세계를 선보이다 폐결핵으로 요절한 작가 김유정을 크로포트킨과 연관시키는 낯선 시도를 보여준다. 전자는 김유정이 처한 운명과 정신적 상황이 문학으로 승화되는 과정에서 특히 1930년대 중반 예술에 대한 새로운 모색을 꾀하는 과정에서 크로포트킨주의가 매우 중요한 역할을 했음을 김유정의 크로포트킨 사상에 대한 공감과 이해라는 근거 위에서 살피고 있으며,[12] 후자는 김유정이 크로포트킨의 상호부조론을 사상적 토대로 삼아 그의 수필에서 '고향'으로 표현되는 '공동체적 유토피아'와 '사랑'의 이상을 문학적으로 실현했다고 주장한다.[13] 이러한 연구들은 한국 근대문학의 사상적 탐색과 실천에 대한 열린 시각

---

9 2003년 8월에 열린 '한국아나키즘학회' 학술대회 '문학의 저항성과 아나키즘'에서에서 허균의 『홍길동전』에 나타난 '국가에 대한 거부와 평등의 실현'이라는 덕목이 우리 아나키즘의 역사에 단초를 제공한다고 주장하여 논란이 있었으며, 서강대 석사 논문으로 강은숙, 「『홍길동전』에 나타난 아나키즘사상─완판본을 중심으로」가 제출되기도 했다. 아나키즘사상의 문학적 적용 문제와 난점은 더 논의되어야 할 문제이며, 홍길동전을 아나키즘으로 읽는 이상의 방식이 시대착오적이라는 의미는 아니다.

10 방민호, 「김유정, 이상, 크로포트킨」, 『한국현대문학연구』 44, 한국현대문학회, 2014.

11 서동수, 「김유정 문학의 유토피아 공동체와 크로포트킨의 상호부조론」, 『스토리앤이미지텔링』 9, 건국대 스토리앤이미지텔링연구소, 2015.

12 특히 이 논문은 김유정뿐만 아니라 김유정과 같은 병을 앓다 비슷한 시기 요절한 작가 이상 역시 자본주의로부터의 탈출을 위한 사유의 망명 과정에서 무정부주의가 개입되었을 가능성을 타진하고 있다. 이러한 시도는 그동안 본격적으로 논의된 바 없는 '구인회'의 개별 작가들의 사상적 연관성 그리고 1930년대 중후반 작가들의 사상적 지형도를 새롭게 해석하기 위한 시론으로서 의의가 있다.

13 이외에도 한국문학과 아나키즘의 관계를 논한 최근의 연구로 다음과 같은 것들이 있다. 유병관 「한국 근대문학의 형성 과정에서 아나키즘이 갖는 의미와 영향」, 『국제어문』 71, 국제어문학회, 2016; 최진석, 「아나키의 시학과 윤리학─신동엽과 크로포트킨」, 『비교문학』 71, 한국비교문학회, 2017; 이형진, 「1920년대 신경향과 문학과 아나키즘 사상 간의 상관성에 관한 논고」, 『석당논총』 73, 동아대 석당학술원, 2019.

과 함께 문학 연구 패러다임의 전환을 암시한다. 리얼리즘과 모더니즘을 문학사적 양대 사조로 대립시켜 왔던 오랜 진영론적 시각이나 아나키즘 문학을 계급문학운동의 하위 범주 또는 주변적 존재로 논의해 왔던 기존의 선입견을 거부하고 있기 때문이다. 이러한 연구들은 근대 초기 문학적 전위들에게서 흔히 나타나는 사상적 실천적 복잡성과 모순점 그리고 상호 관련성에 본격적으로 접근하도록 촉구하고 있다.

　이 글은 크로포트킨 사상을 아나키즘 조직운동이나 사회주의 비평론을 넘어서서 한국문학과 새로이 접속시키려는 종래의 시도들과 같은 지반에서 출발한다. 단 이 글의 관심은 아나키즘사상 및 운동의 차원이나 현실에 대한 상상적 구축물로서 문학 작품에 대한 분석이 아니라 그보다는 그러한 것들을 가능하게 했던 당대적 조건에 관한 것이다. 즉 당대인들이 아나키즘 또는 크로포트킨과 만나는 장면들을 특정한 정치적이고 문화적인 조건 및 환경과 관련짓고자 한다. 구체적으로 표현하면 다음과 같은 질문들, '한국 젊은이들을 열광하게 만든 크로포트킨의 글들은 어떤 경로로 어떻게 번역되고 유통되었는가', '한국에서 크로포트킨 번역의 양상은 어떻게 전개되었으며 또 동아시아에서 크로포트킨은 어떤 방식으로 상호 참조되었는가'와 같은 문제에 답을 찾아 나가면서, 근대 초기 크로포트킨을 만난 다양한 방식과 맥락을 입체적으로 추적해보는 것이다. 궁극적으로는 동아시아와 식민지 조선에서 펼쳐졌던 크로포트킨 번역 및 수용의 다양한 국면들을 살펴봄으로써, 근대 초기 국가를 넘어서는 연대와 상상 그리고 문학적 실천들이 모색될 수 있었던 토대와 기반을 추적하는 작업들에 하나의 밑거름이 되기를 기대한다.

2. 「청년에게 호소함」을 통해 본 1920년대 선전문 번역

1927년 18세의 열혈 문학청년 박태원은 당시 조선의 어떤 작품도 자신에게는 실망과 불만 따라서 슬픔을 느끼게 할 뿐이라며 자신이 진정으로 원하는 '진眞과 열熱'의 문학은 크로포트킨의 「청년에게 호소하노라」와 같은 것이라고 토로하였다. 그리고 친절하게도 그 글을 '오스기 사카에大杉榮 역譯의 팜플렛'으로 읽었으며, 동경에 있는 절친한 벗이 보내 주어 접하게 되었다고 기록하고 있다.[14] 1920년대 후반 식민지 수도 경성에서 시와 소설로 데뷔하여 소위 '모더니스트'로 활동하다가 해방 후 월북한 뒤 '혁명작가'가 되어 북한에서 사망한 1986년까지, 반세기가 넘는 긴 세월 동안 실로 드라마틱한 작품 여정을 보여 준 박태원의 문학적 연대기 그 첫머리에 놓인 것이 곧 크로포트킨과 「청년에게 호소하노라」였다는 사실은 의미심장하다. 사실 박태원뿐만 아니라 벽초 홍명희와 임화, 시인 신동엽과 고은 등의 회고에서도 크로포트킨의 그 글에 큰 감화를 받았다는 기록을 확인할 수 있다.[15]

작가 박태원은 평생의 글쓰기를 통해 그가 바라마지 않았던 「청년에게 호소하노라」와 같은 작품을 쓰는 데 성공했을까. 이에 대한 답을 하기란 쉽지 않고 또 이 글의 논의를 벗어나는 문제이다. 그보다 이 글에서 좀더 초점을 맞추어 제기하고자 하는 의문은 식민지 조선의 청년들이 「청년에게 호소함」을 비롯한 크로포트킨 저작을 어떤 경로로 또 어떤 맥락에서

---

14 박태원, 「시문잡감」, 『조선문단』, 1927.1. 경성고보 재학 시절 학업을 중단하면서까지 서양문학과 일본문학에 심취했던 청년기의 박태원은 이 글에서 일본 시인 미쓰이시 가쓰고로(三石勝五郎) 그리고 톨스토이와 크로포트킨의 글이야말로 자신이 진정 바라는 글이라는 심경을 피력한다.

15 임화, 「어떤 청년의 참회」, 『문장』 13, 1940.2.

접하고 받아들였는가 하는 것이다. 「청년에게 호소함」 및 크로포트킨의 파급력이 결코 적지 않았고 꽤 오랫동안 지속되어 왔음에도 불구하고 이에 대한 고찰은 거의 없는데, 이는 문화사나 수용사의 차원에서 검토의 여지가 있으리라 생각된다. 식민지 검열 당국에서는 「청년에게 호소함」을 '사회주의 선동'의 불온 선전물로 다루곤 했다. 그러나 시인 주요한이 위의 박태원과 비슷한 시기에 썼듯이[16] 누군가에게 크로포트킨은 예술가이자 세계문학의 통로이면서 조선문학(문화)의 돌파구이기도 했다.

일본의 아나키스트 오스기 사카에가 번역한 「青年に訴ふ」는 1920년대 초에 공식적으로 몇 차례 출간되었는데 그 이전 이미 1907년 이를 『평민신문』(3.8~23)에 역재한 적이 있고(이 일로 오스기는 신문지 조례 위반으로 기소 수감된다) 1922년 잡지 『노동운동』에도 실린 바 있다. 오스기 사카에의 번역에 대해 그 자신의 증언을 참고하여 좀 더 부연하자면, 그 역문으로 인해 기소가 된 것은 마지막 한 장이 질서문란이라는 이름으로 문제가 되었기 때문이라는 것, 그 일로 원저자 크로포트킨이 직접 코토쿠 슈스이에게 편지를 보내 "자신의 저서 중 가장 온건한 것으로 인해 젊은 동지가 자유를 희생당했다"는 말을 전했다는 것, 그 후 3, 4년 뒤 자신의 번역이 미국에 있는 동지의 단체인 사회혁명당에서 출판되어 그것이 기백부가 일본으로 들어왔다는 것이다.[17] 그러니까 1927년 즈음의 박태원이 접한 '일역 팜플렛'이란 1907년의 『평민신문』 연재본 또는 나중에 주간잡지 『노동운동』(1922)에 실린 번역문이나 1920년대에 출간된 단행본 수록본

---

16 주요한, 「이월창작별견(3)」, 『동아일보』, 1927.2.23. 주요한은 "작품의 동기와 목적 및 필연적 효과에 따라 선전문이고 아님을 판단한다면 크로포트킨의 '청년에게 소(訴)함'이라던가 스토우부인의 '엉클톰스캐빈'가튼 것이 나의 말하는 의미의 선전문"이라고 썼다.

17 クロポトキン, 大杉栄 譯, 『青年に訴ふ』, 「序文」, 労働運動社, 1922.

그도 아니라면 미국에서 역으로 흘러 들어온 팜플렛 등 이들 가운데 어느 하나일 것이다.

그런데 위에서 보듯 오스기 사카에의 일역본이 점한 선구적인 위상은 지식계 내부에서는 꽤 견고했겠지만, 주목할 만한 사실은 일찍이 1920년부터 조선에서도 '청년에게 호소함' 또는 '청년에게 고함'을 번역 유통시키려는 시도가 반복되어 왔다는 것이다. 여기서 '시도'라는 표현을 쓴 것은 그 모든 번역들이 내부적 외부적 요인으로 인해 모두 일정한 결함을 안고 있다는 점 때문이다. 처음의 시도는 1920년 5월 22일 김명진金明鎭의 번역 기고문으로『동아일보』에 1회 게재된 「청년靑年에게 고告함」이다. 오스기 사카에의 번역본과 비교하면 명백히 오스기 번역의 중역임을 알 수 있는데, 전체 11개의 부분으로 된 오스기의 번역문에서 앞의 1과 2 부분을 번역해 놓고 있다. 김명진이 중역한 번역본에는 간혹 어휘를 변경한 부분(예컨대 도제徒弟를 제자弟子로, 신분身分을 문벌門閥로, 애타주의愛他主義를 타애주의他愛主義로)이나 탈각된 문장이 보이지만 거의 모든 통사 구조와 어휘가 오스기의 것과 동일하다. 단 가장 많이 변경된 부분이 있다면 마지막 부분으로 다음과 같다.

　ここにおいて諸君は、社会主義を了解するであろう。そしてさらに詳細にこれを知りたくなるであろう。そして、もし愛他主義という言葉が諸君にとって無意義なものでないならば、また自然科学の厳重な帰納法を社会問題の研究の上に応用してゆくならば、諸君はついにわれわれの戦列に加わって、われわれとともに革命のために働く人となるであろう。[18]

18　『大杉栄・伊藤野枝選集第1巻－クロポトキン研究』, 黒色戦線社, 1986.

만일 타애주의라하는 언어가 제군에게 전혀 무의미한것이안이면 또 제군이 자연과학의 엄밀한 귀납법을 사회문제연구상에 응용하여가면 제군은 맛참내 사회주의의 이상과 종지에 동정할지며 사회개혁을 위하여 힘쓰고 애쓰는 사람이 될 것이다.[19]

위에 인용한 조선어 역문에서 오스기 번역의 앞 두 문장은 탈락되었고, 또한 "우리의 전열에 참가하고, 우리와 함께 혁명을 위해 일하는 사람이 될 것"이라는 내용이 "사회주의의 이상과 종지에 동정할지며 사회개혁을 위하여 힘쓰고 애쓰는 사람이 될 것"으로 바뀌어 있다. 물론 '전열戰列', '혁명革命'과 같은 역어의 선택 역시 전적으로 오스기의 것이라고 할 수 있는데[20](이 부분은 이후 단행본으로 공식 출판되면서 완전히 삭제되었다) '사회주의'라는 말을 살리는 대신 '전열', '혁명'을 포기한 것이 1920년 조선문 번역의 한 타협 지점이라고 볼 수 있다.

신채호가 「낭객의 신년만필」의 그 유명한 문장("아아 크로포트킨의 '청년에게 고하노라'란 논문의 세례를 밧자 이글이 가장 病병에 맛는 약방藥方이 될가한다")에서 크로포트킨의 이 글을 언급한 것이 1925년이었는데, 이미 1920년 김명진의 번역 이후로 「청년에게 호소함」이라는 글이 매우 다양한 방식 그리고 다양한 버전으로 조선에 등장하였음이 확인된다. 당대의 자료를 통해 확인 가능한 것들만 순차적으로 정리해보면 다음과 같다.

---

19 金明鎭 譯, 「靑年에게 告함(크로포트킨)」, 『동아일보』, 1920.5.22.
20 최근에 프랑스어 원문을 홍세화가 번역하여 출간된 한국어 번역본에는 이 문장이 "우리와 함께하게 될 것이며, 우리가 지금까지 해 왔듯이 당신도 사회 변혁을 위해 일하게 될 것입니다"라고 매우 '온건'하게 표현되어 있다. P. A. 크로포트킨, 홍세화 역, 『청년에게 고함』, 낮은산, 2014, 37면.

① 金明鎭 譯, 「靑年에게 告함」, 『동아일보』, 1920.5.22(일부)

② 無我生, 「靑年에게 訴함」, 『공제』 7 · 8, 1921.4.6[21] (일부)

③ 이성태 역, 「靑年에게 訴함」, 『신생활』 임시호, 1922.6(전문 삭제)

④ 『靑年에게 訴함』, 사상운동사 謹讀部(동경 일월회) 발행, 1925.8(소책자)

⑤ 谷泉 抄譯, 「先驅者의 하소연」, 『동아일보』, 1925.10.21~11.14(일부)

⑥ 조병기, 「청년에게 訴함」, 1928(팜플렛)

⑦ 「청년에게 호소함」, 『탈환(奪還)』(재중국조선무정부공산주의자연맹) 창간호, 1928.6[22]

앞서 밝혔듯이 ① 김명진의 번역은 전문 가운데 앞의 일부분을 신문지상에 1회 게재한 것이고 오스기의 번역을 거의 대부분 그대로 옮겨놓았다. ② 무아생의 번역은 이성태[23]에 의하면 전문의 절반 정도를 번역한 것이다. ③은 크로포트킨 관련 저술을 여러 편 남긴 이성태의 번역인데 총 10페이지에 달하는 전문이 검열 · 삭제되어 확인되지 않는다. ④는 동경에서 조직된 일월회의 기관지 사상운동사에서 발행한 팜플렛 형식의 소책자로, 『조선일보』의 신간소개(1925.8.6.)에는 "조선어로 번역돼야 책자로서 출세ㅃㅃ하기는 실로 처음"이라고 되어 있다. 한편 ⑤는 총 6회에 걸쳐 신문지상에 연재가 되었는데 검열을 피하고자 한 흔적이 역력한 번역으로, 제목을 「선구자의 하소연」으로 바꾸었을 뿐만 아니라 저자인 '크로포트킨'의 이름은 전혀 등장시키지 않고 있다. 그러나 결국 6회(1925.11.14)에 이르러서는 완전히 검열 · 삭제되어 신문지상에서 인쇄된

---

21 김택호, 오장환에 의하면 역자인 무아생은 재일 유학생이었던 유진희라고 한다.
22 박환, 앞의 책, 96면에 따르면 이을규에 의해 조선어로 번역이 되었지만 전문의 1/5 정도밖에 되지 않는다고 한다.
23 이성태, 「크로포트킨학설연구」, 『신생활』 7, 1922.7.

활자의 흔적만 남은 공백으로 처리되어 있다. 또한 역자로 되어 있는 '곡천泉'이라는 인물의 정체도 묘연하여 그 글이 번역되고 게재된 전모를 파악하기가 쉽지 않다. 이러한 여러 가지 정황으로 인하여 그동안 크로포트킨 관련 연구에서 곡천의 번역문이 누락되어 있었던 듯하다. 주목할 것은 곡천의 역문이 앞의 김명진의 번역이나 오스기 사카에의 번역과는 매우 다른 면모를 보인다는 점이다. 두 조선어 번역문의 첫머리만 비교해 보자면 다음과 같다.

내가 지금 말하려하는 것은 청년제군에게다 그럼으로 노인들—물론 그는 두(頭)와 심(心)과의 노인들—은 여차한 글은 던져두고 공연히 안총이라도 피곤하게하지아니하는 것이 나헐 것이다.

나는 제군을 십팔세나 이십세 나에 근한 자로 제자 혹은 학업을 필하고 장차 실생활에 들러가기를 비롯한 자로 가정한다. 세간만사가 모다 제군에게 주입되려한다. 제군은 모든 미신에서 탈출한 두뇌를 가젓다. 목사들의 잔소리만코 무한히 느린 설법의 수수걱기를 들으러가지 아니한다. (…중략…) 곳 나는 제군을 극히 진실한 맘을 가진 자라한다 그리고 그러하닛가 나는 제군에게 말하려한다. (김명진 역)

나는 이제 이글한편으로써 나의 가장 경애하는 청년제군에게 하소연하노니 심장에 붉은피가 뛰는 젊은이는 다 나아와 나의 하소함을 들으라

나는 제군을 이십세내외되는 청년으로써 어떠한 전문학교나 실업학교를 마치고 장차 실생활에 나아가려는 사람으로 가정하노라 그리하야 '독갑이'를 무서워하거나 또는 목사의 설교를 맹신하는 못난이가 아니오 적어도 모든 미신을 척파한 명쾌한 두뇌의 소유자로써 (…중략…) 극히 진지한 성격을 가진

청년들이라고 생각하면서 이말을 하는 것이다. (곡천 초역)

　김명진의 번역이 대체로 오스기 번역의 축자역에 가깝다면 곡천의 번역은 '초역抄譯'이라는 말에서 보듯 발췌, 윤문, 의역이 매우 심한 대신 가독성이 훨씬 높아진 매우 유려한 문장을 보여준다. 이는 5회의 연재분 모두에 해당하는데 원문에 없는 첨가와 탈락 또한 빈번하게 나타난다. 이 번역이 참고한 원문의 정체가 무엇인가와 관련해서는 오스기의 번역본과 비교해보았을 때 상당히 문제적이다. 오스기는 1921년과 1922년에 「청년에게 호소함」을 공식적으로 출판할 수 있는 기회를 얻었지만 적게는 수십자에서 많게는 수백 자에 이르기까지 주요 부분들을 군데군데 삭제 당하는 것을 감수할 수밖에 없었다.[24] 곡천의 역문은 분명 오스기의 번역본을 참고로 한 흔적이 엿보이지만, 완전히 재창조되었다고 할 만한 부분들을 두드러지게 노출하고 있다. 예컨대 좀 길게 인용한 다음과 같은 부분은 곡천의 번역이 참조와 변용 그리고 의역과 자국어화와 같은 술어들을 완전히 넘어선 지점에 있음을 보여준다.

　さらに他の例をあげよう。一人の男がパン屋の前をうろうろしていたかと思うと、やがて一片のパンをかっぱらって逃げ出して捕えられた。彼は失業労働者で、彼の家族の人々は、数日来なんにも食わないのだという。パン

24　오스기 사카에는 1921년 발간한 자신의 논집 『正義を求める心』 말미에 부록으로 「青年に訴ふ」(クロポトキン 作)를 수록한 바 있고, 1922년에는 노동운동사(労働運動社)에서 『青年に訴ふ』가 발간되었다. 그리고 단행본 발간 이전에 주간지 『노동운동(労働運動)』에도 수록하였다. 앞의 단행본 수록본은 둘 다 동일한 부분들이 삭제되어 출간되었다. 1920년대의 오스기가 전문을 포기하고 검열을 통한 공식 출간을 선택한 것으로 볼 수 있다. 반면 『노동운동』지에 실린 역문은 오스기 자신의 표현에 따르면 '무사했다'고 한다.

屋の主人は、この男を赦してやるように頼んだが、警察官はそれを聞かない
で、ついにその男は起訴せられ、六ヵ月の懲役に処せられた。

これが神聖なる裁判の命ずるところである。こうした裁判が毎日行われて
いるのを見て、諸君の良心はかくのごとき現社会に対して、反抗しようとし
ないだろうか。

また、幼ない頃から他人に虐遇せられて、かつて同情という言葉をも知ら
ずに育って来た男が、一円の金が欲しさにその隣りの人を殺した。

諸君はこの男に対して、どんな法律を適用しようとするか。彼は罪人とい
うよりはむしろ狂人だ。そして、こんな狂人ができたのは社会の罪じゃない
か。これを知って諸君は、なおこの男を二十年の懲役、あるいは死刑にしよ
うとするか。

また酷遇に堪えないで (…90자 삭제…)

もし諸君が、単に教えられたことを繰り返すのみでなく、それを推理し分
析して、その真の起原を掩うている偽りの雲を掃い去ったなら、諸君は必ず
(…600자 삭제…) [25]

다시예를 다른곳에서 어더보자 백설이 척여나 싸힌 무섭게도 추운날 수삼
일동안 한조각의 '빵'도 먹지못한 칠팔인의 어린 가족을 둔 실업노동자한사
람이 남의집 '빵' 한 개를 훔치다가 순행하던 경관에게 잡힌바되어 십구년이
란 긴세월을 철창속에서 송영하엿다는 비참한 이야기는 우리가 다만 '유-고'
의 '쨘, 발쨘'이야기에서만 어더들을수잇는 소설적기담이 아니니 거의날마
다 발생하는 이따위 현상을 스스로 목도한 제군은 이에 대하야 엇더한 생각

---

25 クロポトキン, 「青年に訴ふ」, 『正義を求める心ー大杉栄論集』, アルス, 1921, 370〜
    371면.

을 가지겟는가?

신성하다는 재판의 이러한 잔인악독한 처치가 쉴새업시 제군의 감정을 충동식힐때에 제군의 양심은 이러한 사회제도에 대하야 불가튼 반항심을 회지(懷持)하지 안흘수업스리라

엇지이뿐이랴! 날마다 신문의 지면을 번화하게 장식하여주는 '오전짜리 살인사건' '일원짜리 권총강도' 등은 확실히 제군에게 유력한 일종의 격서가 될지니 이러한 모든 악현상의 발생이 오로지 현사회제도의 불합리에 기인하는 것임을 관찰한 현명한 제군은 그러한 범죄자들에게 대한 법률의 적용이 그들에게 회오의 기회를 주기는 고사하고 도로혀 거익악화하게하는 것임을 확인하게 될 것이다.

이러한 모든 것을 생각한 제군은 의사의 왕진가방가튼 제군의 서류가방을 즉각에 내여던지고 오늘날 다만 소수특권 계급의 보루에 불과한 현사회의 법률을 근본으로부터 개혁하야써 만인의 행복의 원천이 될만한 새롭은 '법'을 세우려는 활기잇는 새이상을 포지하게 될것이며 그 이상의 실현을 위하야서는 제군도 또한 다른 사람들과 마찬가지로 사회주의자의 도당이 되지안을수 업슬것임을 또한 예언하노라.[26]

"한 남자가 빵을 훔친 죄로 기소되어 6개월의 징역에 처해졌다"는 단순한 문장은 곡천의 역문에서 "'빵' 한 개를 훔치다가 순행하던 경관에게 잡힌바되여 십구년이란 긴세월을 철창속에서 송영하엿다는 비참한 이야기는 다만 '유-고'의 '짠, 발짠'이야기에서만 어더들을수잇는 소설적기담이 아니니"와 같이 창작의 수준으로 바뀌어 있다.[27] 사실 프랑스어 원문

26 谷泉 抄譯, 「先驅者의 하소연」, 『동아일보』, 1925.11.1.
27 크로포트킨의 저 노동자의 사례는 곧 레미제라블의 장발장을 떠오르게 하는 대목

에서는 빵이 아니라 정육점의 고기를 훔친 것으로 되어 있다는 점을 상기해보면, 고기(프랑스어)에서 빵(일본어)으로 그리고 나아가 장발장(조선어)의 비유로 이어지는 번역들의 방향 조정은 단지 중역에 따른 오역 또는 지나친 자국어화의 문제이기보다는 번역의 목적과 효과 그리고 문학적 또는 시대적 감각의 관계라는 점에서 이해될 수 있을지도 모른다.[28]

결과적으로 보면 곡천은 오스기의 삭제되지 않은 원래의 역문(『평민신문』 또는 『노동운동』의 연재본)과 단행본으로 정식 출간되면서 대거 삭제된 번역문 모두를 참조하되, 삭제된 부분을 때로는 무시하기도 하고 또는 살리거나 축약하는 방식으로 번역을 넘어선 다시쓰기를 시도하고 있는 것으로 보인다(물론 프랑스어 원문이나, 독일어, 중국어[29] 번역본을 참고했을 가능성 또한 열려 있다). 심지어 5회 연재분 마지막에는 원문 어디에서도 볼 수 없는 대목 즉 "제군의 각득한 진리를 더욱 천명하기에 쉬지안코 노력하는 제군의 책상머리에는 '맑스'의 '유물사관' '공산당선언' 가튼 서적이 일부일 싸히게될것까지를 나는 아노라"와 같은 크로포트킨의 호소문이 아닌 번역자 자신의 호소문으로 보이는 내용이 덧붙여져 있다. 이러한 거침없음이 결국 6회분을 완전 검열 삭제당하는 결과를 가

이기도 한데, 일본국회도서관에 소장된 1921년판 서적의 해당 페이지에 누군가가 유려한 손글씨로 'Jean Valjean Les Miserables'이라고 써놓은 것은 우연일까?

28 이는 독일에서 루터의 시적이고 역사적이고 격렬하고 교육적인 어조의 번역이 종교적 확산과 '새로운 종교감'을 조성하는 데 크게 기여했다는 점을 지적한 괴테의 다음과 같은 말, 즉 "원문과 경쟁하려는 비평적 번역은 사실 몇몇 식자들의 관심거리일 뿐"이라는 지적을 떠오르게 한다. 앙트완 베르만, 윤성우·이향 역, 『낯선 것으로부터 오는 시련』, 철학과현실사, 2009, 55면.

29 중국에서는 처음 '고소년(告少年)'으로 번역되었다가 나중에 '고청년(告靑年)'이라는 제목이 등장한다. 중국의 크로포트킨주의자라고 할 수 있는 소설가 바진은 1920년 15세의 나이에 '고소년' 중역본을 읽고 깊은 감화를 받은 뒤 크로포트킨 소개와 번역 등에 매진한 바 있고, 1938년에는 '고청년'이라는 제목으로 번역서를 출간하기도 했다.

져왔으리라 짐작된다. 이러한 '독단'과 '자유'는 어떻게 가능했던 것일까? 크로포트킨과 「청년에게 호소함」이라는 글 자체가 가진 매력과 위력 그리고 '불온 선전문'이라는 레테르가 붙은 사정도 하나의 이유일 터인데, 무엇보다 근대 초기 번역의 역사를 돌아 볼 때 이러한 자의적 번역을 지금과 같이 오역이나 의역 또는 번역의 윤리라는 문제로 접근하는 것은 의미가 없다는 점은 분명하다.[30] 그보다는 중역이라는 굴레로부터 자유롭지 않은 많은 번역들 속에는 사실 중역이라는 조건을 의식하는(의식하지 않을 수 없는) 가운데 만들어지는 무의식의 작동들이 있어 왔다는 사실이 이 하나의 단편적인 사실을 통해서도 입증되는 것은 아닐까? 또한 이는 중역이면서 중역이 아닌, 번안과 의역 사이 어딘가에 위치하며 원문에의 충실성과 자국어화라는 이분법마저 무용지물로 만드는 그런 1920년대 번역의 어떤 차원을 암시하기도 하지만, 표면에서 사라진 저자와 미궁 속의 번역자, '하소연'이라는 엉뚱한 제목과는 전혀 어울리지 않는 과격한 문장들, 『동아일보』라는 일간지 게재 등 여러 면에서 검열당국과의 숨바꼭질을 시도하고자 하는 은밀한 문화적 실험까지도 엿보게 한다. 즉 「청년에게 호소함」은 당대의 다양한 '판본'들이 검열이라는 조건과 함께 얽혀 있는 상호텍스트의 문제이다. 이성태 번역의 전문 삭제와 해외에서 은밀히 유입된 번역문들 사이에서 '선구자의 하소연'이 가장 공식적인 방식으로 비교적 생생하게 남아 있다는 사실이 이를 방증한다.

---

30 이와 비슷한 맥락에서 신지연은 『글쓰기라는 거울』(소명출판, 2007, 36~37면)에서 1910년대 근대적 글쓰기와 번역의 관계를 물으면서 "'원문을 이해하지 못하는 독자들'을 위해 현실태로 존재하는 '나쁜 번역'만이 번역의 유일한 존재 양식이었고, '열등한 독자'들을 위해 삭제와 왜곡이 이루어지는 번역 양식 자체가 계몽의 성격을 띤다"고 서술한다.

한편 곡천의 번역 「선구자의 하소연」은 동경에서 완역되어 국내로 흘러들어온(혹은 흘러들어오는 길이 막힌) 사상운동사(일월회)의 팜플렛 책 자 「청년에게 소訴함」과 등장한 시기가 불과 두어 달 차이로 비슷하다 는 점에서 동일한 번역문이 아닌가 하는 추측을 낳게 한다. 만약 곡천 의 역문이 동경에서 발간된 조선어 역문과 정말 밀접한 관계가 있다면, 동경의 조선인 역자들이 오스기 사카에 또는 김명진에 의해 최초에 행 해진 기존 번역으로부터 상당히 멀어져 있음을 의미하는 것이기도 하 다(물론 두 역문이 서로 무관한 지점에서 거의 동시적으로 일어난 사건일 가능성 또 한 배제할 수 없다).

한편 ⑥의 경우는 실체는 확인되지 않으나 신문지상에 보도된 사건 기사와 조선출판경찰월보의 기록에만 남아 있다.[31] 단 고등보통학교 교사였던 조병기와 비슷한 방식으로 「청년에게 호소함」 등의 '불온' 저작물을 지방 각지에서 산발적으로 번역 배포하려는 시도들이 더 많 이 있었을 가능성만은 충분히 짐작할 수 있다.[32] ⑦은 ④와 마찬가지로 해외에서 번역 발간되어 조선으로 유입되었을 다종다기한 팜플렛의 존재를 암시한다. 그리고 이렇게 해외에서 발간되어 조선으로 유입된 불온 출판물은 단속 취체의 주요 대상이 되었다. 1926년에는 "동경 일 월회에서 발행하는 팜플레트 '청년에게 호소함' 일백칠십권을 가진 박 제호를 검거"했다는 기사가 있었으며,[33] 1929년 작성된 '불허가不許可

---

31 1928년 9월 29일 자 『동아일보』 기사에 따르면 창원공립보통학교 교사인 조병기 가 '청년에게 소함'을 **조선문으로 번역등사**하야 졸업생에게 배부하여 검사국으로 압 송되었다고 하며, 1928년 차압 삭제 및 불허가 출판물 개황에서도 조병기 발행의 조선문 단행본 '청년에게 소함'을 차압했다는 기록이 보인다. 「出版警察槪況－差押 削除 및 不許可 出版物 記事要旨」, 『朝鮮出版警察月報』 2, 1928.10.13.
32 당대 지방 각지의 청년 및 유학생 강연회에서 크로포트킨 사상을 강연하려다가 금 지되거나 기소되었다는 기사를 심심찮게 접할 수 있다.

차입差押 및 삭제削除 출판물出版物'가운데에는 독일어문으로 된 「청년에게 호소함」이 포함되어 있다.[34] 이는 저 앞머리에 놓인 오스기의 일역 팜플렛으로부터 시작하여 일본과 중국 또 그 이외의 다른 여러 경로들을 통해 크로포트킨의 「청년에게 호소함」이 유입되고 또 각지에서 자발적인 방식으로 유통되었음을(적어도 그러한 시도가 계속되었음을) 뜻한다.

어쩌면 당시에 「청년에게 호소함」과 같은 '불온 선전문'은 부분적으로 또는 산발적이고 은밀하게 즉 불법적으로 침투하는 것이 더 자연스러운 길이었을지도 모른다. 일본에서 1920년대 초 '합법적인 출판물'의 테두리 안으로 들어간 오스기 사카에 번역본이 난도질로 만신창이가 되었던 것을 상기해보면 더욱 그러하다. 오스기 사카에는 단행본 발간시 핵심적인 문장들이 대거 삭제된 것에 대해 '별 수 없다'는 식의 입장을 서문에서 밝히며 '타협'하고 있는데, 1920년대 조선과 일본에서 「청년에게 호소함」이라는 텍스트가 놓인 이러한 차이는 독립운동과 사상운동 전반에 걸친 '검열', 특히 '식민지 검열'에 대한 대응의 문제라고도 말할 수 있을 것이다.[35] 다시 말하면 제국과 식민지에서 외래사상의 수용 과정과 서적의 번역을 둘러싼 차이는 '일찍이 1907년 오스기가 번역한 「청년에게 호소함」이 조선에서는 약 20년이 지난 뒤에야 번역되었다'와 같은 범박한 '시차時差'론이나, '선진의 제국과 후발의 식민지' 또는 '제국의 직역과

---

33 『동아일보』, 1926.5.20.

34 「出版警察槪況−不許可 差押 및 削除 出版物 記事要旨」, 『朝鮮出版警察月報』 6, 1929.2.12.

35 정근식, 「식민지검열과 "검열표준"−일본 및 대만과의 비교를 통하여」, 『대동문화연구』 79, 성균관대 대동문화연구원, 2012에 따르면 1920년대 일제의 검열이 외지(식민지)의 특수사정론에 입각하여 점차 구체화, 체계화된 데 반해 1936년경부터는 제국의 표준으로서 보편화한 검열 규준이 만들어졌다. 조선의 경우 대만보다 더 세분되고 복잡한 검열 기준이 적용되었으며 일본의 금지 표준은 대만보다 조선에서 더 많이 변용되었다고 한다.

식민지의 중역'과 같은 단순화한 공식을 뛰어 넘는다는 의미이다.

「청년에게 호소함」은 조선에서 철저히 1920년대적 텍스트였다. 그 시대에 검열과 단속을 뚫고 게릴라처럼 파고들었다가 흔적만 남기고 사라져 버렸다는 의미에서 그러하고, 근대 초기 조선에서 번역이라는 행위와 문화가 가지는 여러 국면들을 압축적이고 상징적으로 보여준다는 점에서 그러하다. 박진영의 지적대로 또 오랜 연구를 통해 실증한대로 1920년대는 한국 번역의 역사에서 전성기였다. 즉 다시 말해서 이는 1930년대에 들어서면서 조선어 번역이 급격히 쇠퇴하게 된다는 점[36]을 의미하는데, 이는 외래의 것을 중개하거나 소개하는 방식 또는 그것을 자기화하는 방식에서도 중대한 변화가 일어날 수밖에 없음을 암시한다. 다음 절에서는 「청년에게 호소함」 이후 1920~1930년대 크로포트킨의 저작들이 번역되고 수용되는 양상들을 좀 더 폭넓게 살펴보면서 이 문제를 논의해보고자 한다.

3. 크로포트킨 번역의 동아시아적 조건

크로포트킨이 본격적으로 식민지 조선에서 언급되기 시작한 것은 일본에서도 활발하게 크로포트킨의 저작이 소개, 번역, 연구되기 시작한 1920년대 전후의 일이었다. 일본에서 프루동-바쿠닌-크로포트킨으로 이어지는 무정부주의의 계보와 이론이 알려지기 시작한 것은 일찍이 19

---

36 박진영, 『책의 탄생과 이야기의 운명』, 소명출판, 2013, 336면 참조. 저자는 이 책에서 1920년대 상반기의 중요성은 동아시아 근대와 번역이 유례없이 역동적으로 맞부딪쳤다는 데에 있다고 강조한다.

세기 말의 사회주의 수용기 그리고 러일전쟁을 전후로 한 시기였으나, 본격적으로 크로포트킨이 알려지고 대중 일반으로까지 관심이 확대된 것은 모리토森戸 동경제대 교수의 필화 사건이 일어난 1920년 이후로 본다.[37] 크로포트킨의 주요 저서들은 1920년대 초반부터 일본에서 계속해서 반복 출간되고 재번역되었는데, 일례로 오스기 사카에 번역의『상호부조론』은 1917년 초간된 이래 1920년, 1924년 등 여러 차례 재발간되었고 오스기 사후 1927년에는 재번역될 정도로 큰 베스트셀러였다.『크로포트킨 자서전 – 일혁명가의 회상』역시 1918년 미우라 세키조三浦関造에 의해『革命の巷より』라는 제목으로 발간된 뒤 오스기 사카에의 재번역으로 1920년 이후 몇 차례 재출간되었다. 따라서 조선에서 최초로 크로포트킨을 사상과 운동, 문학의 영역에서 받아들이고 이를 확산시킬 임무를 안은 1920년대 대부분의 논자들은 (많은 수의 외국 저작들이 대체로 그러했듯이) 선행하는 일본의 출판물들과 연구 성과들을 참조하고 의식하지 않을 수 없는 축복이자 저주로부터 출발하게 된 것이다.

이런 점에서 그 출발선의 가장 앞부분에 놓인 이성태의 글「크로포트킨 학설연구」(『신생활』, 1922.7)는 특히 주목을 요한다. 기존의 연구자들은 이성태 글에 나타난 크로포트킨 이해의 단편성과 미숙성을 주로 지적하면서도, 공산주의사상 소개에 주력했던 잡지『신생활』을 통해 그가 지속적으로 크로포트킨을 소개하고자 했던 노력에 의미부여를 하곤 했다.[38] 그런데 그보다 이 글의 문제의식에서 볼 때 눈길을 끄는 것은 이성태가 "몇 가지 서적을 통해 그의 사상을 알 따름"이라며 필자로서 자신의 한계와

---

37 박양신, 앞의 글 참조. 조선에서도 여러 차례 소개된 바 있는 모리토 교수 사건은 동경제대 경제학부 교수였던 모리토 다쓰오(森戸振男)가 1920년 1월『경제학연구』에「크로포트킨의 사회사상 연구」를 발표한 뒤 신문지법 위반으로 기소 및 면직된 사건이다.
38 박양신, 앞의 글; 오장환, 앞의 책 참조.

곤란을 토로한 다음과 같은 부분이다.

그런대 이 '몃가지'밧게 안대는 서적을 일고서 외람하게(삽사백혈이상의 대책자로만 십책이 갓갑고 그 외에 소책자가 이삼십이나 되는대), (…중략…) 그의 학설이라는 제목이나마 쓴 것이 너무 죄송하고 붓그럽습니다.

(…중략…)

물론 이글의 내용에 일으어서는 여러 선배의 연구 비평한 가운데서 만흔 참고와 어더한 부분은 표절한 곳도 업지안습니다.

그래 이러한 것을 여러분압헤 내여노흐려는 나도 나려니와 그나마 아즉 우리네에게는 맑쓰나 레닌에게 관한 안조(贋造) 혹은 재조(再造)의 문서일 망정 유행하는 모양이나 (…중략…) 어대까지든지 정치적이나 기만적이나 강권적 또는 집권적이 아닌 우리 크로포트킨에 대하야는 비록 재조의 문서ㅡㄹ지라도 아즉 보지못하엿습니다.[39]

조선에서 크로포트킨과 그의 사상에 대해 거의 최초로 그리고 자기 자신의 문장으로 갈무리를 시도한 이성태는 비록 그 노력이 그리 성공적이지는 않았을지 모르지만 1920년대 초반 번역과 외래사상 및 서적의 수용과 관련한 몇 가지 문제를 던진다는 점에서 시사적이다. 원전에 대한 충실성보다는 독자 또는 번역자 중심으로 행해진 출처 없는 발췌와 베끼기가 횡행했던 이전과 비교해 본다면, "표절한 부분도 없지 않음"을 고백한다든지 "참고서적이 너무 어렵게 되어 요령이 불분명하거나 문장이 난삽한 점"에 양해를 구하는 등의 필자의 태도는 지나치게 솔직하게 여겨지는데,

---

39 이성태, 「크로포트킨 학설연구」, 『신생활』 7, 1922.7, 28~29면.

이미 오스기의 번역서나 일본의 다양한 크로포트킨 관련 저작들을 접했을 『신생활』의 인텔리 독자들과 운동가들을 의식한 발언일 수 있다. 그러나 다른 한편으로는 그 솔직한 고백을 불러온 조건들과 문화적 상황을 상상해 볼 수도 있을 것이다. 즉 구체적인 출처 표기를 하지 않고 뭉뚱그리거나 모호하게 처리하면서도 '표절 가능성'을 실토한 것은 외래 서적과 일본어 번역서들이 본격적으로 유입되는 시대를 앞둔 어떤 서막 또는 전야의 풍경처럼 보이는 것이다.[40] 그렇다면 우선 1920년대 조선에서 크로포트킨 수용이 보여주는 특징적 양상들을 수용의 문화적 조건이라는 차원에서 분별해 볼 필요가 있다.

2절에서 살펴보았듯이 「청년에게 호소함」을 둘러싼 여러 사태들은 선전문과 삐라가 판을 치던 1920년대 조선에서 불법 간행물과 합법적 문화운동의 틈바구니를 비집고 들어온 돌출적인 현상으로 이해되는 측면이 있다. 즉 자문화와 타문화의 관계맺기나 충실성과 같은 번역의 문제보다는 검열과 관계된 문화적 실천의 문제로 접근해야 하는 면이 강하다. 그런데 1920년대 중반 이후 크로포트킨과 그의 저서를 소개하는 양상들은 몇 가지 전환을 맞이하게 되는 것으로 보인다. 이성태가 이미 1920년대 초(1922년)에 참고한 크로포트킨 관련 서적이 "대책자로만 십책이 갓갑고 그 외에 소책자가 이삼십이나 된다"고 했듯이 실제로 조선의 운동가, 사상가, 문필가들은 그러한 책자들을 조선의 독자들에게 실어 나르고 중개하는 작업을 꽤 충실히 실행하기 시작한다.

먼저 1920년대 초반에는 크로포트킨의 저작(일역본) 자체보다 오스기

---

40 이 역시 일본의 서적들과 번역서들을 통해 학습된 것일 텐데 서양 및 일본 서적의 체제 즉 서문 쓰기와 출처표기의 제도화와 관련이 있을 것이다. 이에 대해서는 다른 고찰이 필요해보인다.

사카에의 연구서인 『크로포트킨 연구』(アルス, 1920) 등 일본발^發 학술 서적이 주요한 또는 편리한 참조 대상이 되었던 반면⁴¹ 1920년대 후반부터는 『상호부조론』, 『빵의 쟁취』, 『전원, 공장, 제작소』와 같은 크로포트킨의 핵심 저작 자체에 대한 소개⁴²가 나타나고 비평이나 논문의 인용 대상으로 주로 등장하는 것을 볼 수 있다. 즉 조선에서 크로포트킨 도입 초기에 주로 오스기 사카에가 중요한 매개 역할을 했던 것은 번역서뿐만 아니라 『크로포트킨 연구』, 『정의를 구하는 마음』, 『오스기 사카에 전집』 등 그의 연구 성과와 저작들 때문이었다고 할 수 있다. 사실 크로포트킨에 관한 수십 종에 달하는 1920년대의 일문 번역서 가운데 오스기 사카에의 번역은 단 몇 종에 그친다.⁴³ 동아시아의 크로포트킨 수용에 있어서 오스기 사카에의 중요성은 부인할 수 없지만, 일본에서 크로포트킨 번역은 곧 오스기 사카에로 통한다든가 조선의 크로포트킨 수용은 대부분 오스기 사카에를 참조했거나 경유했다고 보는 것은 일면의 진실에 머문다. 이 시기 식민지의 후발 주자들은 원전과 번역문 텍스트들의 홍수 앞에서 정보를 취사선택할 수 있는 다양한 경로들을 나름의 방식으로 마주하고 있었다는 것이 사실에 좀 더 부합할 것이다.

---

41 최초로 『상호부조론』을 소개한 것으로 되어 있는 윤자영의 「상호부조론연구」(『아성』, 1921)도 이성태에 의하면 오스기의 『크로포트킨 연구』를 번역한 것이라고 하며, 『조선일보』에 1923년 게재된 「크로포트킨의 생물학적 사회관」 역시 오스기의 『크로포트킨 연구』를 초역(抄譯)했다고 표시되어 있다.

42 일례로 방미애, 「크로포트킨의 교육관」, 『동광』 14, 1927.6 은 『전원, 공장, 일깐』의 종편(終篇)인 '정신노동과 육체노동'에서 초역한 것이라고 되어 있고, 원호어적, 「현대인의 부」, 『동아일보』, 1929에서는 『빵의 약탈』 일부를 소개하고 있다. 또한 일송정인, 「무정부주의의 도덕」, 『동아일보』, 1931과 (세계명저소개) 「전원, 공장, 제작소」, 『동아일보』, 1931은 각각 '대독(代讀)'이라는 형식과 '세계명저소개'라는 타이틀이 붙어 있다.

43 ピョートル・クロポトキン, 大杉栄 譯, 『相互扶助論－進化の一要素』, 春陽堂, 1917; クロポトキン, 大杉榮 譯, 『革命家の思出－クロポトキン自敍傳』, 春陽堂, 1920; クロポトキン, 大杉栄 譯, 『青年に訴ふ』, 労働運動社, 1922.

이런 점에서 또한 주목할 만한 사실은 중국에서 활동하는(혹은 수학하는) 아나키스트들의 활약이라고 할 수 있다. 1920년대 중반 북경과 상해를 무대로 중국 아나키스트들과 교류했던 유서柳絮(유기석) 등의 논문이 잡지『동광』을 통해 다수 발표되었던 것이다. 루쉰의「아큐정전」을 최초로 번역한 것으로 알려진 유서는 동시기에 잡지『신민』에는 마르크스주의 이론이나 러시아혁명에 대한 글을 다수 게재했다. 중국 상해에서 유학을 했던 시인 주요한이 편집 발행인을 맡았던『동광』은 주로 안창호(흥사단) 계열 인물들의 주요 발표 지면이었다는 점에서 유서의 글이 이 잡지에 다수 게재된 것은 주목을 요한다. 이와 관련해서는 "수양동우회가 상호부조론을 어떤 식으로든 수용했음을 보여준다"는 해석도 있지만[44] 주요한 및『동광』과 유서 사이의 '중국'이라는 매개가 더 중요한 작용을 하지 않았나 생각된다. 1926~1927년『동광』에 실린 크로포트킨 관련 글들은 다음의 네 편이 있다.

① 유서,「(학술연구) 크로포트킨의 문예관」,『동광』5, 1926
② 유서 역,「크로포트킨의 도덕관」,『동광』6, 1926.10
③ 유서 역,「(자연과학 강좌) 크로포트킨의 호조론개관」,『동광』10, 1927.2
④ 方未艾,「크로포트킨의 교육관」,『동광』14, 1927.6

---

[44] 이경훈,「인체 실험과 성전-이광수의『유정』,『사랑』,『육장기』에 대해」,『동방학지』117, 연세대 국학연구원, 2002, 218면. 이경훈은 '자조'와 '호조'가 수양운동의 표어로 제시된 바 있고 크로포트킨에 관한 류서의 글이 여러 차례 실린 것을 그 근거로 제시한다. 그런데 수양동우회가 크로포트킨의 '상호부조론'에서 '호조'의 개념을 가져왔다 하더라도, 이는 아나키즘이나 아나코-코뮤니즘과는 무관한 민족개조론의 전유 양상의 하나라고 보아야 할 것이다. 마르크스주의자들이 사상 투쟁 과정에서 아나키스트들을 축출해버린 뒤 '인류의 상호부조적 본능'이라는 전리품을 취한 것은 이광수 등 민족주의자였다는 점은 손유경,「아나키즘의 유산(遺産/流産)」,『프로문학의 감성 구조』, 소명출판, 2012 참조.

④의 역자 방미애方未艾란 1925년 중국에서 심용해, 유서, 정래동, 오남기가 주축이 되어 조직된 크로포트킨연구모임의 가명으로 알려져 있는데[45] 그렇다면 위의 네 편의 글 모두가 중국에서 활동한 아나키스트 유학생에 의해 쓰인 것이 된다. 즉 일본을 통한 크로포트킨 수용과 번역의 경로와는 다른 또 하나의 수용과 유통의 통로를 이들을 통해 엿볼 수 있게되는 것이다. 실제로 이들의 장문의 번역문들은 중국어 번역본을 참고한흔적을 역력히 노출하고 있어 주목된다.

우선 ①의 경우 '학술연구'라는 명칭이 부기되어 있는데, "크로포트킨은 문학가가 아니다 그러나 (…중략…) 나는 장래에 그의 저작도 문학사상에 편입될 날이 잇으리라고 믿는다"는 인상적인 예언으로 글의서두가 시작된다. 크로포트킨의 예술론이나 문학론에 대한 전반적인이해를 드러내는 글이지만 글의 대부분이 크로포트킨 저작을 초역抄譯하면서 해설을 덧붙이는 방식으로 구성되어 있다. 이 글이 유서의 글인지 유서가 다른 연구 논문 전체를 번역한 것인지 확실하지 않은데, 이와 관련하여 먼저 주목할 부분은 연구 및 번역의 출처와 관련한 기록이다. 이 글에는 크로포트킨의 "『노서아露西亞 문학상文學上의 이상理想과 현실現實』을 보면 그의 문학론의 대개를 알 수 잇다"든지 "『노국문학사露國文學史』 제8장 문예비평의론 멧 단을 보면 그의 의사를 알 수 잇다"와 같은 방식으로 이 글이 기대고 있는 원저의 출처를 노출하고 있다. 그런데 크로포트킨이 러시아문학에 관하여 쓴 저작은 *Ideals and Realities in Russian Literature*(1905)로 미국에서 행한 러시아문학에 관한 대중강연을 토대로 하여 영국 런던에서 영어로 출간되었다. 이 책은 일본에서

---

45   오장환, 앞의 책, 142면.

는 1920년 『露西亞文学講話』와 『露西亞文学の理想と現実』로 처음 완역되었고[46] 1928년 크로포트킨 전집에서는 『ロシア文学・その理想と現実』로 번역되었다.[47] 한편 중국에서는 1930년과 1931년 두 차례 이 책이 완역되어 단행본으로 나온 바 있는데 두 번역서의 제목은 모두 『아국문학사俄國文學史』[48]였다. 유서의 위의 글이 발표된 것이 1926년이라는 점에서 1930년에 나온 중국의 단행본 번역서가 참조되었을 가능성은 원천적으로 없는 셈이지만, 이미 사회주의가 수용되던 초창기부터 중국의 지식계와 문학계에서 크로포트킨의 저 저작(중국어명 『俄国文学的理想与现实』)이 크게 유행했다는 점을 참고한다면[49] 중국 사상계와 문학계의 자장 안에서 활동하던 유서의 경우도 같은 맥락에서 이해할 수 있을 듯하다. 1931년 중경에서 출간된 『俄國文學史』의 역자 곽안인郭安仁이 역자의 말(譯者的 note)에서 "1928년 전집 간행을 위해 일차로 번역을 했던 인출본을 수정하고 번역을 추가하여 출간"하게 되었으며, "역문의 근거는 런던에서 나온 영문본이지만 번역할 때 바바 고초馬場孤蝶 등의 일역본을 참고했다"[50]고 밝힌 데에서 유추해보면 유서가 저 글을 쓸 당시인 20년대 중국에서 크로포트킨 저작의 원본과 일역본이 폭넓게 참조되었음을 알 수 있다. 무엇보다도 1920년 중국에서 『克鲁泡特金的思想』이라는 책이 발간(작자, 출판사 불명)되었고 그 책자 안에 「크로포트킨의 문학관」, 「크로포트킨의 예술관」과 같은 글들이 실려 있었

---

46 두 책 모두 역자와 서지사항이 馬場孤蝶 等譯, アルス, 1920으로 동일하여 제목만 바꾼 같은 책으로 짐작된다.

47 新居格 譯, 『クロポトキン全集 9 ロシア文学・その理想と現実』, 春陽堂, 1928.

48 克鲁泡特金, 韩侍桁 譯, 『俄國文學史』, 上海 : 北新书局, 1930; 克鲁泡特金, 郭安仁 譯, 『俄國文學史』, 重庆 : 重庆书店, 1931.

49 林精华, 「苏俄文化之于二十世纪中国何以如此有魅力」, 『二十一世纪』(网络版) 52, 2006.7.

50 郭安仁, 「譯者的 note」, 克鲁泡特金, 『俄國文學史』, 重庆 : 重庆书店, 1931, p.xi.

으며 1921년『동방잡지』에도「크로포트킨의 예술관」이 게재되었다는
사실, 1920년대 초부터 중국의『소설월보』등의 잡지에 러시아문학과
크로포트킨 문학론에 대한 글들이 많이 등장했다는 사실[51] 등을 통해
서 그 글의 출처를 짐작해 볼 수 있다.

②의 글은 유서의 번역이라고 표시되어 있는데, 크로포트킨의 저서를
번역한 것이 아닌 연구논문의 번역임을 알 수 있으나 출처가 명시되어
있지 않다. 중국 자료를 조사한 결과 일찍이 1917년 중국에 상호부조론
을 소개한 바 있는[52] 황문산黃文山(凌霜 또는 兼生)이 1919년『解放与改造』에
발표한「克魯泡特金的道德观(크로포트킨의 도덕관)」이라는 글을 번역한 것
으로 확인되었다. 그 일부를 비교해보면 다음과 같다.

> 克氏认为道德是由人类行为 趋乐避苦的念头生出来的.
>
> 우리의 행위는 모도 한 가지 단순한 동기 — 추악피고(趨樂避苦)의 염두로
> 붙어 발생하는 것이다.

> 善恶观念则来自于人类 休戚相关 的 同情心. 由此决定无政府主义的 待人如己
> 道德原理.

---

51 1921년 9월『소설월보(小說月報)』12권의 호외 형식으로『아라사문학연구(俄罗斯
文学研究)』가 발간되었는데, 周作人,「文学上的俄国与中国」·郑振铎,「俄国文学史
略」·沈泽民,「克鲁泡特金的俄国文学论」등이 실렸다. 秦弓,「五四時期俄罗斯文学翻
译」,『江苏行政学院学报』5, 2005 참조.

52 黃凌霜,「竞争与互助」,『自由录』1, 1917. 크로포트킨의 *Mutual Aid : A factor of Evolution*
이 '互助(論)'이라는 이름으로 처음 번역된 것은 이석증(李石曾)이 파리에서 창간된
『신세기(新世紀)』에 분재한 1908년의 일이었고, 황능상(黃凌霜)이 '竞争与互助'라는
제목의 글을『自由录』에 발표한 것이 1917년, 주불해(周佛海)에 의해 최초 완역본이
나온 것이 1921년이었다. 李石曾 譯,「互助(进化之大原因)」·「互助论」,『新世纪』31〜
51, 1908.1.25〜6.13; 周佛海 譯,『互助论』, 商务印书馆, 1921.12 참조.

'아나키즘'의 근본 원리는 곧 평등이다. 이 원리와 '대인여기(待人如己)' 와는 서로 비슷하다.

他认为：真理的发明家, 热心的革命家, 有着常人缺少的 胆量、美、善、情爱、真挚. 他们将为人们创造将来的道德.

크씨는 극력으로 인류를 위하여 희생하는 사람—예를 들면 진리의 발명가 열심의 혁명가 차종인(此種人) 중에 유명 무명자로 결투장에 있는 자를 매우 칭찬하였다. 우리인류의 진보는 모도 그들의 창조에 의한 것이다. 우리 평상 사람이 가장 결핍한 바는 곧 담량(膽量), 미(美), 선(善), 진지(眞摯)이다. 그 러나 그들에게는 이런 것이 다 있다.

위 인용문을 비교해보면 유서의 글은 문장 상에서 약간의 변형은 보이 지만 주요한 어휘나 개념(趨樂避苦, 待人如己, 胆量, 美, 善, 情爱, 真摯 등)에 있어 서 황문산의 글을 그대로 가져왔음을 알 수 있다.

③ 역시 전반적인 글의 체제나 어휘 등을 볼 때 중국 자료의 번역으로 추측된다. 여기서는 앞에 언급했던 『克鲁泡特金的思想』(1920)에 「互助 論大綱」이 수록되어 있으며 그에 앞서 1919년에는 「"互助论"的大意」[53] 가 발표된 적이 있는 등, 1908년 『신세기』를 통해 『호조론』이 처음 소 개된 이후 중국에서 이 저작의 소개와 연구가 1920년 전후에 활발히 이루어졌다는 점을 지적하는 데 그치고자 한다. 적어도 유서가 『동 광』에 연재물과 같은 형식으로 발표한 몇 편의 글들이 크로포트킨의 사 상과 저작을 소개하는 일련의 시리즈와 같은 형태를 띠고 있으며 앞의

---

53 高一涵, 「"互助论"的大意」, 『新生活』, 2-5, 1919.9.15.

「크로포트킨의 도덕관」에서 보듯 중국 자료를 번역하거나 참고했다는 점은 분명히 드러난 셈이다.

④는 글의 서두에 "이 편篇은 씨氏의 「전원田園, 공장, 일깐」의 종편終篇인 「정신노동과 육체노동」에서 초역抄譯한 것"이라고 명시되어 있는데, 크로포트킨이 영어로 저술한 *Fields, Factories and Workshops*를 지칭하는 것이다. 중문으로는 '田莊工廠和手作場'이라는 번역어가 보이는 등[54] 일찍이 중국에도 소개가 되었고 1929년 『田园工厂手工场』(汉南 譯, 上海自由书店)이라는 제목으로 출간되었다. 일역본으로는 『田園・工場・仕事場』(中山啓 譯, 三田書房, 1920) 등이 있는데 1931년 『동아일보』의 '세계 명저 소개' 란에 이 책이 소개될 때는 『전원, 공장, 제작소』로 제목을 번역해 놓고 있다. ④에서 일찍이 'Workshops'를 '일깐'이라는 순우리말로 표기한 것이 이채로운 부분이다.

이상에서 중국 자료나 번역본을 저본으로 작성된 글들의 출처나 번역의 정황 및 서지적 참조점들을 가능한 한 실증적으로 재구성해보고자 하였는데, 중국에서 프랑스 유학생들을 중심으로 일본보다도 몇 발짝 앞서 크로포트킨이 소개 번역되었다는 점, 그러면서도 중국에서도 크로포트킨의 원저와 일역본이 함께 참조의 대상으로 받아들여졌다는 점 등을 바탕으로 조선문 번역이 놓인 통언어적인 맥락을 좀 더 치밀하게 살펴볼 필요가 있을 것으로 생각된다.

---

54 「田莊工廠和手作場之要旨」, 『克魯泡特金的思想』, 1920(작자, 출판사 미상). 중국에서는 그밖에도 '田园、都市、作坊', '田地、工厂和车间' 등의 제목으로 번역된다.

4. '비평가 크로포트킨'으로의 초점 이동

사실 크로포트킨 수용과 관련해서 1920년대 말~1930년대적인 현상으로서 가장 두드러지는 부분은 크로포트킨이 문학 연구와 비평에 끼친 영향이라고 해야 할 것이다. 즉 아나키스트이자 사상가로서 크로포트킨에 대한 관심과 추종은 1920년대 중후반을 지나면서 서서히 줄어들고 대신 앞에서도 살펴 본『러시아문학의 이상과 현실』(1905)을 중심으로 크로포트킨이 인용되는 양상을 띠기 때문이다. 『러시아문학의 이상과 현실』은 일본에서는 부분적으로 잡지에 게재되다가 1920년에 처음 완역되었다.[55] 다음은 1920~1930년대 조선에서 크로포트킨의 러시아문학 관련 저작을 참고하거나 인용한 글들이다.

① 정명준, 「크로포트킨의 예술관」, 『여명』 창간호, 1925

② 유서, 「크로포트킨의 문예관」, 『동광』 5, 1926

③ 이향, 「예술가로서의 크로포토킨―'크로포토킨' 칠주제에 제하야」, 『동아일보』, 1928.2.7~10

④ 함대훈, 「환멸기의 노문호 안톤 체홉 연구―작가생활 오십주년을 기념하야」, 『동아일보』, 1930.3.4~19

---

[55] 일본에서 나온 크로포트킨의 문학사 또는 문예론 관련 번역서와 저작은 다음과 같은 것이 있다. クロポトキン, 「ゴーリキイ論」, 『露西亜現代作家叢書』 2, 佐藤出版部, 1920; クロポトキン, 『露西亜文学講話』, 馬場孤蝶 等譯, アルス, 1920(クロポトキン, 馬場孤蝶 等譯, 『露西亜文学の理想と現実』, アルス, 1920); 加藤一夫, 『クロポトキン芸術論』, 春秋社, 1931(春秋文庫, 第1部 第45); 新居格 譯, 『クロポトキン全集 9 ロシア文学・その理想と現実』, 春陽堂, 1928; クロポトキン, 伊藤整 譯, 『ロシア文学講話』 上・下, 改造社, 1939(クロポトキン, 伊藤整 譯, 『ロシヤ文学の理想と現実』 上・下, 改造社, 1947).

⑤ 함대훈, 「투르게녭흐의 예술과 사상철학－그의 사후 오십년제에 제하야」, 『동아일보』, 1933.8.20

⑥ 한식, 「문호 막씸 골키의 문학사상의 공헌 위대한 작가 그의 부보(訃報)를 듣고(4) 암중모색에서 실천적 행동에」, 『동아일보』, 1936.6.25

⑦ 임화, 「조선적 비평의 정신」, 1936.1(『문학의 논리』, 학예사, 1940 수록)

⑧ 크로포트킨, 「트르케네프 연구」, 『삼천리』 11-1, 1939.1(번역자 불명)

①은 대구지역에서 발간된 문예지 『여명』에 실린 글로 크로포트킨의 예술론과 문학사가로서의 면모에 일찍이 주목한 글이다. 앞에서 살펴 본 ② 유서의 글은 이 책 가운데 마지막 부분 「문예비평」 특히 '톨스토이'의 문학관에 관한 내용을 중심으로 한 것이다. 한편 ③의 필자 이향은 카프 내부의 사상 투쟁 단계에서 김화산과 함께 축출된 아나키스트로, 카프 내부에서의 아나키즘 논쟁을 염두에 둔 듯 크로포트킨이 "예술로 사회운동의 기관으로 사용코저 하지 안엇다"는 점을 강조하고 「노서아문학의 이상과 현실」의 한 대목을 인용한다.

참으로 위대한 예술은 고상한 사상으로 특권자 외에 무력한 피압제자의 머리우에와 그들의 초가안에까지 투진(透進)하야 각 사람의 생활과 사상에 격려된다－이러한 예술은 참으로 수요(需要)된다.[56]

이향은 크로포트킨 7주기에 바친 전 5회에 걸친 이 글에서 '상호부조론' 등에서 나타난 크로포트킨의 사상 전체가 인류애의 표현이며 크로포

---

[56] 『동아일보』, 1928.2.8.

트킨을 "인류의 최고이상을 지시하는 예술가"[57]로 표현하고 있다. ④와
⑤는 동경외대 노어과를 졸업하고 해외문학파로 활동한 함대훈의 글로,
부분적으로 크로포트킨을 참조 인용한 글이다. 12회에 걸쳐 연재된 ④의
1회에서는 일역 크로포트킨 전집 9권(350 : 2항)[58]을 참조했다고 주석을
달아놓고 있다. 한편 ⑤에서는 "크로포트킨이 해부비판한 육편六篇의 소
설이 투르게넵흐의 일생애를 통하야쓴 제작품중에 그 정화精華임을 동의"
한다고 밝히며 그를 인용하고 있다. ⑥을 쓴 한식韓植은 일본동경사범학
교 영문과를 졸업하고 동경에서 사회주의 문예동인지『제3전선』을 거쳐
카프에 가담했던 인물이다. 그는 고리키와 니체주의를 관련시키는 근래
의 논의들을 반박하는 데에 고리키에 대한 크로포트킨의 분석(「고리키론」,
『러시아문학의 이상과 현실』)을 인용하고 있다.

한편 ⑦은 1934년 카프해산 이후 비평과 문학사 저술에 매진하던 시기
의 임화가 쓴 글로, 1920년대 중후반에서 1930년대 초반까지 카프의 계
급주의문학 시기를 거치면서 형성된 조선 문예비평의 특수성(정론적政論的
성질)과 관련하여 문학사적 인식을 보여주는 글이다.

크로포토킨은 그의 명저『러시아 문학의 이상과 현실』가운데서 "과거 50년
간 러시아에 있어서 정치사상이 그 표현의 주요 수로로 삼은 것이 문예비평이다"
"그 필연의 결과로서 러시아의 문예비평은 어느 외국에도 볼 수 없을 만한 발달
과 중요성을 갖게 되엇다"고 말한 일이 있습니다. (…중략…) 저는 '크로포토킨'
의 논법을 빌어 문예비평의 조선적 성격의 가장 중요한 점은 두색(杜塞)된 정치
사상, 혹은 사회비평의 한 개의 방수로(放水路)라는 점에서 찾고 싶습니다.[59]

57　『동아일보』, 1928.2.12.
58　新居格 譯,『ロシア文学・その理想と現実』(クロポトキン全集 9), 春陽堂, 1928.

임화는 자신의 지난 비평활동을 포함한 조선 문예비평(계급주의문학)이 정론성政論性에 기울 수밖에 없었던 이유를 정치적 특수성(사상적 두색杜塞)과 문예비평의 임무라는 관점에서 분석하면서, "오늘날의 비평은 정론성에의 편중이 아니라, 그 일반적 세계관상의 요구로써 자기의 미학, 문예과학을 관철시키는 유물론적 정신과학의 확립의 길 위에서" 달성될 수 있음을 역설하고 있다. 즉 임화가 도달한 조선 근대비평에 대한 역사적 반성과 전망은 크로포트킨을 경유하여 이루어진 것임을 알 수 있다.

이렇게 크로포트킨의 문학사적 업적들은 1930년대를 전후로 하여 조선에서 고리키, 체홉, 투르게네프 등 러시아문학을 이해하고 연구하는 통로이자 길잡이로서의 역할을 수행하였고 또 한편으로 유서, 이향, 임화의 경우에서 보듯 문학사와 비평사의 차원에서 사상적 지침으로서도 영향을 미쳤다. 즉 필자가 놓인 위치와 그가 기대 있는 문화적 배경 등에 따라 다른 방식의 인용과 재전유가 나타나고 있음을 이들 각각의 실례들은 보여주고 있다. 사실 선동가이자 아나키스트로서의 크로포트킨으로부터 러시아문학사가이자 예술가, 비평가로서의 크로포트킨으로의 관심 이동은 사상운동의 경색이라는 시대적 상황 앞에서 한중일이 모두 겪은 변화이기도 하다. 그리고 크로포트킨이 다른 어떤 사상운동가나 이론가들에 비해서 오랫동안 생명력을 갖고 영향을 미쳐 온 중대한 이유 역시 거기에 있다고도 할 수 있을 것이다. 그런데 이는 그간의 아나키스트로서의 크로포트킨 사상은 괄호 안에 묶인 채로 논문 작성과 연구를 위한 기술적인 참조점으로 쓰이게 될 개연성을 내포한다. ⑧에서 보듯이 1939년에 이르러서야 종합잡지 『삼천리』의 지면에 『러시아문학의 이상

---

59 임화, 「조선적 비평의 정신」, 『문학의 논리』(1940), 서음출판사, 1989, 410면.

과 현실』일부인 「트르케네프 연구」가 번역자 표기도 없이 조선문으로 게재되었다는 점은 이미 사상운동의 완전한 폐색이라는 상황에서 크로포트킨을 번역하고 수용하는 행위에 정치적인 의미가 완전히 탈각되었음을 대변한다.

중국에서 최근 "크로포트킨이 현대 중국의 도스트예프스키 연구에 오랫동안 기본 논조와 연구 범주를 제공해 왔다"[60]는 반성적 고찰이 나온 바 있는데, 이는 한국의 러시아문학 연구의 역사 또는 문예비평사 연구에서도 귀 기울일 만한 대목으로 보인다. 한국보다 훨씬 일찍부터 광범위하게 그리고 국제적으로 크로포트킨과 접한 중국에서도 크로포트킨과 그의 저서들이 아나키즘 운동사와 사상사의 차원에서 다루어지는 것이 주류였던 사정은 마찬가지이며 따라서 문예사적 접근 그리고 아나키즘과 문예의 상관관계에 대한 연구는 그에 비하면 미비한 것이 사실이다.[61] 바진巴金이라는 걸출하고 독보적인 아나키스트 번역가-작가의 존재가 중국문학과 아나키즘 또는 중국문학과 크로포트킨의 관계를 탐색하는 데 절대적인 위상을 점해 왔다는 점도 새삼 지적될 수 있을 것이다. 한국과 동아시아의 문학비평사 혹은 러시아문학 연구사에 크로포트킨이 미친 영향은 현재 진행형이며 이에 대한 논의 역시 더 필요해 보인다.

---

60 丁世鑫, 「克鲁泡特金和梅列日科夫斯基对中国现代陀思妥耶夫斯基研究的影响」, 『襄樊學院學報』31-12, 2010.12, p.59. 이에 따르면 그 어떤 작가들보다도 도스토예프스키 연구에서 "크로포트킨의 『러시아문학의 이상과 현실』과 메레즈코프스키의 『톨스토이와 도스토예프스키』가 오래 영향을 미쳐왔다"고 본다.

61 李存光, 『无政府主义批判―克鲁泡特金在中国』, 江西高校出版社, 2003에서도 그러한 연구 또는 서술 경향은 일관되게 나타난다.

5. 번역과 인용 사이의 문화적 통행로들

이광수는 자신의 소설『재생再生』(『동아일보』, 1924~1925 연재)과『유정有情』(『조선일보』, 1933 연재)에서 각각『크로포트킨 자서전』과『상호부조론』에 대한 언급을 끼워넣은 적이 있는데 이를테면, "큰 소리를 쳤으나, 그것도 가만히 생각하여 보면 크로포트킨의 자서전에서 얻은 크로포트킨의 뷔인 흉내에 지나지 못하였다", "이것은 아마 크로포트킨의 '상호부조론' 속에 말한 시베리아의 사슴의 떼가 꿈이 되어 나온 모양이오"와 같은 식이었다. 조선의 최고 인기 작가가 가장 대중적인 신문연재소설에서 크로포트킨을 두 번이나 언급한 것은 춘원이 상호부조론에 감응하고 있었다는 증거로도 볼 수 있지만,[62] 당대 지식계를 풍미하고 있던 크로포트킨의 대중적 반영이라는 차원에서 보자면 분명 흥미로운 지점이 있다.

이는 조선에서는 크로포트킨이 한 번도 제대로 번역된 적이 없다는 점, 일역 자서전이 나온 것이 1918년(미우라 세키조 역)과 1920년(오스기 사카에 역)이고 상호부조론이 일역된 것은 1917년(오스기 사카에 역)이라는 점과 관련된다.[63] 즉『재생』과『유정』의 인물들이 읽은 것으로 상정해볼 수 있는 크로포트킨은 일역본임에 별 의심의 여지가 없다. 그리고 작가가 상정한 독자들 역시 이미 일역본 크로포트킨 자서전이나 상호부조론의 존재를 알거나(읽었거나) 또는 이를 통해 알게(읽게) 되리라는

---

62 이경훈, 앞의 글, 222면. 이에 따르면 민족개조론 단계에서 춘원에게 '상호부조'가 일정 정도 영향을 미쳤으며 이는 무정부주의와는 다른 민족 단결과 협동의 사상이 되었다고 본다.

63 クロポトキン, 三浦関造 譯, 『革命の巷より』, 文昭堂, 1918. 이 책의 서문에서 크로포트킨의 자서전임을 밝히고 있다. クロポトキン, 大杉榮 譯, 『革命家の思出ークロポトキン自敍傳』, 春陽堂, 1920(1921); ピョートル・クロポトキン, 大杉栄 譯, 『相互扶助論ー進化の一要素』, 春陽堂, 1917(1920・1924).

것이다. 자국어 번역본이 없는 해외의 문학 작품이나 서적을 인용할 경우 독자들은 생소함과 당황함을 느끼거나 작가와의 거리감이 생기게 마련인데, 비유적인 성격이 강한 저 인용들의 특성상 그러한 낯섦을 의도했다고 보기는 어렵다. 오히려 일본어 번역 서적이 조건으로서 앞에 미리 놓여 있고 그 번역언어는 괄호 안에 넣은 채 단지 인용만 해도 되는 당대의 언어 상황, 즉 김동인식의 논법('생각은 일본어로 하고 쓰기는 조선어로 한다')을 빌리자면 '읽기는 일본어로 하고 쓰기(인용)는 조선어로 하는' 국면의 대중적 정착과 관련이 있다고 생각된다.[64] 그러나 적어도 1930년대 중반 "우리들은 조선말로 번역된것보다 훨신 충실하고 양심적이고 또 새로운 것을 얼마든지 동경에서오는 간행물에서 어더볼수잇는 처지에 잇다"[65]든지 "이덕택(?)에 우리는 외국문학을 우리의 손으로 조선문학으로 이식할 번거러운 의무를 면할수가잇섯다"[66]는 의견이 공공연하게 표명되는 국면이 오기 전까지는, 일역본이라는 전제된 번역의 조건과 당위로서의 조선어문 글쓰기 사이에서 양자의 관계를 고민하거나 넘어서기 위한 다양한 의식적 무의식적 시도들이 행해져 왔다는 점(물론 그것은 실패의 기록이겠지만)이 고려되어야 한다.

한국에서 크로포트킨의 저서가 완역된 것은 해방 이후의 일이었다. 언론인 성인기의 번역으로 1948년 크로포트킨의 『상호부조론-진화의 일요소』(대성출판사)가 처음 번역되었고, 1920년대 재중국조선무정부공산주의자연맹의 핵심인물 가운데 하나였던 이을규와 아나키스트 철학자

---

64 당시에 문학 작품에서 외국 작가들이나 그들의 문학 작품이 자주 인용, 인유되는 데에는 작가의 현학적 태도나 문화적 우월감보다도 그러한 언어문화적 배경이 크게 작동하고 있을 것이다.

65 춘사, 「문예시평4 대두된 번역운동」, 『조선중앙일보』, 1935.5.20(동일한 글의 일부가 「번역문학시비」, 『매일신보』, 1935.8.6에 재수록).

66 김동인, 「번역문학」, 『매일신보』, 1935.8.31.

하기락에 의해 크로포트킨의 『근대과학과 아나키즘』이 번역된 것도 1973년과 1985년에 이르러서였다.[67] 그리고 2000년대 들어 최근까지 『청년에게 고함』(홍세화 역, 2014), 『상호부조론』(2005·2008·2015),[68] 『크로포트킨 자서전(한 혁명가의 회상)』(김유곤 역, 2003), 『아나키즘』(백용식 역, 2009), 『러시아문학 오디세이(원제 『러시아문학의 이상과 현실』)』(끄로포뜨낀, 문석우 역, 2011) 등 크로포트킨들의 주요 저작들이 새로이 또는 처음으로 완역, 출간되었다. 크로포트킨이 이 땅에 처음 소개된 이래 거의 100년만의 일인 것이다.

"세계문학은 서로 다른 언어권의 작품에 대한 번역이 일반화된 시대"(괴테)라는 전제는 옳지만 또한 완전히 서양 중심적인 명제이기도 하다. 앞에서 보았듯이 아나키스트를 비롯한 근대 조선의 청년들은 크로포트킨을 통해 새로운 세계를 꿈꾸었고, 조선문학의 세계문학적 수준을 지향한 근대 조선의 작가들에게 크로포트킨은 그 주요한 매개의 하나였다. 그러나 식민지 조선의 번역은 그러한 세계문학의 개념을 위반하는 혼란과 굴절, 착오의 기록들이기도 했다. 이글에서는 근대 초기 조선에서 크로포트킨의 저작과 사상을 '조선어'로 매개하기 위해 벌인 식민지적 고투의 흔적들을 찾아보고 그 안에 숨겨진 복잡한 상호 관계들과 모순들을 최대한

---

67 그밖에 하기락의 번역으로 『전원 공장 작업장』이, 백낙철의 번역으로 『빵의 약취』 등이 번역되었다. 그런데 이렇게 비로소 번역된 크로포트킨의 저작들은 출간됨과 함께 압수수색 또는 판매금지의 대상이 되었다. 하기락이 번역한 『근대과학과 아나키즘, 상호부조론』(형성출판사, 1985)과 1986년 발간된 크로포트킨의 자서전 『어느 혁명가의 회상』(박교인 역, 한겨레출판)은 판금되었다가 1987년에 해금되었다. 「販禁해제·司法심사 의뢰圖書목록」, 『경향신문』, 1987.10.19 참조.

68 이 책은 각각 다른 번역자에 의해 지금까지 세 번 출간되었다. 표트르 알렉세예비치 크로포트킨, 김영범 역, 『만물은 서로 돕는다—크로포트킨의 상호부조론』, 르네상스, 2005; 표트르 A. 크로포트킨, 구자옥·김휘천 역, 『상호부조 진화론』, 한국학술정보, 2008; 표트르 A. 크로포트킨, 김훈 역, 『만물은 서로 돕는다』, 여름언덕, 2015.

날 것으로 드러내고자 하였다. 앞으로 크로포트킨 사상과 우리 근대의 문화적 문학적 실천들의 관계를 좀 더 세밀하게 탐색하는 작업들이 필요할 것으로 보인다.

제3부
근대문학 체험의 확장과 '타자'의 발견

제1장 상해로 간 문인들과 '황포탄黃浦灘의 감각'

1. 상해와 한국 근대문학

'상해上海'는 일제 강점기 독립운동가들의 집결지이자 임시정부가 세워졌던 땅으로 한국 근대사에서 매우 중요한 의미를 갖는 도시이다. 망명한 애국지사들이 상해로 구름처럼 몰려들었다는 『백범일지』의 기록에서처럼 안창호, 김구, 이승만, 여운형 등 임정 요인들을 비롯하여 임시정부에 참여했다가 임정의 외교노선을 비판하며 대립했던 신채호와 의열단장 김원봉 등 셀 수 없는 망국지사들이 3·1운동 전후 이곳으로 모여들어 활동했기 때문이다. 그뿐만 아니라 임시정부가 상해를 떠나 중국 내륙을 이곳저곳으로 옮겨 다니던 1930년대 내내 그리고 그 이후에도 식민지 조선으로부터 상해를 향해 떠났던 그리고 상해에 머물거나 그곳을 거쳐 가며 또 다른 꿈을 펼쳤던 조선인들 또한 적지 않았다. 따라서 상해 임시정부의 공과에 대한 역사적 평가들과는 별개로[1] 식민지 시기 '상해'라는 공간 또는 기표가 한국 근현대사에서 갖는 의의는 독립운동사의 관점을 넘어서서 보다 다양한 맥락을 지니는 것으로 이해될 여지가 생긴다.

최근 한국문학사 연구에서도 상해라는 무대는 간과할 수 없는 우리 문학의 현장으로서 꾸준히 연구 대상으로 소환되고 있는 중이다. 이는 상해로 향했던 수많은 이들 가운데 하나의 부류로 묶일 수 있는 문인 또는 문사-지식인들의 존재 덕분인데, 상해에서 활동하거나 수학했던 문인들로 김광주, 주요한, 주요섭, 심훈, 이광수, 최독견, 신채호, 홍명희, 현진건 등이 있다. 이들 가운데 지금까지 주로 연구 대상이 되어 왔던 문인은 김광주[2]와 주요한,[3] 주요섭[4]으로 이는 그곳을 거쳐 간 여러 문인들 가운데 특

1 　상해 시기(1919~1932) 임정에 대한 본격적인 연구로 윤대원, 『상해 시기 대한민국임시정부 연구』, 서울대 출판부, 2006 참조.

2 　최병우, 「김광주의 상해 체험과 그 문학적 형상화 연구」, 『한중인문학연구』 25, 한중인문학회, 2008; 서은주, 「1930년대 문학에 나타난 '모던 상하이'의 표상 – 김광주의 문학적 글쓰기를 중심으로」, 『한국문학이론과비평』 40, 한국문학이론과비평학회, 2008; 진선영, 「김광주 초기소설의 디아스포라 글쓰기 연구」, 『현대문학이론연구』 55, 현대문학이론학회, 2013; 이양숙, 「김광주 소설에 나타난 탈경계의 의미 – 1930년대 상하이 체험을 중심으로」, 『구보학보』 17, 구보학회, 2017.

3 　조두섭, 「주요한 상해 독립신문 시의 문학사적 위상」, 『인문과학연구』 11, 대구대 인문과학예술문화연구소, 1993; 조두섭, 「주요한 상해 시의 근대성」, 『우리말글』 21, 우리말글학회, 2001; 권유성, 「상해 『독립신문』 소재 주요한 시에 대한 서지적 고찰」, 『문학과언어』 29, 문학과언어학회, 2007; 박윤우, 「상해 시절 주요한의 시와 민중시론」, 『한중인문학』 25, 한중인문학회, 2008; 박경수, 「주요한의 상해시절 시와 이중적 글쓰기의 문제」, 『한국문학논총』 68, 한국문학회, 2014 등 모두 주요한이 상해시절 발표한 시를 다루고 있다. 이와 다른 측면에서 주요한의 상해 시절을 다룬 것으로 하상일, 「근대 상해 이주 한국 문인의 상해 인식과 상해 지역대학의 영향」, 『해항도시문화교섭학』 14, 국제해양문제연구소, 2016; 김미지, 「접경의 도시 상해와 '상하이 네트워크' – 주요한(朱耀翰)의 '이동'의 궤적과 글쓰기 편력을 중심으로」, 『구보학보』 23, 구보학회, 2019가 있다.

4 　이승하, 「주요섭 초기작 중 상해 무대 소설의 의의」, 『비교한국학』 17-3, 국제비교한국학회, 2009; 양국화, 「한국작가의 상해지역 체험과 그 문학적 형상화 – 주요한, 주요섭, 심훈을 중심으로」, 인하대 석사논문, 2011; 강지희, 「상해와 근대문학의 도시 번역 – 주요섭의 소설을 중심으로」, 『이화어문논집』 29, 이화여대 한국어문학연구소, 2011; 최학송, 「주요섭의 상하이 생활과 문학」, 『한중언어문화연구』 31, 한국현대중국연구회, 2013; 강진구, 「주요섭 소설에 재현된 코리안 디아스포라」, 『어문논집』 57, 중앙어문학회, 2014.

히 이들이 그 시절의 행적과 흔적들을 소설과 시 그리고 수필 등을 통해 비교적 다양하고 소상하게 남겨 놓았기 때문이다. 특히 청년시절을 상해해서 보내며 그곳에서 매우 다양한 글쓰기와 작품을 남긴 김광주에 대한 연구가 압도적으로 많은 편이다. 여기에 최근의 디아스포라 문학, 이중언어와 번역 문제, 해외 체험 글쓰기 등에 대한 학문적 관심이 더해지면서 당대 문인들의 문학적 행위와 그 결과물에 접근하는 방법론적 외연 또한 확대되고 있다. 즉 상해라는 도시가 조선의 식민지 시기를 재조명할 때 갖게 되는 중요성을 발견하는 연구들[5]로부터 시작하여, 상해 체류 경험과 관련한 문인들의 문학적 글쓰기와 창작활동이 갖는 시대적 맥락들을 새로이 고찰하는 연구들로 나아가고 있는 것이다. 이에 따라 이 시기의 문학적 글쓰기와 문인들의 여행기를 연구하는 연구자들도 한국문학 분야에 국한되지 않고 중문학, 역사학, 지역학 등으로 다양해지는 양상을 보이기도 한다.[6]

그런데 사실 상해에 머물렀거나 상해를 경유했던 문학인이나 지식

---

5   일찍이 손지봉, 「1920~30년대 한국문학에 나타난 상해(上海)의 의미」(한국학중앙연구원 석사논문, 1989)를 시작으로 최근까지 상해라는 공간에 집중한 연구들로는 김호웅, 「1920~30년대 한국문학과 상해 - 한국 근대문학자의 중국관과 근대 인식을 중심으로」, 『현대문학의 연구』23, 한국문학연구학회, 2004; 조성환, 「韓國 近代 知識人의 上海 體驗」, 『중국학』29, 대한중국학회, 2007; 정호웅, 「한국 현대소설과 상해」, 『한국언어문화』36, 한국언어문화학회, 2008; 유인순, 「한국소설 속의 서울 그리고 중국」, 『한중인문학연구』26, 한중인문학회, 2009 등이 있다.
6   박남용·박은혜, 「김광주의 중국 체험과 중국 신문학의 소개, 번역과 수용」, 『중국연구』47, 한국외대 중국연구소, 2009; 朴姿暎, 「1930년대 조선인 작가가 발견한 어떤 월경(越境)의 감각」, 『중국어문학논집』83, 중국어문학연구회, 2013; 金泰丞, 「동아시아의 근대와 상해 - 1920~30년대의 중국인과 한국인이 경험한 상해」, 『한중인문학연구』41, 한중인문학회, 2013. 한편 김광주의 글쓰기를 당대 상하이의 도시문화와 한인사회를 엿볼 수 있는 자료로서 다룬 연구도 있다. 최낙민, 「金光洲의 문학 작품을 통해 본 海港都市 上海와 韓人社會」, 『동북아문화연구』26, 동북아시아문화학회, 2011; 이영미, 「중국 상해의 항일운동과 한국의 문학지식인」, 『평화학연구』13-3, 한국평화연구학회, 2012 참조.

인들이 알려진 것보다 훨씬 많다는 사실을 고려하면, 상해라는 공간과 한국문학과의 관계를 본격적으로 탐구하는 일은 아직 갈 길이 멀다. 근래 들어 상해라는 지역과 관련된 한국 작가들 및 그들의 '상해문학'[7]에 대한 연구가 이루어지기 시작했고 그 외연이 넓어지고 있긴 하지만,[8] 김광주, 주요섭, 심훈과 같이 뚜렷한 작품이나 기록을 남긴 작가들 또는 독립운동과 관련을 맺었던 인물들 이외에는 그다지 언급되지 않은 것도 사실이다. 물론 체험의 구체적인 기록 또는 문학적 재현이라는 실제적인 증거물 이외에는 문인들의 상해행이 가진 의미와 실상에 접근할 수 있는 자료가 마땅치 않다는 한계가 있다는 점은 분명하다. 예컨대 1930년대 말 작가 백신애와 김사량이 각각 상해에 체류한 적이 있다는 증언과 기록은 남아 있지만, 그들이 그에 대해 어떤 직접적인 발언이나 글쓰기를 남기고 있지 않다면 상해라는 공간과 그들 작가들의 글쓰기 체험이 구체적으로 어떠한 연관성이 있는지 또 상해행이 어떠한 문학사적 의미가 있는지를 밝히기란 쉽지 않은 일이다.[9]

그렇다면 한국문학사에서 상해라는 공간과 기표가 차지하는 위상과 의미를 입체적으로 탐구하기 위해서는 새로이 자료들을 발굴하는 일차적인 작업 또는 자료 탐색의 방법을 다각도로 시험해보는 우회적인 접근이

---

7 정호웅은 상해를 주 무대로 한 한국의 현대소설들을 해방 이전부터 이후까지 광범위하게 고찰하면서, 상해 배경 소설들이 비록 작품성이나 지명도는 낮지만 뚜렷한 문학사의 한 흐름으로 자리해 왔다는 점에서 '상해소설'로 범주화한다. 정호웅, 앞의 글, 289면 참조.

8 하상일, 「식민지 시기 상해 이주 조선 문인 연구의 현황과 과제」, 『비평문학』 50, 한국비평문학회, 2013; 하상일, 「근대 상해 이주 한국 문인의 상해 배경 문학작품 연구」, 『영주어문』 36, 영주어문학회, 2017 참조.

9 김사량의 경우에는 최근 그의 중국행과 창작의 관련성을 고찰한 연구가 제출되었다. 다카하시 아즈사, 「이동과 창작언어로부터 본 김사량 문학의 생성: 일본과 중국으로의 이동 경험을 중심으로」, 『구보학보』 24, 구보학회, 2020.

필요할 것이다. 이 글은 이러한 하나의 시도로서 '상해'라는 공간을 구성하는 가장 중요한 구성 요소 가운데 하나인 '황포탄黃浦灘(또는 황포강)'을 핵심 키워드로 설정하고자 한다. 그 이유는 우선 상해의 근대문화와 반半식민지문화를 이해하는 데 황포탄이 절대적인 역사지리적 의의를 갖는다는 점이다. '황포탄'은 황포강변의 제방을 지칭하는 지금의 와이탄外灘, Shanghai Bund의 옛 이름으로, 상해를 국제도시(식민도시)로 만든 조계지 문화의 산실이자 바다와 강, 대륙과 세계, 서양과 동양, 제국과 식민지, 옛것과 새것, 인종, 계급 등 모든 교류와 충돌의 경계 및 혼합 공간이었다. 따라서 벤야민이 파리의 아케이드를 통해 자본주의 근대도시의 이미지와 야만성을 재현하고 폭로했듯이 메트로폴리스 상해의 기괴한 도시성은 뒤섞이고 비틀린 황포탄이라는 구체적인 공간을 통해 본격적으로 조명될 수 있다. 즉 '황포탄'은 '상해'라는 기표의 하위 개념(상해를 구성하는 여러 공간 기호들 중의 하나)이면서 상징적 차원에서 '상해'와 등가적 위상을 갖는 기호이기도 한 것이다. 따라서 '황포탄'이라는 미시 공간에 대한 세심한 문화사적 조망이 이루어질 때 '상해'라는 성긴 그물로는 미처 건져지지 않는 텍스트들의 이야기가 펼쳐질 것으로 보인다.

사실 임시정부 청사가 있었고 조선인들의 주된 활동 무대이자 거주지였던 프랑스 조계法界가 한국 근대사에서는 중요한 의미를 지닌다. 그러나 문학사 또는 문화사적으로 볼 때는 황포탄을 중심으로 한 문화적 충격과 충돌의 체험이 당대의 수많은 작가와 예술가들에게 그러했듯이 조선인들에게도 큰 영감의 원천이 되었으리라고 짐작된다. 이는 황포탄을 배경으로 또는 그곳을 드나들면서 기록된 다양한 문학적 기록들을 통해 확인할 수 있다. 따라서 이 글에서는 1920년대 전후 임정의 기관지 『독립신문』에서부터 1930년대 말 대중종합잡지 『삼천리』까지 각종 매체에 발표된 문학적 글쓰기(시, 소설, 수필, 기행문 등) 가운데 '황포탄'이 배경이 되거나 이를 영감의 원천으로 삼고 있는 다양한 글쓰기들을 검토하여 조선의 작가 지식인들에게서 엿볼 수 있는 '황포탄의 상상력' 또는 '황포탄의 감각'을 추적 고찰해 보고자 한다.

2. 상해의 폐부肺腑 황포강과 황포탄의 모더니즘

'동양의 런던(또는 파리)', '동서양의 혼혈아', '마도魔都'[10]라고 칭해지던 상해는 1930년쯤 이미 서구 제국주의 열강들의 영향 아래 세계 5대 도시에 들 정도의 명실상부한 메트로폴리스가 된다. 이는 1840년대부터 시작된 영국과 프랑스의 오랜 그리고 집요한 조계지 건설의 결과였다.[11] 영국과 미국은 황포강변의 제방 일대를 점령하여 자국의 최첨단 건축술을 강변 10리에 걸쳐 실험하고 전시했으며十里洋場, 프랑스는 그 후면의 시가지들을 프랑스풍 건축물들로 뒤덮었다. 상해는 점차 내륙으로 확대되며 번성하던 조계지를 중심으로 세계적인 무역도시이자 금융의 중심지로 성장해 갔고, 조계지 외부로부터 유입된 중국인들을 비롯하여 혁명 이후 탈출한 러시아인들 및 일본, 인도, 조선 등 아시아인들을 대거 흡수하며 전 세계인들이 매우 기괴하고 유례없는 형태로 동거하는 국제

---

10 '마도(魔都)'라는 상해의 별칭은, 일본작가 무라마쓰 쇼후(村松梢風)가 상해를 여행하고 쓴 소설 「마도」(1923)에서 유래한 것으로 전해진다. "20世紀初旅居上海的日本作家村松梢風的暢銷小说『魔都』, 便是这些作品中的代表作. 村松梢風大概是第一个把上海称为"魔都"的人, 此后, 魔都一词被许多人用来形容上海那错综迷离的世相. 在这部作品中村松梢風发明了"魔都"一词来指代上海." 百度百科"魔都."

11 1942년 체결된 난징조약 이후 개항한 5대 항구 중 하나인 상하이는 황포강 서쪽지역으로 확장해 가던 조계지들을 중심으로 빠르게 근대도시로 편입된다.

도시로 탈바꿈해 갔다. 여기서 영미 공동조계와 프랑스조계는 적어도 일본의 상해 접수(1937) 이전까지는 반식민지 근대도시 상해를 만들어 낸 두 축이자 상해의 근대성 및 근대문화의 성격을 결정지은 두 개의 지반이었다. 두 거대한 조계지는 모두 서양 제국주의의 교두보이자 전시장이었지만 각자의 매력과 마성을 통해 다른 풍경과 성격을 만들어냈다. 따라서 상해의 근대문화와 이에 대한 당대인들의 경험을 이야기할 때, 이러한 분할된 공간의 특성과 차이를 간과할 수 없는 것이다. 상해의 극도로 인위적이고 기이하게 분할된 공간들은 철저히 배타적이고 독립적이었지만 또 한편으로 끊임없이 흡수하고 뒤섞이는 역동적인 변화의 흐름으로 점철된 그야말로 혼종의 무대였다.[12]

제국의 기선들이 도열한 황포강의 항구와 세계 금융자본의 위용이 실물로서 구현된[13] 황포탄 일대는 상해를 세계 각지로 연결하는 출입구이자 자본과 문명을 빨아들이는 '흡반吸盤'이 된다. 궈모뤄가 1921년 일본 유학시절 "평화平和로운 고향故鄕이여, 내 부모父母의 고장이여"(「황포강구黃浦江口」)[14]라고 추억했던 황포탄과 상해는 이미 20년대와 30년대를 통해 완전히 탈바꿈하여 새로운 형태와 성격의 도시로 재탄생하게 되는 것이다. 치외법권 지역인 영, 미, 프 조계지를 중심으로 땅을 빼앗긴 중국인

---

12 중국의 현성과 치외법권 지역인 조계지들은 경계에 의해 철저히 분리되고 독점적으로 관리되었지만 중국인들은 끊임없이 조계지 내부로 유입되었고 외국인들(특히 아시아인들)의 교통로로서 활발한 인적 교류가 이루어졌다. 토착문화 기반이 상대적으로 약했기 때문에 문화적 융합이 활발하게 이루어질 수 있었고, 조계의 서구문화가 이 융합의 방향을 이끌어 주는 역할을 했다. 이영석·민유기 외, 『도시는 역사다』, 서해문집, 2011 참조.
13 유니온 잭이 끝없이 펼쳐졌던 황포탄 일대의 대 건축물들에는 제국의 금융기관들이 그대로 옮겨졌는데, 지금도 그 오랜 건물들은 붉은 중국 국기의 물결로 대체되었을 뿐 외국계 은행들과 중국 은행들로 성황을 이루고 있다.
14 이 시는 임학수(林學洙)의 번역으로 「新支那文學 特輯-支那 新詩壇」, 『삼천리』 12-6, 1940.6에 수록되었다.

들과 점령자인 서양인들의 갈등, 제국주의와 세계 각국(조선, 인도, 필리핀 등)에서 몰려든 반제국주의자들의 충돌, 자본주의 문화의 암흑면을 고스란히 재현한 퇴폐와 혼란, 모순은 극에 달했다. 이 시기와 공간을 다룬 당대와 후대의 많은 문학 작품이나 영화들에서 상해가 화려하지만 추악한 온갖 범죄의 소굴로 그려지는 것은 결코 과장이나 허구만은 아니었던 것이다.

사실 상해의 서양식 거리들과 공원들, 경마장과 영화관과 댄스홀 등 모든 것들이 상해를 마성의 도시로 만드는 데 일조하고 있지만, 특히 "악마惡魔의 도회都會"[15] 상해의 허파 또는 심장으로 일컬어지는 황포강과 황포탄은 상해의 이질성과 인공성을 극대화하여 체험할 수 있는 공간으로서 특별한 의미를 지닌다. 지금도 상해의 황포강을 사이에 두고 동과 서로 확연히 갈리는 두 지역, 구름까지 닿은 마천루 일색의 푸동浦東 지구와 조계지 건축물들이 끝없이 펼쳐지는 십리양장十里洋場의 와이탄外灘 일대가 선사하는 그 극도의 인위성은 상해를 세계에서 가장 낯설면서도 황홀하며 기괴한 도시로 만들고 있다. 그리고 『상하이 모던』을 쓴 리어우판이 "도시 근대성의 '인위적인 측면'이 문학과 예술의 특별한 감수성을 배양하는 문화적 기반이자 텍스트들의 영감의 원천"[16]이라고 했듯이, 그러한 인공적 구축물들은 많은 문인들 및 예술가들에게는 영감의 원천이었던 듯하다. 예컨대 황포탄 강변에 대한 유명한 묘사로 시작하는 마오둔茅盾의 소설 「자야子夜」(1930)에는 황포탄의 야경으로 상징되는 상해의 악마성과 매혹이 동시에 투영되어 있다. 2부 1장에서도 인용한 「자야」의 첫 대목을 다시 인용한다.

15　扈上居人, 「上海夜話 (世界各國 夜話集)」, 『별건곤』 30, 1930.7.
16　리어우판(李歐梵), 장동천 외역, 『상하이모던』, 고려대 출판부, 2007, 126면.

暮霭挟着薄雾笼罩了外白渡桥的高耸的钢架, 电车驶过时, 这钢架下横空架挂的电车线时时爆发出几朵碧绿的火花. 从桥上向东望, 可以看见浦东的洋栈像巨大的怪兽, 蹲在瞑色中, 闪着千百只小眼睛似的灯火. 向西望, 叫人猛一惊的, 是高高地装在一所洋房顶上而且异常庞大的NEON电管广告, 射出火一样的赤光和青燐似的绿焰：LIGHT, HEAT, POWER!

저녁놀이 옅은 안개를 끼고 외백도교의 높은 철골을 덮고, 전차가 지나갈 때, 이 철골아래 가로 걸린 전차선은 시시각각 푸른 불꽃을 내보낸다. 다리 위에서 동쪽을 바라보면, 마치 거대한 괴수처럼 어둠 속에 웅크리고 앉아 수없이 많은, 작은 눈동자 같은 등불을 반짝이는 푸동의 양식 호텔을 볼 수 있다. 서쪽을 향해 바라보면, 사람을 섬뜩하게 만드는 것은 양식 건물 옥상에 높디높게 달린, 이상하리만치 거대한 NEON 광고판으로, 불과 같은 붉은 빛과 푸른 인같은 녹염을 내뿜는다. : LIGHT, HEAT, POWER![17]

이 장면에서 서술자의 시선은 강을 중심으로 동과 서로 분주히 움직인다. "거대한 괴수와 같이像巨大的怪兽" 웅크린 양식 호텔, "사람을 섬뜩하게 만드는叫人猛一惊的", "양식 건물 옥상에 높디높게 달린, 이상하리만치 거대한" 네온 광고판 그리고 그 거대한 건물들이 내뿜는 불꽃과 녹염. 공산주의자이자 사실주의 작가였던 마오둔이 묘사하는 황포강 일대는 무시무시한 괴수의 형상과 함께 눈을 찌르는 불빛으로 나타난다. 마오둔은 이 소설에서 1920년대 상해의 자본주의와 공산주의, 민족자본과 외국자본, 봉건계급과 신흥 부르주아 및 노동계급 등 당대의 첨예한 갈

---

17   茅盾, 「子夜」, 南國出版社, 1973, p.1(번역은 인용자).

등과 혁명의 현장을 사실적으로 그리고자 했는데, 작품의 전체를 지배하는 것은 바로 저 첫 장면의 강렬한 이미지와 인상이다. 이는 결국 외국자본에 의해 민족자본이 쇠멸하고 노동운동이 끊임없이 짓밟히는 상해의 '현재'를 감싸고 있는 압도적 힘을 암시하고 있는 것이다.

상해의 물질성을 규정하고 있는 황포탄의 건축물들과 조계지의 문화 인프라들 그리고 그것이 내뿜는 매혹과 마성은 상해의 작가들 특히 모더니스트들을 그것에 어떻게 주체적으로 대응할 것인가 하는 도전 앞에 서게 만들었는데,[18] 이는 비단 중국의 예술가들에게 국한된 일은 아니었다. 마오둔이 제국들의 각축장이면서 중국인들의 땅인 상해의 난맥상을 사실주의자의 시각으로 추적하고 해부했다면, 일본의 신감각파 작가 요코미쓰 리이치橫光利一는 『상하이』[19]에서 비슷한 시기(1920년대 말) 제국자본과 민족자본, 자본주의와 공산주의, 국제주의와 민족주의, 공산주의자와 아시아주의자 등 그 공간을 한때 공유하며 갈등했던 이들의 소위 '복잡계complex system'와 같은 관계 맺음의 양상을 모더니스트의 감각으로 미세하게 포착했다. 요코미쓰 리이치 역시 마오둔과 마찬가지로 이 장편소설의 서막을 황포강의 밤 풍경으로부터 시작한다.

만조가 되면 강은 물이 불어서 역류했다. 불을 끄고 밀집해 있는 모터보트의

---

18 리어우판의 『상하이 모던』은 결국 이식된 서구의 근대성과 식민지적 조건들에 대해 상하이의 현대 작가들이 어떻게 자신의 정체성으로 대응했는가를 분석한 것이라고 할 수 있다. 리어우판은 상하이의 모더니즘이 가진 절대적인 서구 지향성과 서구문화 및 이론의 수용이 '상하이적 현대'로 전화할 수 있었던 중요한 힘으로 중국어 창작을 지적하며 그것을 그들의 정체성의 원천으로 보고 있다. 리어우판, 장동천 외역, 앞의 책, 488~489면 참조.

19 요코미쓰 리이치의 『상하이』는 작가가 1928년 상해에 1개월 정도 체류한 뒤 1928년 11월에서 1931년 11월까지 『개조』에 제목을 바꿔 가며 연재한 소설로 1932년 단행본으로 출간되었다.

일렁이는 뱃머리들. 늘어선 배들의 키. 육지에 내팽개쳐진 산더미 같은 화물들. 사슬로 묶인 선창의 검은 다리. 측후소의 신호기가 잔잔한 풍속을 가리키며 탑위로 올라갔다. 항구의 세관 첨탑이 밤안개 속에서 부옇게 보였다. 제방에 쌓여 있는 나무통 위에서 인부들이 밤안개에 축축하게 젖어들었다. 묵직한 파도 사이 사이로 찢어진 검은 돛이 기우뚱한 채 삐걱거리며 움직였다.[20]

요코미쓰 리이치가 이 작품에서 묘사하는 황포강과 제방(황포탄)은 화려하거나 강렬하기보다는 늘 안개 속에 쌓여 누런 물을 뒤척이는 그 황포강물처럼 음산하고 모호한 분위기로 나타난다. 작가는 상해에서 자신이 어떻게 해서 이곳까지 흘러들어왔는지도 잊은 채 살아가는 일본인들을 중심으로 상해의 거리를 전전하는 각종 인간군상들의 욕망과 좌절, 사랑과 죽음 등을 시종일관 어두운 밤의 정조로 추적한다. 그도 그럴 것이 이 작품의 주인공인 산키는 매일 자살을 꿈꾸면서도 잊지 못하는 옛 여인에 대한 뒤틀린 욕망으로 스스로를 파괴해 가는 인물이며, 거리를 방황하다 매춘부로 전락하는 오스기, 싱가포르 목재 중개상으로 국제 무역 전선의 최전방에서 앞만을 향해 달려가는 고야, 방적공장 사장으로 중국인 노동자들의 봉기에 직면하는 다카시게, 노동자이면서 밤 사교계의 여왕이자 공산주의자인 중국인 방추란 등 대개의 인물들이 황포강의 제방을 뒤덮은 배설물들과 화려한 조계지의 오물 가득한 거리 위를 허우적대다가 스러져간다. 그리고 패잔병처럼 절망한 그들의 발길이 끝나는 곳에는 언제나 황포강이 있다.

---

20 요코미쓰 리이치, 김옥희 역, 『상하이』, 소화, 1999, 17면(이하 인용문은 면수로만 표시함).

① 밤 거리의 끝에는 강이 있었다. 파도가 일지 않는 물은 안개가 낀 듯이 부
옇게 보였다. 정크의 새카만 돛이 건물의 벽 사이를 도둑이 몰래 다가가듯
이 조용히 흘러간다. (…중략…) 배 밑바닥에 괴어 있는 거품 속에서 어린
아이의 사체가 한쪽 발을 든 채로 떠 있었다. 그리고 달은 마치 먼지 속에
서 자란 달처럼 생기를 잃고 도처에 뒹굴고 있다(101~102면).

② 그는 몸에 힘이 완전히 빠져서 투명해지는 걸 느꼈다. 뼈가 없어진 몸 안
에서 앞과 뒤의 풍경이 마구 뒤섞였다. 그는 다리 위에 멈춰서더니, 멍하
니 도랑의 수면을 내려다보았다. (…중략…) 늘어선 그 작은 배 안에는 이
제 아무도 손을 대려고도 하지 않는 도시의 배설물이 가득찬 채, 푸르스
름한 별빛 속에서 철렁거리며 퍼졌다가 강과 함께 커브를 틀고 있었다
(313면).

정처 없이 떠돌다가 거리의 여자가 되어 가는 오스기가(①), 직장도 사
랑도 모두 잃고 방황하다가 반제국주의 운동인 5·30사건의 와중에 이러
지도 저러지도 못한 채 막다른 골목을 마주한 산키가(②) 다다른 곳은 황
포강 즉 상해의 폐부肺腑이다. 그들의 눈에 비친 밤 거리의 끝 황포강에는
"생기를 잃은 달이 뒹굴고", "배설물이 가득찬" 배가 늘어서 있다. 그것이
바로 자기 자신이 선 자리, 자신의 현재인 것이다.

사실 중국인들뿐만 아니라 무수한 세계인들[21]이 상해와 상해 체험에
대한 기록을 남기고 작품 속에 담았지만, 상해를 대하는 또는 바라보며

---

21 조계지 시절 상해에 대한 역사적 기록, 사적 체험기와 그에 대한 묘사와 분석은 셀
수 없이 많으며 영국, 미국, 프랑스, 일본과 같은 '주류' 제국에 소속된 이들의 경험뿐만
아니라, 변방인 호주, 나치를 피해 도주했던 유태인들, 러시아인, 인도인 등 실로 다양
한 체험과 입장들이 존재한다. 상해는 그야말로 인종의 전시장이었기 때문이다.

묘사하는 중국인들과 비중국인들의 시선은 분명 달랐을 터이다. 1930년대 중국 모더니스트 소설가 무스잉穆時英이 단편 「상하이 폭스트롯」에서 "上海, 造在地獄上面的天堂!(상해, 지옥 위에 세워진 천당)"이라고 표현했듯이 조계지와 그곳의 문화 및 삶을 바라보는 중국인들의 시선은 매우 이중적이고 복잡했다. 자신들의 빼앗긴 고향이자 새로운 삶과 예술의 터전인 상해는 그들에게 환희와 환멸, 희망과 절망, 동경과 증오가 언제나 양가적으로 개입될 수밖에 없는 공간인 것이다. 리어우판의 주장대로 "개항장으로서의 상하이의 환경이 일련의 문학적 이미지와 스타일을 만들게 했고, 모더니즘에 대한 문화적 상상을 구축"[22]하게 했던 것은 그곳을 경험했던 누구에게나 진실일 터이지만, 각자의 위치와 입장에 따른 섬세한 차이들과 그럼에도 불구하고 공유되는 감각들이 결국 상해의 이미지와 환상 그리고 노스텔지어를 만들어내었을 것이다. 그렇다면 조선의 망명객들과 예술가들에게 상해와 황포탄은 어떤 존재이자 대상이었을까. 식민지의 수도 경성을 배회하고 방황하며 거닐었던 산책자들이 있었듯이 20~30년대 상해에서도 도시를 배회하는 조선인 산책자들이 있었다. 그러면 지사이자 도망자이면서 이방인이자 그 도시의 주민이었던 그들에게 상해 특히 황포강과 황포탄이 어떤 형상으로 나타났는지 살펴보도록 한다.

---

22 리어우판, 장동천 외역, 앞의 책, 250면 참조.

3. 황포탄의 산책자, 망국 청년의 로맨티시즘

최독견은 잡지 『삼천리』에 실린 '나의 로맨틱 시대'라는 설문에서 첫 사랑의 시절과 상해 유학시절을 자신의 로맨틱 시대라고 꼽은 바 있다. 「상해 황포강반의 산책」이라는 그 글에서 독견은 "최후로 온 학자 오백 원을 소매치기에게 잃어버리고 에이 그만 황포강에 빠져 죽어버릴까 하 다가 죽지도 못하고 (…중략…) 절망 끝에 반동으로 일어나는 '로맨티시 즘'"에 지배를 당했다고 적고 있다. 그리고 그때 처음으로 시를 써 보았 고 그곳에서 비로소 작가로서의 첫발을 내디뎠던 것을 고백한다.[23] 절망 끝에서도 로맨티시즘에 사로잡힐 수 있었던 것은 유학시절이 자신의 가 장 피 끓는 청춘기인 20대 초반이었기 때문일까, 아니면 그곳이 상해이 며 황포강변이었기 때문이었을까. 아마 둘 다였으리라고 짐작되는데, 상 해에서 '에로, 그로'의 자본주의 퇴폐문화가 본격적으로 등장하는 1930 년대 이전, 이곳은 조계지였을지언정 추억과 애상, 애수가 깃든 강변으 로서 그 낭만적 역할을 충실히 했던 것으로 보인다. 1920년대 초 임시정 부 기관지 『독립신문』에 실린 「일요일의 화공원花公園」이라는 글을 보자.

의자(倚子)에 몸을 던져 황포강(黃浦江)을 바라보니 왕래(往來)하는 선박 (船舶)은 흑연(黑煙)을 토(吐)하며 기계(機械)의 동(動)함을 따라 행동(行動) 할 뿐이오 위요수목(圍繞樹木)의 떨어지는 닙 슬슬한 추풍(秋風)에 맞겨 반공

---

23 최독견은 상해의 일문지 『상해일일신문』에 입사하여 편집동인 합작소설 「青葉の空」 의 한 대문을 집필했으며, 일본대진재 통에 일본 작가의 연재소설이 중단되어 「유린」 이라는 다디단 로맨틱 소설을 '독견'이라는 이름으로 연재"하였다고 한다 (최독견, 「나의 로맨틱 시대─황포강반의 산책」, 『삼천리』, 1932.4). 이 단편소설은 『상해일일 신문』에 1921년 실렸고 이후 『동아일보』(1928.2.27~3.8)에 연재되었다.

(半空)에 표표(飄飄)타가 황포강(黃浦江)우에 떠러젓다. 또다시 수파(水波)를 쫏차 부심(浮沈)하며 황해(黃海)를 향(向)하여 흘너간다 황포탄서안(黃浦灘西岸) 대노변(大路邊)에는 오륙층(五六層) 련호옥(鍊互屋)이 반공(半空)에 용출(聳出)하엿다 이는 다 외국은행(外國銀行)과 상행(商行) 등(等)이라 옥정(屋頂)에 펄펄 날니는 각국기(各國旗)는 석양(夕陽)빗을 띄고 자국(自國)의 위력(威力)을 자랑하는 듯하다 때를 따라 경(景)을 좃차 니러나는 감회(感懷) 나의 적은 가슴에 사모치는도다 우리는 하시(何時)에나 자유독립(自由獨立)을 차자 뎌 기선(汽船)을 타고 태극기(太極旗)를 비양(飛揚)하며 본국(本國)으로 도라가 사랑하는 우리 고향(故鄕)에서 태평(太平)을 구가(謳歌)할가 어나 때에나 황포탄마두(黃浦灘碼頭)에 대한민국영사관(大韓民國領事館)의 기(旗)가 날녀볼가 아! 국내(國內)나 국외(國外)나 물론(勿論)하고 우리 한국동포(韓國同胞)된 이들이여[24]

황포탄에 도열한 제국의 은행과 상점 그리고 "자국의 위력을 자랑하는 듯" 그 위에 펄펄 날리는 각국기들을 바라보며 필자 난파蘭坡는 '사무치는 감회'를 느끼고 있다. 태극기를 기선에 달고 독립한 조국에 돌아가는 날, 그리고 황포탄 부두碼頭에 대한민국 영사관의 깃발이 날리는 날을 애타게 그려보는, 『독립신문』 기자다운 애상이 절절하게 토로되어 있는 것이다. 일요일이 되어 모처럼 황포강 서안 즉 황포탄에 위치한 화공원(가든 파크)에 들러 이런 저런 인간 군상과 공원의 정경을 바라보던 그의 시선이 머문 곳은 엄청난 위용의 건축물들과 그 위의 각국 국기들, 그리고 황포강 부두를 메운 거함 기선들이다. 20세기 초의 황포탄에 멈춰 선 이방인이

---

24   蘭坡, 「日曜日의 花公園」, 『독립신문』, 1919.10.11.

이러한 제국의 실물이자 상징물들과 마주치는 것은 피할 수 없는 조건이었으며, 그렇기 때문에 세계 어디로도 통해 있으되 또한 막다른 장소인 황포탄 앞에 선 이들의 사무치는 감회와 감상은 곧 황포탄이라는 특수한 공간이자 위치가 제공하고 만들어낸 것이라 할 수 있다. 주요한이 「아침 황포 강에서」라는 시에서 황포 강변의 정경과 감상을 읊을 때에도 마찬가지이다.

아침 황포강가 에서 기선이 웁다다 웁다다.
삼판은 보채고 기선이 웁다다. 설운 소리로……

아침 황포강 가에서 물결이 웃습니다. 웃습니다.
춤을 추면서 금비단 치마 입고 춤을 춥다다.

아침 황포강 에서 안개가 거칩다다. 거칩다다.
인사 하면서 눈웃음 웃으며 인사 하면서

아침 황포강가에서 기선이 떠납니다. 떠납디다.
눈이 부어서 물에 빠져 죽으려는 새악씨 처럼……

아침 황포강가에서 희극이 생깁디다. 생깁디다.
세관의 자명종이 열시를 칠 적에

아침 황포강가에서 기선이 웁다다. 웁다다.
설운 소리로 샛노란 소리로 기선이 웁다다.[25]

황포강은 원래 누런 물빛과 짙은 안개로 유명한데, 주요한의 시에서도 누런 물결은 '금비단 치마'로 비유되고, 안개가 걷히는 장면은 '눈웃음'을 웃으며 인사하는 것으로 의인화되어 있다. 그리고 그러한 황포강의 자연을 제외하면 두드러지는 것은 황포탄의 물적 조건들(기선, 세관의 자명종[26]) 이다. 이들은 앞서 난파蘭坡의 글에서 나온 것과 같은 그러한 차갑고 위력적인 성질과는 매우 대조적인 이미지들로 나타나서, "눈이 부어서 물에 빠져 죽으려는 새악씨"처럼 또는 "설운 소리로 샛노란 소리로" 기선이 운다고 표현된다. 이 또한 낯선 대상과 공간에 대한 지극히 정서적이고 감상적인 대응이라고 할 수 있다.

이렇게 독립운동가의 도시 상해에서는 망국지사의 사무치는 정한이나 낯선 세계를 대하는 시인의 시상이 황포탄 강변의 감상성과 맞물려 표현되는가 하면, 창가의 소재로도 나타나는 것을 볼 수 있다. 다음은 1920년대 초 『독립신문』과 잡지 『개벽』에 실린 시가이다.

① 폭발탄(爆發彈)아 폭발탄(爆發彈)아 황포탄(黃浦灘)의 폭발탄(爆發彈)아
전중적(田中賊)을 맞나거든 소래치며 터지라고 천번만번(千番萬番) 부탁
(付托)하고 정성(精誠)들여 던젓거늘 네가 무슨 까닭으로 침묵(沉黙)하
고 잇섯더냐 조혼 기회(機會) 다 노치고 어느때에 터질나구.
기자(記者)들아 기자(記者)들아 독립신문(獨立新聞) 기자(記者)들아 황
포탄(黃浦灘)에 안터젓다 나를 너머 원(怨)망마라 가독립군진(假獨立軍

25 주요한, 「아침 황포강에서」, 『동명』 18, 1923.1.
26 1927년 완공된 세관 건물은 현재도 상하이의 세관으로 쓰이고 있는데 거대한 시계
    탑을 가지고 있어 와이탄 일대의 건축물 가운데에서도 가장 눈에 띄는 랜드마크가
    되어 왔다. 그 시계탑에서 매시 정각마다 울리는 웅장한 종소리 역시 상해의 명물로
    자리 잡고 있다.

陣) 친 따에 터질 곳이 격지 안코 가애국당(假愛國黨) 모힌 곳에 죽일놈이

실(實)로 만타 이런 곳에 몬져 터져 그런놈들 감(減)하려고.[27]

② 이곳은 상해란다. 동양의 런돈.

　그 무엇 가르쳐 일홈함인가.

　굉장한 부두의 출입하는 배(舟)

　꼬리를 맛무러 빗살 박히듯

　남경로(南京路)의 화려한 져 건물들과

　황포탄(黃浦灘)길이 튼튼한 져 쇠집들은

　은행이 아니면 회사라 한다.

　아―동양 제일 무역항 이로 알괴라.

　(…중략…)

　아―불분평(不分平)한 세상이다 이 땅의 늣김.

　　　　　　　　　　　　　　　―1922년 5월 8일 프란쓰 공원에서[28]

　①은 1922년 조선인 김익상 등이 일본 육군대장 다나까田中의 살해 계획을 세우고 황포탄에서 폭탄을 투척했다가 실패로 끝난 사건을 소재로 한 것으로 '황포탄의 폭발탄'과의 대화 형식을 빌려 가짜 애국지사를 풍자한 일종의 개화가사이다. 그에 반해 ②는 동양 제일 무역항 상해와 황포탄의 대단한 광경을 바라보는 화자의 감탄과 자괴감 섞인 시선을 표출하고 있다. 황포탄을 따라 십리에 걸쳐 "빗살이 박힌 듯" 촘촘히 구축된 영미 제국의 첨단 건축물들은 황포탄을 통해 상해에 발을 딛

27　「爆發彈」, 『독립신문』, 1922.4.15.

28　張獨山, 「上海雜感」, 『개벽』 32, 1923.2.

는 이들을 단숨에 압도하는 숨 막히는 광경이었음에 틀림없고,[29] 바로
그 황포탄의 대로大馬路는 "자본의 흡반吸盤의 행렬",[30] "제국주의균菌의 난
마亂麻와 같은 흡반吸盤"[31]으로 흔히 비유된다.

또한 황포탄은 타향살이의 향수와 망국민의 애환을 달래던 추억과 해
원解寃의 장소이기도 했다. 독립운동의 배반자로 낙인찍혀 1933년 처단
당한 옥관빈玉觀彬이 1931년 잡지『동광』에 발표한 수필에는 황포탄에 의
탁하여 '동족에게 버림받은' 이의 심경이 피력되어 있다.

> 고향은 나를 내쫓앗고 고향 사람은 나를 버렷다. 그러나 고향은 내 머리 속에
> 너머나 굳세게 박힌 동경의 뿌리며 내 앞길의 오직 하나인 목적지다. 황포강(黃
> 浦江)의 어스름 달이 동편 하늘 구름 우에 비최고 진흙물을 헤치며 동쪽으로
> 향하는 기선의 그림자를 볼 때마다 나는 뻑국새와 함께 남모르는 한 구석에서
> 피눈물을 울고 잇다. 그러나 언제든지 이 눈물이 변하야 광채나는 성공의 구슬
> 이 되어 고향 해쌀에 위황하게 빛날 때가 잇으리라!
>
> ─1931.6.9. 상해(上海) 대등정사(大登精舍)에서[32]

위 글의 필자는 밤의 황포탄에서 "진흙물을 헤치며 동쪽으로 향하는
기선의 그림자를 볼 때마다" 고향을 생각하며 눈물을 짓는다고 쓰고 있
다. 황해로 연결되는 황포강의 물길, 그리고 그를 드나드는 기선은 늘
망국민의 향수를 자극하는 동시에, "눈물이 변하야 광채나는 성공의 구

29 이광수도 「名文의 香味, 上海에서」(『삼천리』 6, 1930.5)에서 "안개 속으로 4, 5層
    高樓巨閣이 빗살박이듯하고"라고 그 모습을 묘사한 바 있다.
30 金世鎔, 「上海의 印度人 示威運動光景」, 『삼천리』 17, 1931.7.
31 洪陽明, 「楊子江畔에 서서」, 『삼천리』 15, 1931.5.
32 上海 玉觀彬, 「버드나무 그늘, 異域의 孤影」, 『동광』 24, 1931.8, 60면.

슬이 되어 휘황하게 빛날 때"를 꿈꾸게 만들기도 하는 것이다.

한편 소설가이자 시인인 김소엽[33]은 1932년 잡지 『동광』에 「배우에서」라는 시를 발표하는데, 이 시는 황포강을 경계로 나뉘는 푸동浦東과 푸시浦西 그 중간의 배위에서 양쪽을 바라보는 감상을 노래한 서정시이다.

> 반공에 높이 솟은 저 고루(高樓)가 점점 앞으로 닥어온다
> 이제 우리는 다시 저 번잡한 도시의 한쪽 황포탄(黃浦灘) 부두(埠頭)에
> 쓸쓸한 그림자를 던저야겟다.
> 서로 주여 뜯고 피흘리며 울르고 짓는 싸움의 터!
> 삶의 전지(戰地)인 도시의 아스팔트를 다시 밟어야겟다.
> 포근한 가슴 우에 우리를 쉬여주던
> 이 포동(浦東)의 풀언덕아! 아름다운 전원의 화폭아!
> 눈앞에 버치고서 잇는 저 도시의 그곳보다는
> 아 너는 그 얼마나 부드러우냐 사랑스러우냐.
> ─1931.5.2. 포동(浦東)에서 돌어오다가 D환(丸)에서[34]

김소엽은 이 시에서 황포탄의 서쪽을 "서루 주여 뜯고 피흘리며 울르고 짓는 싸움의 터", "삶의 전지"로, 동쪽은 "아름다운 전원의 화폭"을 선사하는 "포근한 가슴"으로 나누어 놓으며 푸동을 떠나 황포탄으로 들어서는 자신의 쓸쓸한 심정을 표현하고 있다. 이렇게 황포탄은 제국주의의 마수가 점령한 도시의 일면과 항구가 빚어내는 특유의 감상성이 공존하는 양

---

33 김소엽의 상해에서의 행적은 자세히 알려져 있지 않지만, 1930년 상해 신광외국어학교 영문과를 중퇴한 것으로 되어 있다.

34 金沼葉, 「배우에서」, 『동광』 36, 1932.8, 89~90면.

가성의 공간이라고 할 수 있는데, 1930년대에 들어 상해와 황포탄에 자본주의의 그림자가 더욱 짙게 드리워지면서 상해에 대한 조선인들의 감각에서도 변화가 일어나게 된다. 이제 상해는 온갖 인종과 계층이 몰려들어 첨단의 자본주의 문명과 소비문화를 향유하는 화려함과 추악함이 공존하는 밤의 도시로 묘사되기 시작하는 것이다.

4. 드라마틱한 악마성의 재현에서 노스탤지어의 장소로

이렇게 근대 상해의 기형적인 문화가 시작되는 관문이자 축도인 황포탄은 시인과 소설가들로 하여금 그 낯섦과 당혹스러움을 어떤 언어로 어떻게 형언해야 할 것인가를 고민하게 만들었다. 독립운동을 위해 또는 예술이나 학업, 언론활동 또는 돈벌이를 위해 다양한 목적을 가지고 상해로 몰려들었던 조선인들 역시 그러했는데, 1930년대에는 앞에서 살펴본 1920년대와는 다른 글쓰기 태도와 형식이 나타나기 시작한다. 상해를 거쳐 간 많은 이들이 상상력과 영감을 자극하는 이 공간 또는 풍경을 살아내며 또는 추억하며 언어로 재현하거나 작품의 무대로 삼았으나 그 양상은 뚜렷이 구분되는 몇 가지 줄기로 나타났다.

19세기와 20세기와 동과 서의 문명의 야합(野合)으로 된 이 동방의 혼혈아의 도회(都會)의 리씀을 드르라. 32산치 거대한 포구를 이 도회에 향하야 위혁(威嚇)하고 잇는 강철의 괴물──이 자본의 수호신들을 수십으로 수백으로 동동 띄우고 잇는 탁류곤곤(濁流滾滾)의 황포(黃浦)강, 그 우로 항상 떠도는 농무(濃霧) 사이에 나붓기는 기(旗), 기(旗), 기(旗)…… 유니온 쩩과 스타-스팽글드와 일장기와 삼색기의 모든 열강의 금융자본을 씸볼하는 기(旗)와 기(旗)가 현현(舷舷) 상마(相摩)할 때의 청천백일(靑天白日)의 회한의 눈물![35]

위 인용문은 『조선일보』의 특파원으로 1930년대 초 상해에 체류한 홍양명의 글로, 황포탄의 모습과 이미지를 다양한 표현과 비유를 사용하여 형상화하고 있다. 그는 상해라는 도시를 "19세기와 20세기와 동과 서의 문명의 야합野合으로 된 동방의 혼혈아"라고 칭하는가 하면 강 위에서 포구砲口를 드러내며 늘어선 군함 기선들을 "강철의 괴물—자본의 수호신들"이라 명명한다.[36] 1920년대에 감성을 자극하는 향수와 애환의 항구로서 상해를 배경으로 한 서정시 또는 수필의 단골 무대였던 황포탄과 그 일대는 1930년대에 들어서 상해가 극심한 변화와 혼란을 겪으면서 앞서 마오둔의 장편 「자야子夜」의 서막에서처럼 냉철하고 집요한 언어적 묘사 또는 해부의 대상이 되기 시작한 것이다.

또 다른 상해 특파원 강성구는 실화인지 소설인지 경계가 모호한 글[37]에서 상해라는 도시의 악마성을 드러낸다. "상해의 밤거리는 무서운 악마의 기미氣味 나쁜 미소로서 충만된 거리다"로 시작되는 「상해야화」는 『개벽』의 특파원이자 소설가(필명 강노향)인 필자가 과거 육군소

---

35 洪陽明, 「上海風景, 누-란 事件」, 『삼천리』 3-12, 1931.12. 홍양명은 상해에서 이 외에도 「楊子江畔에 서서」(『삼천리』 15, 1931.5), 「동란의 도시 상해의 푸로필」(『삼천리』 4-3, 1932.3) 등을 썼다.
36 이러한 묘사와 수사법이 얼마나 독창적인 것인지, 당대 중국과 일본에서 이미 등장하여 통용되었던 것인지는 당대 중국과 일본 문헌을 비교해보는 검토를 요한다.
37 上海特派員 姜聖九, 「上海夜話」, 『개벽』 신간 3, 1935.1. 필자는 이 글이 "實話讀物"이라고 밝히고 있지만 글 속에서 "소설을 쓰던 중" 전보를 받고 왕서방을 만났다는 부분이나 '실화'임을 애써 강조한 것을 볼 때, 이 글이 정말 실화라고 볼 근거는 없다. 그리고 액자 속 이야기인 나이트클럽 사건은 소설적으로 가공된 글쓰기를 보여준다.

좌로 상해사변(1932)때 탈영하여 상해 밤거리를 전전하는 왕서방으로부터 들은 이야기를 옮기는 형식으로 되어 있다. 왕서방이 들려주는 "「에로」 「그로」 백퍼-센트의 듣기에도 소름이 끼칠 이야기"는 조계지 깊숙한 암흑면의 믿기 힘든 실상을 매우 실감있게 보여준다.

"땐스홀에서 흘러나오는 재쓰밴드 소리", "황포강黃浦江에서 우렁차게 울리는 출항 선박들의 기적 소리"는 상해에 밤을 알리는 신호탄이다. 그리고 그 밤의 한가운데에서 음모가들과 범죄자들의 피가 튀고 살이 타는 파티가 시작된다. 「상해야화」에서 왕서방이 들려준 이야기 즉 내화內話의 줄거리는 이러하다. 왕서방과 그의 첫사랑 여영은 상해에서 우연히 재회하고 영국인의 집에서 하인으로 고용되어 육체적 성적으로 학대를 당하다 함께 뛰쳐나오는데, 밤거리에서 만난 러시아인으로부터 하룻밤 나이트클럽 '백취白鷲'의 무대에서 연기를 할 것을 제의받는다. 굶주림을 해결할 길 없던 두 사람은 이를 승낙하고, 윌리엄이라는 서양 신사의 총에 맞아 죽는 연기를 하게 된다. 그런데 그 신사의 총은 가짜총이 아닌 실탄이 들어있는 피스톨이었고 여영은 단돈 6원에 목숨을 잃게 된다.

마치 무스잉穆時英의 단편소설 「나이트클럽의 다섯 사람」을 연상케 하는 이 이야기는 당대 조선의 독자들에게 상해라는 도시의 경악할 만한 악마성과 추악함을 드라마틱하게 실감하도록 했을 것이다. 1920년대부터 꾸준히 상해발發 정세 동향보고, 체험담, 여행기, 회고기 등이 신문잡지 지면에 꾸준히 등장했는데,[38] 홍양명과 강성구와 같은 특정 신문잡지사의 특

---

[38] 天友(김홍선), 「上海로부터 漢城까지」, 『개벽』 4, 1920.9.25; 金星, 「上海의 녀름」, 『개벽』 38, 1923.8; 滬上人, 「上海片信」, 『개벽』 46, 1924.4; 柳光烈, 「上海와 朝鮮人」, 『동광』 31, 1932.3; 呂運弘, 「天涯萬里에서 盜難逢變記, 香港에서 하마터면」, 『삼천리』 15, 1931.5; 李光洙, 「名文의 香味」, 『삼천리』 6, 1930.5; 滬上居人, 「上海夜話」, 『별건곤』 30, 1930.7; 피천득, 「일기일절 묵은 일기」, 『동아일보』, 1938.10.21; 김광주, 「상해를 떠나며―波浪의 港口에서(1)」, 『동아일보』, 1938.2.18; 李勳求 외, 「教授로

파원들은 정치적 목적 또는 학업, 취업 등의 목적으로 그곳에 체류했던 이들과는 달리 르포르타주에 비교적 충실한 보고 또는 묘사를 지향하되 드라마틱한 표현과 각색을 목적으로 글을 썼던 것으로 보인다. 이는 1930년대 상업화한 대중 언론의 이국 취향 및 퇴폐성을 자극하는 선정주의와도 관련이 있을 터인데, 이 시기에 도시의 암면暗面이나 치부를 해부하거나 폭로하는 기사들이 대중지나 신문에 폭발적으로 등장했던 것과 궤를 같이 한다.

상해를 배경으로 한 당대의 허구적 서사 가운데 기존에 논의되었던 김광주, 주요섭, 심훈 등의 소설은 상해라는 도시의 악마성에 대한 인식하에 그곳의 비참한 민중들에 대해 사실주의적으로 묘사를 하거나 또는 그를 바탕으로 혁명적 정치의식을 보여주었다고 평가되는데,[39] 김명수의 1930년 『동아일보』 신춘문예 당선소설 「두 전차電車 인스펙터」[40]는 지금껏 주목을 받은 적이 없는 소설이지만 상해 배경 소설의 흐름 속에서 비춰볼 때 매우 이채로운 작품이다.

「두 전차 인스펙터」는 황포탄을 배경으로 두 조선인 전차 검표원이 겪는 곤란과 고난을 담고 있는 짧은 소설이다. 주인공 준배는 "올에 갓스물 밧게 안된 홍안 미소년"으로 상해의 모 대학에서 영문과를 다니다가 조선인들이 모두 쫓겨날 때 함께 쫓겨나온 뒤, 전차 매표원으로 있는 매부의

大學生으로 支那 諸大學 時代의 回想」, 『삼천리』 12-6, 1940.6.

39 정호웅은 이들 '상해소설'들의 공통점을 크게 다섯 가지로 분석하는데, 식민지 시기 상해소설에서 상해라는 무대가 공간적 특수성을 갖지 못하는 식민지 조선과 동질적인 가상 공간이라는 점, 그리고 신경향파의 자장 안에서 그 공간을 배경으로 하여 혁명적 정치의식을 표출하고 있다는 점을 지적한 바 있다. 정호웅, 앞의 글 참조.

40 영문학자 김명수가 상해 유학시절의 경험을 바탕으로 쓴 이 소설은 황포탄과 그 주변을 지나는 전차의 여정을 바탕으로 인종간 계급간의 갈등을 드러내고 있다. 『동아일보』, 1930.2.6·7·9, 6면 게재.

주선으로 "차표검사원(티켓 인스펙터)"으로 취직을 하게 된다. 그가 영국인 매니저에게서 쉽게 일을 얻을 수 있었던 것은 일어 영어 중국어에 능하기 때문이었다. 그의 매부 역시 "한창 팔팔하든 시절에는 만주에서도 활동도 해보고 상해에 와서 다시 공부를 하다가 모든 것이 틀리니까 이런 밥버리로 들어간" 인물이지만 인스펙터 생활 칠년이 지난 지금은 마작으로 돈을 탕진하고 있다. 소설에서는 이 두 인물이 외지에서 특수한 경험을 하게 된 특별한 경우가 아니라는 점, 즉 당대 학업을 위해 또는 뜻을 품고 상해로 흘러든 조선인들의 보편적 현실이었음을 환기시킨다.

물론 맨처음 그때는 이까진거 얼마나 오래해먹을거냐 하든 것이 그동안에 가정이란 것을 일우어노흐니까 이제는 여긔에 아주 목이 매고 말앗다. 이것이 떨어지는날이면 아모 기술과 배경을 가지지 못한 코리안은 이넓은 상햇바닥에서 정말 단몃십원짜리 일도 붓들기가 어렵다. 현재 전차회사에만 사십류명 새로생긴 뻐스에 륙십명이 넘는 젊은 조선동포가 다 이런 처지에 잇다. 모다 맨처음에는 공부를 하러왓다가 학비가 끈허지니까 밥버리로 당당한 한 지사라 하는 사람들도 처자를 먹여살릴랴니까 이런 밥버리로 모다모다 죽지 못해 하는 그 노릇이다. 그러나 그중에 또 어떤자는 돈벌어 저금해서 자긔도 "포-드"가튼 사람이 되겟다고 꿈꾸는 사람도 잇겟지만 매부ㅅ집 우층에는 전등불이 켜잇고 그안에서 갓난어린애의 울음소리가나왓다[41]

상해 조계지 영국 전차의 조선인 인스펙터 수십여 명 가운데 하나가 된 유학생 출신 준배는 황포탄에서 그의 첫 업무를 시작하고 전차의 노선

---

41 김명수, 「두 전차 인스펙터」, 『동아일보』, 1930.2.6.

을 따라 그의 동선 역시 황포탄 일대를 지나쳐 간다. 그리고 그곳 황포강가에 발을 디딘 이방인들(중국인들을 포함하여)이라면 누구도 피할 수 없는, 저 높은 곳에서부터 그들의 귓가를 때리는 해관(=세관) 건물의 자명종 소리가 어김없이 울리며 그의 새로운 출발 혹은 고난의 시작을 장식한다.

> "까-든 뿌리취(Garden Bridge)"에서 압차에올랏다가 대마로(大馬路)에서 나리고 대마로에서 뒤차를 밧궈타서 오마로(五馬路)에서나리고 거긔서또 오든길로 다시 올라간다 압차뒤ㅅ차 올랏다나렷다 네댓번하는새에 해관의 커다란 자명종은 여듧점을 전시가에크게울렷다.[42]

준배와 그의 매부는 차표를 사지 않고 무임승차한 중국인 순사와 시비가 붙은 끝에 중국인들에게 집단 폭행을 당해 소주허(蘇州河[43]의 진흙탕에 처박혔다가 가까스로 탈출하고, "뜻있는 청년들에게 이런 일(인스펙터)은 사형선고와 같다"는 깨달음을 얻고 쓸쓸히 "그리운 法租界(프랑스 조계)"로 숨어든다.

「두 전차 인스펙터」는 대학생의 습작 수준의 소품이지만 여러 가지 시사하는 바가 많은 작품이다. 조선에서는 낯선 상해 조선인 유학생들의 현실, 상해 조선인들의 구직활동과 직업 생활을 엿볼 수 있을 뿐만 아니라, 상해 현지에서만이 전달될 수 있는 생생한 당대 풍경들이 나타나기 때문이다. 생경한 영어와 중국어, 남방어와 북방어가 그대로 등장하고 그 도시를 구획하고 있는 시가지들과 공간, 인종, 국가, 언어의 경계선들이 프랑스 조계를 근거지로 생활하는 조선인 청년의 눈으로 재현되고 있

---

42 김명수, 「두 전차 인스펙터」, 『동아일보』, 1930.2.7.
43 황포강의 지류로, 이를 경계로 영미의 공동조계와 일본 조계가 갈라진다.

어서, 현지의 장소성과 당대성이 살아있는, 당대 조선의 소설 장에서 매우 독특한 작품이라 할 만하다.

1930년대에는 이렇게 '마도' 상해의 면면 또는 현지 조선인들의 삶을 조선의 독자들에게 언어로 재현하여 보여주는 글쓰기들이 종종 나타났는데, 1930년대 후반에는 소위 '상해 시절'을 추억하는 회고담이 심심찮게 지면을 장식하며 '황포탄의 기억'을 재생산하는 것도 볼 수 있다. 이는 앞에서 살펴본바 1920년대 현지에서 체험을 기술하고 '청년의 감상주의'를 분출하는 것과는 다른 방식의 글쓰기이다. 20년대 말~30년대 초 최고도로 번성했던 상해는 1932년과 1937년 일본에 의해 두 번의 상해사변을 거치면서 점차 쇠퇴하게 되는데, 이후 대거 귀국한 유학생들과 지사들이 자신의 상해 체류 시절을 회고하는 글들을 발표한 것이다. 이는 물론 당대 조선인들의 해외 여행기나 체류기가 신문잡지 등 언론을 통해서 꾸준히 생산되던 것과도 맥을 같이 한다고 볼 수 있으나,[44] 상해 회고기가 가진 뚜렷한 특징 또한 존재한다.

1885년 상해로 건너가 근대교육을 받은 윤치호는 1938년 『삼천리』에 발표한 「상해 생각」이라는 글에서 "각금 향수를 늣길 적마다 황포강黃浦江 흐린 물결 바라보면서 대륙의 황혼 속에 잠기어 내 압날의 발길 옴길 곳을 생각하엿다"고 고백하며 청년시절을 보낸 그 공간을 추억한다. 윤치호가 상해를 떠나 귀국한 것은 이 글을 쓰기 무려 30년 전인데, 그는 "30년을 지난 오늘까지 늘 한 번 가보고 십흔 생각 끈칠길 업"다고 쓰고 있는 것이다. 상해 호강대학에서 영문학을 전공했던 피천득도 황포탄을 거닐던 그 시절을 자신의 가장 아름다운 시절이자 '낙원'이라고 칭한다.

44　허헌 외, 성현경 편, 『경성 엘리트의 만국 유람기』, 현실문화, 2015 참조.

호강(滬江)! 황포강(黃浦江)이 눈앞에 보인다. 삼판, 도리, 쩡크, 구라파로 가는 기선, 넓은 황포강(黃浦江)이 대학 잔디 판을 끼고 흘은다. 밤이면 지금도 궁전 같이 찰란한 화륜선이 내가 있든 방 창앞을 지날 것이다. 그러고 밤이 깊으면 지금도 느릿느릿 정크 젓는 소리가 강에서 들려올 것이다. (…중략…) 많은 숙제 보고와, 큼직이 자조 칠으는 시험과 어느 과에서나 필수 과목이던 생물학과 겨울이면 차던 황포강(黃浦江) 바람을 제하고는 호강(滬江)은 낙원이었다.[45]

또한 상해에서 문학청년 시절을 오롯이 바친 김광주는 중일전쟁 이후 「상해를 떠나며」라는 글에서 "형언키어려운 애착을 가지게하든 상해"라는 말로 그의 애정과 그리움을 절절이 드러낸다. 그의 글에서도 황포강과 황포탄은 추억을 환기시키는 장소로서 또한 그 도시와 그 시절을 대표하는 상징적인 장소로서 어김없이 등장하고 있다.

주인이없는 이거리, 아모에게나 추파를던지든 이거리, 뺨을 맞고 다리를 거더채우고 옷을 갈갈이 짓긴채 엉거주춤하고 섯건만, 황포탄건너 높은 탑위, 해관(海關)의 커다란 시계는 오날도 변화없는 표정으로 하로해의 저므러감을 가라치고 잇다.

(…중략…)

상해를 떠나는 오날, 작년 십월하비로 '마로니에' 입사귀누런빛을 재촉하든때 '만국빈의관' 일우에 엄숙히 누어잇던 '노신'의 창백한얼굴이 이러타고 꼬집어말할 아모까닭도 없건만 왜그런지 한폭의 선명한 수채화같이 황포탄,

---

45 피천득, 「上海滬江大學 留學時代」(이헌구 외, 「敎授로 大學生으로 支那 諸大學 時代의 回想」), 『삼천리』 12-6, 1940.6.

254 ● 제3부_근대문학 체험의 확장과 '타자'의 발견

저넓은 황혼의 하날위로 배와배가 서로 비빌틈도없이 떠잇는 누런 강물위로, 그리고 이좁은 삼등선실의 선창으로, 갑판위로, 나의 시선의 초점을 향하고 달려들엇다가는 흐미하게사라지고 사라젓다가는 쏜살같이 다시 떠올으곤한다.[46]

김광주는 중일전쟁 이후 일본에게 짓밟히고 빼앗긴 상해의 비참한 현실과 그곳에서 말년을 은신하다가 세상을 떠난 노신에 대한 애도의 심정을 눈앞에 선한 상해의 거리들과 황포강물에 기대어 드러낸다. "패전자의 비애를 침묵으로 옷입힌채 우리앞에 쓰러진" 상해를 보지 않고 세상을 떠난 노신은 오히려 행복되었으리라고 말하는 그에게서 상해에 대한 지극한 애착과 그리움을 엿볼 수 있다.

앞서 최독견이 자신의 최고의 로맨틱 시대로 상해와 황포탄에서의 체류시절을 손꼽았듯이, 많은 이들이 자신들이 떠나온 그곳에 대한 그리움과 애정을 토로하고 있다. 여기서는 1920년대의 감상적 수필들이나 1930년대 초 상해 특유의 도시적 악마성의 재현과는 다른 태도가 발견되는데, 즉 상해사변과 중일전쟁을 거치면서 파괴된 상해라는 도시의 '과거'에 대한 깊은 노스탤지어가 그것이다. 자신의 젊은 시절의 꿈과 뜻이 서린 그 도시는 이제 '패전자'로서 소리 없이 스러져가고 자신들의 청춘과 꿈도 역시 스러져가고 있는 데 대한 회한이자 동일시의 시각이 이 글들 속에는 역력하다. 이러한 노스탤지어는 일차적으로 '고향 상실'과 같은 실존적인 조건이 만들어내는 '존재론적 노스탤지어'[47]라고 할 수 있는 것

---

46 김광주, 「상해를 떠나며−波浪의 港口에서(1)」, 『동아일보』, 1938.2.18.
47 노스탤지어 이론에 관해서는 박자영, 「상하이 노스탤지어」, 『중국현대문학』 30, 한국중국현대문학학회, 2004 참조.

으로, 자신들의 청춘이자 꿈이었던 그 시공간은 결코 국외의 다른 여행지나 체류지와는 동질적인 공간일 수가 없는 것이다. 그런데 1930년대 말부터 이러한 종류의 '잃어버린 것에 대한 기억'이 지속적으로 재생산되면서 이들의 회고담 역시 "시간 경험을 변경시키고 역사성을 희석시키면서 유사 역사감각을 상기시키는"[48] 현상 속에 놓이게 된다.

지금까지 상해를 무대로 활동했던 이들의 다양한 글쓰기 가운데 상해의 특수한 한 지역이자 상징적 장소인 '황포탄'을 주요한 감각적 감정적 의탁의 대상으로 또는 언어적 감각적 재현의 대상으로 삼은 글들을 중심적으로 살펴보았다. 상해 이주의 역사가 길고 또 한국사와 한국문학사에서 적지 않은 비중을 차지하고 있는 공간이기에, 역사적 문화적 변화 가운데에서 상해와 한국 근대(문학)의 관계를 좀 더 긴밀하게 추적하기 위해서는 이 글에서 살핀 황포탄뿐만 아니라 조선인들의 주요 근거지였던 프랑스 조계 및 도시의 다양한 경계들과 도시의 구석구석을 경험하고 살아냈던 조선인들의 기록과 문학적 글쓰기를 좀 더 세심하게 들여다보아야 할 것이다.

5. 삶의 공간, 재현의 장소

상해는 한국 근현대사에서뿐만 아니라 우리 근대문학사에서도 매우 큰 의미를 갖는 도시이다. 그곳에서 뜻을 품고 청춘을 보낸 사람들은 독립운동가들과 유학생들을 비롯해 수없이 많지만, 근래 들어서야 상해와 한

---

48 위의 글, 106면. 이는 상실의 경험을 만들어내고 잃어버린 바 없는 것을 그리워하라고 가르치는 일종의 '상상된 노스탤지어'를 의미한다.

국문학 또는 조선인의 상해문학이 심도 있는 연구의 대상으로 자리 잡기 시작했다. 그 연구의 시작은 김광주, 주요섭, 심훈과 같이 그 도시에 체류했었던 문인들과 이들의 문학 작품들이었다. 이 글은 기존의 연구들을 바탕으로 하되 좀 더 미시적으로 시각을 옮겨, '황포강과 황포탄'이라는 상해의 특수 공간을 글쓰기의 주요 소재나 화자의 정서적 매개, 묘사의 대상으로 삼은 글들을 집중적으로 살펴보았다. 이는 황포탄이 반식민지 상해 조계지 문화의 중심 축으로서 대표성을 띠고 있다는 점, 따라서 실제로 중국 현대소설들이나 요코미쓰 리이치의 『상하이』와 같은 동시대 소설들에서 주요한 감각적 포착 및 비판적 묘사의 대상이 되어 왔다는 점에서 착안한 것이다. 따라서 이 글은 상해와 한국문학의 교섭 또는 횡단을 살피기 위한 하나의 우회적인 방법으로, 상해의 조선인들이 포착한 황포탄의 이미지와 언어적 형상화의 양상을 살펴보고 그것이 상해라는 도시의 변화 과정과 조선인들의 경험 속에서 어떠한 흐름을 보이는지 추적해 보았다.

1920년대 임시정부와 『독립신문』 그리고 숱한 독립운동가들과 국제적인 활동가들의 주 무대였던 상해, 30년대 초 '마도'로서 악명을 드높이며 번성하는 제국주의 자본주의 문화의 꽃을 피우고 또 병들어가던 상해, 30년대 말 중일전쟁을 전후로 조계지 시대와 작별하며 급격히 쇠퇴한 상해를 조선인들 역시 다양한 방법으로 느끼고 기록하고 묘사하고 재현하였다. 20년대 망국 지사들은 제국의 축도 황포탄에서 망국민으로서의 애환과 울분을 토하는 동시에 황포강물을 바라보며 새 희망의 미래를 그렸으며 고향에 대한 그리움을 강물에 실어 보냈다. 이렇게 20년대는 주로 망국민의 애환이나 감상주의가 황포탄을 매개로 표현된 반면 30년대 들어서는 밤의 도시이자 국가, 계급, 인종의 용광로였던 상해의 깊숙한 이면과 악마성을 폭로하는 글들이 등장하였다. 한편 30년대 말에는 쇠락한 상해의 과거와 자신의 청춘을 노스텔지어적인 시선으로 돌아보며 황포탄이 주요한 회고의 장치로서 소환되는 글들이 신문잡지를 장식하였다. 이 글들에서 황포강과 황포탄은 제국의 무시무시한 위력을 대표하는 장소로서 갖가지 형용과 비유로서 등장하거나 노스텔지어의 대상으로서 나타나고 있어 그 공간을 통해 조선인에게 환기되는 정서의 분화 현상 또한 엿볼 수 있다.

제2장

1930년대 일본 출판시장의 확대와 식민지 '소녀' 독자

1. '미숙한' 또는 '불량한' 소녀들

'소녀少女'란 누구인가. 혹은 어떤 이름인가. '여성'이 흔히 연령으로 나 신체적으로 '성숙한' 성인에게 붙여지는 말임을 감안하면, 이는 여성의 미달 상태를 일차적으로 떠올리게 한다. 특히 소년이라는 대칭적인 명칭과 한 데 결합될 경우, 미성숙한 존재로서 그 지위가 좀 더 확연해보인다. 예컨대 '소년소녀 걸작', '소년소녀 세계문학' 등에서처럼 소년과 소녀가 결부될 때 흔히 이는 아동, 어린이를 지칭하는 경우가 많기 때문이다. 그런데 '소녀'가 단순히 연령적으로 어리다는 의미를 넘어서서, 그 자체로 미숙함이나 저급함의 기표로 쓰이는 장면을 우리는 무수히 목격해 왔다. 유독 여성 작가들의 작품에 흔히 따라붙곤 했던 '소녀 취향(취미)', '소녀 감성'과 같은 말은 비난이나 폄하의 의미를 띄는 경우가 많아서, 성숙한 남성의 문학과 미성숙한 여성문학이라는 대립을 공고히 하는 데 일조하기도 했다.[1] '본격, 정통, 순수' 예술인 남성의 양식에 편입되고자 한다면 '소녀적 센티멘탈리즘'은 배척하고 물리쳐야 할 요소로 여겨진다.

사실 '소녀'는 '여성'이 그러했던 것처럼 애초에 근대 주체로 호명된 '소년'이나 '청년'과 대비해 볼 때 잉여적인 존재이자 기표라고 할 수 있다. 즉 1908년 최남선이 '소년'이라는 개념으로 새로운 근대 주체를 기획하고 불러냈을 때, 그 주체로 호명된 '소년' 안에 '소녀'는 없었다.[2] 20년대 본격화된 청년 담론에서도 마찬가지이다. '미래를 담지하는 상징적 주체의 이름'인 '청년'이라는 기호가 "서로 다른 신분, 공동체, 계급, 성별, 출신, 직업 등에 속해 있던 존재들을 하나의 추상적이고 균질한 범주로 호명"[3]했다고는 하지만, 과연 거기에 다른 '성별'이 끼어들 자리가 있었던 걸까. 혹여 남녀가 성별과 무관하게 '청년'으로 호명될 수 있었다고 해도, 근대교육과 함께 남성과 동일하게 '여자 청년'(청년 여자)의 목소리가 등장했다고 해도, 새로운 시대의 지식과 감성을 담당한 주체는 언제나 남성이었으며 여성은 열외에 존재하는 타자이거나 부수적인 존재일 수밖에 없었다. 특히 어린 데다가 청년도 아닌 '소녀'의 경우는 연령적으로도 성별적으로도 타자화하여 '이중적으로 타자화된 기호'로

---

1 근대문학 초기 주류 남성들은 문단에 진출한 여성 작가들에게 '소녀 문단', '소녀 문학'이라는 칭호를 붙이며 철저히 그 의미를 폄하하는 것으로 그들의 주류 사회로의 진입을 경계하거나 배제하는 경우가 잦았다. 30년대에 김남천, 김문집 등 주류 비평가들은 서슴지 않고 당대의 여성작가들인 노천명, 강경애, 최정희, 백신애, 이선희 등 누구라 할 것 없이 모두 '소녀 문단'으로 싸잡아 거론하곤 했다. 심진경, 「문단의 여류와 여류문단─식민지 시대 여성작가의 형성 과정」, 『한국 여성문학 연구의 현황과 전망』, 소명출판, 2008, 321~322면 참조.

2 한지희, 「최남선의 '소년' 기획과 '소녀'의 잉여」, 『젠더와 문화』 6-2, 계명대 여성학연구소, 2013. 이 논문에서는 '소녀'가 '소년'과 더불어 암묵적으로 상정된 기표이긴 하였으나, 실제로 최남선의 기획이 겨냥한 대상은 '남학생들'이었으며, 여성의 존재성은 텅 비어 있었음을 최남선의 『소년』지의 분석을 통해 보여준다.

3 소영현, 『문학청년의 탄생』, 푸른역사, 2008, 11면.

서 아이러니한 위상을 지니게 된다.[4] 즉 연령적 취약함으로 인해 성별적으로는 탈성화되고 남성(소년) 주체와는 구별되는 미숙하고 감상적인 존재로 구성되는 것이다. 따라서 '근대의 주체'인 소년이나 청년과 달리 '소녀'라는 말은 여학생, 계집애, 처녀 등과 그다지 변별되지 않는 (어린) 여성에 대한 일개 호칭에 불과하거나, '문학 소녀', '불량 소녀(＝모던걸)'와 같이 특정한 부류를 지칭할 때 또는 '소녀 문단', '소녀(적인) 문학'처럼 여성의 주체적 활동과 여성적인 것을 폄하할 때 주로 쓰이곤 했다.

그렇다면 남성이라는 동일자의 세계에서 배제되고 차별화된 타자 혹은 그 기표로서의 '소녀'가 아닌, 근대교육을 통해 당당히 배움과 앎과 실천의 주체가 된, '청년'이나 '여성'과는 또 다른 문화 생산 혹은 향유의 주체로서의 '소녀'는 어디에 있는 걸까? 그리고 있다면 소년-청년-남성과 그들의 담론에 의해 끊임없이 배제되거나 추방되는 가운데 어떻게 어떤 방식으로 존재하였는가. 근대문학의 장면들 속에서 '소녀들'이 가진 가능성과 힘('걸 파워')을 구체적으로 파악할 수 있는 방법은 무엇일까. 이 장에서는 그간 집중적 조명의 대상이 되어 왔던 몇몇 선구적인 여성들(신여성)의 삶과 작품을 통해 자각한 근대적 주체의 모습을 그려내는 방법보다는, 모호하고 뒤틀리고 종잡기 어려운 하나의 대중적인 집단이자 형성의 움직임과 과정 속에 존재했던 소녀들의 문화를 상상해보고자 한다. 물론 당대 소녀들 자신의 목소리를 발굴하고 확인하기가 쉽지 않다는 점, 당대의 각종 자료들과 작품들이 주로 남성들에 의해 쓰이고 가공되었다는 점 때문에 소녀 독자들의 실체를 그려내기에는 자료의 한계가 있다.

---

4 박숙자, 「근대적 주체와 타자의 형성 과정에 대한 연구」, 『어문학』 97, 한국어문학회, 2007, 270면. 이 논문은 근대에 '소년'과 짝패가 되어 쓰이게 된 '소녀'라는 기표가 주체-타자의 패러다임 안에서 구성되는 과정을 '탈성화'와 '감상성'이라는 키워드로 풀어내고 있다.

따라서 소녀 독자의 실체를 추적하는 작업보다는 당대의 자료들을 해석하는 과정에서 소녀들이 독서문화의 장 안에서 담당했던 위상을 상상적으로 재구성해 보는 길을 택하고자 한다.

'소녀'라는 집단을 특정한 기존의 연구는 드문 편이지만, 근대교육과 문화 생산에서 자신들의 몫을 당당하게 행사한 '여성 주체'에 집중한 연구들은 지속적으로 이루어져 왔고, 근래에는 '여학생' 독자에 대한 연구들도 나오고 있다. 대표적으로 김옥란[5]은 여학생의 근대 주체로서의 성격과 그녀들의 독서 체험을 재구성했다. 이 연구는 근대교육의 주체로서 여학생의 형성과 학교 체험을 주된 논의 대상으로 하면서 당대의 일부 설문조사와 독후감을 분석하여 알려진 것과 달리 여학생들이 연애물이나 통속물보다는 사상·교양서를 더 선호했다고 결론짓고 있다. 이는 여학생들의 독서가 가진 역동적이고 모순적인 성격을 드러내기보다 남성 중심의 동일자의 문화에 여학생들을 편입시키는 시도로 보인다. 한편 엄미옥[6]은 근대소설에 나타난 '여학생'의 표상을 광범위하고 포괄적으로 검토하고 근대소설 형성의 계기로서 여학생이라는 제재 혹은 모티브를 고찰하고 있다. 한편 천정환은 교육을 통해 문해력을 획득한 여학생(연령상 '소녀'층과 거의 등치될 수 있는) 독자들을 독자층의 분화라는 관점에서 설명하면서 "1%에 불과하지만 배운 여성들이 가진, 소비문화 특히 독서시장에서의 영향력"을 언급했다.[7]

이 장은 입수 가능한 제한적 데이터를 통해 그녀들이 무슨 책을 어떻게 읽었나 하는 것을 분석하거나 근대소설 작품들 안에 폭넓게 편재하는 '소

---

5   김옥란, 「근대 여성 주체로서의 여학생과 독서 체험」, 『상허학보』 13, 상허학회, 2004.
6   엄미옥, 「한국 근대 여학생 담론과 그 소설적 재현 연구」, 서강대 박사논문, 2006.
7   천정환, 『근대의 책읽기』, 푸른역사, 2003 참조.

녀 표상'을 고찰하는 대신, 당대의 문화 지형 안에서 독자로서 소녀들의 위상을 가늠해보려 한다. '독자'로서의 '소녀'에 집중하는 이유는 크게 두 가지이다. 우선 1920~1930년대는 영화가 그 자리를 빼앗기 전까지 책과 문학이야말로 문화의 생산과 향유의 중심이자 최전선이었다는 점 때문이고 또한 '소녀'라는 존재의 모호성으로 말미암아 문화의 다양한 맥락들이 드러날 수 있다고 보기 때문이다. 따라서 당대의 자료들과 소설들을 통해 '소녀들의' 독서에 개입된 당대 문학장의 역학관계를 추론해보고 '소녀들을 위한' 서적 및 독서시장의 시대적 논리를 밝히고자 한다. 구체적으로는 일본(어) 작품과 일본어 잡지에 대한 그녀들의 애호와 취향이 말해주는 것에 주목한다. 소녀와 여학생의 독서를 언급하는 기존의 연구들 안에서도, 일본 대중문화의 상당한 소비층으로 알려진 소녀들(여학생들)의 독서 경향에 대한 논의가 그리 충분하지 않다는 점 때문이다. 여성, 청년, 어린이와는 다른 지점에 존재하지만 명백히 근대교육의 수혜자로서 문식력을 갖추고 독서(문화) 체험을 통해 자신들의 취향과 이상을 그려나갔던 '소녀'들에 초점을 맞춤으로써 근대 초의 문학 독자와 대중문화에 관한 새로운 주석을 달 수 있기를 기대한다.[8]

2. 사이조 야소와 기쿠치 간을 읽는 소녀들

'소녀'와 '문학'을 결부시킬 때 흔히 가장 먼저 떠올리는 것이 '문학소녀'의 이미지일 것이다. 그런데 '문학청년'의 함의나 이미지와 달리 '문학

---

8 최근에 '소년소녀 문학'을 아동문학의 관점에서 다룬 연구들이 많이 눈에 띄는데 이는 이 글의 관심이나 관점과는 거리가 있기 때문에 논외로 한다.

소녀'의 경우는 매우 한정적으로만 논의되고 회자되는 경향이 있다. 주로 문학소녀의 창작이나 독서는 서정, 감상과(만) 결부되거나 연애물, 연애편지와 연관되는 것이다. 1920년대부터 '문학소녀의 센티멘탈리즘'이라는 두 단어의 결합을 자주 목격할 수 있거니와,[9] 소녀들이 읽는 책들이라고 해봐야 사이조 야소西條八十의 소녀시少女詩나 기쿠치 간菊池寬 류의 연애소설에 불과하고 그녀들이 쓰는 글은 '센티멘탈한 문장(문구)'일 뿐이라는 식이다. 물론 소녀시절의 독서경험 가운데 감상적이고 로맨틱한 연애소설이 매우 큰 비중을 차지한다는 것은 예나 지금이나 부인할 수 없는 사실일 터인데,[10] 연애물이 처음 등장했던 당시에는 청년들이나 남학생의 경우도 별반 다르지 않았다. 과연 연애서한집으로 대히트를 친 노자영의 『사랑의 불꽃』, 일본과 조선 양국에서 '국지왕국'이라 불릴 만큼 대중소설가로 이름을 떨친 기쿠치 간의 『진주부인』을 읽은 독자는 여성이 압도적이었을까? 시인 이상이 고등공업학교 시절 소년소녀시, 서정시의 대명사인 사이조 야소나 일본 대중소설의 신기원을 연 기쿠치 간을 즐겨 읽었다는 증언에서 보듯,[11] 서정과 통속 또는 '센티멘탈리즘'이 여성 특히 소녀의 전유물만은 아니었음은 분명하다.

이익상의 「대필연서」(『동아일보』, 1927.12 5~17 연재)라는 소설은 소품이긴 하지만 '소녀의 센티멘탈리즘'이라는 도식을 뒤집는 반전을 보여준다.

---

9 염상섭의 『사랑과 죄』, 이익상의 「대필연서」 등 '문학소녀'라는 기표가 등장하는 글에는 거의 빠지지 않고 '센티멘탈'이라는 수식어가 동반된다.

10 소녀를 주 타깃으로 한 로맨스 서적류가 지속적으로 발간되어 실제로 여학생, 소녀들 가운데 많은 독자층을 형성하고 있는 것은 독서시장에서 하나의 '사실'에 해당한다.

11 고등공업학교 시절에 그는 1인치가 넘는 두꺼운 노트에 일본어 시를 빼곡이 써 두었으며, 사이조 야소나 기쿠치 간을 즐겨 읽었는데, 이윽고 아쿠타가와 류노스케나 마키노 신이치로 대상이 변해 갔다고 한다. 사에구사 도시카쓰, 심원섭 역, 「이상의 모더니즘」, 『사에구사 교수의 한국문학 연구』, 베틀북, 2000, 325~326면.

신문사 학예면을 담당하는 '나'는 어느 여고 졸업생의 연애편지 공세에
"문학소녀의 '센티멘탈' 한 문구에 용이하게 넘어갈 시대는 벌써 지내엇다"
라고 애써 외면하지만, 거듭되는 그녀의 편지에 점차 빠져들게 된다. 처음
에는 "문학에 동경을 가지고 '센치맨탈' 한 분위긔에서 헤매이는 처녀"로
치부하던 것이 결국 "이러한 달콤한 문구가 어느 곳을 눌으면 이러케 면면
히 내려 쏘다지는지 알 수 업"다며 감탄하는 지경에 이르는 것이다. 그러나
결국 그 모든 편지가 그녀가 쓴 것이 아닌, 그녀를 흠모하는 제3의 인물인
어느 준수한 청년에 의해 쓰여진 것임이 밝혀진다. 사랑하는 여인이 다른
남자에게 보내는 연애편지를 대신 써주면서 질투조차 느끼지 않는 청년
을 보고 '나'는 새로운 세대의 연애법에 격세지감을 느끼는 것으로 끝이
맺어진다.

　그런데 문제는 감상과 서정이 소녀 독자들만의 취향도 아니고 여성
독자의 수가 남성의 그것에 결코 비할 바가 못 될진대, 그녀들의 독서는
유독 주목과 평가의 대상이 되었다는 점이다. 또 1920년대를 풍미했던
연애의 시대, 낭만의 시대가 1930년대 상업문화의 득세 속에서 통속화
함에 따라 감상, 서정, 로맨스물이 미숙한 여성(소녀 또는 여학생)만의 전
유물인 것처럼 기술되면서 감상적-미숙함-여성/이성적-성숙함-남성
이라는 도식에 따른 독서문화의 젠더화가 고착되어 온 것이다.[12] 그렇
다면 폄하되고 가치절하되던 소녀들의 독서 취향이 왜 관심의 대상 또
는 문제가 되었던 걸까? 그것을 언급하고 환기시킴으로써 지식인 고급
독자(작자)인 남성은 취향의 구별짓기가 용이해지며 또한 계몽자(계도
자)로서의 우월한 지위 역시 견지할 수 있다는 점 또한 무시할 수 없는

12 '소녀의 감상성'이라는 명제가 어떻게 구성되고 담론화되는지에 대해서는 박숙자,
앞의 글 참조.

요소이다. 당대에 많이 회자되었던 '불량소녀(소년) 문제'의 대개는 저급한 독서 취향과 강하게 결부되어 논의되었고 이에 대한 해결책으로 이들의 독서교육이 시급한 문제라는 인식은 어렵지 않게 발견된다. "심지미정한 어린 사람들이 문학답지아니한 연문학류의 서적에 중독되는 것도 큰 문제"[13]라거나 "감상적 문학서류에 중독되어 불량하게 되는"[14] 일이 많다고 걱정을 하는 한편, 두 번의 실연 끝에 음독자살을 기도한 어떤 소녀의 사건 기사에는 그녀가 '문학소녀'였다는 점이 거듭 강조가 되기도 한다.[15]

그러나 또 한편으로 소녀들의 취향은 설혹 주류 지식인 남성들의 '마음속에서는' 폄하의 대상이 될지언정 표면적으로는 비난의 대상이 되기보다 암묵적으로 승인되거나 판단이 유보되는 징후 또한 등장했다. 흡사한 상황이 등장하는 유진오와 박태원의 두 소설을 보자.

① 뿐안이라 그도 역시 싀골 녀학생에 만히 보는 「문학소녀」의 한사람인 듯 하엿다. 각금각금 「국지관」 인둥 「서조팔십」 인둥 「도기등촌」 인둥 하는 사람들의 니야기를 꺼내엿다. **나는 그날밤에는 우선 소녀가 숭배하고 잇는 이들 문인을 소녀가 생각하고 잇는대로 시인하는 수 박게 업섯다.**

(…중략…) 「사다꾜」는 아즉도 그때 세상을 놀내인 암살당한 모씨를 숭배하는 한편 「서조팔십」의 시를 애송하고 잇는 것이엿다.[16]

---

13 박팔양, 「어린이들의 문학열을 장려하는 것이 가할가(설문조사)」, 『동아일보』, 1927.11.6.
14 「어떠한 가뎡에서 불량소년소녀가 생기게 되느냐?」, 『동아일보』, 1928.4.11.
15 「풋사랑에 상처받고 음독한 문학소녀」, 『동아일보』 1936.1.19; 「연애를 순례하든 문학소녀의 애사」, 『매일신보』, 1936.1.19.
16 유진오, 「귀향」, 『별건곤』 28, 1930.5.

② 내가 그의 곁을 떠나기에 미처 누이는

'오빠아!'

하고 은근히 부른 다음 '기꾸쩌깡'의 「미라이까(未來花)」라는 소설을 한

권만 사줄 수 없느냐고 의향을 물었다.

(…중략…)

나는 누이에게 그러한 것보다는 될 수 있는 대로 나의 소설 같은 것을 읽

어 주기를 청하고 또 후에 단행본이라도 발간하는 경우에는 반드시 한 부

를 진정하마고 일러주었다.

내가 앞마당으로 돌아왔을 때 누이는 또다시

'오빠아!'

하고 불렀다.

그리고 그는 나의 소설이 얼마나 흥미 없는 것인가를 일일이 실례를 들어

아르켜 주고 그러한 소설을 쓰느니보다는 소녀시를 지어 보는 것이 훨씬

낫겠다고 충고하여 주었다.

만약 나로서 마음만 있다면 누이는 조금도 아낌 없이 그의 서가에서 '사이

조-야소(서조팔십)'의 시집을 꺼내 주마고 그뿐 아니라

'또 쇼-조-시노 쯔꾸리다가(소녀시 짓는 법)라는 책두 내게 있수.'

이렇게 누이는 친절하였다.

나는 누이의 후의에 감사하고 이제 잘 좀 생각하여 보마고 약속하였다.[17] (강조는 인

용자)

①에 인용된 유진오의 소설 「귀향」에서도 ②에 인용된 박태원의 소설

---

17 박태원, 「누이」, 『신가정』, 1933.8.

「누이」에서도 하나같이 소녀(문학소녀)들은 '기쿠치 간菊池寬', '사이조 야소西條八十'의 소설과 시를 애독하는데, 남성 서술자들은 이들 취향에 대해 모호한 태도 또는 유보적인 태도를 보인다. 즉 이들 문인을 숭배하는 소녀의 생각을 "시인하는 수밖에 없었다"거나 오빠(박태원)의 소설은 재미가 없으니 차라리 소녀시를 쓰라는 누이의 말에 "잘 좀 생각하여 보마"고 답하는 것이 그것이다. 사실 17세 문학청년 시절 사이조 야소의 애독자로 그를 흉내내어 '서정소곡'을 쓰기도 했다고 고백한 바 있는 박태원은[18] 이후 '그러한 것'과 결별하면서 모더니스트의 길로 나아가지만, 소녀들을 포함한 당대 문학 대중들의 취향을 일방적으로 폄하하거나 거부하지 못한다.[19] 이는 문해력을 갖춘 소녀 군의 독자로서의 급성장과 문학 및 서적시장에서 이들의 지위 변화를 방증하는 하나의 사례라고 봐도 무방할 것이다.[20]

사실 사이조 야소의 경우 조선에서는 '소녀들이나 읽는' 감상적인 서정시 작가로 치부되는 경향이 없지 않았지만, 일본에서는 아동자유시형 운동을 주창하며 근대 동요 및 어린이 표현운동의 시조로 자리매김 되어 있다. 1918년에 그가 아동잡지 『붉은 새』에 발표한 '카나리아'는 일본

---

18 박태원의 동경 유학시절을 고찰한 강소영은 이때 박태원이 읽은 사이조 야소의 시집을 『파리소곡집』으로 추정하면서, 박태원의 일본 유학과 문학의 방향성 수립에 사이조 야소가 영향을 미쳤음을 언급하고 있다. 강소영, 「박태원의 일본 유학 배경」, 『구보학보』 6, 구보학회, 2010, 20~21면 참조.

19 이와 유사한 태도는 「소설가 구보씨의 일일」에서도 등장한다. 독견의 소설에 대해 명작 운운하는 친구 앞에서 그는 '간신히 그것이 좋은 소설'이라고 말하는 것이다. 이는 속마음을 드러내지 않으려는 박태원의 성격 때문이라고도 볼 수 있지만, 소위 득세한 당대 대중문학에 대한 유보적 태도라고 읽을 수 있다.

20 이는 처음에 여성의 영화관 출입에 대한 사회적 편견이 영화가 근대적 취미 생활로 완전히 승인된 1930년대부터 약화되거나 희석되는 현상과도 대비될 수 있다(노지승, 「식민지 시기, 여성 관객의 영화 체험과 영화적 전통의 형성」, 『현대문학의 연구』 40, 한국문학연구학회, 2010). 즉 대중주의 시대, 대중예술 시대의 도래와 문화의 상업주의화는 그 '대중'의 영향력을 무시할 수 없게 된 것이다.

최초의 동요(근대적 의미의)로 불리는데, 이 시기 일본에서의 아동운동은 천황제를 반대하는 사회주의자들을 탄압하고 처형한 '대역사건'(1910)이후의 경직된 사회 분위기와 '교육칙어'와 수신교육이 옥죄고 있던 교육현장에 반발하여 등장한 혁신적인 표현주의 운동으로 평가된다.[21] 한국의 시인들 특히 아동시나 동요 작자들의 형성과 성장에 이러한 운동과 일본의 시인들이 큰 영향을 미친 것으로 알려져 있다.[22] 그러니까 위의 유진오와 박태원의 1930년대 초 소설에 언급된 사이조 야소와 1910~1920년대 일본 아동문학의 시조로서 조선 근대시인들의 마음을 움직였던 사이조 야소와는 이미 일정한 격차가 발생했다고 볼 수 있다. 그렇다면 이 격차가 말해주는 것은 무엇일까.

이미 조선에서도 1910~1920년대 초부터 일찍이 아동의 개념과 대상에 대한 논의가 시작되었고 「어린이」 등 아동 대상 잡지 또한 1920년대 내내 꾸준히 발간되었지만, 본격적인 아동 독자층의 분화와 연령별로 타깃을 달리하는 출판문화가 분명하게 드러났다고 보기는 어렵다. 따라서 1920년대 조선에서, '소녀시'의 독자가 아동이나 청년 시인들에 국한되지 않고 여학생을 비롯해 새로이 유입된 대중독자층에까지 광범위하게 넓어지면서 이상도, 박목월도, 박태원도 애독했던 사이조 야소

---

21 마쓰오카 세이고, 이언숙 역, 『만들어진 나라 일본』, 프로네시스, 2008, 408~409면. 이에 따르면 당시 사회주의에 눈을 떴으나 표현 통로를 찾지 못했던 청년 시인 역시 아동 표현 운동을 내세운 새로운 잡지들에 마음을 움직여 어린이 잡지 붐을 주도했다고 한다.

22 '예술 동요 운동'을 시작한 스즈키 미에키치는 순수 아동문학 잡지 『붉은 새』(1918)를 창간했고 그 휘하에 키타하라 하쿠슈, 사이조 야소, 노구치 우조 등 당대 최고의 시인들이 동요를 썼다. 조선의 시인들이 사이조 야소의 동요를 즐겨 읽었다는 박목월의 증언에서도 알 수 있듯이, 정지용, 박목월, 김소운, 이원수 등 조선의 시인들은 이들 동요시 운동의 큰 영향을 받았고 일본 시인들과 깊은 유대를 맺었다고 한다. 박지영, 「1920년대 근대 창작동요의 발흥과 장르 정착 과정」, 상허학회 편, 『1950년대 미디어와 미국 표상』, 깊은샘, 2006, 238~239면.

의 지위가 추락하기 시작한 것이다. 1930년대에 들면서 소년기나 문학 청년 시절을 벗어나 문단 내에 확고히 진입하기 시작한 이들 작가들이 과거와 결별하면서 벌어진 시차視差라고도 할 수 있다. 말하자면 신파극이 처음 등장했던 당시에는 새로운 예술운동으로 환영을 받았지만 이후 '교양없는 독자층'이 급속히 유입되면서 저급한 것으로 매도되기 시작한 것과 유사한 사태라 할 수 있다.[23] 물론 여기에는 사이조 야소 등 유명 시인들이 '소녀'들을 마케팅 대상으로 적극적으로 불러내기 시작한 상업 출판문화에 편승하여 '소녀시집' 시리즈와 '(소녀)문학교실' 등을 지속적으로 출판한 데도 원인이 있을 것이다.

1920년대에는 아동 독자의 분화가 분명하지 않았다는 사실은 1920년대와 1930년대 조선에서 쓰여진 '소녀소설'의 존재 양상의 차이에서도 확인된다. '소녀소설'은 1920년대와 1930년대에 간간히 신문연재소설로 그 명칭이 등장하는 것을 볼 수 있다. 「행운」(미소微笑, 『매일신보』, 1924), 「어엽뿐 희생」(마춘서, 『매일신보』, 1927), 「순희의 설움」(이정호, 『동아일보』, 1935), 「월사금」(박홍민, 『동아일보』, 1938) 등이 '소녀소설'이라는 명칭을 달고 연재되었는데, 역시 그 작자들은 『신흥영화』, 『조선예술좌』의 주역인 마춘서 등 남성들이었다. '소녀시집' 시리즈로 일본과 조선을 호령했던 사이조 야소나 '소녀 독자'를 몰고 다닌 기쿠치 간 또는 지속적으로 '소녀 형상'을 작품에 등장시킨 가와바타 야스나리 등이 이들 작가들의 모델이었을 것으로 짐작된다. 그러나 연봉 1만 원, 원고지 1매에 40원이라는 엄청난 원고료로 조선에서도 떠들썩했던(부러움의 대상이었던) 기쿠치 간과 겨룰 수 있는 조선의 작가는 춘원 이광수가 유일했다.[24]

---

23 천정환, 앞의 책 참조.
24 실제로 당대에 춘원은 스테디셀러 『무정』과 장편소설의 연이은 히트로 조선 제일

당시에 소년소녀 현상문예 등 어린 연령층을 새로운 창작 주체로 발굴하는 움직임과 함께 '소녀시'나 '소녀소설'의 작가로 등장한 소녀가 없지는 않았으나 미미했고, 사실상 '소녀'를 앞세운 저들 기획은 '소녀 작가'보다는 '소녀 독자'를 염두에 둔 것이라고 봐야 할 것이다. 위에 언급했듯이 이러한 '소녀소설'들은 1920년대와 1930년대의 차이가 확연하다는 점을 쉽게 알 수 있다. 1920년대에 쓰인 「행운」과 「어엽뿐 희생」에 등장하는 '소녀'는 결코 아동이라고 볼 수 없는 여고보 여학생으로, 졸업을 앞두고 진로를 고민하거나 뜨거운 첫사랑에 번민하는 처녀 쪽에 가깝다. 반면 1930년대에 쓰인 「순희의 설움」, 「월사금」의 경우에는 북간도로 떠난 아버지를 그리워하거나, 월사금을 내지 못해 걱정하는 소학교 학생으로 그 주인공이 설정되어 있다. 또한 30년대의 '소녀소설'은 당시 아동문학의 문체인 '-습니다', '-어요'의 경어체 어미를 사용하는 점에서도 20년대와 확연히 구별된다. 이는 1930년대 들어 독서시장 내에서 독자층 및 독자 타깃의 분화 현상이 더 뚜렷해지면서 나타나는 차이로 보인다. 즉 1930년대에 소년소녀가 '아동'으로 좀 더 분명하게 연령적으로 제한되는 경향을 보이면서 '아동문학'논의가 다시 활발해지며(아동문학론 재론)[25] '아동문학전집'이 출간된 것도 그 하나의 방증이다.[26]

의 '대중작가'로 불리며 '조선의 국지관'이라는 칭호를 얻기도 하는데, 이 역시 30년대 상업주의 출판문화가 낳은 현상이라고 볼 수 있다.

25 「아동문학에 관하여-이헌구씨의 소론을 읽고」, 『중앙일보』, 1931.12.20; 「아동문학의 문제(1)~(3)-특히 창작동화에 대하여」, 『조선중앙일보』, 1934.5.17; 「兒童文學과 理論缺如」(偵察機), 『동아일보』, 1935.7.28; 「아동문학 復興論, 아동문학의 르네상스를 위하여(1)」, 『조선중앙일보』, 1936.1.1; 송창일, 「童話文學과 作家」(제1회, 전5회), 『동아일보』, 1939.10.17.

26 일본에서도 이미 1920년대 전후 아동 표현 운동(동요, 동화)이 등장하지만, '대중 아동 문학' 시대가 열린 것은 20년대 말에서 30년대 초 소년잡지와 아동 전집 등 소년

1930년대는 교육받은 여성 독자층이 점차 가시적으로 그 모습을 드러내면서[27] 독자로서 '소녀'들의 잠재성이 주목을 받은 시기이다. 이들은 지식인-남성 위주 고급 독자와 구별되는 폄하의 대상이 되는 동시에, 연령별, 남녀별로 대중을 분절화하는 상업주의 출판 마케팅에 의해 새로운 독자의 영역으로 계발되어 점차 존재감을 획득하게 된다. 단, 1920년대 이래 꾸준히 분절화한 독자로 성장한 '소녀'들은 아동과 여성에 두루 걸쳐 있는 존재로서 때로는 아동으로 호명되어 아동문학의 독자층이 되기도 하고 때로는 여성 성인독자에 가깝게 접근하기도 하는 등 좀 더 폭넓은 스펙트럼을 형성하게 된다. 독서문화와 출판시장에서 소녀(소년) 독자의 무한하고 잠재적인 가능성이란 이러한 점에서 발견되었던 것일 터이다. 앞서 박태원의 「누이」에서 보았듯 조선의 지식인 남성 작가 앞에서 일본 작가 사이조 야소와 기쿠치 간의 애독자라는 사실을 당당하고 거침없이 내세우는 소녀들의 등장은 남과 여, 조선어와 일본어, 제국과 식민지의 경계쯤은 가뿐히 초월한 새로운(문제적인) 대중의 탄생을 보여준다. "소설을 보더라도 소위 연애소설 따위 그것도 극히 안가安價한(값싼) 국지관 등 소설 몇 권을 읽는 데 불과하고 명작을 심독하는 경우를 찾아볼 수 없다"[28]는 지식인 남성의 우려에서 보듯 연애소설이나 시집, 잡지 등은 제대로 된 '독서행위'에 포함되지 않았기 때문이다.

독서물들이 등장하면서 부터로 본다. 호쇼 마사오 외, 고재석 역, 『일본 현대문학사』 (상), 문학과지성사, 1998, 44~45면.

27 1920년대 중반 보통학교(초등)의 여자 입학생 수는 6만여 명 그리고 중등 이상의 여학생 수는 학교당 이삼백 명 안팎으로 전국적으로 삼천 명 정도였으며, 그 가운데 경기(경성) 지방과 평북(평양) 지방 출신이 대다수를 차지했다(「전선(全鮮) 여학생 총수와 그 출생도별」, 『신여성』, 1925.1). 1934년에는 여자고등보통학교 재학생 수가 5,123명가량으로 집계되었다(『신가정』, 1934.4). 10년 세월 동안 중등 정도의 학교에 재학 중인 여학생 수가 두 배 가까이 늘어난 셈이다.

28 이헌구, 「현대여학생과 독서」, 『신여성』, 1933.10.

3. 일본잡지『소녀구락부少女俱樂部』와
소녀 독서대중의 위상

근대적 매스미디어가 성립하려면 '아동과 여성과 민중'이라는 새로운 계급으로서의 서적 소비자가 출현해야 하는데,[29] 일본에서나 조선에서나 그것을 가능케 한 것이 근대적인 교육(교육의 근대화)이었음은 의심의 여지가 없다. 그리고 같은 맥락에서 대중으로 편입된 소년과 소녀들의 문학은 매스미디어가 된 대중문학의 중요한 일부분이 된다.[30] 실제로 '소녀'를 내세운 마케팅은 조선에서도 1920년대 이후 꾸준히 증가하는 것을 볼 수 있다. 1920년대 초에는 아동운동의 일환으로 소학생 정도 나이의 어린이를 대상으로 '소년소녀'가 호명되며 '소년잡지' 붐이 일기도 하는데,[31] 1920년대 말부터는 아예 '소녀잡지', '소녀소설' 등의 표제가 등장하여 그 독자 타깃이나 내용이 누구를 대상으로 하는지를 분명히 하는 움직임이 가시화된다. 신문 지면에 발행 준비를 알리는 기사가 실린 소녀잡지로『장미』,『로-쓰』(앞의『장미』와 동일한 것인지는 불명),『봉선화』등이 있는데 실제로 발간되었는지는 확인되지 않는다. 그리고 그 발행 주체는 대부분 소년잡지에 이미 관여를 해왔던 남성들임이 명시되어 있다.[32]

29　이효덕, 박성관 역,『표상 공간의 근대』, 소명출판, 2002, 212면.
30　일본에서 '대중소설'이라는 말이 처음 쓰인 것은 1924년경인데, 이 무렵부터 밀리언셀러 잡지(『킹』을 정점으로 하는)가 등장하며 본격적인 상업주의 출판 전쟁이 시작되고 소년문학이 대중문학에 포함되면서 대중문학은 진정한 국민문학이 된다. 효쇼 마사오 외, 앞의 책, 49면.
31　1925년 소년소녀신문『소년주보』,『소년소녀문단』등이 발행될 예정이라는 신문기사를 비롯, 1927년에는 '소년잡지의 전성시대'라는 진단이 내려지기도 했다.「소년문학운동 可否, 어린들의 문학열을 장려하는 것이 가할가」,『동아일보』, 1927.4.30.
32　『장미』의 경우 "김택효, 조영, 김홍순, 백옥석 외 제씨의 발기로 장미사를 창립하여

1920~1930년대 간간히 명맥을 이어온 이들 조선의 '소녀잡지', '소녀소설'은 미완에 그치거나 하나의 장르 명칭이 되기에는 사실 그 성과나 반응이 불확실했다. 그러나 이들은 일찍이 일본에서 시작된 상업출판의 대중 분절화와 그에 따른 타깃 출판이 미미하나마 한국에서도 시도되었다는 증거라 할 수 있다. 이들이 본격적으로 기획되거나 그 실행 주체가 성장하기 이전에 제대로 빛을 보지도 못한 채 금세 소멸한 것은, 1930년대 이후 급팽창한 일본 상업주의 서적잡지들이 조선의 독서시장을 지배하게 된 사실과 더 관련이 깊어 보인다. 일제 말기에 이르러서 이런 현상은 가속화하는데,[33] 위에 인용한 박태원의 「누이」에서 '누이'가 본정(혼마찌) 서점에서 "슈후노모노(『主婦之友』)"를 사 읽고 현상문제를 풀었다는(오빠인 '나'가 대신 풀었지만) 대목이 나오는 것에서 엿볼 수 있듯이 1930년대 초부터 대중독자와 상업 출판의 만남은 조선에서도 점차 확대되고 있었다. 대중주의와 국민주의로 요약되는 일본 쇼와문화를 대표하는 밀리언셀러 대중잡지 『킹』이 창간된 것은 1925년이었지만 조선에서 이 잡지가 본격적으로 읽히기 시작한 것은 1930년대부터이고,[34] 1930년대 후반에

소녀잡지를 발행한다"고 되어 있고(『동아일보』, 1927.1.30) 『로-쓰』의 발간 예고기사는 『동아일보』(1927.6.25)에서 확인된다. 『봉선화』의 경우는 "소년운동에 힘쓰던 리종만 씨 외 수씨의 발긔로 발행한다"고 되어 있다(『동아일보』, 1930.6.15).

[33] 일본어 문식력을 갖춘 대중독자의 성장과 함께 조선에서 일본어 서적의 대규모 유통이 이루어지고 특히 그 중심에 상업주의 잡지가 있었다는 점은 천정환, 「일제말기의 독서문화와 근대적 대중독자의 재구성(1) - 일본어 책 읽기와 여성독자의 확장」, 『현대문학의 연구』 40, 한국문학연구학회, 2010에서도 지적된 바 있다.

[34] 1935년 서적시장을 조사한 기사에 따르면 '소년독물' 시장을 일본어 잡지가 점령했음을 알 수 있다. "소년들은 서점에 들어오면 으레히 현해탄(玄海灘)을 건너 온 그림책들을 뒤지는 현상으로 이 방면에 대한 일반의 관심이 너무 적은 듯하다. 그런 관계로 해서 소년독물(少年讀物)이나 유년독물류(幼年讀物類)는 모다, 남의 손으로 된 것이 잘 팔리는 현상이라고 하며, 그 외에도 「キング」, 「主婦之友」, 「講談俱樂部」 등의 월간잡지(月刊雜誌)가 잘 팔닌다고."(「서적시장조사긔(한도,이문,박문,영창등 書市에 나타난)」, 『삼천리』 7-9, 1935.10.1) 한편 1934년 신문기사에는 일본잡지 『킹』

이르면 조선 독서시장은 전세계로 수출되던 이 잡지의 '최대의 외지外地 시장'이 된다. 조선, 만주, 대만 독자에 대한 정확한 데이터는 없지만 1930년대 말부터 조선으로부터 독자투고가 증가했고, 1937년 이 잡지가 시행한 '독자를 위한 현상모집'에서 당선자들의 지역별 인원수에 있어 조선이 일본의 웬만한 도시를 넘어섰다고 한다.[35] 그리고 이는 비단 『킹』의 경우에만 해당되는 이야기가 아니다.

1930년대 후반 우리 소설들은 일본어 잡지가 일상의 풍경, 인물의 심리, 신체의 일부로서 자연스럽게 결합되는 양상을 드러내며 조선에서 일본어 잡지가 압도적인 위세로 일상을 잠식한 장면들을 펼쳐 보인다. 1939년작인 유진오의 단편소설 「가을」에서 주인공인 소설가 기호가 현실의 압박으로 인해 발생한 두통을 잊기 위해 아침부터 『주부지우』를 펼쳐 드는 장면을 보여주고, 「나비」에서는 자신의 감정을 숨기기 위해 『부인화보』를 집어 들며 복잡한 머릿속을 정리하는 여급 프로라가 등장한다. 박태원의 장편소설 『여인성장』(1941)에서도 여주인공 숙자는 어지러운 심사를 잊고자 『부인공론』을 꺼내어 뒤적거린다. 물론 "어떠한 기사도 그의 마음에 위안을 주지는 않엇다"라고 되어 있듯이 이 장면들에서 일본어 잡지의 기능은 손을 뻗으면 항상 닿을 수 있는 곳에 편재하는 일제 말기 일본어잡지의 일상성을 드러내기 위한 것이라고 할 수 있다. 그리고 이와 거의 동시에 조선의 소녀들은 일본 소녀잡지 시장의 독자층으로 대거 편입되는데 그 중심에 강담사(고단샤)에서 발행한 『소녀구락부』가 있었다.

소녀들 역시 처음에는 조선과 일본의 여성잡지(또는 주부잡지)의 독자층

현상문제 당선으로 얻은 축음기를 무산아동 교육을 위해 기증한 여교원의 이야기가 등장하기도 했다(「懸賞으로얻은 蓄音器寄贈」, 『동아일보』, 1934.12.12).

[35] 佐藤卓己(사토 타쿠미), 『『キング』の時代―國民大衆雜誌の公共性』, 岩波書店, 2002, 40면 참조.

으로 꾸준히 성장해왔다. 이들은 조선의『신여성』,『여성』,『신가정』또는 일본의『주부지우』,『부인구락부』등의 독자들이기도 했지만, 앞에서도 언급했듯이 연령과 성별을 섬세하게 분절화한 대중잡지의 시대에 특별한 의미를 부여받게 된다. 여성지와 아동지의 독자에 폭넓게 걸쳐 있는 소녀층이야말로 새로이 개척할 만한 시장이었기 때문이다.『킹』이라고 하는 모든 연령과 성별에 침투한 '궁극의 대중잡지'가 결국 잡지시장을 평정하기는 했지만,『소녀구락부』,『소녀의 벗』,『소녀 세계』,『소녀 화보』등 소녀에 특화한 대중잡지들은 타깃 독자층으로부터 지속적인 사랑을 받았다. 이들이 조선으로 유입되어 독자층을 확보해 나갈 수 있었던 것은 조선에 '소녀'들을 대상으로 한 잡지가 부재했다는 사실과도 관련이 있다. 일례로 1940년『여성』지가 실시한 좌담회 '제복의 아가씨들은 무엇을 생각하는가'에서 한 참석자는 "『부인공론』,『부인구락부』,『주부지우』이러한 종류의 것을 보기도하죠. 조선것으로는 여학생에 대한 것이 없어 재미가 없어서 안 봐요"라고 이야기하고 있다.[36]

당시의 여성잡지들은 사실상 여학생을 주 타깃으로 하고 있음에도 불구하고 꽤 고압적인 자세를 유지하고 있었는데, 이는 계몽을 목적으로 하는 논설과 평론 중심의 잡지문화 때문으로 풀이할 수 있다. 1920년대와 1930년대 잡지의 논설들은 대부분 가르침과 훈계 그리고 비판이 주조를 이루었기 때문에, 조선의 출판계는 특화한 컨텐츠를 요구하는 분화된 독자층의 요구를 맞추지 못했거나 맞추기 어려웠던 것이다. 그러나 소녀들이 일본어 잡지 독자로 급속히 흡수된 것과 관련해 더 중요한 사실은

---

36 『여성』5-7, 1940.7. 일본에서는『소녀계』라는 잡지가 이미 1902년에 등장한 이래로 소녀잡지가 꾸준히 명맥을 이어왔고, 이들 지면에 실린 소설, 만화, 화보 등이 일본의 100년 소녀문화(소녀벽)를 형성한 기원이라는 시각도 있다.

근대교육 및 식민지 교육을 받은 소녀들이 일본어(국어) 문해력을 갖추게 되었다는 것이다. 1908년 조선교육령에서 밝힌 여자고등보통학교의 교육 목적은 "여생도의 신체발달과 부덕함양에 유의하되 덕육을 베풀고 생활에 유용한 보통지식과 기능을 가르치며 국민된 성격을 양성하고 국어에 숙달케 하는 것"이었다. 이 목적들 가운데 가장 직접적이고 가시적인 '성과'를 보인 것이 '국어에 숙달케 하는 것'이었으리라는 점은 충분히 짐작 가능하다. 외국어 학습이 보통 그러하듯 학교에서 배운 일본어를 바탕으로 학교교육 '바깥'의 일본어 서적(문예, 잡지)을 읽고 이를 통해 더욱 숙달된 일본어를 구사할 수 있게 되었을 터이다.

사실 『소녀구락부』를 발행한 일본의 잡지왕국 고단샤講談社는 잡지 광고로 "일년에 백만원 이상의 광고비를 신문사에 주고 있"는[37] 거대 상업 잡지 출판사로, 고급잡지/저급잡지라는 구분에 따르면 이 잡지사의 『킹』과 '구락부 잡지'들은 후자에 속하는 것으로 분류되곤 했다. 이는 소위 정론지라 할 수 있는 『개조』, 『중앙공론』 또는 소위 '고급 지향의' 대중잡지 『히노데日の出』 등과의 대비에서 그러하며, '이와나미岩波 문화'라는 지식인 엘리트 중심의 독서문화의 대척점에서 있는 것으로 흔히 인식이 되기 때문이다. 그러나 고단샤의 잡지들은 심심풀이 오락잡지로서의 비속함과 다양한 계층을 공론장으로 이끌어내는 공공성이라는 이중전략을 취함으로써(적어도 일본에서는) 최대한의 독자를 끌어들이는 데 성공했다고 볼 수 있다. '사립문부성'이라는 별칭이 붙을 정도로 대중의 국민화를 표방한 고단샤의 잡지 전략은 성별도 연령도 계층도 지역도 다른 '국민'을 공공적으로 동원하는 데 효과적이었다.[38] 1923년

---

37 곽복산, 「일본잡지계전망」, 『동아일보』, 1934.2.9. 이 글에 따르면 개조와 중앙공론 역시 그만큼의 광고비를 지불하는 것으로 알려져 있다 한다.

창간된『소녀구락부』역시 크게 다르지 않아서 일본의 소녀에게도 '장래 교양있는 부인이 될 뿐만 아니라 현모양처가 되도록' '국민성의 계발과 함양'이 필요하다는 점을 내세우는 한편, 소녀잡지에는 이전에 없었던 강담물을 연재하여 인기를 끌기도 했던 것이다.[39] 한마디로, 『소녀구락부』는 잡지문화의 자본주의화를 이끄는 데 결정적인 역할을 한 부인잡지의 '데빠-또'(백화점)적인 성격[40]을 이어받으면서, 그 전신인 소년잡지『소년구락부』가 내세웠던 국민성의 계발이라는 대의명분도 가져옴으로써 강력한 대중 흡인력을 가질 수 있었다.

『소녀구락부』라는 잡지가 식민지 조선의 소녀들에게 얼마나 읽히고 어떤 영향을 미쳤는지에 대해서는 실증적으로 파악하기가 쉽지는 않다. 『소녀구락부』는 20만 부의 발행부수로 다른 소녀잡지에 비할 때 압도적인 부수를 자랑했는데,[41] 발행부수만으로 실제적인 영향력이나 구체적인 관련성을 가늠하기는 어렵기 때문이다. 적어도 다음과 같은 '회고담'들은 『소녀구락부』 또는 『소녀구락부』를 대명사로 하는 일본의 소녀잡지가

---

38 『킹』을 중심으로 한 이러한 대중독자층의 확대를 사토 타쿠미는 '대중적인 세론과 조직적이고 새로운 공공공간의 출현'으로 해석한다. 사토 타쿠미, 앞의 책, 41면.

39 위의 책, 138~139면 참조. 고단샤를 잡지 왕국으로 만든 노마 세이지는『소녀구락부』에 21개조에 이르도록 자세하게 편집 방침을 작성하여, 여학생들은 종이 질보다는 흰색을 선호하니 주의하라든지, 투서자의 서신을 이용하여 독자와의 호감을 유지하도록 해야 한다든지 하는 세목을 정해 놓았다고 한다.

40 "부인잡지는 대백화점의 부속물로서, 그 자신이 소규모의 데빠-또에 다름아니다." 靑野季吉, 「동경조일신문」, 1933.6(사토 타쿠미, 앞의 책 28면에서 재인용).

41 여성 독자를 대상으로 한 일본잡지의 현황과 부수 등에 대해서는 김수진, 『신여성, 근대의 과잉』, 소명출판, 2009 부록 참조. 한편, 1940년에『삼천리』에서 공개한 일본잡지의 실제 발행 부수에 따르면『킹』과『주부지우』가 60만 부로 수위를 차지하고, 『부인구락부』와『소년구락부』가 각각 50만, 『소녀구락부』가 20만으로 고단샤(講談社)의 '구락부 잡지'가 잡지계를 완전히 점령하고 있음을 보여준다. 이는 '정론지'라고 할 수 있는『중앙공론』, 『개조』가 4~5만 부인 것에 비하면 실로 엄청난 차이이고, 『소녀구락부』의 경우도 다른 소녀잡지들과 비교할 때 압도적인 부수였다. 「삼천리 기밀실-동경 서적시장 활황」, 『삼천리』 12-3, 1940.3.

실제로 조선 소녀들의 소녀 시절을 상당 부분 점령하고 있었음을 증언하고 있다는 점에서 주목된다.

① 나는 기숙사 도서실에서 『소녀구락부』, 『소녀의 友』 같은 소녀잡지를 빌려 읽고 퍽이나 서정적인 기분을 즐길 수 있었는데 금랑이와 동생들에게 그 책에서 읽은 슬프고 낭만적인 이야기를 강냉이를 먹으면서 해 주었다.[42]

② 초등학교 1, 2학년 생이던 나를 끌어당긴 관심사는 남기 오빠 방에 있던 작은 책장이었다. 우리집 응접실 책장 안에는 아버지가 보시던 금박표지의 『세계문학전집』같은 책이 가득 있었으나 미처 내 관심을 끌지 못했는데, 남기 오빠의 책상에 꽂힌 어린이용 단행본이나 『소년구락부』나 『소녀구락부』같은 학생용 일본어 잡지는 나에게 독서의 길로 통하는 새로운 문을 열어 주었다.[43]

첫 번째 ① 인용문의 필자인 화가 천경자는 1924년생으로 그녀가 『소녀구락부』, 『소녀의 벗』 등 일본어 소녀잡지들을 읽은 것은 1930년대 말, 1940년 전후로 추정된다. 특히 소학생 시절(1940년 전후) 이 잡지를 접한 ② 인용문의 필자는 "『소년구락부』나 『소녀구락부』 같은 학생용 일본어잡지는 나에게 독서의 길로 통하는 새로운 문을 열어 주었다"고 회고하고 있다. 이는 '문자를 이해하는 무지대중의 얄팍한 취미 오락물' 정도로 치부하는 일부의 인식과는 달리 이러한 소녀잡지들이 새로운 단계의 독서로 나아가는 통로이자 과정일 수 있음을 시사한다. 물론 그 새로운

---

[42]   천경자, 『내 슬픈 전설의 49페이지』, 랜덤하우스코리아, 2006, 83면.
[43]   오경자, 『볼우물』, 범우사, 1997, 221면.

독서의 세계가 어떠한 종류의 것인지는 좀 더 세심한 고찰을 요하는 문제일 수 있으나 세계문학전집 대신 소녀잡지를 선택한 그 자체가 폄하될 필요는 없을 것이다. 단, 식민지 조선에서도 이들 잡지가 일본에서와 동일하게 '국민화의 미디어'였다고는 하나, 일본과 조선에서 이 잡지를 읽는 독자들의 독서 효과와 성장 과정은 과연 동일했을까? 아직까지 확인할 수 있는 것은 위의 인용문에서 보듯 식민지 소녀의 독서 체험에서 조선의 어떤 잡지나 작품들도 따라잡을 수 없었던(양적으로나 질적으로나) 일본어 대중잡지들이 그녀들의 성장 과정에 상당한 영향력을 행사했다는 점만은 분명해 보인다.

그렇다면 소녀들이 그러한 독서 체험을 통해 새로이 진입한 책읽기의 세계란 어떤 것이었을까. 현재로서 짐작할 수 있는 것은 상업주의 저널리즘이 개척해 낸 새로운 '식민지'인 대중독자가 단지 지배당하고 길들여지는 존재만은 아니라는 사실이다. 전후 일본의 지식인 사토 다다오佐藤忠男가 주장하듯 누군가는 『소년구락부』와 같은 대중잡지를 통해서도 '지적 성장'을 이루어내고,[44] 또 어떤 이들은 역으로 고급종합잡지의 독자였다가 나중에 『킹』의 세계로 빠져드는 일도 있었을 것이다. 물론 거대한 자본을 앞세운 상업출판의 득세와 그들의 출판시장 지배는 소위 '고급잡지'의 몰락을 야기했고 광대한 계층을 대중잡지의 독자층으로 조직해 나아간 것은 부인할 수 없는 사실이다.[45] 그러나 광범위한 학생 지식인 독자를

---

44 佐藤忠男, 「소년의 이상주의」, 『사상의 과학』, 1959.3(사토 타쿠미, 앞의 책, 61면에서 재인용). 佐藤忠男는 이 글에서 『소년구락부』의 많은 열혈 독자들이 이후 강담물 독자로 흡수되지 않고 이와나미문고의 독자(지식인)로 성장했다고 보고 있고 그 이유를 소년 시대 특유의 이상주의에서 찾고 있다. 그러나 『『キング』の時代』의 저자 사토 타쿠미는 고급종합잡지를 졸업하고 나온 『킹』의 독자가 압도적으로 많다는 점을 들어, 이러한 대중잡지야말로 이와나미적 시민문화가 움켜쥘 수 없었던 광대한 계층을 국민적 공공권으로 조직했다고 해석한다.

끌어들이는 데 성공한 『킹』이 기존에 대중문화와 엘리트문화를 단절적으로 인식하고 대립시키는 오랜 도식을 뒤흔들었던 것처럼,[46] 자신들의 읽을거리를 스스로 선택하는 대중독자들의 역동성과 비일관성은 '여성-저급한 대중/남자-고급 교양 시민'으로 가르는 오랜 구별짓기의 논리 역시 흔들어 놓는다.

"부인의 독서욕의 증대는 저널리즘에 있어서는 광대한 신식민지의 발견"[47]과 같다는 당대 일본 저널리스트의 말에서 보듯 제국 일본에서도 여성(의 영역)은 공공연하게 '식민지'라는 기표로 상상되고, 이는 대중잡지라는 백화점의 온갖 상품을 진열하고 팔아넘기기에 더없이 좋은 새로운 시장으로 인식되었다. 제국의 '소녀'들 역시 그 식민지의 일부를 이루면서 출판 저널리즘의 입장에서 보자면 여성이라는 상품시장을 미래에 더욱 풍성하게 채워줄 잠재적인 가능성이었을 것이다. 그러면 식민지 조선의 소녀들은 어떠한가? 1930년대부터 일제 말기에 이를수록 자본주의 출판 저널리즘에 의해 제국의 신민들과 식민지인들은 그 격차를 점차 좁혀 나가며 표면적으로는 동시대성을 획득하는 것으로 보인다. "성별도 연령도 계층도 지역도 다른 '국민'이 동일한 독물을 동시에 읽는 미증유의 경험"[48]이 가능해진 것이다. 물론 식민지

---

45 이미 30년대 중반에 "'광고전'에 끼어서 지탱해 나갈 수 없는 잡지는 일조일석에 자취를 감추게 되"었다고 하고(곽복산, 「일본잡지계전망」, 『동아일보』, 1934.2.9), 1920년대 후반에는 고급부인잡지를 지향하여 나왔던 『여성개조』, 『여성일본인』, 『여성』 등은 추락하고 『부인공론』도 고백기사 위주로 대중화를 할 수밖에 없었다고 한다(사토 타쿠미, 앞의 책, 32면).

46 『킹』을 읽는 학생군의 존재(물론 『킹』이 적극적으로 학생들을 독자로 흡수하는 전략을 구사했기 때문이기도 하지만)는 '고단샤문화와 이와나미문화'라는 기존의 도식을 곤란하게 만드는 부정합한 존재였다고 본다. 위의 책, 61면.

47 大宅壯一, 「문단길-드의 해체기」, 1926(위의 책, 31면에서 재인용).

48 위의 책, 41면.

인들에게 이 동시대에의 참여란 주체적인 지적 성장의 가능성과 국민으로서 공공 영역에의 편입 모두를 의미하는 양면성으로 인해 2등 국민이라는 굴레를 벗어나 제국의 신민으로 다시 태어날 수 있는 기회가된다는 아이러니가 발생한다.

일제 말 남성 지식인들도 그러했듯이 조선의 지식인 여성들은 총동원 체제와 강제 동원 문제 등 일제의 군국주의에 관해 일정한 입장을 표명해야 하는 상황이 발생했다. 소수의 친일파가 아니라 지식인 다수의 '협력행위'가 시작된 진원은 그들이 국민으로서 공공성에 적극적으로 참여할 수 있게 되면서부터라고 할 수 있다. 조선의 지식인 여성들이 제국의 2등 신민인 일본의 여성들에 동조하여 황민화 사업에 적극적으로 참여함으로써 그들의 지위를 보장받고자 했다는 점[49]에 비춰 보면 더욱 그러하다. 반면 소위 '식민지의 식민지'(조선 여성)의 예비군으로서 '소녀'들은 일제 말기 식민지의 성인 여성들에게 요구되었던 모종의 입장표명을 유보할 수 있는 자유(여유) 속에서 그 동시대성을 체험했다. 앞에서 인용했던 두 여성의 글에서 보이는 것과 같이 '순수한 읽기 행위로서의 일본어잡지 독서'라는 낭만적 회고가 가능한 것도 그 때문이다. '여성에다 어리기까지' 하다는 점에서 어쩌면 제국주의적 시선에서 가장 열등한 존재이자 자동으로 배제되는 타자였지만, 식민지의 '소녀'들은 조선어와 일본어에 대한 큰 자의식 없이 자신들의 순전한 읽기 욕구와 취향을 만족시키고 계발시켜 나아갔다. 식민지 시기 '소녀' 독자는 남과 여, 성인과 어린이, 조선어와 일본어, 제국과 식민지 등 여러 구획과 경계들을 재조정하도록 틈새를 만들고 뒤흔들었던 새로운 종류의

---

49 공임순, 『식민지의 적자들』, 푸른역사, 2005, 443쪽 참조.

대중으로서 독특한 위상을 가지게 된 것이다.

4. 소녀들의 읽기 욕망과 취향의 발견

이 글은 식민지 시기 독서문화 가운데에서 '소녀'들의 독서에 관해 언급하고 있는 자료들과 당대의 작품들 그리고 회고 등을 통해, 어린이에서 여성 사이에 걸쳐 있는 '소녀'들의 독서 경향과 그 의의를 짚어 보았다. 지금까지 '여성' 독자에 주목한 연구들은 당대의 독서문화를 가늠할 수 있는 다양한 1차 자료들 즉 통계, 설문, 좌담 등을 분석하여 독서와 관련된 그녀들의 선택, 취향 등의 문제를 해명해 왔다. 이 글은 이와는 방향을 좀 달리하여 '여성'이라는 기표로 온전히 설명되지 않는 '소녀' 독자의 존재를 당대에 쓰인 소설이나 평문 등을 통해 그 밑그림을 그려 보았다. 그리고 식민지 시기 소녀들의 독서문화를 엿볼 수 있는 실마리를 작품 속에서 찾고, 이를 크게 일본(어) 통속문학과 대중잡지라는 키워드로 설명해 보고자 했다. 즉 사이조 야소나 기쿠치 간과 같이 일본과 조선을 뒤흔들었던 대중시, 대중소설 그리고 상업출판의 선봉을 달리던 대중잡지 등에 탐닉했던 그 시대 소녀들의 독서의 맥락과 배경 그리고 그 의의를 살피고자 한 것이다.

'소녀'들의 독서는 '여성'에 대해서 그랬던 것과 크게 다르지 않게 남성들의 그것에 비해서 저급하고 감상적이라는 굴레를 쓰는 경우가 많았다. 연애물이나 서정시 또는 통속물의 흥행에 여성들 특히 소녀 독자 군이 큰 기여를 했을 가능성은 크지만 실상 이를 전적으로 소녀 독자의 탓으로 돌리기에는 무리가 있다. '연애의 시대'라고까지 불리는

1920년대는 남녀 할 것 없이 연애열로 들끓었던 시기였으며 상업출판의 시대였던 1930년대에 대중잡지 시장의 어마어마한 성장은 정교하게 독자층을 분화시키면서 독자를 늘려나갔다. 그런데 여성 특히 '미숙한' 소녀들의 독서가 주목과 평가의 대상이 되었던 것은 타자로서 배척하고 견제함으로써 성별 대결구도를 유지하고자 하는 남성 엘리트주의 문화를 증명함과 동시에 출판문화 내에서 소수이지만 강력했던 그녀들의 위상을 반영한다. 무시할 수 없는 신흥 독자층으로서 남성과 청년과는 다른 몫과 역할을 할 수 있는 새로운 독자 대중이 탄생한 것이다. 그러나 상업 출판시장에서 그녀들이 구매력을 가진 매력적인 마케팅 대상이라는 점을 넘어서서 소녀들의 독서가 실제로 그녀들의 삶과 성장에서 갖는 의미를 찾는 것 또한 중요하다.

식민지 시기 근대교육을 받고 활자의 세계에 진입한 그녀들은 문화 행위(독서)를 통해 자신의 취향을 적극적으로 드러내고 자신의 문화를 향유할 줄 알았던 첫 번째 여성 세대일 것이다. 특히 '소녀'들은 성숙한 여성들이 남성들의 세계에 진입하여 겪어야 했던 여러 도전들과 당면한 현실의 문제들을 피해 있으면서 유쾌하게 남성 중심의 문화 특히 엄숙주의, 계몽주의 등을 앞세운 남성 지식인 엘리트주의에 흠집을 내는 존재들이었다. 이 장에서는 몇 겹의 타자로서 기호화되며 미숙함과 감상성의 기표로서 호명됐던 '소녀'를 넘어 그리고 상업주의 출판 마케팅의 새로운 식민지로서의 '소녀'를 넘어, 교육받은 새로운 대중적 주체로서 독서의 세계와 시장에 진입한 '소녀'의 여러 맥락을 짚어 보고자 했다. 소녀들의 '쓰기'를 포함해 '소녀' 주체의 위상과 정체 그리고 동시대 주체-타자들의 관계를 입체적으로 고찰하기 위한 지속적인 접근이 필요하다.

1. '조선어'로 쓴다는 것

문명의 말기적 징후들과 만개한 도시문화를 바탕으로 탄생한 모더니즘 예술(문학)은 '문화의 소비'를 가장 생산적이면서 또한 파괴적인 형태로 승화시킨 예술사조이다. 문화 생산물의 소비와 그를 둘러싸고 있는 문화적 행위들(예컨대 영화관에서 영화 보기, 유성기로 또는 거리에서 음악 듣기, 도서관이나 서점에서 신문, 잡지, 책을 읽고 사기 등등)은 직간접적 경험 또는 가상 체험을 통해 끊임없이 새로운 상상적 생산을 가능케 하는 토대가 된다는 점에서 그 어떤 도시적 소비 가운데에서도 생산적이며 소외와 억압, 폭력의 화약고인 도시를 지속 가능한 것으로 버티게 만드는 힘이 된다. 모더니즘문학 예술에 나타나는 문명 비판과 부르주아 자본주의 비판이라는 시대정신은 바로 이러한 근대 경험 및 도시 체험을 밑바탕에 깔고 있다. 그리고 이는 식민지의 모더니즘에 대해서도 일면 진실이라고 말할 수 있다.

식민지 조선의 물질적 문화적 인프라의 중심지인 경성은 꾸준히 도시의 외연이 확장되고 제도적 문화적 인프라가 확충되면서 1930년대 후반까지 쉼없는 변화를 겪게 된다. 식민지에서 모더니즘의 토대인 근대 자본주의 문명, 근대 부르주아 계급이 충분히 성장했는가 하는 점에 대해서는 물론 회의적이지만,[1] 적어도 1930년대 중반까지 경성의 도시 확대와 도시 인프라의 확충이 정점을 맞이하면서 메트로폴리스까지는 아니더라도 근대 대도시의 외양을 갖추게 된 것만은 인정되는 사실이다. 식민지 모더니즘은 바로 '식민지 근대도시'의 토대에서 나타나고 성장한 근대도시의 산물이자 식민지의 산물인 것이다.

식민지에서 모더니즘 예술(문학)은 일부(주로 카프) 비평가들과 독자들로부터 흔히 '부르주아 엘리트'들의 전유물이라는 공격을 받은 반면, 서구의 모더니즘과 달리 부르주아적 근대성에 대한 철저한 부정과 거부를 나타내지는 않았(못했)다. 그러나 식민지 모더니즘에서 보다 주목할 만한 사실은 근대문명에 대한 욕망과 환멸, 동경과 조소, 열정과 피로가 식민지인 자신의 언어로 표현되어 있었다는 점이다. 이는 첨단의 문화와 예술을 지향하는 엘리트적 이상(열망)과 식민지 후발 근대 사회가 겪어야 하는 현실 사이의 괴리가 낳은 결과물이었다. 물론 여기서 그들이 붙잡았던 '자신의 언어'의 정체(성)와 의미는 간단한 문제가 아니다.[2]

---

1   중국 상하이의 도시문화와 모더니즘 문화(문학)를 고찰한『상하이모던』(리어우판,
     장둥천 외역, 고려대 출판부, 2007)에서 저자 리어우판(李歐梵)은 상하이 모더니즘
     (대표적으로 작가 스저춘과 잡지『현대』)과 1920~1930년대 유럽 모더니즘의 차
     이에 대해, 중국에서는 서구 모더니즘에서와 같은 부르주아적 근대성에 대한 적대
     적·부정적인 미학적 입장이 나타나지 않았다는 점을 들고 있다. 그는 그 이유를 상
     하이와 같은 거대도시에서조차 충격에 빠트릴 만한 부르주아 계층이 존재하지 않
     았기 때문이라고 설명한다. 그런 점에서 세계 5대 메트로폴리스였던 반(半)식민지
     상하이에서 근대성은 유행이자 이상은 될 수 있었을지언정 엄연한 '객관적 현실'은
     아니었다고 본다.

식민지 모더니스트들(뿐만 아니라 많은 작가들)이 조선어(한민족의 언어)를 모어로 일본어를 '국어'로 하는 이중언어 상황에서도 '조선어'로 글쓰기를 고집했다고 할 때 이것이 단지 오염되지 않은 순수한 언어를 의미하지 않는 것처럼, '조선어'라는 기표를 가진 새로운 인공어가 창조된 것으로 볼 수만도 없다. 민족과 국가의 경계선에 집착할 필요가 없는 것과 마찬가지로 자연어/인공어의 경계 설정에 집착하는 것 역시 불필요하다고 본다. 1차적으로는 순수한 자연어가 환상이듯이 완전한 인공어가 없다는 점에서, 또한 '인공적인 것'으로 의미를 한정할 경우 그 인위성의 주체(작가)는 부각될 수 있으나 언어의 역동성과 언어 사용자들의 공동체가 만들어내는 균열과 틈 그리고 복잡한 맥락들을 놓칠 수 있기 때문이다. 김기림, 박태원, 이태준 등 대표적 모더니스트들이 유독 '조선어'로 글쓰기를 고집했고 그렇게 함으로써 자국어문학 수립에 기여할 수 있다는 언어 이데올로기를 표방했던 것은 식민지 모더니즘이 가진 특수성의 한 양상일 터인데, 그러나 그들의 의도와 상관없이 그들의 언어는 '조선어'라는 기표를 가지기는 하나 '조선'의 위상이 그러한 것처럼 끊임없이 흔들리고 있었다.[3] 여기서 흔들린다는 것은 단순히 그 존립이 위협받는다는 의미를

2　에드워드 맥(Edward Mack)이 식민지 시기 일본어 출판물의 해외 유통 양상을 고찰하면서 '한국어 텍스트'와 '일본어 텍스트'라고 할 때 흔히 전제되는 민족이나 국가, 인종적 동일성 또는 그 경계선에 의문을 제기하고 텍스트와 독자 그리고 문학과 민족 간의 관계를 역사화하여 바라볼 것을 주장했듯이(Edward Mack, 「The Extranational Flow of Japanese-Language Texts, 1905~1945」, 『사이』 6, 국제한국문학문화학회, 2009) '조선어'를 조선민족의 언어 또는 한국의 국어로 특정하는 것 역시 이 시기 언어(또는 언어-민족의 관계)의 착종성과 혼란을 드러내는 데 도움이 되지 않는다.
3　근대 언어와 문학언어가 놓인 상황을 동아시아적 맥락에서 또한 탈식민적, 탈민족적 관점에서 바라본 연구들은 상당히 축적되어 있다. 대표적으로 임형택 외, 『흔들리는 언어들-언어의 근대와 국민국가』, 성균관대 출판부, 2008에 실린 연구 성과들을 들 수 있다.

넘어선다. '조선어'는 식민지의 언어를 흡수하는 제국의 언어인 일본어의 동일자적 기획을 지연시키는 타자이면서, 또한 외래적인 것들로부터 견고하게 견지(보존)되어야 할 무엇으로 인식되며 다른 언어들을 타자화하기도 하는 이중적인 위상을 가지고 있었다.

일제 강점기 조선의 작가들에게 모어로서 '조선어'의 확실성이 의심의 대상이 된 계기로 꼽을 수 있는 것은 식민지의 이중언어 상황 그리고 후발 근대 국가에서 필연적인 또는 필수적인 타 언어와의 '강제적인' 접촉이다. '강제적'이라고 표현한 것은 자의에 반해 이루어진 일이라는 것이라기보다는, 외래적인 것의 흡수와 수용을 근대적 생존의 필연적인 조건으로 받아들이지 않으면 안 되었던 상황을 강조한 것이다. 또한 또 다른 '국어'를 수용해야 했던 식민지라는 상황과 더불어 자국어 출판 및 번역 출판 등 전반적 문화 인프라의 미비로 인해 외국어 텍스트와 직접 접촉을 불가피하게 강요받아야 했던 현실도 관계가 된다. 특히 모더니스트들에게 서구의 첨단문학 또는 외국어라는 낯선 존재는 자신의 문학관 또는 문학언어를 수립하는 데 중요한 계기였다고 본다면, 식민지 시기 문학언어 그리고 글쓰기의 혼종성을 가장 잘 드러내주는 것 또한 모더니즘문학이라고 할 수 있을 것이다. 그동안 이중언어 상황을 포함하여 식민지적 언어 상황에서의 글쓰기에 대해서 많은 논의가 이루어져 왔는데,[4] 이 글에서는 그

---

4 대표적으로 서은주, 「한국 근대문학의 타자와 이질언어 : 번역과 문학장(場)의 내셔널리티 — 해외문학파를 중심으로」, 『현대문학의연구』, 한국문학연구학회, 2004; 안미영, 「이태준의 근대소설에 반영된 식민지 어문정책과 민족어의 성격」, 『국어국문학』 142, 국어국문학회, 2006; 문혜윤, 「1930년대 국문체의 형성과 문학적 글쓰기」, 고려대 박사논문, 2006; 권보드래, 「1910년대의 이중어 상황과 문학언어」, 『한국어문학연구』 54, 한국어문학회, 2010; 오태영, 「다이글로시아와 언어적 예외 상태 — 1940년대 전반 잡지 『신시대(新時代)』를 중심으로」, 『한국어문학연구』 54; 이혜령, 「문지방의 언어들 — 통역체제로서 식민지 언어현상에 대한 소고」, 『한국어문학연구』 54 등이 있다.

러한 연구들의 연장선상에서 식민지 조선의 언어 상황과 '조선어'로 글을 쓴다는 것이 가진 함의를 모더니스트 박태원의 글쓰기를 중심으로 고찰하고자 한다.

박태원의 작품들을 연구의 대상으로 삼은 이유는 박태원의 글쓰기에는 특히 '타자와의 만남' 또는 '타자의 발견'의 흔적들이라고 할 수 있는 언어의 혼종적 특징들이 눈에 띄게 두드러진다는 점 때문이다. 여기서 타자란 낯설고 새로운 것 또는 낯선 것으로 호명된 것인 동시에 온갖 동일자적 기획에 균열을 내는 존재이다.[5] 그는 당대의 평가대로 단지 언어 자체에 함몰된 예술지상주의자나 기교주의자라기보다는 제국(들)의 식민지 상황에 놓인 '조선어'의 안과 밖을 치열하게 고민한 작가였다. 이 글은 특히 박태원의 텍스트 가운데 '경알이(서울 방언)문학'이라고 일컬어지는 『천변풍경』에 나타난 표준어-방언의 문제 그리고 「소설가 구보씨의 일일」 및 그의 번역 작품들에 나타난 문학언어의 선택 또는 실험의 양상을 살펴봄으로써 1930년대 '조선어로 문학하기'가 가진 여러 맥락들을 고찰해보고자 한다.

---

5   세계의 동일성이란 '타자'의 존재로서 즉 동일자가 '타자와 다른 것'으로 설정될 때에야 비로소 인식될 수 있는 것으로, 동일성의 논리는 이 '타자'를 동일자에 환원시키는 것을 목적으로 한다. 뱅상 데꽁브(Vincent Descombes), 박성창 역, 『동일자와 타자』, 인간사랑, 1990 참조. 이 글의 논의 대상인 표준어에 대한 방언, 일본어(제국어)에 대한 조선어(식민지어), 조선어(모어)에 대한 외국어의 관계가 그러하다고 볼 수 있는데, 그러나 이 타자의 존재는 동일자의 억압과 배제의 시도를 지연시키며 해체하는 역할을 한다.

2. '경알이'라는 타자의 도입과 표준어문학의 균열

1936년 『조광』에 처음 연재된 박태원의 『천변풍경』은 알려져 있다시피 서울 토박이 박태원이 청계천변 자신의 집 이층에서 내려다본 풍경들과 경성 도시민들의 일상을 주요 모티브들로 하여 구성한 소설이다. 이 작품은 박종화로부터 "태원은 '천변풍경' 하나로 순수한 경알이 문학을 세워노핫다"[6]는 찬사를 이끌어낼 만큼 실제로 작품 속에 당시의 서울 방언을 생생하고 풍부하게 '기록'해 놓았다. 그런데 『천변풍경』에서 "경알이말의 노다지"를 발견할 수 있고 "중류이하 순경알이적 풍속 행동언어"를 능숙한 솜씨로 묘사해 놓은 것은 맞지만, 또 하나 잊지 말아야 할 것은 이 작품이 순경알이로 쓰인 동시에 표준어로 쓰였다는 점이다. 『천변풍경』은 철저하게 서울말과 표준어, 좀 더 정확하게 말하자면 '중류 이하' 사람들이 쓰는 서울말과 '중류 이상'의 서울말을 기준으로 만들어진 표준어 양자를 구분하여, '대화는 사투리로, 지문은 표준어로'라는 당대 문학인들 사이에 등장한 일종의 창작 슬로건을 실천하고자 한 글쓰기인 것이다.

표준어로 창작하자는 주장은 한글맞춤법 통일안(1933)이 확정되고 조선어표준말모음(1936)이 만들어진 30년대 중반 전후로 제출되었다. 이 당시 표준어 문장 쓰기의 중요성과 의미에 대해 논했던 논자들은 많았으나 표준어로 작품을 창작해야 한다는 대표적인 주장은 특이하게도 '모더니스트' 박태원과 이태준 그리고 김남천 등에서 찾아볼 수 있고, 작품을 쓸 때 표준어로 쓰겠다고 분명하게 표방을 한 작가로 장혁주 정

---

6   박종화, 「『천변풍경』 평」, 『매일신보』, 1939.1.26.

도를 들 수 있다.[7] 박태원은 문장에 지방어가 많이 섞이게 되면 "부질없이 문장의 미를 손상"하게 된다는 이유로 "지방색을 나타내기 위하야 효과적으로 씨워잇는 경우"를 제외하고는 반드시 표준어를 사용할 것을 주장했다.[8] 다음은 『천변풍경』의 첫 대목이다.

"아아니, 요새, 웬 비웃이 그리 **비싸우**?"

죽은깨투성이 얼굴에, 눈, 코, 입이, 그의 몸매나 한가지로 모다 조고맣게 생긴 이쁜이 어머니가, 왜목 요잇을 물에 흔들며, 옆에 앉은 **빨래꾼들**을 둘러보았다.

"아아니, 얼말 주셨게요?"

그보다는 한 십년이나 젊은 듯, 갓설혼이나 그밖에는 더안되어 보이는 한 약국집 귀돌어멈이 빨랫돌우에 놓인 자회색바지를 기운차게 방망이로 두들이며 되물었다. 윈편목에 연주창 앓은 자죽이 있는 그는, 언제고, 고개를 약간 윈편으로 갸웃둥한다.

"글세, **요만**밖에 안되는걸, 십삼전을 **줬구료. 것두** 첨엔 **어마허게** 십오전을 달래지? 아, 일전만 더 **깎재두** 막무가내로군."

(…중략…)

"그, 웬걸 그렇게 비싸게 **주구 사셨에요**? 어제 우리 **안댁에서두** 사셨는데 아마 한 마리에 팔전꼴두 채 못된다나 **보든데**……"[9] (강조와 괄호는 인용자)

7   예컨대 장혁주는 『동아일보』에 장편 『여명기』를 연재하기에 앞서 「작자의 말슴」에서 "이 소설의 문장은 될수잇는대로 조선 고유의말(토어)과 사투리를 표준어화하기로 힘썼다"고 밝히고 있다. 「장편소설예고─여명기」, 『동아일보』, 1935.12.21.
8   박태원, 「3월 창작평(3) 지방어와 표준어의 문제」, 『조선중앙일보』, 1934.3.28.
9   박태원, 「천변풍경」, 『조광』, 1936.8, 182~183면. 이 작품은 이후 여러 번 개작을 거쳐 판본마다 표기 양상이나 어휘 사용에 상당히 다른 점을 발견할 수 있다.

위 인용문에서 강조 표시된 표현들에서 알 수 있듯이 서울말은 '-구료(-구려)', '-에요(-어요)', '보든데(보던데)' 등 특유의 어미활용과 '것두', '깎재두', '어마허게' 등과 같은 음성모음화 경향(또는 ㅗ모음의 ㅜ모음으로의 상승)이 특징적이다. 이태준이 '둔', '물라' 등 경성 고유 방언을 '보편성도 품위도 없는 말'이라고 했거니와 서울말이지만 1930년대 표준어 논의 과정에서 속되다 하여 배제된 언어 현상이다.[10] 한편 지문(대화를 제외한 서술)이 표준어로 되어 있다는 것은 지금과 같은 표준 표기법과 철자법이 등장한다는 의미가 아니라 방언(지역어)인 서울말과 의식적으로 구분되어 쓰여 있다는 것을 의미한다. 즉 등장인물들이 쓰는 '둔', '시굴'과 같은 말들은 지문에서는 '돈', '시골'로 표기되어 있고 위에 언급한 어미 현상은 거의 나타나지 않는다.[11]

그런데 대화를 사투리로 하고 지문을 표준어로 한다는 원칙과 관련하여 좀 더 흥미로운 현상은 이 작품이 '서울'을 무대로 한다는 사실과 관계된다. 1930년대 중반의 서울을 배경으로 한 이 작품에 대거 등장하는 서울 거주민들이 다 서울 출신들은 아니라는 점을 새삼 환기해볼 수 있다.

---

10 표준어의 기준을 서울말에 두는 것과 관련해서는 20년대부터 논란이 있어 왔다. 이것이 중부지방에서만 한정되어 쓰이는 까닭에 '보편성'이 없다는 이유로, 또 품위 없는 말이 많다는 이유로 경성 중심주의에 반감을 가지는 의견들 역시 꾸준히 제출되었다. 표준어를 '중류 이상의 서울말'이라고 한정한 것은 경성말 가운데서도 속된 말을 배제하기 위한 것이고, 보편적인 합의를 얻기 어려운 것은 교체되었다. 예컨대 정(鼎)을 서울에서는 '솟'으로 썼고 당시에 일부 독본에서는 이를 따라 '솟'으로 표기했으나 발음상으로는 '솥'이 보편적이었다. 이러한 문제들 때문에 '절대경성어표준'에 반대한다는 입장이 종종 나타났다. 길용진, 「개정보통학교조선어독본에 대하야 2」, 『동아일보』, 1931.11.1; 이갑, 「철자법의 이론과 ㅎㅆ의 종성문제」, 『동아일보』, 1932.3.16 등 참조.

11 물론 전혀 혼란이 없는 것은 아니다. "가치 머리를 깎는 이가 **따루** 두 사람이나 있건만"에서처럼 '실수'는 종종 등장한다. 서울 지역어를 표준어의 근간으로 하되 서울말의 상당 부분은 표준어에서 제외해 놓은 그 '인공성' 때문에 서울 출신들의 표준어/서울 방언 구분에는 오히려 어려움이 있었을 가능성이 있다.

물론 청계천변이라는 공간의 제약에서 보듯 북촌의 핵심 지역 중 하나인 이곳에 서울 토박이들(작가 자신이 그렇듯)이 집중 거주할 가능성이 높은 것은 사실이다. 그러나 1930년대 내내 인구 이동과 도시 유입이 점점 심화하면서 도시 인구가 급증하고[12] 경성의 인구 구성 역시 큰 변화를 겪게 된다. 실제로 작품에는 '시골출신' 인물들(재룡이, 창수, 금순이 등)이 여러 에피소드의 주인공으로 등장하는 등 큰 비중을 차지하는데, 이들은 모두 능숙하게(즉 서울출신들과 아무 차이가 없는) '서울말'을 구사하는 것으로 그려지고 있다. 여기에는 몇 가지 이유가 있다. 먼저 이 당시의 '시골'은 지금 우리가 생각하는 '시골'과는 상당히 그 외연이 다르다는 점이다. 한약국 집에 일을 배우러 고향인 경기도 가평에서 상경한 창수가 '시굴아(시골아이)'로 불린다는 점만 보더라도 그렇다. 『천변풍경』에서 '시골'로 불리는 지역들은 다름 아닌 가평, 안성, 강화 등 지금의 경기지방이 대부분이다. 즉 중부 방언 권역에 속하는 지방들이기에 서울말을 서울 토박이말로 한정하지 않는다면[13] 가평출신 창수나 민주사의 첩 안성댁이 중부 방언에 의해 변이된 형태의 당대 서울말[14]을 구사하는 것은 큰 오류가 아니다.

---

12 1930년대에서 1940년대로 가면서 농업노동자들의 비율이 약 81%에서 75%로 하락하는 데 비해 1935~1944년 동안 7%에서 14%의 인구가 도시에 정착하는 것으로 되어 있다. 병합 초기 인구가 20여만 명에 불과하던 경성은 이후 행정구역 개편과 '대경성' 프로젝트(도시계획)에 따른 도시화가 진행됨에 따라 1936년에는 고양군·시흥군·김포군 관내의 일부 지역을 편입하여 면적이 4배로 확장되었고 인구도 약 40만 명으로 늘어났다. 물론 이 인구증가에는 일본인, 중국인, 기타 외국인의 급증도 포함된다. 「경성부인구 삼십륙만오천」, 『동아일보』, 1932.3.13.

13 서울 지역어는 인구 이동과 언어 접촉에 의해 다양한 변이를 겪어왔으므로 서울 지역어 연구를 토박이말로 한정하기보다는 도시 방언의 하나로 사회언어학적으로 이해해야 한다는 주장은 설득력이 있다. 오새내, 「20세기 서울지역어 형성의 사회언어학적 변인」, 『한국학연구』 21, 고려대 한국학연구소, 2004 참조.

14 서울 방언의 특징으로 언급되는 주된 현상들(모음 상승, 모음 역행동화 등)은 곧 중부 방언(서울 및 경기도를 중심으로 하여 그 주변지역인 황해도·강원도·충청남도 지방에서 사용되는 한국어의 표준 방언)의 특징이기도 하다.

그런데 이 작품에는 이렇게 서울 '근교' 출신들만 등장하는 것은 아니다. 문제가 되는 것은 전라도 출신이라고 소개된 이발소 주인과 출신지는 명확하게 나타나 있지 않지만 남부지방에서 상경한 것으로 되어 있는 금순이네 가족 등 중부 이외의 지역 출신자들이다.

> 그러한 객들은 있어도 없는거나 한가지로, 우리의 포목전 주인은 아까부터 혼자서 이야기다.
> "그, 집안에 애들이 없은즉슨, 아주 쓸쓸헌게군그래."
> "그렇습죠. 똑 집안엔 애기들이 있에압죠. ……웨, 애기들이 어디 갔나요?"
> 그의 말을 받는 사람은 이집의 주인 (…중략…)
> "그래, 으떡 허기루 허셨나요?"
> "하, 졸르니, 글쎄 이번 토요일에 떠나 일요일 밤에나 돌아올까 허는데, 그것두 봐야 알겠는걸."
> "아, 그래두 영감께선 때때 소풍을 허세얍죠. 저인, 가구싶어두 그럴 처지가 못되니까, 이렇게 땀을 뽑고 있읍죠만……"
> 한편으로는 머리를 다스리고, 한편으로는 말을 받아주고, 또 그와 함께 표정을 풍부히 갖느라 한창 바쁜 이발소주인은, 서울에 올라온지 이제 삼년이 되어오는 전라도 사람이다.[15]

포목전 주인과 대화를 나누는 이발소 주인은 '으떡 허기루 허셨나요(어떻게 하기로 하셨나요)'와 같은 서울말 특유의 발음법뿐만 아니라 '그렇습죠', '있에압죠', '허세얍죠', '있읍죠' 등 'ㅂ죠'('-ㅂ쇼')를 자유자재

---

15   박태원, 『천변풍경』, 박문서관, 1938, 224~226면.

로 구사한다. '-ㅂ쇼'는 존비법상의 '합쇼'체와는 약간 차이를 가지는데, 이를 '하시오'와 '하십시오'의 중간쯤에 자리 잡은 상인 계층 특유의 얼버무림형 존대'로서 계급 분화 과정에서 발생한 방언(지역어)으로 보는 견해도 있다.[16] 그런데 전라도 출신 이발소 주인이 이렇게 '-ㅂ쇼'체를 비롯한 서울말을 완벽히 구사하는 것은 어떻게 해석해야 할까.

작가는 작품 내에서 대화의 서울말(표준어와는 다른 경성 지역어)과 비非대화 문장의 표준어를 명확히 구분하기 위해서 즉 방언과 표준어의 의식적 구분을 위해서 지방 출신자들의 발화도 모두 서울말화해 놓았다. 대신 표준어와 서울말(서울 지방어)의 양분 구도를 견지하고자 하는 시도에 알리바이를 부여하기 위해 작품 속에서 '시골'이라는 기표로 등장하는 지역들을 중부 지방으로 한정하였으며, 더구나 이발소 주인의 능란한 합쇼체 대화에 뒤이어서는 "이발소주인은, 서울에 올라온지 이제 삼년이 되어오는 전라도 사람이다"라는 설명을 붙여놓지 않으면 안 되었던 것이다.[17]

이상에서 살펴본바『천변풍경』의 언어 사용은 언뜻 보기에 경성어와

---

16 전우용,『서울은 깊다』, 돌베개, 2008. 전우용은 서울 특유의 방언으로 등장한 '합쇼'가 중세성의 해체로 인해 '익명성의 공간'으로 바뀐 도시에서 신분제의 '표지'가 혼란을 맞이하게 됨으로써 정체불명의 사람을 대하는 장사꾼 특유의 셈법으로 등장했다고 본다. 사회언어학적으로 '-ㅂ쇼'체는 '-ㅂ시오'체와 달리 특정 계층(상인, 고용인, 기생, 거지나 땅꾼 등 특수계층민)이나 특정 상황(상거래, 접대, 주종관계 등)에서 사용되는 경향이 있지만 국어학적으로 일반화하여 정설로 확정하기는 힘들다고 한다. 오새내,「1920년대 일본인 대상 조선어 회화서의 서울지역어의 사회언어학적 특징」,『서울학연구』49, 서울시립대 서울학연구소, 2012 참조.

17 이 작품의 표준어/지방어 사용과 관련하여 또 하나 주목할 점은 당시 표준어 사정의 기준으로 제시되었던 '중류 사회의 서울말'의 흔적을 인물들의 발화에서 찾아볼 수 있는가 하는 점인데, 사실상 이 작품에서 계층적 차이에 따른 언어 사용 양상이 나타나 있지는 않다. 이는 서울 지역에서 점차 계층어가 사라지고 각 지방의 언어가 뒤섞이면서 다양한 변이형이 존재하게 된 것도 한 이유일 것이다. 그런데 무엇보다 이 작품에는 우선 중류 사회에 속하는 인물들이 거의 등장하지 않으며, 그나마 중간층이라고 볼 만한 인물인 민주사, 포목전 주인, 한약국집 가족들의 발화가 매우 적은 부분을 차지하고 있어 하층민들의 언어와 비교가 쉽지 않다.

표준어의 양분화를 충실히 실행하고 있다. 서울말과 그 말을 기준으로 하여 만들어졌다는 표준어를, 다른 지방의 언어가 개입되는 것을 철저히 배재할 만큼 작위적이리만치 병치해 놓은 것이다. 물론 그 과정이나 결과가 그리 명확하고 간단하지만은 않다는 것 또한 확인할 수 있다. 즉 표면적으로는 경성 사람들이 실생활에서 구사하는 언어의 충실한 재현으로서의 서울말(경성어)과 인공적으로 취사선택하여 만들어낸 표준어를 의식적으로 구별하고 있긴 하지만 그 인위적이고 의식적인 구분은 텍스트 상의 균열을 피할 수 없다. 예컨대 작품 첫머리에 나오는 '얼말(얼마를) 주셨게요?'라는 대화문은 처음 연재 당시에는 표준어로 표기되어 있던 것이 이후 1947년 박문출판사판 단행본에서는 다시 서울 사투리 '을말 주셨게요?'로 바뀌어 있다. 즉 방언으로 표기해야 할 것을 표준어로 쓴 애초의 실수를 작가가 개작 과정에서 수정한 흔적인 것이다. 이 작품에서 작가가 의도한 것이 '경알이문학'이든 '표준어문학'이든, 그 '완성본'의 확립은 서울말과 그 말과 가장 닮았다는 표준어의 상호 간섭에 의해 계속해서 지연될 수밖에 없다.

당대에 그리고 후세에도 흔히 『천변풍경』은 '경알이문학'이라는 칭호와 상찬을 받았지만 그보다 주목할 것은 이 작품에서 표준어와 방언을 둘러싼 실험의 결과이다. 표준어가 방언을 타자화함으로써 그 존재를 오롯이 드러낼 수 있다면 역으로 방언의 존재는 표준어의 동일성을 끊임없이 회의하게 만드는 것이기도 하다. 이 작품에서 표준어와 구별되는 서울의 지역어로서 경알이는 그 어떤 타자(방언)보다도 표준어의 기획이 내포하는 인공성을 환기해 준다. 모두가 상식으로 알고 있듯 표준어는 서울 지역 방언으로부터 추출되고 그를 기반으로 만들어졌다는 사실 때문이다. 또한 표준어의 근간이 되었다는 '서울 중류 계층의 말'의 실체가 모호한 것처럼 이 작품에서 방언과 표준어가 쉼 없이 교차하면서 경알이와 표준어의 거리 또한 불확실하거나 모호한 것이 된다. 어디까지가 경알이 이고 어디까지가 표준어인가. 또 경알이와 표준어는 어느 만큼 닮아 있는 가 혹은 완전히 다른 언어인가.

『천변풍경』은 세간의 평가대로 작가가 가장 자신 있게 구현할 수 있는 자신의 '모어'인 경알이와 서울 지역민으로서 가장 손쉽게 획득할 수 있 는 서울 지역어를 작품에 도입했다. 그러나 이 작품을 단순히 세태를 충실 히 그려내고 당대의 언어를 충실히 재현했다는 차원에서만 보기 어려운 것은, 당대의 식민지에서 표준어문학 확립이라는 기획이 제출되었고 이 작품 또한 이러한 담론의 자장 안에 있기 때문이다. 즉 이 작품은 식민지 표준어문학의 기획이 내포한 난점들과 아이러니를 드러내는 한편 그 기 획에 끊임없이 균열을 가져오는 타자(방언, 지역어)의 존재를 새삼 환기시 킨다.[18] 이에서 보듯 당대 '조선어'와 조선어 글쓰기는 이러한 타자(들)과 의 관계(대화) 속에서 계속 그 확실성과 위상을 도전받으며 자기갱신의 토대를 구축해 가고 있었다. 다음으로는 조선어 글쓰기에서 가장 낯선 타자라고 할 수 있는 '외래적인 것' 특히 외국어가 박태원의 글쓰기에서 어떻게 다루어지고 있는지 살펴보도록 한다.

---

18 가라타니 고진, 송태욱 역, 『탐구』 1, 새물결, 1998, 42~47면 참조. 가라타니 고진
   은 철학의 독아론을 비판하기 위해서 타자 또는 이질적인 언어 게임에 속하는 타자
   와의 커뮤니케이션을 도입할 수밖에 없다고 했는데, 이때 타자의 존재는 내부에서
   타자나 외부를 생각해버리는 사고의 명증성을 전복함으로써 곧 각각의 언어 게임
   에 갇혀 있는 공동체의 외부를 상상할 수 있게 한다.

3. 외국어(외래어)를 경유한 '조선어'문학의 재구축

「소설가 구보씨의 일일」에서 구보는 '다방'에 들렀다가 '다료'에 갔다가 '카페'를 방문하고 '끽다점'으로 향한다. 구보에게 다방과 다료, 카페와 끽다점은 하나의 기의를 공유하는 서로 다른 기표들이 아니라 각기 다른 네 가지 사물의 이름이었다. 구보는 이렇듯 단어들의 사용(구별)에 매우 의식적이었다 할 수 있는데, 그러면 이 경우는 어떨까.

> 구보는 아이에게 한 잔의 가배차(咖啡茶)와 담배를 청하고 구석진 등탁자로 갔다. 그의 머리 위에 한 장의 포스터가 걸려 있었다. 어느 화가의 '도구유별전(渡歐留別展)'. 구보는 자기에게 양행비(洋行費)가 있으면, 적어도 지금 자기는 거의 완전히 행복일 수 있으리라 생각한다. 동경에라도—동경도 조왓다. (…중략…) 오십 리 이내의 여정에 지나지 않더라도, 구보는 조그만 '슈트케이스'를 들고 경성역에 섰을 때, 응당 자기는 행복을 느끼리라 믿는다.[19]

> "나 소다스이를 다우."
> 벗은 즐겨 조달수(曹達水)를 취하였다.[20]

위에서 구보는 다방에 앉아 머리 위에 걸린 어느 화가의 '도구유별전' 포스터를 보며 그를 부러워한다. 양행(洋行)을 할 수만 있다면 '완전히 행복'일 수 있으리라는 그는 어딘가로 떠나기 위해 경성역에 섰을 때의 행복을 꿈꾼다. 그리고 그때 손에 들려 있어야 할 것은 꼭 '슈트케이스'가 아니면

---

19 박태원, 「소설가 구보씨의 일일」, 『조선중앙일보』, 1934.8.14.
20 박태원, 「소설가 구보씨의 일일」, 『조선중앙일보』, 1934.8.24.

안 된다. 그는 "금전과 시간이 주는 행복"이라고 쓰고 있으나 그가 상상하는 행복은 어쩌면 '슈트케이스'가 불러일으키는 행복인지도 모른다. 여기서 '슈트케이스'는 '양행'의 환상이 불러다준 감각의 기표로서 다른 언어로 대체할 수 없는 것이기 때문이다. 물론 여기서 '슈트케이스'가 쓰인 것은 일본어 가타가나 スーツケース로 이미 존재하는 일본식 음역 외래어의 차용이거나 자국어 번역어가 생성되지 못하여 사용된 외래어의 한글 음역[21]이라고 설명할 수도 있다. 그러나 번역을 통해 근대문학을 배우고 연습했던 또한 '조선어'의 다양한 현재적 가능성을 실험했던 작가들에게 있어 외래어 사용 및 번역의 문제는 매 순간 마주치는 선택의 문제였다. 그리고 그것은 '소다스이'와 '曹達水' 또는 [ソオダすい]와 [조달수]의 공존 상태가 보여주듯 조선어가 처한 당대의 언어적 환경과 조건에서 이야기해야 할 문제이기도 하다. 인물의 발화에서 '소다스이'가 쓰인 것은 'soda'의 한자어 음차어인 '曹達水'의 일본어 음가를 한글로 옮겼기 때문인데, 후자의 曹達水라는 표기를 '소다스이'로 읽어야 할지 '조달수'로 읽어야 할지 혹은 그 무엇으로 읽어야 할지는 작가의 의도(그것이 무엇이든)를 떠나는 문제가 된다.

번역을 할 것인가, 한다면 어떻게 할 것인가에 대한 물음은 1920년대에 해외문학파를 위시한 일군의 엘리트들에 의해 집중적으로 제기된 바 있다. 이는 조선어로 글을 쓴다는 명제 못지 않게 식민지에서 중요한 의제로 등장했다. 식민지에서도 전문적으로 수준 높은 자국어 번역이 필요하며 또 가능하다는 그들의 논리는 그러나 어쩌면 20년대까지만 유효했던

---

21 30년대 들면 기존의 한자 조어 중심의 훈역 외래어 대신에 음역 외래어가 대세를 이루게 된다. 황호덕은 이를 문화 간 번역이 생략되는 글로벌리제이션의 징후이자 '일본어=고쿠고'에 대항하려는 문화적 충동으로 해석한다. 황호덕, 「근대 한어와 모던 신어-개념으로 본 한중일 근대어의 재편」, 『상허학보』 30, 상허학회, 2010.

것인지 모른다. 30년대의 언어 상황은 일변하며 이를 둘러싼 담론 역시 전환되기 때문이다. 30년대 중반에 들면 '번역의 불필요성'이 공공연하게 재기되는 상황을 맞이하게 되며 이는 '조선어로 글쓰기'라는 절체절명의 명제에도 불가피하게 균열을 가져올 수밖에 없는 것이다.

사실로 우리들은 조선말로 번역된것보다 훨신 충실하고 양심적이고 또 새로운 것을 얼마든지 동경에서오는 간행물에서 어더볼수잇는 처지에 잇다. 조선에 소개된 외국문학이란 것은 모다 한번 동경을 거친 것으로 화문(和文)의 중역이고 또 시간적으로 보아 훨신 뒤떨어지니 조선에서 이것이 발표될때면 벌서 조선의 독자들은 그것을 다 읽고난뒤인 것이다.[22]

조선사람이라고 외국문학을 음미할 필요가 업다던가 필요를 느기지 안헛던 배가 아니다. 단지 조선에는 '조선사람은, 조선어로 이식되지 안흔 외국문학일지라도 어더볼 기회를 가젓섯다'하는 특수 사정이 잇섯기 때문에 외국문이식이 등한하여왔다.

적어도 중등교육이상까지바든 사람은, 화문을 모르는사람이 업슬뿐더러, 조선문은 도로혀 화문만치 이해하지를 못하는현상이다. 이덕택(?)에 우리는 외국문학을 우리의 손으로 조선문학으로 이식할 번거러운 의무를 면할수가 잇섯다.

(…중략…)

우리의 내용이 충실되고 모든 것이 다 구비되여 세간사리에 부족이 업슬만치 되고도 여력이잇다면 혹은 장식품존재로서 '우리글로 이식된 외국문학'

---

22 춘사, 「문예시평4 대두된 번역운동」, 『조선중앙일보』, 1935.5.20(동일한 글의 일부가 「번역문학시비」, 『매일신보』, 1935.8.6에 재수록).

도 소유하엿스면더조흘 것이다.[23]

첫 번째 글의 필자 춘사는 "조선말로 번역된것보다 훨신 충실하고 양심적이고 또 새로운 것을 얼마든지 동경에서오는 간행물에서 어더 볼수잇는 처지"이므로 "외국문학의 중역소개로 소일消日하지말고" "후일의 독창적인 자기문학을 맨들어볼 준비"나 하라고 충고하고 있다. 두 번째 글의 필자 김동인 역시 논조는 동일하다. "화문和文을 배우노라고 애쓴 그 의무의 대상代償으로 우리는 외국문화를 조선문으로까지 이식치아니하고도 흡수할 길이 생겻다는 특권을 갓게" 되었으므로 조선문으로의 이식에 귀중한 시간을 허비하지 말자고 주장한다. 즉 '화문 해득'이라는 식민지인에게 주어진 '특권'을 이용하여 시간과 노력을 한 단계 더 높은 연구와 창작에 써야 하며 조선문 번역은 "장식품적 존재"에 불과하다는 것이다. 이러한 주장이 나타난 것은 '국어' 위주의 교육이 공고히 정착되어 '화문' 해득자가 증가하고, 기업화한 출판 시스템과 서점 인프라를 바탕으로 일문 서적 유통이 활발해진 1930년대적인 현상이라고 할 수 있다. 쉽게 말해 "현대의 조선 사람은 전부 일본어로된 서적에서 지식을 얻어왔고 일본문학에 접근할 기회가 보다 더 많"[24]다는 현실 논리인 것이다. 김동인과 춘사에게서 볼 수 있는 '조선어 번역 무용론'은 구한말부터 1920년대까지 축적된 번역활동의 성과를 부정하는 것인 동시에 '조선어 번역'을 무가치한 것으로 만드는 주장이라고 할 수 있는데, 일방적이고 맹목적인 주장이라고만 볼 수는

---

23 김동인, 「번역문학」, 『매일신보』, 1935.8.31.
24 이무영, 「문단인으로서 사회에 보내는 희망―너무도 비문예적인 조선사회와 사회인」, 『동아일보』, 1934.1.13.

없는 것 또한 현실이었다.[25]

그렇다면 이러한 현실에서 조선어 글쓰기는 어떠한 것이며 무엇을 할 수 있을까. '국어'의 지배력이 점차 강해지고 '조선어'와 '조선어문학'의 상황이 열악해지는 이 국면에서 당대의 식민지 작가가 고민해야 했던 지점은 여러 가지로 갈라질 수 있다. '조선어 번역 무용론'과 마찬가지로 조선어 글쓰기를 점차 포기하는 수순으로 나아가는 것도 하나의 길이며, 그럼에도 불구하고 어떻게든 미래에 올 '자국어 공동체'를 상상하며 '국어(일본어)문학'에 대응하여 조선말로 문학하기를 계속 견지하는 것도 하나의 길이 된다. 모든 작가에게 이는 문제적 상황이라고 할 수 있으나 글쓰기 외에 다른 수단(표현의 수단이자 밥벌이의 수단으로서)이 없었던 박태원 같은 전업 문사에게는 특히나 필연적인 문제이다. 박태원이 모더니스트로 또는 소위 '기교파'로 불려야 한다면 이는 이러한 식민지적 언어 상황을 전제한 한에서만 오롯이 의미를 가지는 것이다. 박태원뿐만 아니라 식민지 모더니즘에서 보이는 다종다기한 언어 실험들 역시 마찬가지이다. 양질의 식민지 교육의 충실한 수혜자이자 이중언어적-혼종적-통언어적인 식민지 언어 상황[26]에 누구보다도 자각적이었던 식민지의 엘리트로서, 여러 외국어에 능했으며 각국의 외국문학에 심취했던 박태원이 선택한

---

25 예컨대 화어에 능한 조선의 외국문학 연구자가 화문으로 동경에서 번역서를 출간하는 일도 가능했던 것이다. 홍효민은 동경제대 독문과 출신의 번역자 김삼규가 일어로 번역한 독일어 서적 『문학과 취미』에 대하여 "불과 이일간에 독파"하였으며 "(번역자의) 화어 소양이 여간 숙련 또는 창달하지 아니함을 느꼈"다고 소감을 말하고 있다. 이는 번역자-독자 양자가 높은 수준의 일본어문 구사력 및 해득력을 공유하고 있음을 엿보게 하는 장면이다. 홍효민, 「『문학과 취미』를 읽고 (Book Review)」, 『동아일보』, 1936.2.27.

26 식민지 시기 한국어는 일본어와의 경쟁 혹은 대립에만 놓여 있던 것이 아니다. 제국언어'들'의 유통과 경유가 이루어지는 언어들의 각축장으로서 식민지 언어 상황을 보고자 하는 시도가 활발하게 이루어지는 것은 이러한 맥락에서이다. 대표적으로 황호덕, 이상현, 임상석 등의 연구를 들 수 있다(참고문헌 참조).

길은 바로 이 외래적인 상황을 정면으로 관통하면서 조선어 글쓰기의 길을 모색해 나가는 것이었다.

박태원은 그의 습작기인 1930년대 초에 최신의 미국 작품인 헤밍웨이의 단편 「The killers」(1927)를 번역할 때 "It's twenty minutes fast"를 "저시게는 이십=十분이더갑니다"라고 옮겨놓았다.[27] 그리고 이러한 번역 문형은 나중에 『천변풍경』에서 "안집시겐 거운 반시간이나 더 가긴 허지만……"이라는 문장으로 다시 한번 나타난다. 흔히 서구의 문학을 추종하는 비서구 식민지 작가들이 서구의 문장을 글쓰기 연습 방법으로 삼았고 "일종의 새로운 문학 양식을 만들기 위한 '창작' 행위의 일종"[28]으로 번역을 했듯이 식민지 조선의 작가들 역시 크게 다르지 않다. 이 시기 조선어 글쓰기가 보여주는 착종성은 또 한편으로는 조선어 글쓰기의 가능성이자 미래이기도 했다. 그만큼 1930년대 조선어가 놓인 불안한 상황은 역설적으로 제한 없는 조선어의 실험이 이루어질 수 있는 공간을 마련해준 것으로 읽을 수 있을 것이다.

박태원이 『천변풍경』에서 "우리의착한민주사"라고 쓴 것은 단지 박종화가 지적했듯 '우리착한민주사'를 직역적으로 표현한 '실수'[29]라기보다는, 번역을 통해 습득한 언어 감각으로 실험된 독특한 문체라고 볼 수 있다. 이렇게 볼 수 있는 이유는 앞서 언급했듯 박태원은 카페라는 새로운 존재에 동일화되지 않는 끽다점과 다방과 다료를 마주 세워놓으며 그 섬세한 차이들을 놓치지 않았으며, 또한 '수트케이스'와 '소

27　몽보(夢甫) 譯, 「屠殺者」, 『동아일보』, 1931.7.19~31.
28　리어우판, 장동천 외역, 앞의 책, 250면.
29　박종화는 『천변풍경』을 극찬하면서도 "그러나 옥의 티라 할가 이러케 치밀한 작가도 약간의 실수는 잇서서 (…중략…) 세련된 문장을 배앗는 이 작가면서도 '우리 착한 민주사' 하면 조흘 것을 '우리의 착한 민주사' 하야 직역적 문장을 썻다. 너무 필자의 다심(多心)한탓인가?"라고 지적한다. 박종화, 앞의 글.

다스이'만이 선사할 수 있는 아우라를 붙잡고 있었던 작가였기 때문이다. 오늘날의 놀이터에서 흔히 볼 수 있는 '그네'라는 기표를 가진 물건을, 전통적으로 존재했던 우리식의 그네와 구별하기 위함인 듯 '유동流動 의자'라고 독창적인 조어법으로 옮겨 놓았던 작가 박태원은, 외국어(외래어)를 언제 어떻게 노출시켜야 할지 또는 하지 않을지를 뚜렷이 자각하고 있었다. 「The killers」를 번역할 때 우리에게는 없는 서양식 침대를 '뻬드(뻿)'로 그리고 우리와는 다른 서양식 손잡이 달린 문door을 '쏘어'로 표기해야만 했던 것은 다른 대체할 번역어를 아직 찾지 못했기 때문일 수도 있고 또는 외국어의 음차 표기만이 대상을 문화적으로 오롯이 번역해내는 방법이라고 보는 그의 번역관의 소산일 수도 있다. 어느 것이 되었든 "총신銃身이 그의너무나 쑥끼는 오우버, 코우트의 허리아레 툭—쎄저 보엿다 그는 장갑낀손으로 외투의구김살을 폇다"라는 번역 문장에서 '오우버, 코우트'와 '외투'가 동시에 등장하는 것은 실수도 우연도 아니다. 해석하자면 앞의 '오우버 코우트'가 음차된 외래어로 쓰인 것은 뻿bed이나 또어door와 마찬가지로 일종의 고유명사적 용법이라고 볼 수 있고 뒤의 '외투'는 이를 받은 대명사적 용법이라고 볼 수 있다. "그는 젊고 총명하고 아조 더할나위업시 『모던』이고……"[30]에서처럼 다른 언어로 대체될 수 없는 식민지적 '모던함'이 30년대와 조선어 글쓰기에 나타났음을 박태원의 문장들은 보여주고 있는 것이다. 이렇게 외래적인 낯선 타자들을 경유하는 길을 통해서 역설적이게도 제국의 언어에 쉽게 포섭되거나 동일화하지 않는 조선어의 타자성이 견지될 수 있는 힘이 마련되었던 것이 아닐까.

---

30 英 캐여런 맨스옐드 여사, 夢甫 譯, 「茶한잔」, 『동아일보』, 1931.12.5~10.

4. '타자'들의 존재 증명

이 글은 1930년대 우리 문학이 맞닥뜨린 '언어'와 '문자'를 둘러싼 환경의 변화가 구체적인 문학 작품 텍스트 안에서 어떠한 실험과 드라마로 펼쳐지는지를 살펴보기 위한 시도로 박태원의 몇 작품을 살펴보았다. 모더니스트로서 기발한 문장 기교와 언어 실험을 보여준 것으로 평가받는 박태원의 글쓰기는 '외래적인 것' 즉 타자의 발견과 흡수 그리고 재창조라는 관점에서 재조명될 때 그 혼종적 특징이 비로소 해명될 수 있다. 그만큼 그의 작품에는 '타자와의 만남'의 흔적들이 두드러지는데 여기에서는 박태원의『천변풍경』,「소설가 구보씨의 일일」등의 대표적인 문학 텍스트와 번역 문장들을 중심으로 이를 논하였다.

『천변풍경』은 '경알이'라 불리는 서울 방언(지역어)에 능했으되 표준어 문학이라는 당대의 문단사적 기획에 적극 동참했던 작가가, 다른 위상의 두 언어를 하나의 작품에서 구현한 작품이다. 여기서 경알이가 여타의 방언과 다른 것은 서울말을 기반으로 만들어진 인공적인 표준어와 직접 대립하기 때문이다. 기존의 해석처럼 '경알이'에 방점을 찍을 경우 이는 서울 방언문학이라고 할 수 있지만 오히려 이는 지역 방언으로 전락한 경알이를 타자로서 대립시킨 표준어문학이라고도 볼 수 있다. 표준어문학론의 입장에서는 그 모태라고도 할 수 있는 이 경알이야말로 외래적인 것이며, 이 작품에서 계층과 출신 지역을 무화시키는 '순경알이'는 표준어문학의 기획이 가진 인공성을 부각시키는 동시에 그 기획의 완성도에 끊임없이 균열을 내는 존재가 된다.

한편 식민지문학에서 문화 및 교육 인프라를 통해 제국의 언어로 밀려들어온 일본어 및 외국어들은 가장 강력하고도 위협적인 타자였다고 할 수 있을 터인데, 박태원의 텍스트들은 이를 매우 자각적이고도 독창적인 방식으로 돌파하고 있음을 보여준다. 외래적인 것(또는 외국어)을 어떻게 처리할 것인가에 대한 고민은 그의 문장 곳곳에서 확인되는바, 그의 글쓰기는 '조선어'의 기의 자체가 흔들리고 모호해진 식민지적 또는 통국가적인transnational 언어 상황에서 '조선어 글쓰기'가 맞닥뜨린 혼란과 착종의 흔적을 고스란히 담고 있다. 그리고 그러한 혼란 속에서 박태원은 그 어떤 다른 언어가 아닌 조선어 글쓰기의 미래를 실험해 나가고 있었던 것이다.

1930년대는 '조선어'와 '조선어문학'의 상황이 열악해지는 한편, 역설적으로 '조선어'의 표준화 논의 및 '번역'을 매개로 한 조선문학의 새로운 실험들이 펼쳐진 시기이다. 언어의 혼란과 착종 가운데에서 '조선어 글쓰기'를 지속하고자 하는 작가적 열망이 그 실험의 기반이었다면, 다양하게 발견된 타자들의 존재는 흔들리는 '조선어' 자체에 대한 새로운 물음과 실천을 가능케 한 동력이었다. 그리고 그럼으로써 조선어는 동일자(제국)의 논리를 비껴가는 타자로서 자신의 존재를 증명할 수 있게 된 것이다. 개화기 또는 일제 말기 이중언어 상황에서의 글쓰기들뿐만 아니라 1920 ~1930년대의 언어 상황과 그 속에서 펼쳐진 글쓰기의 실험들이 문화사적 또는 통언어적translingual 시각에서 재조명되고 고구되어야 하는 것은 이 때문이다.

제4장

**일제 말기 소설 창작의 윤리와
'행복론'이 도달한 자리**

박태원 「만인의 행복」의 상호텍스트성

1. '행복'에 대한 물음과 작가의 내면풍경

박태원 작품세계의 장르적 다양성에 대해서는 각 장르별 접근 방법에 따라 상당한 논의가 진척되어 있거니와 그 대표적인 것이 아동문학과 고전번역에 관한 연구이다. 1930년대 초중반 활발한 창작활동을 보인 때에도 박태원의 번역가로서 또는 장르물(아동, 추리, 유머 등) 작가로서의 지위는 돋보이는 바가 있지만, 1930년대 후반 특히 1938년경부터는 그의 문필활동에서 아동물 창작과 번역이 소설 창작과 거의 대등한 지위를 가질 정도로 활발해지고 있다는 점은 새삼 주의를 끈다. 이 시기 소설 창작은 주로 '자전적 작품'(소위 자화상 삼부작) 그리고 '장편에의 시도[1]'로 특징지어지는데, 이는 상대적으로 그의 '주특기'였던 단편소설 창작의 빈곤을

---

1   1938년에서 해방 직전까지 박태원이 시도한 장편은 총 아홉 편인데 『명랑한 전망』(1939), 『우맹』(1939), 『여인성장』(1941) 등의 장편소설을 제외하고 약 절반 정도(다섯 편)가 미완에 그쳤다.

뜻하는 것으로 읽히기도 하다. 이 시기의 단편(중편) 소설은 자기반영적 작품에 속하는 「음우淫雨」, 「투도」, 「채가」, 「재운」과 박태원의 하층민 인물군의 총집합이라 할 중편 「골목안」 정도를 제외하면 대체로 소품으로 취급되어 왔다는 점이 이를 방증한다.[2]

1930년대 말에서 1940년대를 전후한 시기 박태원이 보인 다양한 또는 잡다한 글쓰기 작업들은 자화상 삼부작에 나타난 자기고백에서 엿볼 수 있듯이 주로 돈벌이 즉 '매문'의 차원에서 이해되거나 창작의 활로를 찾기 어려운 1930년대 후반 상황에서의 불가피한 선택으로 이해되기도 한다. 둘 다 진실일 터이지만 어떻든 이 시기의 작가가 보여준 글쓰기들에 대해서 최근 활발하게 이루어진 장르론적 차원의 개별적 접근을 넘어서서 좀 더 유기적으로 작가의 '선택'을 이해할 필요가 있다. 즉 다시 1930년대 후반이라는 '시기'에 초점을 맞추면서 작가가 처한 환경과 조건 그리고 그의 글쓰기 행위의 도정을 살펴보자는 것이다. 1930년대 후반 그의 글쓰기는 이전의 글쓰기들과 어떻게 연결 또는 단절되는가 하는 물음도 여기에는 포함된다.

이상의 문제의식과 함께 이 글은 식민지 말기 박태원이 자신이 처한 문단 내외적 조건에 상응하는 어떤 문학적 선택을 하고 있다는(요구받았다는) 전제하에 그 선택에 내포된 작가의 내면풍경의 일단을 밝히는 것을 목적으로 한다. 이를 위해 박태원이 1939년 「家庭の友(카테이노도모)」에 발표한 소설 「만인의 행복」에 특히 주목한다. 이 작품이 탄생한 전후 사정과 이 작품이 놓인 자리를 재조명함으로써 1930년대 말 박태원 문학세계

---

2   그밖에 이 시기 중단편 작품들로는 「염천」, 「만인의 행복」, 「이상의 비련」, 「최노인전 초록」, 「음우(陰雨)」, 「사계와 남매」(중편), 「아세아의 여명」, 「회피폐」, 「이발소」 등이 있다.

에 접근하는 또 하나의 창이 열릴 수 있다는 기대 때문이다. 그렇게 보는 이유는 우선 이 작품이 제목에서도 볼 수 있듯이 '행복'에 관한 물음을 표 나게 던지고 있다는 점이다. 이 작품은 후에 『박태원 단편집』(학예사, 1939)에 수록될 때는 「윤초시의 상경」으로 제목이 바뀌었다. '만인의 행복'이라는 제목을 포기한 연유는 정확히 알 수 없으나 추측해 보건대 연재를 시작할 당시의 애초의 기획이 실제 창작 과정에서 실패했음을 암시하는 것일 수도 있고, '만인의 행복'이라는 것이 애초에 불가능한 기획이었음을 자인한 결과일 수도 있다. 어찌 되었건 주목할 것은 「소설가 구보씨의 일일」 등 이전의 박태원 소설에서도 종종 제기되었던 '행복'에 대한 물음이 다시 한번 제기되고 있다는 점은 간과할 수 없는 지점으로 보인다. 식민지 지식인이 동시대를 통해 감지한 '행복' 그리고 그를 통해 추구한 '행복'은 어떤 것이었을까.

또 다른 이유는 이 작품이 1936년 『여성』에 발표된 작가의 소설 「보고」와 모티프의 차원에서 상동성을 갖는다는 점이다. '가족을 버리고 여급과 살림을 차린 지식인 남성'과 '그를 가정으로 돌려보내야 하는 임무를 띤 벗(스승)'이라는 동일한 모티프와 인물 구도가 두 작품에서 변주되고 있는데 그 둘 사이에는 무시할 수 없는 차이가 있다. 이러한 차이는 '다시쓰기', '내적 상호텍스트성', '시차의 전략' 등으로도 설명이 가능하지만,[3] 그러한 동일한 모티프의 다시 쓰기에 관여한 내적 외적 맥락에 다시 주목할 필요가 있어 보인다. 즉 박태원이 '행복'을 사유하는 방법과 태도에 있어서 1936년과 1939년이라는 두 시점 사이의 거리는 얼마나 되는지 가늠

---

3 김미지, 『언어의 놀이, 서사의 실험』, 소명출판, 2013에서는 두 작품의 상호텍스트성을 동일한 사태를 서사화하는 방법론의 차이 즉 '시차(時差 및 視差)의 전략'으로 해석한 바 있는데, 왜 1936년과 1939년에 그러한 변주를 감행했는지, 그리고 그것이 말하는 바는 무엇인지에 대해서는 주목하지 못하였다.

해 보고자 하는 것이다. 「만인의 행복」이라는 작품의 씨줄과 날줄을 따라 가면서 식민지 말기 지식인의 행복론과 글쓰기의 선택이 놓인 맥락을 추적해 보고, 나아가 박태원 문학과 식민지 모더니즘문학을 독해하는 우리의 독법들을 함께 재검토하는 기회가 되기를 기대한다.

2. 박태원 문학의 독법 그리고 '행복'의 정치성/비정치성

박태원 소설에서 '행복'을 가장 많이 언급한 작품은 「소설가 구보씨의 일일」이라고 할 수 있다. 구보가 거리를 배회하는 동선과 함께 '행복'이라는 말의 행로를 따라가 보면 다음과 같이 정리할 수 있다.

먼저 구보는 백화점을 들어서며 "자기네들의 행복을 자랑하고 싶어 하는 마음"을 가진 듯싶은 젊은 내외를 보고 "그들을 업신여겨 볼까 하다가, 문득 생각을 고쳐, 그들을 축복하여 주려" 한다. 그리고 가정을 꾸리고 백화점을 드나드는 것에서 '그들의 행복'을 찾는 것이 그들에게는 당연한 일이리라고 판단한다(24~25면).[4] 즉 이는 지극히 일상적이고 개인적인 행복에 대한 구보의 인식이다.

그리고 그는 이후 '자기는 어디에서 행복을 찾을까', '대체 어느 곳에 행복은 자기를 기다리고 있을 것인가'를 반복해서 되묻는다(25면). 또 전차 안에서 손바닥 위의 다섯 닢 동전에 적힌 숫자를 보면서 설혹 그것(숫자)이 의미가 있다 하더라도 "그것은 적어도 '행복'은 아니었을 게다"라고 생각한다(26면). 또 대학병원 연구실에서 정신병을 연구하는 벗을 떠올리

---

4   박태원, 『소설가 구보씨의 일일』, 깊은샘, 1994. 이하 면수만 표기함.

며 "그를 찾아가, 좀 다른 세상을 구경하는 것은, 행복은 아니어도, 어떻든 한 개의 일일 수 있다"고도 중얼거린다.

이어서 일 년 전 맞선을 봤던 여자를 전차 안에서 발견하고 모른 척한 뒤에는 "그가 그렇게도 구하여 마지않던 행복은, 그 여자와 함께 영구히 가버렸는지도 모른다"고 쓰면서도 또 "여자는 능히 자기를 행복되게 하여 줄 것인가"라고도 묻고 있다(29면). 그러나 자신의 아이가 골목 안 아이들에게 잃어버린 딱지를 직접 가서 모조리 회수해 왔음을 자랑하는 '그러한 여인(구보의 짝사랑이었던)'은, "혹은, 한평생을 두고, 구보에게 행복이 무엇임을 알 기회를 주지 않았을"(32면) 것이라고 판단한다.

그리고 전차를 내려 들어선 다방에서는, 십팔금 팔뚝시계를 그렇게도 갈망하던 한 소녀를 떠올리며, "자기는, 대체, 얼마를 가져야 행복일 수 있을까 생각해 본다"(32~33면). 곧이어 어느 화가의 「도구유별전渡歐留別展」 포스터를 발견하고는 "자기에게 양행비가 있으면, 적어도 지금 자기는 거의 완전히 행복일 수 있으리라 생각한다"(33면). 그리고 그러한 행복이란 '금전과 시간이 주는 행복'이라는 점을 정확하게 자각한다. "오직 그만한 돈으로 한때, 만족할 수 있는 그 마음은 애닮고 또 사랑스럽지 않은가"(34면)라는 심정의 토로는 앞서 자신이 업신여겨볼까 했던 일상적인 행복을 대하는 그의 복잡한 심리가 드러난다. 이 작품이 '어머니'와 '결혼'으로 대변되는 일상 및 일상의 행복 추구라는 욕망과 그로부터의 탈출이라는 욕망 사이에서 반복되는 줄타기를 하고 있다는 점에서 그가 말하는 '행복'이 간단한 성질이 아님은 분명해 보인다. 소설의 앞부분에서 반복된 '행복'에 대한 물음과 갈등이 소설의 말미에 이르러서 "자신의 행복보다도 어머니의 행복을 생각하고 싶었을지도 모른다", "구보는 쉽게 어머니의 욕망을 물리치지는 않을지도 모른다"(76면)와 같이 귀착된다는 점에서 일상에의 함몰이나 현실적 욕망의 승인을 읽어내는 것은 표면적인 해석에 그칠 것이다. 그렇다면 구보 스스로 자문하고 있듯이 "자신이 원하는 최대의 욕망은 대체 무엇"(34면)이었을까. 그리고 구보도 답을 찾지 못했던 그 물음에 대한 답을 우리는 어떻게 구할 수 있는 것일까?

사실 박태원의 작품만큼 다양한 '오해'들 속에 놓인 텍스트도 많지 않을 것이다. 예컨대 「소설가 구보씨의 일일」에서 제기되는 '행복'의 물음에 대한 그간의 해석들을 보자면 '동경행', '어머니'와 같은 개인적인 욕망의 차원으로 읽는 독법[5]부터 아나키즘적인 의미에서의 행복(일종의 사회주의적인)으로 해석하는 독법[6]에 이르는 매우 넓은 스펙트럼을 확인할 수 있다. 이러한 해석들을 굳이 '오해'라고 부른 것은 박태원의 의도나 메시지, 기호가 '잘못' 읽힌다거나, 박태원 문학의 애매성이 해석의 문제들을 낳는다는 의미가 전혀 아니다. 자크 랑시에르는 문학에서 오해란 "언어의 애매성이나 불투명성, 해석되어야하는 불가사의와는 전혀 관계가 없으며",[7] 문학 텍스트가 제시하는 '신체들에 관한 계산counting'에 대한 언쟁을 오해라고 했다. 예를 들면 프루스트의 작품에 나오는 성당聖堂의 묘사에서 "기도대 위에 서 있는 어떤 존재에게 어떤 종류의 지위를 부여할 것인가?" 하는 문제와 같이, '초과된 신체'에 의미 또는 지위를 부여하는 체제의 차이가 빚어내는 문제라는 것이다.[8]

이런 점에서 보면 한 작품에 대해 내려지는 상반되는 또는 동떨어진

---

5   문홍술, 「의사 탈근대성과 모더니즘」, 방민호 편, 『박태원 문학연구의 재인식』, 예옥, 2010.
6   권은, 「경성 모더니즘 소설 연구」, 서강대 박사논문, 2013, 85~86면 참조.
7   자크 랑시에르, 유재홍 역, 『문학의 정치』, 인간사랑, 2011, 58면.
8   Jacques Ranciere, trans. by Julie Rose, *Politics of Literature*, Polity press, 2011 참조.

해석들의 존재에 대해 시비是非나 양자택일의 문제가 아니라 근대문학 특히 모더니즘문학의 역사적 위상과 읽기 패러다임, 의미부여 시스템의 문제로 접근할 수 있게 된다. 순전히 '비'정치적인 독해('문학의 자율성' 패러다임)와 완전히 정치적인 독해('알레고리적 혹은 징후적 독해')가 모두 가능하다는 것이 어쩌면 소위 '모더니즘'(근대)문학이 놓인 아이러니한 본질일 것이다. 여기서 정치 또는 비정치란 말은 랑시에르적 의미에서의 '문학에 근본적으로 내재한 정치'라는 의미가 아니라 현실의 질서와 위계(말하자면 랑시에르가 말하는 치안)에 대해 문학이 어떤 입장을 취하느냐와 같은 지극히 이분법적이고 '전통적인' 구분법에 의거한 것이다. 랑시에르는 의미작용을 배제하려는 글쓰기 경향과 이러한 배제에서 어떤 징후를 관찰하는 독해 방식, 그리고 이 징후의 정치적 의미를 대립된 방식으로 이해하는 가능성 모두가 동일한 메커니즘의 핵심적인 부분이라고 지적한다.[9] 즉 "문학이 시간들과 공간들, 자리들과 정체성들, 말과 소음, 가시적인 것과 비가시적인 것 등의 구획 안에 문학으로서 개입하는 것"을 정치라고 보는 랑시에르의 입장에서 보면 그러한 구획들과 패러다임 자체가 반성의 대상이 될 수 있다.

좀 더 자세히 들여다보자면, 구보의 탈근대에의 지향이 '동경행'에 대한 욕망으로 나타나고 그것이 '어머니'의 일상세계를 벗어나지 못함으로써, 박태원 모더니즘의 '위장된 고독'은 '의사疑似 탈근대성'에 머물렀다는 문흥술의 해석은 「피로」와 「애욕」 그리고 「천변풍경」으로 이어지는 박태원 창작의 도정을 고려할 때 논리적 정합성을 갖는다. 이러한 논리를 따르면 「소설가 구보씨의 일일」 이후 박태원 문학의 "모더니즘문학으로서의

---

9   ibid., p.9.

역할은 종언을 고하게 된다"[10]는 해석 역시 필연적인 귀결이 될 것이다. 그러나 이는 「소설가 구보씨의 일일」이라는 작품이 가진 중층적이고 복합적인 문제들을 단순화함으로써 '식민지 모더니즘의 한계와 필연적 후퇴'라는 읽기 패러다임을 재확인한 것으로 보인다.

마찬가지로 박태원의 매우 '댄디'하고 유머러스한 소설 「수염」을 놓고 참신한 감각과 세밀한 추리를 통해 '신채호를 염두에 두고 쓴 작품'이라고 해석한다든지,[11] 구보가 찾고자 한 '행복'이 아나키스트 테러 단체인 "의열단의 활약상으로부터 충격되는 잊을 수 없는 감동"[12]을 염두에 둔 것이라고 읽는 것은 그 자체로 매우 흥미롭지만, 그러한 알레고리적 독해가 갖는 궁극적인 의의와 맥락에 있어서는 의문이 드는 것도 사실이다. 당대의 일반 독자 심지어 지식인들조차 간취할 수 없었을 그러한 '고도의 알레고리'가 겨냥한 문학적 정치적 효과의 문제도 그러하거니와, 앞에서 '모더니즘문학의 한계와 후퇴'라는 역사적 읽기 패러다임과는 다른 차원에서 박태원의 변화무쌍한 문학 도정 그리고 우리 모더니즘문학의 이후 행방에 대한 성찰을 일정 정도 비껴간 것이 아닌가 하는 점 때문이다.[13]

이 글에서 박태원 문학 또는 「소설가 구보씨의 일일」을 읽는 두 가지

---

10 문흥술, 앞의 글, 94면.
11 권은, 앞의 글, 82~83면 참조. 이 글에서 권은은 박태원이 「수염」에서 언급한 1930년 3월은 신채호의 공판이 있었던 달이고, 신채호가 쓴 시에서 "이역 방랑 십년이라 수염에 서리가 친다"고 했던 바를 상기시키며 이 작품에서 '나'가 그토록 기르고자 했던 '카이저 수염'은 알레고리적 의미를 갖는다고 해석한다.
12 위의 글, 86면.
13 랑시에르가 기존의 문학과 정치의 관계에 대한 모더니즘적(자율적 예술형식으로서 그 자체의 자동사적 기능을 갖는다는) 독법을 반성적으로 성찰하는 데 분명한 기여를 했음에도 불구하고, 정치성을 넘어서는 문학의 잠재성에 대한 질문에는 답을 하지 못한다든지 정치성의 견지를 지상과제로 삼는 순환구조에 갇히게 되었다든지 하는 비판을 받는 것도 비슷한 맥락에서 이해할 수 있다. 황정아, 「사실주의 소설의 정치성」, 김경식 외, 황정아 편, 『다시 소설이론을 읽는다』, 창비, 2015, 175·182면 참조.

대표적인 대조적 독법을 언급한 것은 둘 다를 비판하거나 부정하기 위한 것은 아니다. 소위 비정치적인 또는 정치적인 독법 모두가 나름의 논리적 정합성과 설득력을 가지고 있으며 예리한 문학적 그리고 문학사적 감각 위에서 제출된 것이라고 판단하기 때문이다. 이 글은 기본적으로 박태원의 작품들이 현실 정치와는 동떨어진 성채를 구축하고 있기보다는 작가 자신 또는 자신의 작품이 놓인 현실 정치의 조건들과 완전히 무관하지 않다는 입장을 지지한다. 그러나 징후 독해의 방식으로 그 정치적 무의식이나 알레고리를 해독하는 방법과도 거리를 두며, 랑시에르 식의 '정치성' 개념을 빌려와서 '감지 가능한 것의 재분배(분할)'로서 박태원 소설의 정치성을 재구하고자 하는 것도 아니다.[14] 그보다는 그 모든 가능성을 긍정한 상태에서 작가와 작품이 놓인 좀 더 다양한 맥락을 펼쳐 보고자 한다. 어쩌면 이것이 가시적인 것과 비가시적인 것, 감지 가능한 것과 그렇지 않은 것의 경계를 파고들고 재배분하는[15] 문학의 정치성을 구현하는 하나의 방법이 아닐까 기대하면서.

3. '행복론'의 사회문화적 지반과 '참된 행복'이라는 물음

신채호, 크로포트킨, 의열단에 대한 작가의 공명과 공감이 작품 창작에 어느 정도까지 또 어떤 방식으로 개입했는지에 대해서는 여러 입장이

---

14 랑시에르의 '문학의 정치' 개념은 분명 기존의 정치/비정치 담론과 문학적 재현/문학적 자율성이라는 틀을 넘어서는 통찰을 보여주고, 이는 2000년대 한국의 현실과 문학 판에서 문학이 무엇을 해야 하는가(할 수 있는가)에 대한 성찰의 계기로서 큰 호응을 얻었지만, 한국소설의 정치성을 분석하는 데 있어서 어떤 방법론적 비전을 보여줄 수 있는지는 세심한 고민이 필요하다고 본다.

15 Jacques Ranciere, *op. cit.*, p.4.

있을 수 있지만, 적어도 박태원이 1920년을 전후로 조선을 휩쓸었던 사회주의사상(새로운 사회를 열망하고 상상하는 것으로서 넓은 의미의 사회주의)들 특히 크로포트킨 사상에 관심을 가졌음은 어렵지 않게 알 수 있다. 그는 1920년대 초 "다달이 집으로 배달되던 『개벽』과 『청춘』을 주워읽었다"[16]고 술회한 바 있는데, 이는 그의 문학 청년기의 첫머리에 모파상, 톨스토이, 괴테, 위고 등의 문학서적 이전에 또는 그와 동시에 사상(종합)잡지가 놓여 있었음을 의미한다. 10대 후반 문학청년 시절에 발표한 글에서 "크로포트킨의 '청년에게 호소하노라'와 같은 것이야말로 자신이 진정 원하는 글"[17]이라는 고백을 했던 것에서부터 「누이」(1933)와 같은 유머소설에서도 '상호부조'를 언급하며 크로포트킨 사상(『상호부조론』)의 흔적을 노출했던 것도 그러하며,[18] 해방 후 아나키즘 무장단체 의열단의 단장 약산 김원봉을 직접 만나고 취재하여 『약산과 의열단』(1947)을 발표한 것도 그러한 관심과 공명의 연장선 또는 귀결이라고 봐도 큰 무리는 없을 것이다.

사실 「만인衆人의 행복」이라는 제목에서도 사회주의 및 크로포트킨 사상의 영향이라는 '혐의'(?)는 발견된다. 1920년대 전후 개인 또는 소수의 행복과 대비되는 다수 민중의 행복이라는 개념으로 '만인의 행복'이라는 말은 간간히 쓰이기 시작했는데,[19] 크로포트킨과 관련해서 좀 더

---

16 박태원, 「춘향전 탐독은 이미 취학 이전」, 『문장』, 1940(류보선 편, 『구보가 아즉 박태원일 때』, 깊은샘, 2005, 231면).
17 박태원, 「시문잡감」, 『조선문단』, 1927.1(류보선 편, 위의 책, 302면).
18 "이렇게 나도 누이의 신학설(新學說)의 응용문제(應用問題)를 내었다. 그리고 오늘 이렇게 뜻하지 않고 '상호부조(相互扶助)'의 '미거(美擧)'를 이루는 데 질서(秩序)를 보존(保存)키로 하여 신청순으로 하는 것이 좋겠다고 제의하였다." 박태원, 「누이」, 『李箱의 悲戀』, 깊은샘, 1991, 41~45면.
19 '만인의, 최대다수의 행복'은 일찍이 벤담, 오언, 생시몽 등에 의해 제출된 관념으로 식민지 조선에서도 소개되었다. 한편 식민지 조선에서 공적인 것으로서의 행복에 대

뚜렷한 용례가 발견된다. 즉 크로포트킨의 사상과 저작이 활발하게 소개되던 당대 조선에서 그의 '상호부조 진화론'과 '사회생리학'의 근본 지향은 '만인을 위한 만족',[20] '만인의 행복'[21]으로 규정되었다. 1925년 아나키스트들을 규합한 아나키즘 단체 '흑기연맹'의 결사 취지서 「우리의 주장」에는 "자아의 확충을 저해하고, 만인의 행복을 유린하는 모든 불합리한 제도를 근본적으로 파괴"할 것임이 천명되어 있기도 했다.[22] 그러나 이러한 몇 가지 단서를 가지고 「만인의 행복」이 크로포트킨(사회주의)을 명백히 염두에 둔 명명법을 보여준다거나 크로포트킨 사상을 배면에 감추고 있다고 단정할 수는 없을 것이다. 위에서 「만인의 행복」과 크로포트킨 사상 사이의 영향관계를 '혐의'라는 말로 표현한 것도 실증이 쉽지 않은 심증 차원에 머물러 있기 때문이다. 단지 여기에서는 "사적 행복이 아니라 공적 행복을 위해 나의 정념을 투영해야 한다는 의식이 폭넓게 확산된"[23] 1920년대적 문화(문학)의 상황 또는 인식의 지평이

한 담론은 1900년대에 처음 등장했고('만민의 행복=국가의 행복') 이후 개인의 행복에 대한 담론이 1910년대에 등장하여 식민권력과 식민지적 일상을 합리화하는 기제로 작동했으며 이때에 현재와 같은 '행복' 개념이 정착했다는 분석에 대해서는 권보드래, 「'행복'의 개념, '행복'의 감성 - 1900~10년대 『대한매일신보』와 『매일신보』를 중심으로」, 『감성연구』 1, 전남대 호남학연구원, 2010 참조.

20 이성태, 「크로포트킨 학설 연구」, 『신생활』, 1922.7. "사회는 각자의 욕구를 만족케 함과 동시에 그들의 귀속하는 종속전체까지도 행복케하기 위하야 공동으로 노력하는 유기적 집단"이며 "진화의 목표는 인류의 최대행복에 도달하기 위한 최선의 조건을 건설함에 잇다."

21 권구현, 「맑쓰경제론과 크로포트킨의 비판(1)」, 『동아일보』, 1932.2.10; 권구현, 「상경 구걸 귀향(1)」, 『동아일보』, 1932.4.2. 이 글에서 권구현은 크로포트킨의 사상이 다윈 식의 진화론에 대한 대안이 됨을 역설하면서 "인간사회의 진화를 위하야 만인의 행복을 위하야 '크로포트킨'의 설을 취하며 '따윈' 설을 포기하지 안흐면 아니된다. 즉 지금까지에 지속되어온 '따윈'식의 모든 조직을 버리고 상호부조의 새 조직을 만들지 안흐면 만인의 행복은 바랄수업슬 것이다"라고 말한다.

22 이호룡, 『절대적 자유를 향한 반역의 역사 - 한국 아나키즘을 돌아본다』, 서해문집, 2008, 67면.

23 최병구, 「1920년 초반 행복 개념의 문화정치적 상상력」, 『국제어문』 67, 국제어문

한 작가의 형성과 작품활동에 어떻게든 스며들었으리라는 것을 지적하는 데 그치고자 한다.

한 가지 분명한 것은 1920년대를 지나 1930년대 본격적으로 펼쳐지는 박태원 문학에서 '행복'에의 물음을 단순히 개인적인 욕망 또는 사회적 이념적 성취로 양분하여 대립적으로 사고할 문제는 아니라는 점이다.[24] 개인적인 행복(욕망)의 추구가 사회적이고 공적인 행복과 상충한다는 생각은 매우 흔한 이분법이었고 후자 즉 대의를 위해 전자 즉 사사로운 일을 희생해야 한다는 논리 또한 널리 받아들여져 왔다. 특히 '민족과 사회' 등 공동체의 가치를 운위하는 이들의 입에서 그러한 인식은 어렵지 않게 발견된다. 예컨대 "나라에 몸을 바치려면 중과 같은 생활을" 해야 한다는, 즉 사사로운 연애놀음 따위는 거부해야 한다는 식이다(이광수, 「혈서」, 1924). 앞에서 언급한 「소설가 구보씨의 일일」에서 이러한 행복의 양자택일의 문제가 명시적으로 드러나지는 않지만, '행복은 어디에'라는 끊임없는 물음에는 그 양 극단 어느 쪽이 아닌 그 사이의 어떤 지점 또는 제3의 장소에 대한 고민 역시 포함되어 있다고 볼 수 있을 것이다. 이런 점에서 1930년대 말 「만인의 행복」이 던진 '행복'에 관한 물음과 그에 대한 해답은 이러한 고민의 연장선상에서 여러 모로 고찰할 만한 여지가 있다.

「만인의 행복」의 이야기 구조는 간단하다. 서울에서 '술집 여자'와 살림을 차린 집안의 장남 홍수를 집으로 데리고 내려와 달라는 그 아우의 간곡한 청을 받은 윤 초시는 '견의불위무용야見義不爲無勇也'라는 성현의 가

학회, 2015, 367면.

24 이와 관련하여 1920년대 식민지 조선에서 사회주의의 유행에 가까운 확산을 민족해방운동이나 이념지향성의 차원에서가 아니라 '나의 주변을 표상하고 인식하는 가치체계의 전도'라는 점에서 고찰한 최병구의 연구는 시사하는 바가 있다. 최병구, 「1920년대 초반 '사회주의'의 등장과 '행복' 담론의 변화」, 『정신문화연구』 34-1, 한국학중앙연구원, 2011.

르침을 받들어 서울행을 수락한다. 그리고 그가 난생 처음 경성역에 당도한 그 시각부터 고난이 펼쳐지리라는 것은 뻔한 이치이다. 그는 정신을 차리기 힘든 도시의 혼잡함과 분주하고 불친절한 도시인들의 냉대 속에 '빠가'로 취급되며 경성 거리 위에서 갈 곳 몰라 갈팡질팡한다. 그런데 그런 그에게 도움의 손길을 건네는 한 '고운' 여인이 등장하는데, 윤 초시는 우연치고는 '공교롭게도' 그 '갸륵한 색시'의 도움을 두 번씩이나 받게 된다. 그리고 마지막에 이르러 그 색시가 곧 윤 초시가 상경한 목적을 제공한 바로 그 '여급' 숙자임이 밝혀진다. 그리고 폐병에 걸려 누워 있는 홍수를 시골 가족에게로 돌려보내 달라며 자신의 행복을 포기하는 숙자의 거룩한 마음씨를 뒤로 한 채, 윤 초시는 홍수를 데리고 후회와 뉘우침 속에 귀향 열차에 오른다.

박태원 소설 가운데는 '여급'이 핵심인물로 등장하는 소설들이 상당히 많다는 것은 이미 익숙한 이야기인데, 특히 '여급'과 '그녀에게 기생하는 유부남 중산층 실업자 사내'의 관계를 모티프로 한 작품들이 뚜렷한 계보를 형성하고 있다.[25] 그리고 그러한 변주들의 끝자락에 놓인 것이 「만인의 행복」이다. 앞에서도 언급했듯이 이 작품은 몇 년 앞서 발표한 「보고」와 짝을 이루는 작품인데, 「보고」에서 '가족을 버리고 여급과 살림을 차린 사내'를 집으로 돌려보내야 하는 임무를 맡은 이가 그의 '절친한 벗'이라면 「만인의 행복」에서는 그 사내의 '고향 은사'인 시골 노인으로 설정되었다.[26] 두 작품이 유사한 모티프와 인물 구도를 가져오고는 있지만 도학

---

25 '여급'이 등장하는 소설은 총 10편 가량인데 '여급과 지식인 남성의 동거'를 모티프로 한 작품으로 「보고(報告)」(1936)와 「윤초시의 상경」(1939)이 한 축을 형성하고 있고 또 다른 축에는 「길은 어둡고」, 「비량」, 「애경」, 「명랑한 전망」이 자리하고 있다. 작가 이상을 모티프로 한 소설들도 크게 보아 이러한 구도 안에 포함된다고 할 수 있다.

26 두 작품의 구조 비교에 관한 이 문단의 내용은 김미지, 앞의 책 3장의 3절 「시차(視差)」

자인 시골 영감의 시선을 도입한 「만인의 행복」에서 그 '시선'은 「보고」의 '나'의 경우와는 근본적으로 입각점이 다르다. 「보고」의 '나'는 '벗'이라는 그 지위로 인해 '그들'의 애정을 쉽게 단죄하지 못하고 오히려 이해하고 동정할 수밖에 없는 '불리한' 처지에 있는 반면, 유교 윤리로 무장한 도학 노인의 경우는 그러한 전망을 기대하기란 훨씬 어려운 일일 것이기 때문이다. 따라서 「보고」에서 서술자이자 보고자인 '나'가 자신의 임무를 포기해버리며 그에 대한 합리화의 논리를 비교적 손쉽게 만드는 것과 달리, 윤 초시와 같은 인물이 이들의 처지와 사랑을 동정하고 자신의 '임무'에 대해 회의하게 만들기 위해서는 훨씬 복잡하고 정교한 장치가 필요하다. 그래서 이 소설에서 도입된 방법이 시골 노인의 '상경'이라는 모티프이다. 생애 최초로 '상경'이라는 것을 해본 윤 초시가 서울에서 겪을 수 있는 온갖 어려움을 최대한도로 겪게 만드는 데 이 소설의 많은 지면이 소용되는 것은 그 때문이다.

사람들로 들끓는 서울 한복판에서 생면부지의 시골 노인과 카페 여급이 이틀 새 두 번이나 마주친다는 설정은 "기가 막힌 우연"으로 치부할 수도 있는 일이지만, 곤경에 빠진 노인을 구원할 임무를 그 노인이 단죄해야 할 바로 그 대상에게 맡기는 것은 작가의 표현을 빌리면 "참말 공교로운" 일이다. "화안하고 복성스럽게 생긴" 데다가 "목소리도 고마웁게 어여쁜" "갸륵한 색시"가 바로 "남자를 꾐에 빠트린 갈보" 숙자라는 것을 알게 된 윤 초시의 곤란함은 이만저만한 것이 아니다. 홍수를 "덜미잡이를 하여서라도 끌어오"겠다던 그의 호기는 온데간데없이 사라지고 "자기가 서울에 나타남으로 하여 숙자에게 크나큰 불행을 준 것

의 전략과 변주 또는 다시쓰기의 효과」의 일부를 일정 정도 수정하여 반영하였다.

같아서 견딜 수가 없"는 지경에까지 이르고 마는 것이다.

　전작 「보고」에서는 극도의 가난 속에서도 정돈된 살림살이와 "오탁에 물들지 않은 듯싶은" 깨끗한 여인의 모습에서 도덕적 임무와 행복의 윤리 사이의 내면적 갈등을 반복하는 '나'의 우울한 심리 상태를 드러내는 것이 핵심이며 소설의 전부라고 해도 과언이 아니다. 「만인의 행복」에서도 자신을 구해준 여인에게 '호감'과 '고마움'을 느끼고 있던 윤 초시의 심리적 갈등이 나타나지만 이 작품에서는 여기에서 그치지 않고 윤리적 주체들 각자의 행위와 선택에 초점이 맞춰진다는 점이 결정적인 차이를 빚는다.

　　전, 첨에 당신께서만 저를 돌봐 주신다면, 설사 다른 이들이 뭐라구 저를 욕허구 비난허든, 상관없다구 생각하였었죠. 우리만 깊이 이해허구 애정이 두터우면 그만이 아니냐구, 그렇게요. 하지만 지금은 생각이 달라졌어요. 자기의 행복을 위하여 남을 불행헌 구뎅이에 떨어뜨리는 것이 결코 옳지 않은 일이라구요. 옳지 않은 일일 뿐 아니라, 그렇게 얻는 건, 결코 참말 행복일 수 없다구요. (…중략…)

　　제가 이 뒤에 설사 불행허다 허드래두 그건 어쩌는 수 없는 일이죠. 저 하나의 불행으루 왼 집안이 평화로우시구, 행복되신다면……, 당신의 부모님께서나 부인께선, 댁의 행복을 위허시어 저의 불행을 요구허실 권리가 있으시죠.

　숙자는 자신의 행복이 홍수의 부친과 아내를 병석에 눕게 할 만큼 불행을 초래하는 것이라면 그것은 "의롭지 못헌 행복"이요, 그런 바에는 자신의 행복을 포기하겠다는 결심을 분명히 한다. 두 사람만 사랑한다면 누가 자기들을 욕하고 비난하든 상관없다고 믿었던 숙자의 이런 '변심'은 어디서 비롯한 것인가. 그 갑작스러운 듯 보이는 변화는 숙자라는 인간의 본래적 '덕성'과 더불어 흥수와 윤 초시 두 사람의 대화를 엿듣게 된 외부적 계기가 결합함으로써 주어진다. 아버지의 병환과 아내의 근심에도 불구하고 자신의 '은인'인 숙자와 갈라설 수 없다는 흥수의 난처함 그리고 "무턱대고 색씨와 갈라서라거나 집으로 돌아가자거나 할 경계가 못된다"는 것을 깨달은 윤 초시의 난처함을 모두 알게 된 숙자의 결단에 의해 그 모든 난처함은 종결된다. 윤 초시는 자기가 '의'를 행하기 위해 띠고 온 사명과 자신을 구해준 은인에 대한 고마움 사이에서 그가 맞닥뜨린 '윤리의 위기'조차 그 은인의 힘을 빌려 해결하게 되는 것이다. 사실 도학자 윤 초시로서는 두 가지 의 가운데 어느 하나를 선택하고 다른 하나를 버린다는 것은 불의나 마찬가지라는 점에서 숙자의 결단은 윤 초시를 불의로부터 구원해준 것이기도 하다.

완고 노인이 '용납될 수 없는'(것으로 믿었던) 사랑에 감화되고 만다는 이야기가 설득력을 얻는 것은 '숙자'라는 여인이 얼마나 '덕'이 있는 여자인가를 소설 속에서 충분히 입증함으로써 가능해진다. 윤 초시가 숙자에게 "거의 울음 섞인 목소리로", "덕불고필유린德不孤必有隣"이라는 말과 함께 "마음이 그처럼 착하고 좋은 일이 왜 없겠"냐고 축복하는 것도 같은 맥락이다. 그렇다면 이 소설에서 '행복'이란 어떠한 것(상태)을 가리키는지, '참된 행복'과 그 행복을 위한 조건이 무엇인지를 새삼 묻고 있는 것은 어떤 연유에서일까. 또 앞의 「보고」에서 '나'가 자신이 맡은 임무를 포기함은 물론 "최군과 그 정인이 행복을 유지하기 위하여, 한편, 최군의 가족들이 불행해지지 않으면 안 되는 것이라면, 그것도 또한 어찌할 수 없는 일로 불행하려거든 얼마든지 마음대로 불행하라고"[27]까지 결론을 내린 것과는 완전히 다른 태도를 제시한 것은 어떻게 읽어야 할까. 두 작품 사이의 거리, 1936년과 1939년 사이의 이러한 차이를 설명할 수 있는 가능성은 여러 가지가 있을 수 있을 터이다. 1930년대 후반으로 가면서 개인의 내면에 대한 성찰보다 이야기성(통속성)이 강화하는 방향으로 작가의 창작 경향이 전환되었다든지, 「보고」-『천변풍경』-「성탄제」로부터 이어져 온 박태원 소설의 여성(여급) 친화적 경향[28]이 강화된 결과라든지 하는 식으로 말이다. 이 글에서는 박태원 작품세계의 일정한 경향성을 전제하고 강화하는 그러한 논리를 떠나서, 이 작품의 주제의식 및 창작 배경과 관련한 몇 가지 맥락을 제시하는 것으로 그 이유를 해명하는 우회적인 방식을 취해 보고자 한다.

4. '만인의 행복'의 가능성/불가능성과 '덕'의 윤리

「보고」의 '나'는 "누군가의 행복을 위해 또 다른 누군가가 불행해져야 한다면 그것은 어쩔 수 없는 일이다"라는 자조적인 결론을 제시하는 것으로 자신의 신경증적 불안과 우울을 보상(봉합)하는 전형적인 '구보'형 소설의 주인공이다. 얼핏 보면 '모두가 행복에 다다르는 것 즉 만인의 행복은 불가능하다'는 것을 역설하는 듯하지만, '만인의 행복'의 가능성/불가능성에 대한 일련의 관심과 의문을 지속시키는 과정의 하나라고 보아야

---

27 박태원, 「보고」, 『박태원 단편집』, 학예사, 1939, 218면.
28 박태원 소설에서 '여급'이 많이 등장한다는 사실과 더불어 그 여급 주인공들이 동정적으로 또 긍정적으로 그려지는 경향은 뚜렷하다. 이러한 박태원 문학의 한 경향성은 「구보 텍스트 심층 읽기(2)-『천변풍경』 토론」, 『구보학보』 13, 구보학회, 2015에서도 거론되었다.

한다. 즉 「소설가 구보씨의 일일」에서 "행복은 어디에?"라는 반복되는 물음의 연장선상에 있으면서 그 해답을 아직 찾지 못한 자의 불안과 우울의 표현인 것이다. 이러한 연결고리를 상정하는 이유는 「만인의 행복」이라는 조금은 생뚱맞아 보이는 작품의 탄생에서 기인한다. 1939년, 작가는 어떻게 해서 전작 「보고」의 재탕인 듯 보이지만 또 완전히 다른 방향을 취하고 있는 이 작품을 쓰게 된 것일까. 여기서 먼저 그동안 그리 주목하지 않았던 이 작품의 발표지면에 대해 짚어 보고자 한다.

「만인의 행복」은 조금은 생소한 여성잡지인 『家庭の友』에 발표된 작품이다. 이 잡지는 1936년 12월 조선총독부 산하 조선금융조합연합회가 『가정지우家庭之友』로 창간하였으나 1938년 8월 제13호부터 『家庭の友』로 제호를 바꾸어 발간한 관변잡지[29]이자 주로 농촌여성을 대상으로 한 잡지이다. 처음에는 주로 부인들을 위한 정치 및 경제 해설, 요리, 육아 정보와 아동물(동화, 아동극)을 게재하였는데, 기성 작가의 글로 처음 게재된 것은 1938년 8월 12호에 실린 이기영의 수필 「농촌의 인상」으로 확인된다. 판권지에 따르면 발행인과 인쇄인 모두 일본인으로 되어 있지만 필진은 거의 대부분 조선인이었고 개벽사의 핵심인물이자 편집자였던 차상찬이 깊이 관여한 것으로 보인다. 이 잡지는 제17호(1939.1) 편집 후기에 따르면 발행부수 5만 부를 돌파할 정도로 상당한 부수를 기록한 것으로 되어 있는데, 그때까지만 하더라도 생활 상식이나 야담, 동화 등의 가벼운 읽을거리 위주의 편집을 보여준다. 그러다가 문예 즉 창작소설이 처음 등장하기 시작한 것이 1939년 4월(19호)부터의 일로, 그 첫 테이프를 끊은 것이 바로 박태원의 「만인의 행복」이었

---

29 송하춘, 『한국현대장편소설사전』, 고려대 출판부, 2013. 박태원의 『천변』 해설 부분 참조.

다. 이 작품이 '현대소설'이라는 명칭을 달고 첫 번째 게재된 지면의 끄트머리에는 앞으로 "문단대가文壇大家 여러선생의 장편을 두편이상 실어드리겟"다는 공지와 함께 집필하기로 결정되어 있는 문인들로 전영택, 이기영, 이광수 세 사람의 이름을 명시하고 있다. 실제로 박태원에 뒤이어 이기영, 전영택, 박계주 등의 창작소설이 연재되었다. 박태원의 소설은 『家庭の友』가 "조선가정잡지의 선구"로서 "일본정신의 함양, 시국의 재인식, 가정생활의 개선합리화"에 앞장설 것을 천명하면서 부수를 6만 4천 부로 더욱 확장하고 체제와 판형을 혁신[30]하는 국면에 등장한 첫 '문단대가'의 소설인 것이다.

「만인의 행복」이 수록된 게재지 『家庭の友』에 대해서 비교적 상세하게 설명을 한 이유는 그간 이 잡지의 전모 또는 한국문학과의 관련성에 대해 그다지 주목하지 않았던 이유도 있지만, 무엇보다 「만인의 행복」이 박태원 소설의 한 부류라 할 수 있는 '여급 소재 소설'에 속한다는 점과 관련이 있다. 박태원의 대부분의 '여급 소재 소설'은 흥미롭게도 또는 당연하게도 『신가정』, 『여성』과 같은 여성지에 발표되었다.[31] 그렇다면 여급이라는 소재, 그의 소설화 방법, 그를 통해 드러나는 작가의식(또는 작가가 투영한 욕망) 등은 여성지라는 매체와 어떤 모종의 관련이 있지 않을까 하는 추측도 해봄직한데, 이와 관련한 본격적인 논의는 이 글에서 다룰 문제는 아니지만 여성지에 게재된 당대 소설들을 대상으로 한 연구와 박태원의 여급 소재 소설에 대한 연구에서 어느 정도 힌트를 얻을 수 있을 듯하다.

1930년대부터 소위 '여성지'들이 종합잡지와 대등한 위상을 가지면

---

30 「편집 후기」, 『家庭の友』 19, 1939.4.
31 「옆집 색시」, 「누이」가 『신가정』에 발표되었고, 「진통」, 「보고」, 「향수」, 「수풍금」, 「성탄제」, 「이상의 비련」이 『여성』에, 「만인의 행복」, 「점경」이 『家庭の友』에 발표되었다. 이 밖에도 박태원은 상당히 많은 수의 수필과 잡문을 여성지에 게재한 바 있다.

서 작가들의 주요 발표 무대가 되어 왔다는 점은 이미 잘 알려져 있다. 개벽사의『신가정』과 특히 조선일보사의『여성』은 문예지의 성격을 가지고 있다고 해도 무리가 없을 정도로 당대 대부분의 문인들의 발표 지면으로 기능했다.[32] 또 노지승의 연구[33]에서 보듯『여성』지에 실렸던 소설들 가운데 일부에서 기생, 여급, 여학생, 가정주부 등을 주요 인물들로 등장시킴으로써 여성지의 주요 독자층이 되는 여성들의 어떤 욕망'들'을 반영하는 양상을 보인다는 점도 주목할 만한 부분이다. 노지승은『여성』지에 실린 기생 및 여급 주인공 작품들이 그들의 고통과 상실, 순종과 희생을 그림으로써 '가부장제의 인정'을 향하는 그들의 욕망을 반영하고 있다고 분석한다. 그렇다면 박태원의 '여급 소재 소설' 특히「만인의 행복」역시 그러한 분석에 부합한다고 볼 수 있을까? 반면 오자은[34]은 박태원 소설들 가운데 당대 도시 소수자의 대표적 표상의 하나인 '여급'을 형상화한 작품들이 여타의 '여급' 소설들과 달리 "희생과 복종, 순종이라는 낭만적 환상을 피하여 내재적 저항성을 가진 여급의 이미지를 생성"했다고 평가하기도 한다. 사실은 박태원의 작품들이 이러한 두 요소(낭만화와 탈낭만화 또는 순응성과 저항성 등) 사이에서 줄타기를 하고 있다는 가정 또한 가능한데, 마찬가지로 여급소설이기 때문에 여성지에 게재한 것도, 여성지라는 매체적 조건이 주어졌기 때문에 여급소설이 탄생한 것도 모두 진실일 것이다. 이러한 점들을 고려하면서「만인의 행복」에 나타난 여급 숙자의 선택과 윤 초시의 번민 그리고 행복과 덕의

---

32 시인 백석이 편집장을 맡기도 했던『여성』은 1936년 4월부터 1940년 12월 통권 57호로 종간할 때까지 시 170편, 소설 123편, 수필·잡문 412편, 해외문학 19편 등을 수록한 것으로 되어 있다. 최덕교,『한국잡지백년』1, 현암사, 2005, 349면.
33 노지승,「여성지 독자와 서사 읽기의 즐거움-『여성』(1936~1940)을 중심으로」,『현대소설연구』42, 한국현대소설학회, 2009.
34 오자은,「박태원 소설의 도시 소수자 형상화 방법 연구」, 서울대 석사논문, 2008.

문제로 다시 돌아가 보기로 한다.

「보고」에서 '타락한 벗'을 찾아 관철동으로 향하는 '나'의 실제적 그리고 심리적 동선은 「만인의 행복」에서는 훨씬 더 교묘하고 또 정교하게(도심 안에서 계속해서 길을 잃는 방식으로) 배치되는데, 이는 박태원이 여급을 소설 내에 끌어들이는 궁극적인 목적이 당대의 실재하는 여급을 어떻게 형상화하고 재현할 것인가의 문제에 있지 않았다는 것을 방증한다. 또한 체제(가부장제) 내 존재로 인정받고자 하는 여급들의 '인정에의 욕망'이나 낭만화한 사랑의 주인공으로 겪어야 하는 비련과 불행이 박태원 소설에서 전혀 드러나지 않는다고는 볼 수 없지만, 만약 그러한 욕망의 반영 혹은 지식인적인 욕망의 투사가 결정적인 문제였다면 「보고」나 「만인의 행복」과 같은 방식으로 소설이 쓰이지는 않았으리라 짐작된다. 그래서 지극히 인공적(비현실적)으로 보이기까지 하는 숙자라는 여급의 존재는 더욱 문제적이다.

이 소설에서 남성 지식인 홍수는 어떤 결단도 행동도 하지 않는 나약한 지식인이자 폐병환자일 뿐으로 오직 숙자의 덕성과 무조건적인 애타심을 '증언'하는 존재로서만 의의가 부여되고 있다. 반면 숙자는 "의를 보고도 행하지 않는 것은 비겁한(의롭지 않은) 일(견의불위무용야)"이라고 믿는 도학자 윤 초시와 대칭을 이루면서, '도의'라는 도덕의 원칙에 윤리적인 대응을 하는 유일한 인물이다. 그녀는 단순히 사랑 앞에 희생적이며 순종적인 여자인 것이 아니라 '선하고 참된' 인간성을 구현하는 것으로 나타난다. 이는 흡사 고대적 의미에서의 윤리 즉 '선=덕의 실현을 통한 행복의 추구'라는 '덕의 윤리'를 지향하는 것으로 비쳐진다.[35] 작품의 마지막을 장

---

35 아리스토텔레스의 『니코마코스 윤리학』과 동양의 『주역』, 『논어』에 공통적으로 전제되는 윤리학은 인간의 고유한 기능으로서 '이성'의 활동에 의해 덕을 습관화하는

식하고 있는 '덕불고필유린'의 논어 구절은 유교 도덕에 입각한 도학자 윤 초시의 세계관을 반영한 것이지만, 또한 1930년대 초부터 '행복'의 문제를 제기해 온 박태원의 한 도달점을 보여주는 것이기도 하다. 이를 유교윤리 및 도덕주의로의 회귀 혹은 여성지 독자의 욕망 특히 '가정'을 중심에 둔 『家庭の友』의 독자층을 염두에 둔 가부장제에의 순응이라고 해석하는 것도 물론 가능한 독법이다. 숙자라는 일개 여급이 자신 한몸을 희생하게 함으로써 다수의 평화를 가져오는 식의 안이한 결말이라는 비판 또한 있을 법하다. 그러나 이상에서 살펴보았던 여러 맥락들 즉 박태원이 직접적인 방식은 아니더라도 1920년대부터 확산된 사회주의적인 '만인 행복론'의 자장 안에 있는 작가였다는 점, 1930년대 초부터 '행복'에 관한 물음을 계속해서 제기해 왔다는 점, 여성잡지 등에 박태원 특유의 '여급 소재 소설'을 꾸준히 시도해 오면서 '행복'과 '도의'의 관계에 대한 고민을 보여 왔다는 점 등을 고려하면 그리 쉽게 단정을 지을 수는 없어 보인다. 「만인의 행복」에서 결국 행복을 거머쥔 자는 누구인가? 숙자의 선택으로 가부장제는 안전해졌는가? 그의 고향집 가족들은 행복을 찾은 것일까?

박태원의 '여급 소재 소설'에서 여급의 희생을 통해 가정의 평화를 획득하는 일이라든지 일반의 상식을 거스르는 거룩한 품성의 여급이 존재할 수 있다든지 하는 문제는 그다지 중요하지 않았다는 점은 분명하다. 앞에서 박태원의 '행복'에의 물음이 개인적이고 일상적인 행복(욕망)의 추구와 다수의(만인의) 행복 사이 어느 지점을 향하고 있으리

것을 행복이라고 본다. 즉 행복이란 '덕에 일치하는 정신활동'인 것이다. 여기서 특히 '습관', '교육'의 문제가 중요함은 당연한 이치이다. 이는 최소한의 보편적인 규칙을 묻는 근대의 윤리학에 대하여 '최대주의 윤리학'으로 불린다.

라는 가설을 제시하고 그 고민의 연장선상에 박태원의 여러 작품들이 변주되고 있다고 했다. '덕의 실현＝행복'이라는 윤리관과 '덕불고필유린'이라는 원리에서 보자면 숙자는 불행하지 않으며 결국 그 길은 숙자까지를 포함한 '만인의 행복'을 위한 길이 된다. 그저 한 개인의 강요된 희생이 아니라 '덕 있는' 개인의 기꺼운 희생을 통한 행복의 추구라는 해답이 결코 정답은 될 수 없을지라도 1930년대 말 박태원이 도달한 하나의 결론이라는 점은 음미할 만하다. 즉 전대 사회주의적 윤리의 시대에는 '만인 행복'의 가능성이 아직 실현되지 않은 가능태로서 존재했다면, 1930년대 말 그러한 가능성 자체가 끝장난 자리에서 '일본정신의 함양'(『家庭の友』와 같은 여성지에서도 표나게 주장했던)이라는 전체주의에 대응되는 새로운 윤리의 자리에 개인의 덕의 윤리가 놓일 수밖에 없었던 사정이 엿보이기 때문이다. 이를 작가의식의 후퇴나 체제에의 순응이라기보다는 식민지 말기의 시점에서 도출된 윤리적 선택이라고 보고 싶은 것은 그 때문이다.

5. 1939년, 작가가 선택한 길

이 글은 어찌 보면 소품일 수도 있는 「만인의 행복」과 그 작품에 나타난 윤리적 선택의 문제를 여러 가지 맥락에서 특히 1939년이라는 시점과 관련하여 이해하기 위해 이런 저런 경로를 밟아 본 것이다. 이 작품은 1930년대 초 「소설가 구보씨의 일일」에서도 두드러지게 나타났던 '행복'에 관한 물음을 담고 있으며 「보고」라는 작품의 다시쓰기 또는 변주에 해당하는 소설이기도 하다. 따라서 1939년 이 작품이 묻는 '행복'과 이전

작품들을 연관시키되 그 작품에 이르기까지 작가가 놓여 있었던 또 맞닥뜨렸을 다양한 조건들을 검토해 봄으로써 작품에 도달하게 된 배경을 해명해 보고자 하였다.

박태원 소설들에서 '행복'이란 개인적 욕망이나 일상적 행복을 외면하지 않으면서 또 다른 방향성을 암시한다. 다수의 행복이나 공동체의 행복에 대해서 질문하면서 개인의 행복을 희생시키고자 하지 않는데, 그 두 가지가 양자택일의 문제이거나 가치 우열의 문제라 보지 않기 때문이다. 「소설가 구보씨의 일일」에서 구보는 끊임없이 '행복은 어디에'라고 물으며 소위 행복과 관련한 온갖 종류의 욕망과 풍경들을 눈앞에 그려낸다. 가족과 결혼의 일상적 행복, 물질적 행복, 지적 허영이 주는 행복 등. 그러나 그것들 너머 어딘가에 또 다른 행복이 존재할 거라는 가능성을 놓지 않는다. 「보고」에서 가족을 버리고 여급과 살림을 차린 벗의 행복과 고향에 버려진 가족들의 행복은 우열을 가리기 힘든 대등한 가치를 가진다. 이러한 작품들에 나타나는 행복에 대한 고민은 1920년대 개인의 행복을 사회적 이념의 성취 안으로 투영시킨 사상적 지반 위에 서 있다고 보았다. 박태원이 실제로 '만인의 행복'을 내세운 크로포트킨 등의 아나키즘이나 사회주의사상에 관심이 적지 않았다는 사실도 그 하나의 배경이 될 수 있다. 박태원이 1939년 무렵에 고민했던 '만인의 행복'이라는 가능성은 혁명이나 아나키즘과 같은 앞선 시대(1920~1930년대) 사상의 흐름에서는 한참 비껴나 있는 것으로 보이기도 하지만 또한 전혀 무관하리라고 말할 수도 없다는 것이다.

「만인의 행복」은 '일본정신의 함양'을 기치로 내 건 일제 말기 관변 부인잡지 『家庭の友』에 연재되었고, 박태원의 여급 소재 소설의 계보 안에 놓여 있다. 이 작품이 「소설가 구보씨의 일일」 이래 작가적 문제의식의

해답이자 결말이라고 볼 수는 없지만, 적어도 작가가 통과해 온 1930년대의 끝자락에서 나타난 작가적 선택이라는 점은 분명해 보인다. 덕의 실현을 통해 개인과 공동체의 행복을 구현한다는 고대적인 윤리와 '덕불고필유린'이라는 유교적 덕의 윤리를 내세우면서 전체주의 시대를 힘겹게 돌파해 가고 있는 작가의 고투가 녹아 있다는 것이다. 그런 점에서 「만인의 행복」은 1930년대 그의 작품활동을 갈무리하면서 40년대로 넘어가는 박태원 문학의 한 분기점을 이루는 작품으로서 새로이 자리매김할 수 있지 않을까.

| 참고문헌 |

기본 자료

곡천(谷泉) 抄譯, 「先驅者의 하소연」, 『동아일보』, 1925.11.1.

괴테, 박용철 초역, 「베르테르의서름」, 『문예월간』 2-2, 1932.3.

____, 백화 역, 「소년벨테르의 悲惱」, 『매일신보』, 1923.8.16.~9.27.

____, 오천원 역, 「절믄베르테르의슬픔」, 『세계문학걸작집』, 한성도서, 1925.

권구현, 「맑쓰경제론과 크로포트킨의 비판(1)」, 『동아일보』, 1932.2.10.

____, 「상경 구걸 귀향(1)」, 『동아일보』, 1932.4.2.

김광주, 「상해를 떠나며−波浪의 港口에서(1)」, 『동아일보』, 1938.2.18.

김기림 외, 「문예좌담회」, 『조선문학』, 1933.11.

김기림, 「시인으로서 현실에 적극 관심」, 『조선일보』, 1936.1.1~5.

____, 「모더니즘의 역사적 위치」, 『인문평론』, 1939.10.

김동인, 「번역문학」, 『매일신보』, 1935.8.31.

김두용, 「신시대의 전망 문학 전형기와 명일의 조선문학(其三)」, 『동아일보』, 1935.6.5.

김두용, 「문단동향의 타진−구인회에 대한 비판(1)」, 『동아일보』, 1935.7.28.

김명수, 「두 전차 인스펙터」, 『동아일보』, 1930.2.6·7·9.

김소엽, 「배우에서」, 『동광』 36, 1932.9.

김영보, 「웰텔의 悲歎」, 『시사평론』 2-2~5, 1923.3, 5·7·9.

난파(蘭坡), 「日曜日의 花公園」, 『독립신문』, 1919.10.11.

리암 오쑤라허티, 夢甫 譯, 「봄의 播種」, 『동아일보』, 1931.8.1~6.

_____, 「쏘세앤」, 『동아일보』, 1931.8.7.~15.

박태원, 「시문잡감」, 『조선문단』, 1927.1.

____, 「누이」, 『신가정』, 1933.8.

____, 「소설가 구보씨의 일일」, 『조선중앙일보』, 1934.8.

____, 「천변풍경」, 『조광』, 1936.8~10·1937.1~9.

____, 『천변풍경』, 박문서관, 1938.

____, 『박태원 단편집』, 학예사, 1939.

_____, 「만인의 행복」, 『家庭の友』, 1939.4.

_____, 「춘향전 탐독은 이미 취학 이전」, 『문장』, 1940.2.

_____, 『李箱의 悲戀』, 깊은샘, 1991.

_____, 『소설가 구보씨의 일일』, 깊은샘, 1994.

박태원, 류보선 편, 『구보가 아즉 박태원일 때』, 깊은샘, 2005.

방미애, 「크로포트킨의 교육관」, 『동광』 14, 1927.6

백철, 「邪惡한 藝苑의 분위기(하)」, 『동아일보』, 1933.10.1.

안용순, 「문예작품과 계급의식 김안서에게(3)」, 『동아일보』, 1931.2.6.

요코미쓰 리이치, 김옥희 역, 「상하이」, 소화, 1999.

요한 볼프강 폰 괴테, 송영택 역, 『젊은 베르테르의 슬픔』, 문예출판사, 2004.

유서 역, 「크로포트킨의 도덕관」, 『동광』 6, 1926.10.

유서, 「(학술연구) 크로포트킨의 문예관」, 『동광』 5, 1926.

유서 역, 「(자연과학 강좌) 크로포트킨의 호조론개관」, 『동광』 10, 1927.2

유진오, 「귀향」, 『별건곤』 28, 1930.5.

윤고종, 「문예부흥과 조선」, 『동아일보』, 1934.4.24.

윤자영, 「상호부조론연구」, 『아성』, 1921.

이상, 김윤식 편, 『이상 문학전집 2 – 소설』, 문학사상사, 1991.

이상, 박현수 편, 『이상 산문집 – 레몬향기를 맡고 싶소』, 예옥, 2008.

이성태, 「크로포트킨학설연구」, 『신생활』, 1922.7.

이익상, 「대필연서」, 『동아일보』, 1927.12.

이헌구 외, 「敎授로 大學生으로 支那 諸大學 時代의 回想」, 『삼천리』, 1940.6.

임인생, 「모던이씀」, 『별건곤』 25, 1930.1.1.

임화, 「담천하의 시단일년 – 조선의 시문학은 어디로?」, 『신동아』, 1935.12.

_____, 「해외문학파의 의의」, 『비판』 4-4, 1936.6.

_____, 「어떤 청년의 참회」, 『문장』 13, 1940.2.

_____, 「조선적 비평의 정신」, 『문학의 논리』(1940), 서음출판사, 1989.

임화·김광균 대담, 「문단신년의 토픽전망 – 시단의 현상과 희망(상) 경향파와 모더니즘」, 『조선
　　　일보』, 1940.1.13.

적라산인(김영진), 「젊은이의 슬픔」, 『신민』 41-2, 1928.9.10.

정지용 외, 「문인좌담회 – 사조경향 작가작품 문단진영」, 『동아일보』, 1933.1.1~10.

주요한, 「아침 황포강에서」, 『동명』 18, 1923.1.

_____, 「이월창작별견(3)」, 『동아일보』, 1927.2.23.

최독견, 「나의 로맨틱 시대－황포강반의 산책」, 『삼천리』, 1932.4.

춘사, 「문예시평4 대두된 번역운동」, 『조선중앙일보』, 1935.5.20.

캐여린 맨스옐드 여사, 夢甫 譯, 「茶한잔」, 『동아일보』, 1931.12.5～10.

크로포트킨, 「靑年에게 告함」, 『동아일보』, 1920.5.22.

한설야, 「新版「뻬르테르」」, 『동아일보』, 1937.9.25～6.

_____, 「청춘기」, 『동아일보』, 1937.7.20～11.29.

홍효민, 「1934년과 조선문단(2)」, 『동아일보』, 1934.1.4.

クロポトキン, 『革命の巷より』, 三浦関造 訳, 文昭堂, 1918.

_____, 「靑年に訴ふ」, 『正義を求める心－大杉栄論集』, アルス, 1921.

_____, 『靑年に訴ふ』, 大杉栄訳, 労働運動社, 1922.

ゲーテ 著, 秦豊吉 譯, 『若きヱ"ルテルの悲み』, 東京：新潮社, 大正6(1917).

ゲーテ 著, 『うえるてる』, 久保天随(得二) 訳, 金港堂, 明37.7(1904).

高木伊, 『ゲーテ』(十二文豪 ; 第5巻), 民友社, 1893.

亀井勝一郎, 『人間教育－ゲェテへの一つの試み』, 野田書房, 1937.

東京ゲーテ記念館, https://goethe.jp/articles/mystifingGoethe.html

日独文化協会 編, 『ゲーテ研究－百年祭記念』, 岩波書店, 1932.

『ゲーテ年鑑』, 日本ゲーテ協会 編, 東京：南江堂書店, 1932.

「出版警察概況－不許可 差押 及 削除 出版物 記事要旨」, 『朝鮮出版警察月報』 6, 1929.

「出版警察概況－差押 削除 及 不許可 出版物 記事要旨」, 『朝鮮出版警察月報』 2, 1928.10.13.

高一涵, 「"互助论"的大意」, 『新生活』 2-5, 1919.9.15

郭沫若, 「『少年维特之烦恼』序引」, 严家炎 編, 『二十世纪中国小说理论资料』第二卷 1917～1927,
        北京大 出版社, 1997.2.

_____, 『少年维特之烦恼』, 創造社, 1924.

_____, 『創造十年』, 現代书局, 1932.

_____, 「『少年维特之烦恼』小引」, 『少年维特之烦恼』, 北京人民文学出版社, 1955.10.

_____, 「『少年维特之烦恼』增订本后序」, 『郭沫若集外序跋集』, 四川人民出版社, 1983.2.

郭安仁, 「譯者的 note」, 克鲁泡特金, 『俄國文學史』, 重庆：重庆书店, 1931

克鲁泡特金, 郭安仁譯, 『俄國文學史』, 重庆：重庆书店, 1931.

_____, 韩侍桁译, 『俄國文學史』, 上海：北新书局, 1930.

茅盾, 「子夜」, 『子夜』, 南國出版社, 1973.

穆时英, 「夜总会里的五个人」, 严家炎 編, 『新感觉派小说选』, 人民文学出版社, 2011.

_____, 「被当作消遣品的男子」, 『公墓』, 現代书局, 1933(『穆时英全集』 1, 严家炎・李今 編, 北京十月

文艺出版社, 2008).

叶灵凤, 「歌德和『少年维特之烦恼』」, 『霜红室随笔』, 海豚出版社出, 2012.

Hemingway, Ernest, 夢甫 譯, 「屠殺者」, 『동아일보』, 1931.7.19〜7.31.

_____, 杉木喬 譯, 「暗殺者」, 『現代アメリカ短篇集』, 春陽堂, 1931.

『개벽』, 『독립신문』(상해), 『동광』, 『동아일보』, 『매일신보』, 『문예월간』, 『문장』, 『별건곤』, 『삼천리』, 『신가정』, 『신생』, 『신여성』, 『여성』, 『조선일보』, 『조선중앙일보』, 『중앙일보』, 『婦女界』(일본), 『行動』(일본), 『詩と詩論』(일본), 『家庭の友』, 『少女俱樂部』(일본), 『現代』(중국)

논저

강내희, 「식민지시대 영어교육과 영어의 사회적 위상」, 『안과밖』 18, 영미문학연구회, 2005.

강소영, 「박태원의 일본 유학 배경」, 『구보학보』 6, 구보학회, 2010.

강신주, 『철학적 시 읽기의 즐거움』, 동녘, 2010.

강인숙, 「일본 모더니즘 소설에 대한 고찰」, 『박태원과 모더니즘』, 깊은샘, 2007.

강지희, 「상해와 근대문학의 도시 번역-주요섭의 소설을 중심으로」, 『이화어문논집』 29, 이화여대 한국어문연구소, 2011.

강진구, 「주요섭 소설에 재현된 코리안 디아스포라」, 『어문논집』 57, 중앙어문학회, 2014.

공임순, 『식민지의 적자들』, 푸른역사, 2005.

곽효환, 「구보 박태원의 시(詩)연구」, 『한국문예비평연구』 33, 한국현대문예비평학회, 2010.

구승회 외, 『한국 아나키즘 100년』, 이학사, 2004.

권보드래, 「'행복'의 개념, '행복'의 감성-1900〜10년대『대한매일신보』와『매일신보』를 중심으로」, 『감성연구』 1, 전남대 호남학연구원, 2010.

_____, 「1910년대의 이중어 상황과 문학언어」, 『한국어문학연구』 54, 한국어문학회, 2010.

권유성, 「상해『독립신문』 소재 주요한 시에 대한 서지적 고찰」, 『문학과언어』 29, 문학과언어학회, 2007.

권은, 『경성 모더니즘-식민지 도시 경성과 박태원 문학』. 일조각, 2018.

김동식, 「해외문학파의 문학론과 조선문학의 위상학」, 『구보학보』 25, 구보학회, 2020.

김명학, 「朴泰遠과 穆時英 小說 比較 研究-1930年代 모더니즘 小說을 中心으로」, 고려대 석사논문, 2009.

김미지, 『언어의 놀이, 서사의 실험』, 소명출판, 2014.

_____, 「접경의 도시 상해와 '상하이 네트워크'-주요한(朱耀翰)의 '이동'의 궤적과 글쓰기 편력을 중심으로」, 『구보학보』 23, 구보학회, 2019.

_____,「괴테「젊은 베르테르의 슬픔」의 동아시아적 변주-주요섭의「첫사랑 값」과 궈모뤄의 「咯尔美夢姑娘」겹쳐 읽기」,『인문학연구』33, 인천대 인문학연구소, 2020.

김민정,『한국 근대문학의 유인과 미적 주체의 좌표』, 소명출판, 2004.

김병철,『한국 근대번역 문학사 연구』, 을유문화사, 1975.

_____,『韓國 近代西洋文學 移入史 硏究』, 을유문화사, 1980.

_____,『世界文學飜譯書誌目錄總覽-1895~1987』, 國學資料院, 2002.

김옥란,「근대 여성 주체로서의 여학생과 독서 체험」,『상허학보』13, 상허학회, 2004.

김유중,「한·중·일 삼국의 모더니즘 문학에 대한 개념적 비교 연구」,『한중인문학연구』56, 한중 인문학회, 2017.

김윤식,「1920년대 한국 아나키즘문학론 비판-김화산의 경우」,『한국학보』8-3, 일지사, 1982.

_____,『한국 근대문학 사상사』, 일지사, 1984.

_____,「「날개」의 생성과정론-이상과 박태원의 문학사적 게임론」,『한국현대문학비평사론』, 서울대 출판부, 2000.

김윤식·정호웅,『한국소설사』, 예하, 1993.

김은전,「구인회와 신감각파」,『선청어문』24, 서울대 국어교육과, 1996.

김정우,「1920~30년대 번역 소설의 어휘 양상」,『번역학연구』7-1, 한국번역학회, 2006.

김종수,「일제 식민지 근대 출판시장에서 이광수의 위상」,『한국문화』50, 규장각 한국학연구원, 2010.

김종훈,「동아시아 '신감각파'의 출현과 전개 양상」,『한국시학연구』30, 한국시학회, 2011.

김태승,「동아시아의 근대와 상해-1920~30년대의 중국인과 한국인이 경험한 상해」,『한중인 문학연구』41, 한중인문학회, 2013.

김택호,『한국 근대 아나키즘문학, 낯선 저항』, 월인, 2009.

김호웅,「1920~30년대 한국문학과 상해-한국 근대문학자의 중국관과 근대 인식을 중심으로」, 『현대문학의연구』23, 한국문학연구학회, 2004.

노지승,「여성지 독자와 서사 읽기의 즐거움-『여성』(1936~1940)을 중심으로」,『현대소설연 구』42, 한국현대소설학회, 2009.

_____,「식민지 시기, 여성 관객의 영화 체험과 영화적 전통의 형성」,『현대문학의연구』40, 한국 문학연구학회, 2010.

다카하시 아즈사,「이동과 창작언어로부터 본 김사량 문학의 생성-일본과 중국으로의 이동 경험 을 중심으로」,『구보학보』24, 구보학회, 2020.

문혜윤,「1930년대 국문체의 형성과 문학적 글쓰기」, 고려대 박사논문, 2006.

_____,「문예독본류와 한글 문체의 형성」,『어문논집』54, 민족어문학회, 2006.

_____, 「한자/한자어의 조선문학적 존재 방식－이태준을 중심으로」, 『우리어문연구』 40, 우리
어문학회, 2011.

문흥술, 「의사 탈근대성과 모더니즘」, 방민호 편, 『박태원 문학연구의 재인식』, 예옥, 2010.

박경수, 「주요한의 상해시절 시와 이중적 글쓰기의 문제」, 『한국문학논총』 68, 한국문학회, 2014.

박남용·박은혜, 「김광주의 중국 체험과 중국 신문학의 소개, 번역과 수용」, 『중국연구』 47, 한국
외대 중국연구소, 2009.

박숙자, 「근대적 주체와 타자의 형성 과정에 대한 연구」, 『어문학』 97, 한국어문학회, 2007.

박양신, 「근대 일본의 아나키즘 수용과 식민지 조선으로의 접속－크로포트킨 사상을 중심으로」,
『일본역사연구』 35, 일본사학회, 2012.

박윤우, 「상해 시절 주요한의 시와 민중시론」, 『한중인문학』 25, 한중인문학회, 2008.

박자영, 「상하이 노스탤지어」, 『중국현대문학』 30, 한국중국현대문학학회, 2004.

_____, 「1930년대 조선인 작가가 발견한 어떤 월경(越境)의 감각」, 『중국어문학논집』 83, 중국
어문학연구회, 2013.

박지영, 「1920년대 근대 창작동요의 발흥과 장르 정착 과정」, 『1950년대 미디어와 미국표상』,
깊은샘, 2006.

박진영, 「소설 번안의 다중성과 역사성－『레미제라블』을 위한 다섯 개의 열쇠」, 『민족문학사연
구』 33, 민족문학사연구소, 2007.

_____, 『번역과 번안의 시대』, 소명출판, 2011.

_____, 「근대 번역문학사 연구와 번역 주체」, 『한국문학의연구』 50, 한국문학연구학회, 2013.

_____, 『책의 탄생과 이야기의 운명』, 소명출판, 2013.

박현수, 『모더니즘과 포스트모더니즘의 수사학』, 소명출판, 2003.

박환, 『식민지시대 한인아나키즘 운동사』, 선인, 2005.

방민호, 「1930년대 경성 공간과 「소설가 구보 씨의 일일」」, 『문학수첩』 16, 2006 겨울.

_____, 「김유정, 이상, 크로포트킨」, 『한국현대문학연구』 44, 한국현대문학회, 2014.

_____, 『서울문학기행』, 아르테, 2017.

방효순, 「일제 강점기 민간 서적 발행활동의 구조적 특성에 관한 연구」, 이화여대 박사논문, 2001.

사노 마사토, 「경성제대 영문과 네트워크에 대하여」, 『한국현대문학연구』 26, 한국현대문학회,
2008.

사에구사 도시카쓰, 「이상의 모더니즘」, 『사에구사 교수의 한국문학 연구』, 베틀북, 2000.

서동수, 「김유정 문학의 유토피아 공동체와 크로포트킨의 상호부조론」, 『스토리앤이미지텔링』
9, 건국대 스토리앤이미지텔링연구소, 2015.

서영채, 「동아시아라는 장소와 문학의 근대성」, 『비교문학』 72, 한국비교문학회, 2017.

서은주, 「한국 근대문학의 타자와 이질언어 : 번역과 문학 장(場)의 내셔널리티―해외문학파를 중심으로」, 『현대문학의연구』, 한국문학연구학회, 2004.

_____, 「1930년대 문학에 나타난 '모던 상하이'의 표상―김광주의 문학적 글쓰기를 중심으로」, 『한국문학이론과비평』 40, 한국문학이론과비평학회, 2008.

소영현, 『문학청년의 탄생』, 푸른역사, 2008.

손유경, 「아나키즘의 유산(遺産/流産)」, 『프로문학의 감성 구조』, 소명출판, 2012.

_____, 「식민지 조선에서 전위가 된다는 것(1)」, 『한국현대문학연구』 41, 한국현대문학회, 2013.

손정수, 「1930년대 한국 문학비평에 나타난 모더니즘 개념의 내포에 관한 고찰」, 『한국학보』 23, 일지사, 1997.

손지봉, 「1920~30년대 한국문학에 나타난 상해(上海)의 의미」, 한국학중앙연구원 석사논문, 1989.

송수연, 「식민지시기 소년탐정소설과 '모험'의 상관관계―방정환, 김내성, 박태원의 소년탐정소설을 중심으로」, 『아동청소년문학연구』 8, 한국아동청소년문학학회, 2011.

송하춘, 『한국 현대 장편소설 사전』, 고려대 출판부, 2013.

신범순, 「1930년대 시에서 니체주의적 사상 탐색의 한 장면(1)―구인회의 '별무리의 사상'을 중심으로」, 『인문논총』 72-1, 서울대 인문학연구원, 2015.

신지연, 『글쓰기라는 거울』, 소명출판, 2007.

심진경, 「문단의 여류와 여류문단―식민지 시대 여성작가의 형성과정」, 『한국여성문학 연구의 현황과 전망』, 소명출판, 2008.

안미영, 「이태준의 근대 소설에 반영된 식민지 어문정책과 민족어의 성격」, 『국어국문학』 142, 국어국문학회, 2006.

_____, 「박태원의 헤밍웨이 단편 The killer의 번역과 입말체의 구현」, 『구보학보』 21, 구보학회, 2019.

양국화, 「한국작가의 상해지역 체험과 그 문학적 형상화―주요한, 주요섭, 심훈을 중심으로」, 인하대 석사논문, 2011.

엄미옥, 「한국 근대여학생 담론과 그 소설적 재현 연구」, 서강대 박사논문, 2006.

엄춘하, 「박태원과 무스잉(穆時英)의 소설기법 비교 연구」, 서울대 석사논문, 2007.

염무웅, 「생의 균열로서의 서구문학 체험」, 『문학수첩』, 2005 여름.

오경자, 『볼우물』, 범우사, 1997.

오새내, 「20세기 서울 지역어 형성의 사회언어학적 변인」, 『한국학연구』 21, 고려대 한국학연구소, 2004.

_____, 「1920년대 일본인 대상 조선어 회화서에 나타나는 서울 지역어의 사회언어학적 특징」,

『서울학연구』49, 서울시립대 서울학연구소, 2012.

오자은, 「박태원 소설의 도시 소수자 형상화 방법 연구」, 서울대 석사논문, 2008.

오장환, 『한국아나키즘 운동사 연구』, 국학자료원, 1998.

오태영, 「다이글로시아와 언어적 예외 상태-1940년대 전반 잡지『신시대(新時代)』를 중심으로」, 『한국어문학연구』54, 한국어문학회, 2010.

오현숙, 「박태원의 아동문학 연구」, 『아동청소년문학연구』8, 한국아동청소년문학학회, 2011.

유승환, 「해방기 박태원과 「소년삼국지」」, 『구보학보』21, 구보학회, 2019

유인순, 「한국소설 속의 서울 그리고 중국」, 『한중인문학연구』26, 한중인문학회, 2009.

윤대원, 『상해시기 대한민국임시정부 연구』, 서울대 출판부, 2006.

윤지관, 「번역의 정치학-외국문학 번역과 근대성」, 『안과밖』10, 영미문학연구회, 2001.

윤진현, 「박태원『삼국지』판본 연구」, 『한국학연구』14, 인하대 한국학연구소, 2006.

이경재, 「한설야 소설의 서사시학 연구」, 서울대 박사논문, 2008.

이경훈, 「인체 실험과 성전-이광수의『유정』, 『사랑』, 『육장기』에 대해」, 『동방학지』117, 동방학회, 2002.

이명학, 「1930년대 한·중 모더니즘소설 비교연구-이상, 박태원과 무스잉(穆時英), 스저춘(施蟄存)을 중심으로」, 부산대 박사논문, 2005.

이복희·여도순, 「한국의 영어교육에 관한 역사적 고찰과 전개방향에 관한 연구」, 『공주영상정보대학 논문집』8, 공주영상정보대, 2001.

이상현, 「조선학/한국학의 통국가적 구성 : 근대 조선어,조선문학의 혼종적 기원-「조선인의 심의」(1947)에 내재된 세 줄기의 역사」, 『사이間SAI』, 국제한국문학문화학회, 2010.

이승하, 「주요섭 초기작 중 상해 무대 소설의 의의」, 『비교한국학』17(3), 국제비교한국학회, 2009.

이양숙, 「김광주 소설에 나타난 탈경계의 의미-1930년대 상하이 체험을 중심으로」, 『구보학보』17, 구보학회, 2017.

이영미, 「중국 상해의 항일운동과 한국의 문학지식인」, 『평화학연구』13-3, 한국평화연구학회, 2012.

이영석·민유기 외, 『도시는 역사다』, 서해문집, 2011.

이유영·김학동·이재선, 『한독문학 비교연구 I-1920년대까지 독일문학의 영향을 중심으로』, 삼영사, 1976.

이응백·김원경·김선풍, 『국어국문학자료사전』, 한국사전연구사, 1998.

이재호, 『문화의 오역』, 동인, 2005.

이혜령, 「문지방의 언어들-통역체제로서 식민지 언어현상에 대한 소고」, 『한국어문학연구』54,

한국어문학회, 2010.

이호룡, 『한국의 아나키즘』, 지식산업사, 2001.

_____, 『절대적 자유를 향한 반역의 역사-한국 아나키즘을 돌아본다』, 서해문집, 2008.

임경석, 『이정 박헌영 일대기』, 역사비평사, 2004.

임미주, 「『천변풍경』의 정치성 연구」, 서울대 석사논문, 2013.

임상석, 「1910년 전후의 작문교본에 나타난 한문전통의 의미-『實地應用作文法』, 『實用作文法』, 『文章體法』 등을 중심으로」, 『국제어문』 42, 국제어문학회, 2008.

_____, 「조선학/한국학의 통국가적 구성 ; 1910년대, 국역의 양상과 한문고전의 형성-최남선의 출판 활동을 중심으로」, 『사이間SAI』, 국제한국문학문화학회, 2010.

_____, 「한문과 고전의 분리, 번역과 국한문체-게일의 『유몽천자(牖蒙千字)』 연구」, 『고전과해석』 16, 고전한문학연구학회, 2014.

임형택 외, 『흔들리는 언어들-언어의 근대와 국민국가』, 성균관대 출판부, 2008.

임홍배, 『괴테가 탐사한 근대』, 창비, 2014.

전승주, 「개작을 통한 정치성의 발현-한설야의 『청춘기』」, 『세계문학비교연구』 40, 세계문학비교학회, 2012.

전우용, 『서울은 깊다』, 돌배게, 2008.

전형준, 『동아시아적 시각으로 보는 중국문학』, 서울대 출판부, 2004.

정근식, 「식민지검열과 "검열표준"-일본 및 대만과의 비교를 통하여」, 『대동문화연구』 79, 성균관대 대동문화연구원, 2012.

정명환 · 김윤식 · 김우창 대담, 「외국문학의 수용과 한국문학의 방향」, 『외국문학』 창간호, 전예원, 1984.

정호웅, 「한국 현대소설과 상해」, 『한국언어문화』 36, 한국언어문화학회, 2008.

조남현, 「한국 근대문학의 아나키즘 체험」, 『한국문화』 12, 규장각 한국학연구원, 1991.

_____, 『한국문학잡지사상사』, 서울대 출판문화원, 2012.

조두섭, 「주요한 상해 독립신문 시의 문학사적 위상」, 『인문과학연구』 11, 대구대 인문과학예술문화연구소, 1993.

_____, 「주요한 상해 시의 근대성」, 『우리말글』 21, 우리말글학회, 2001.

조성환, 「韓國 近代 知識人의 上海 體驗」, 『중국학』 29, 대한중국학회, 2007.

조세현, 「동아시아 3국(한 · 중 · 일)에서 크로포트킨 사상의 수용-『상호부조론(相互扶助論)』을 중심으로」, 『중국사연구』 39, 중국사학회, 2005.

조영복, 「1920년대 초기 사회주의 사상가들의 시와 그 성격」, 『우리말글』 21, 우리말글학회, 2001.

조우호, 「근대화 이후 한국의 괴테 수용 연구―20세기 학문적 수용을 중심으로」, 『코기토』 68, 부산대 인문학연구소, 2010.

조현일, 「1930년대 후반 한설야 소설 연구―『홍수』삼부작, 『임금』연작, 『청춘기』를 중심으로」, 『한성어문학』 15, 한성어문학회, 1996.

진선영, 「김광주 초기소설의 디아스포라 글쓰기 연구」, 『현대문학이론연구』 55, 현대문학이론학회, 2013.

천경자, 『내 슬픈 전설의 49페이지』, 랜덤하우스코리아, 2006.

천정환, 『근대의 책읽기』, 푸른역사, 2003.

_____, 「식민지 모더니즘의 성취와 운명―박태원의 단편 소설」, 박태원, 『소설가 구보씨의 일일』, 문학과지성사, 2005.

_____, 「일제말기의 독서문화와 근대적 대중독자의 재구성(1)―일본어 책 읽기와 여성독자의 확장」, 『현대문학의연구』 40, 한국문학연구학회, 2010.

최낙민, 「金光洲의 문학작품을 통해 본 海港都市 上海와 韓人社會」, 『동북아문화연구』 26, 동북아시아문화학회, 2011.

최덕교, 『한국 잡지 백년』 1, 현암사, 2005.

최병구, 「1920년대 초반 '사회주의'의 등장과 '행복' 담론의 변화」, 『정신문화연구』 34(1), 한국학중앙연구원, 2011.

_____, 「1920년대 초반 행복 개념의 문화정치적 상상력」, 『국제어문』 67, 국제어문학회, 2015.

최병우, 「김광주의 상해 체험과 그 문학적 형상화 연구」, 『한중인문학연구』 25, 한중인문학회, 2008.

최유학, 「박태원 번역소설 연구―중국소설의 한국어 번역을 중심으로」, 서울대 석사논문, 2006.

최학송, 「주요섭의 상하이 생활과 문학」, 『한중언어문화연구』 31, 한국현대중국연구회, 2013.

하상일, 「식민지 시기 상해 이주 조선문인 연구의 현황과 과제」, 『비평문학』 50, 한국비평문학회, 2013.

_____, 「근대 상해 이주 한국 문인의 상해 배경 문학작품 연구」, 『영주어문』 36, 영주어문학회, 2017.

하재연, 「이상(李箱)의 시쓰기와 '조선어'라는 사상―이상 시의 한자 사용에 관하여」, 『한국시학연구』 26, 한국시학회, 2009.

_____, 「신체제(新體制) 전후 조선 문단의 재편과 조선어, 일본어 창작 담론의 의미」, 『어문논집』 67, 민족어문학회, 2013.

한지희, 「최남선의 '소년' 기획과 '소녀'의 잉여」, 『젠더와 문화』 6(2), 계명대 여성학연구소, 2013.

홍석표, 『현대 중국, 단절과 연속』, 선학사, 2005.

황싱타오·천핑, 소동옥 역, 「중국에서 '현대화' 개념의 최초 전파와 역사적 계기」, 『개념과소통』 11, 한림과학원, 2013.

허헌 외, 성현경 편, 『경성 엘리트의 만국 유람기』, 현실문화, 2015.

황정아, 「사실주의 소설의 정치성」, 『다시 소설이론을 읽는다』, 창작과비평, 2015.

황종연, 「문학이라는 譯語 -「문학이란 何오」 혹은 한국 근대문학론의 성립에 관한 고찰」, 『문학사와 비평』 6, 문학사와 비평학회, 1999.

황호덕, 「한문맥(漢文脈)의 근대와 순수언어의 꿈」, 『한국근대문학연구』 16, 한국근대문학회, 2007.

_____, 「근대 한어와 모던 신어-개념으로 본 한중일 근대어의 재편」, 『상허학보』 30, 상허학회, 2010.

_____, 「번역가의 왼손, 이중어사전의 통국가적 생산과 유통」, 『상허학보』 28, 상허학회, 2010.

佐藤卓己, 『『キング』の時代-國民大衆雜誌の公共性』, 岩波書店, 2002.

梁荣春, 「"摩登"杂说」, 『桂海论丛』 6, 1995.

李歐梵, 毛尖 譯, 『上海摩登――一种新都市文化在中国』(修订版), 人民文学出版社, 2010.

李今, 「从理论概念到历史概念的转变和考掘-评『摩登主义-1927~1937上海文化与文学研究』」, 『中国现代文学研究丛刊』 3, 2011.

李存光, 『无政府主义批判-克鲁泡特金在中国』, 江西高校出版社, 2003.

林精华, 「苏俄文化之于二十世纪中国何以如此有魅力」, 『二十一世纪』 网络版 52期, 2006.

杨武能, 「郭沫若――"中国的歌德"」, 『郭沫若学刊』, 2004(01).3.25.

严家炎, 「前言」(1983.5), 『新感觉派小说选』(修订版), 人民文学出版社, 2011.

吴福辉, 「前言」, 『施蛰存作品新编』, 人民文学出版社, 2009.

张勇, 「现代主义抑或摩登主义?-论新感觉派作家文学实践的特性」, 『励耘学刊-文学卷』 2, 2007.

丁世鑫, 「克鲁泡特金和梅列日科夫斯基对中国现代陀思妥耶夫斯基研究的影响」, 『襄樊學院學報』 31-12, 2010.

周扬, 「悲痛的怀念」, 『人民日報』, 1978.6.18.

秦弓, 「五四時期俄罗斯文学翻译」, 『江苏行政学院学报』 5期, 2005.

Keene, Dennis, *Yokomitsu Riichi : Modernist*, Columbia Univ.press, 1999.

Kellma, Steven G., *The Translingual Imagination*, Lincoln : University of Nebraska Press, 2000.

Mack, Edward, 「The Extranational Flow of Japanese-Language Texts, 1905~1945」, 『사이間SAI』 6, 국제한국문학문화학회, 2009.

Nagakawa Satoshi, 「Bildung und Umbildung mit Goethe : Zur Goethe-Rezeption in

　　　Japan」, 『헤세연구』 22, 한국헤세학회, 2009.

Ranciere, Jacques, *Politics of Literature*, trans.by Julie Rose, Polity press, 2011.

Schmid, Andre, *Korea Between Empires, 1895~1919,* New york : Columbia Univ.Press, 2002.

Tak, Sun-Mi, "Herzenssprache und Seelenliebe?－eine imtertextuelle Untersuchung der Werther-Rezeption in Korea", In:Übersetzungsforschung 8. Seoul, 1999(한독문학 번역연구소 국제 심포지엄 발표문).

Xie, Z, "On the Transformation of Oscar Wilde's SALOME in Modern Chinese Fiction", *Asian & African Studies*, 2013.

역서

가라타니 고진, 송태욱 역, 『탐구』 1, 새물결, 1998.

로렌스 베누티, 임호경 역, 『번역의 윤리』, 열린책들, 2006.

로버트 J. C. 영, 김용규 역, 『아래로부터의 포스트식민주의』, 현암사, 2013.

리디아 리우, 민정기 역, 『언어횡단적 실천』, 소명출판, 2005.

리어우판, 장동천 외역, 『상하이 모던』, 고려대 출판부, 2007.

리쩌허우, 김형종 역, 『중국현대사상사론』, 한길사, 2005.

마쓰오카 세이고, 이언숙 역, 『만들어진 나라 일본』, 프로네시스, 2008.

미요시 유키오, 정선태 역, 『일본 문학의 근대와 반근대』, 소명출판, 2002.

뱅상 데꽁브, 박성창 역, 『동일자와 타자』, 인간사랑, 1990.

사이토 마레시, 황호덕 외역, 『근대어의 탄생과 한문－한문맥과 근대 일본』, 현실문화, 2010.

앙트완 베르만, 윤성우·이향 역, 『낯선 것으로부터 오는 시련』, 철학과현실사, 2009.

이연숙, 이재봉·사이키 카쓰히로 역, 『말이라는 환영』, 심산, 2011.

이효덕, 박성관 역, 『표상공간의 근대』, 소명출판, 2002.

자크 랑시에르, 유재홍 역, 『문학의 정치』, 인간사랑, 2011.

칼리니스쿠, 이영욱 외역, 『모더니티의 다섯 얼굴』, 시각과언어, 1994.

크로포트킨, 구자옥·김휘천 역, 『상호부조 진화론』, 한국학술정보, 2008.

_____, 김영범 역, 『만물은 서로 돕는다－크로포트킨의 상호부조론』, 르네상스, 2005.

_____, 김훈 역, 『만물은 서로 돕는다』, 여름언덕, 2015.

_____, 홍세화 역, 『청년에게 고함』, 낮은산, 2014.

페데리코 마시니, 이정재 역, 『근대 중국의 언어와 역사』, 소명출판, 2005.

페터 지마, 김태환 역, 『모던/포스트모던』, 문학과지성사, 2010.

호쇼 마사오 외, 고재석 역, 『일본 현대문학사』, 문학과지성사, 1998.

1부 / 근대 작가의 외국문학 체험과 문학의 교차점

1장 「식민지 작가 박태원의 외국문학 체험과 '조선어'의 발견 – 영문학 수용과 번역 작업을 중심으로」, 『대동문화연구』 70, 대동문화연구원, 2010

2장 「박태원의 해외문학 번역을 통해 본 1930년대 번역의 혼종성과 딜레마」, 『한국현대문학연구』 41, 한국현대문학회, 2013

3장 「20세기 초 동아시아에서 괴테 수용과 '베르테르' 번역 비교 연구」, 『민족문학사연구』 67, 민족문학사연구소, 2018

2부 / 한중일 근대문학과 번역의 동시대성

1장 「한국과 중국 모더니즘문학의 통언어적 실천에 관한 일 고찰」, 『한국현대문학연구』 43, 한국현대문학회, 2014

2장 「모더니즘, 신감각파, 현대주의 – 동아시아의 '모더니즘' 문학 개념에 대한 일 고찰」, 『한국현대문학연구』 47, 한국현대문학회, 2015

3장 「동아시아와 식민지 조선에서 크로포트킨 번역의 경로들과 상호참조 양상 고찰」, 『비교문화연구』 43, 경희대 비교문화연구소, 2016

3부 /근대문학 체험의 확장과 '타자'의 발견

1장 「'상해'와 한국 근대문학의 횡단(1) – 상해의 조선인들과 '황포탄(黃浦灘)'의 감각」, 『한중인문학연구』 48, 한중인문학회, 2015

2장 「식민지의 '소녀' 독자와 근대·대중·문학의 동시대성」, 『대중서사연구』 20-2, 대중서사학회, 2014

3장 「1930년대 문학언어의 타자들과 조선어 글쓰기의 실험들」, 『한국문학이론과 비평』 60, 한국문학이론과 비평학회, 2013

4장 「박태원의 〈만인의 행복〉과 식민지 말기의 행복론이 도달한 자리」, 『구보학보』 14, 구보학회, 2016

조선 후기 실학자 연암 박지원은 '법고창신'이라는 학문정신의 소유자
였다. '법고창신'이란 고전을 본받으면서도 변통할 줄 알고 신법을 창안
하면서도 능히 전아한 경지를 말한다. 고전에만 얽매여 있거나, 신법만
쫓아다니는 것은 모두 바람직하지 않다는 뜻이다. 박지원이 말한 '법고창
신'은 오늘날 학문하는 학자들에게도 귀감이 된다. 규장각한국학연구원
은 '법고창신'의 학문정신에 입각해 한국학 연구를 수행하고 있으며, 축
적된 성과들을 '규장각 학술총서'라는 이름으로 출간하고 있다.

우리 연구원은 실록과 같은 세계기록문화유산을 필두로 전근대로부
터 근대에 이르기까지 다양한 영역에 걸쳐 귀중한 고문헌을 다수 소장하
고 있다. 때문에 우리 연구원은 고문헌의 보존관리와 수리복원을 통해
고문헌의 원형을 잘 보존하고 적절하게 관리하며 수명을 연장시키는 데
최선을 다하고 있으며, 동시에 규장각 고문헌을 기반으로 새로운 한국학
을 창조하고자 '법고창신'의 학문정신으로 한국학 연구를 강화하고 있
다. 규장각 고문헌에 담겨 있는 인간의 기억과 사상, 삶의 규범과 일탈,
국가의 운영과 갈등, 세계와의 만남과 교류에 관한 다양한 사실들은 우리
연구원이 추구하는 '법고창신'의 한국학의 중요한 바탕이 될 것이다.

우리 연구원에서 발행하는 '규장각 학술총서'에는 다양한 형식과 다채
로운 주제의 학술서적이 들어갈 것이다. 전문적인 연구서를 기본으로 하
면서도 고문헌의 번역서나 자료집도 포함되어 있을 것이다. 미개척 분야

를 새롭게 개척하는 주제도 있을 것이고 이미 개척된 분야를 깊이 파고 들어가는 주제도 있을 것이다. 어느 형식이든 어느 주제이든 '법고창신'의 학문을 통해 한국학을 선도하고자 하는 우리 연구원의 열망이 독자에게 전달되기를 희망한다. 총서 하나하나가 한국 학계의 발전에 기여하는 초석이 되고, 이를 통해 일반인들에게도 규장각 한국학의 새로운 성과들이 확산되기를 기대한다.

2021년
규장각한국학연구원
원장 이현희